INHALTSVERZEICHNIS

„Ich war in einer Nacht, wie keine war.
Da kamst du, mein geliebtes Angesicht.
Du machtest solche Nacht zum lieben Tag.
Du sangst Musik und schenktest hold mir ein
und sprachst die Worte, die ich nie vergaß,
von uranfänglich so geweihtem Hauch,
dass diese arge Nacht verging wie Rauch."

Gedicht des Poeten Firdausi (934 bis 1020)

ANSCHLAG

Arras, Grafschaft ´d Artois, Frankreich
Im Jahre des Herrn 1238

„Öffnet sofort die Tür! Gebt das Mädchen heraus!" Unerbittlich dröhnte der Schlag der Fäuste gegen die Tür. Leahs Blick flog zu ihrer Ziehmutter Helena.

„Ich habe sie schon mit ihren Fackeln die Straße hinaufkommen sehen", brummte Helenas Mann Sebastian, der für sie wie ein Vater war. „Leah, nach oben. Versteck dich zwischen den Heubündeln!", zischte er.

Sie nickte hastig, sah mit angstvoll aufgerissenen Augen noch einmal zur Tür und huschte dann leise die Stiege hinauf.

Aus dem Augenwinkel sah sie noch, dass Gerbo, Sebastians Neffe, sich in dem Augenblick durch die Seitentür nach draußen schlich. Oben angekommen hockte sie vor der Giebelluke und schaute auf das Geschehen vor dem Haus hinunter. Gerbo hatte sich irgendwie vor die Haustür gedrängt, und versuchte jetzt mit aller Kraft, den Männern den Weg zu versperren.

Der Anführer fegte den Burschen mit einem kräftigen Faustschlag zur Seite. Leah zuckte zusammen und schloss kurz die Augen, doch dann riss sie sie gleich wieder auf. Gerbo stürzte taumelnd auf ein Knie. Sofort traf ihn der Tritt eines anderen Mannes im Rücken und er sackte mit einem

Ächzen zu Boden. Der Stiefel eines anderen Mannes traf ihn im Nacken. Er blieb regungslos liegen.

„Das Mädchen ist nicht hier, sie ist heute Nacht im herzoglichen Palais geblieben", rief Helena mit bebender Stimme unten in der Diele.

Leah presste sich auf den Boden und spähte durch ein Astloch. Sie bebte vor Angst, doch sie musste sehen, was dort unten passierte.

Holz splitterte, die schwere Haustür löste sich aus den Angeln und fiel in den Raum. Sebastian wurde durch die Wucht nach hinten gestoßen und keuchte auf, als die Tür ihn unter sich begrub. Mehrere kräftige Kerle drängten zugleich durch den zerborstenen Türrahmen.

„Wo ist sie?", verlangte einer der Männer, mit geballten Fäusten zu wissen. Leah erkannte Gerard, den Stellmacher von nebenan. Er hatte seine beiden Gesellen und noch drei weitere Nachbarn mitgebracht.

Leah starrte die Männer an, die nun begannen alles zu durchwühlen.

„Was wollt Ihr, sie ist doch noch ein Kind", schluchzte Helena.

„Sag mir endlich, wo sie ist!", brüllte Gerard.

„Sie ist nicht hier, sie ist im Palais", wiederholte Helena atemlos. Noch nie hatte Leah die Stimme ihrer Ziehmutter so verzweifelt und ängstlich gehört. Sie schlug die Hand vor den Mund, um nicht ebenfalls zu schluchzen. Die Kerle durften sie nicht hören. Langsam schob sie sich nach hinten, darauf bedacht, nur kein Geräusch zu machen.

„Wenn du nicht die Wahrheit sagst, wirst du wünschen, du hättest sie nie gesehen", stieß Gerard zischend hervor.

Helena schrie auf und Leah war sicher, dass Gerard ihre Ziehmutter geohrfeigt hatte. Sie war inzwischen hinter die Heubündel gekrochen und rollte sich so klein zusammen, wie sie nur konnte. Die Männer durften nicht nach oben kommen. Das war alles, woran sie denken konnte. Sie lag zitternd, ganz tief unter dem Heu, in der hintersten Ecke des Dachbodens. Tränen liefen ihr über das Gesicht, aber sie presste noch immer die Hand auf den Mund und schaffte es, nicht laut zu schluchzen.

„Wir werden das kleine Luder schon kriegen und dann wird sie gerichtet, wie die alte Hagrid", hörte sie Gerald unten brüllen. Ein höhnisches Lachen hallte durch das kleine Haus. Leah erstarrte und für einen Moment versiegten sogar die Tränen, als die Erinnerung sie überfiel.

In der letzten Woche hatte sie bei der Hinrichtung der Alten zusehen müssen. Agnes, ihre Stiefmutter, hatte darauf bestanden. Sie hatte ihr auch erklärt, warum Hagrid sterben musste. Viele Fische waren nach dem letzten Sturm mit den Bäuchen nach oben angeschwemmt worden. Die Stadt lebte vom Fischfang ebenso wie vom Handel, und die Netze der Fischer blieben seither fast leer. Die alte Einsiedlerin, die unweit der Stadt am Fluss gelebt hatte, war deshalb angeklagt worden, mit dunklen Mächten im Bunde zu sein. Sie wurde beschuldigt, sowohl für den Sturm als auch den Tod der Fische verantwortlich zu sein.

Wie eine gebrechliche alte Frau solche Macht haben sollte, war Leah völlig unverständlich. Die Fischer und die übrigen Dorfbewohner schienen jedoch ganz sicher zu sein, dass sie schuldig war. Ihre Stiefmutter, die neue Frau des Grafen, hatte Leah ganz nach vorn geschoben, denn sie sollte genau sehen, was mit solchen geschah, die sich mit Mächten der Finsternis verbündeten. Das sollte eine heilsame Wirkung auf ihren bösen Blick haben und sie davon abhalten, genauso zu enden. Das hatte zumindest Agnes so erklärt.

Nun wachte Leah jede Nacht schweißgebadet von ihren eigenen Schreien auf und konnte nicht wieder einschlafen. Immer wieder hörte sie die Schreie der alten Frau und die hasserfüllten Rufe der Menschen, die sie steinigten. Inzwischen wollte sie überhaupt nicht mehr schlafen und versuchte jeden Abend, so lange wie möglich wach zu bleiben. Helena hatte mit Sebastian darüber gesprochen, dass ihre nächtlichen Schreie sich in der ganzen Nachbarschaft herumgesprochen hatten. Inzwischen wären die Leute davon überzeugt, dass sie auch mit der Dunkelheit im Bunde wäre. Leah wusste, warum die Leute so dachten. Es war der Makel, der ihr seid der Geburt anhaftete, und sie war sicher, dass sie dieses Unheil für alle Ewigkeit verfolgen würde.

„Kommt jetzt, wir gehen in die Taverne zurück. Morgen früh wird sie schon wieder auftauchen und dann schnappen wir uns das kleine Luder", hörte Leah dem Stellmacher sagen. Langsam schob sie sich zu dem Astloch vor, um wieder nach unten zu sehen.

Helena lag am Boden und raffte sich mit tränenverschmiertem Gesicht auf. Dann half sie Sebastian, die Tür von seinem Körper zu schieben. Schwer atmend hielt er sich den Brustkorb und stöhnte. Langsam richtete er sich zum Sitzen auf.

Helena tastete seinen Brustkorb ab. „Lass mich deine Rippen anschauen, da ist sicher etwas gebrochen."

Sebastian schüttelte den Kopf. „Sieh nach Gerbo, ich komm schon zurecht", keuchte er.

Leah riss die Augen auf. Gerbo! Der war doch immer noch draußen! Sie fuhr zur Giebelluke herum.

Vor einem Jahr erst hatte der Junge die Ausbildung bei Sebastian begonnen und inzwischen war er ihnen allen ans Herz gewachsen. Gerbo war vor allem für Leah ein guter Freund geworden. Er stand immer zu ihr, auch dann, wenn niemand sonst auf ihrer Seite war. Mit seinen vierzehn Jahren war er nur zwei Jahre älter als sie und Helena hatte schon gescherzt, dass es für die erste Liebe vielleicht noch ein wenig früh wäre.

Schluchzend kniete Helena neben dem zerschlagenen Körper ihres Freundes und Leah sprang auf. Sie hastete die Leiter hinunter, schrammte sich an einem Steg das Schienbein auf und rannte dann, ohne anzuhalten, zur Tür. Mit einem Aufschrei stürzte sie hinaus und warf sich neben ihrem reglosen Freund auf die Knie. Ihre zitternden Finger berührten sacht sein zerschundenes Gesicht und strichen über seine blutverklebten Haare.

Er war tot.

Sie hatten ihn tatsächlich totgeschlagen.

Plötzlich zerrte Helena an ihrem Arm und zog sie hastig zum Haus zurück.

„Kind, du darfst nicht hier draußen sein. Wenn sie dich sehen, gibt es kein Entkommen mehr."

Leah schluchzte hemmungslos und ließ sich wie betäubt wieder hineinführen. Orientierungslos stand sie neben der Kochstelle. Ihr Blick fiel auf das zerschlagene Geschirr und die umgestoßenen Stühle.

„Alles nur wegen mir", flüsterte sie und schüttelte den Kopf.

„Wir müssen sofort von hier weg", brummte Sebastian.

Leah sah auf und bemerkte den vielsagenden Blick, den er mit Helena tauschte. Noch immer war sie wie benebelt und in ihrer Mitte breitete sich immer weiter ein heißer Schmerz aus.

Gerbo, ihr bester – ihr einziger Freund. Tot.

Helena und Sebastian liefen im Haus herum. Leah folgte ihnen mit den Augen, verstand aber nicht, was geschah. Sie war immer noch wie benebelt und als Helena ihr einen Beutel in die Hand drückte, hängte sie ihn, ohne nachzudenken, über ihre Schultern. Schließlich band Sebastian noch einen weiteren Reisebeutel auf ihren Rücken und schob sie vor sich her in den Stall. Leah ließ sich widerstandslos auf ein Pferd setzen. Dann ritten sie alle drei in die Nacht hinaus.

TÖNE

Wald bei der Bergfeste Hohburge
Im Jahre des Herrn 1245

Langsam ging er den steilen Weg vom Dorf zur Bergfeste hinauf. Der Frühling hatte Wald und Felder in frisches Grün getaucht und die Vögel sangen fast unangemessen laut im letzten Abendlicht. Jetzt endlich wurden die Tage länger und wärmer und der lange, eisige Winter war gebrochen. Ein Reh stand in einiger Entfernung mitten auf dem Pfad und schaute mit zuckender Nase und eifrig spielenden Ohren in seine Richtung. Alexander zog seine Kapuze tiefer ins Gesicht und weder das Reh noch die Schönheit der letzten Sonnenstrahlen durchbrachen seine düsteren Gedanken.

Seine Schritte waren schwer, genauso wie sein Herz. Er war heute, zum ersten Mal nach dem Winter wieder im Dorf gewesen, um sich mit den Dingen zu versorgen, die der Wald ihm nicht geben konnte. Er schob diesen Gang immer so lange wie möglich hinaus, weil er die Angst und die Ablehnung, die ihm im Dorf entgegenschlugen, kaum ertragen konnte. Vergeblich hoffte er immer wieder, dass ihm jemand freundlich begegnen würde, ihm einen Gruß, ein kurzes Gespräch ein wenig Gesellschaft schenken würde. Doch obwohl er sich in seinem weiten Umhang und der großen Kapuze verbarg und niemals aufblickte, blieb niemand auf der Straße, sobald er auftauchte. Sie verschwanden immer hinter hastig zugeschlagenen Türen und es herrschte gespannte Stille zwischen den Häusern. Es war nicht weit vom Dorfrand bis zum Krämer, der seinen Laden direkt am Hauptweg hatte. Doch auch der alte Mann zeigte sich nicht. Er schob die Waren wortlos durch einen schmalen Türspalt heraus und ließ das Geld liegen, bis Alexander wieder verschwunden war.

Plötzlich vernahm er Töne, die durch die Abenddämmerung perlten. Er blieb stehen und hob den Kopf. So etwas hatte er noch nie gehört. Ein wenig klangen sie wie Vogelgezwitscher, dann wieder wie eine Stimme. Traurige und sehnsuchtsvolle Töne, die einem drückenden Gefühl von Einsamkeit ihre Stimme zu geben schienen. Solch ein Lied konnte kein Vogel hervorbringen.

Wie gebannt stand er mitten auf dem Weg, um der seltsamen Melodie zu lauschen. Diese Klänge, woher kamen sie? Er löste sich aus der Erstarrung und stürzte den Weg entlang. Immer wieder lauschend folgte er dem Klang und achtete nicht auf die Dunkelheit, die sich langsam herabsenkte. Er musste den Ursprung der bittersüßen Melodie finden, bevor die Finsternis der Nacht alles verschluckte. Ein letzter langer Ton, dann zog tiefe Stille durch den Wald.

Mitten in der Bewegung erstarrte Alexander und versuchte, seinen keuchenden Atem anzuhalten. Konnte er noch irgendeine kleine Regung aus der Richtung erhaschen, aus der die Melodie erklungen war?

Nichts.

Seine angespannten Schultern sackten herunter und er ließ sich neben dem Weg auf einen umgestürzten Baumstamm fallen. Die Dämmerung kleidete den Wald in Grau und der Weg verschwamm in einem kalten Nebel, der vom Boden aufstieg.

Da, kurz vor ihm, eine Bewegung! Jemand war vom Mauervorsprung unter dem alten Steinbogen gesprungen. Leise knackte ein Ast, als sich die Person dem Weg zuwandte.

Sie kam in seine Richtung.

Schnell sprang Alexander auf und eilte mit seinen ungleichen Schritten zu einer dicken Buche. Er verbarg sich hinter ihrem glatten Stamm und spähte zum Weg zurück. Die schmale Gestalt ging schnell an ihm vorbei zum Dorf, ohne ihn zu bemerken. Der Umhang wehte leicht mit einer anmutigen Bewegung und ein heller, fest geflochtener Zopf wippte bei jedem Schritt hin und her.

Dann war es wieder still. So still und einsam wie zuvor.

Wie benommen blieb Alexander an die raue Rinde gelehnt stehen. Sie war so nah an ihm vorbei gegangen, so nah, dass er sie fast hätte berühren können, hätte er es gewagt, seinen Arm auszustrecken. Er schloss die Augen und konnte den Luftzug ihres Umhangs noch einmal erahnen. Ein Beben zog von seiner Brust durch den ganzen Körper und einen Augenblick glaubte er, nicht mehr atmen zu können. Seine Gedanken rasten der verschwundenen Gestalt nach.

Konnte sie diese wunderbare Melodie auf einem Instrument gespielt haben? Er hatte nicht erkennen können, ob sie etwas bei sich trug. In seiner Jugend hatte er in Büchern von allerlei verschiedenen Instrumenten gelesen. Aber noch nie hatte er etwas anderes als Laute und Sackpfeife gehört. Der Drang, der Unbekannten nachzulaufen und sie zu bitten, noch einmal zu spielen, ließ ihn zwei Schritte auf den Weg machen. Was wäre wohl geschehen, wenn er sie angesprochen hätte?

Nein! Niemals durfte sie ihn sehen, nur dann würde sie vielleicht wieder herkommen und spielen. Aus sicherer Entfernung könnte er zuhören, aber niemals durfte er sich ihr zeigen.

Erst als es vollständig dunkel war, stieg Alexander langsam zu der verlassenen Bergfeste hinauf, die er sein Zuhause nannte. Der Weg durch den immer dichter werdenden Nebel erschien ihm länger und steiler als an anderen Tagen. Als er die Mauern der Burg erreichte, sah er zu ihren kalten Zinnen hoch. Die Nässe zog durch den wollenen Umhang in seine Schultern und sein Körper schmerzte in der Kälte stärker als sonst. Er trat durch das offene Tor in den Innenhof der Ruine. Wie schwarze Finger ragten die verkohlten Balken und Mauerreste in den Nachthimmel. Das kleine Nebengebäude, in dem er sich eine Wohnstatt eingerichtet hatte, lag in tiefen Schatten. Alexander trat ein und bemerkte sofort, dass es auch hier drinnen kalt war. Das Feuer musste inzwischen ausgegangen sein. Er stellte die Tasche mit den Waren aus dem Dorf achtlos auf eine Holzbank und zündete das Feuer in der Kochstelle wieder an. Dann zog er den niedrigen Schemel heran, hockte sich ganz dicht vor die Flammen und versuchte, sich zu wärmen.

Welches Instrument konnte wohl solch wundersame Klänge erschaffen? Alexander stand wieder auf und suchte in seinen wenigen Büchern etwas über Musik, aber hier gab es nicht die Bibliothek seiner Kindheit. Nur wenige Bände über die Ahnenkunde und über das Schmieden von Waffen und Werkzeug hatte er in diesen verfallenen Mauern gefunden.

Er setzte sich wieder ans Feuer und ließ den Kopf auf seine Hände sinken. Er wagte es nicht, sich zum Schlafen hinzulegen, denn es würde ihn nur wieder der gleiche Traum heimsuchen, der ihn seit all der Zeit jede Nacht verfolgte. Unbedacht fuhr er mit der Hand über sein Gesicht, doch als er die wulstigen Narben spürte, zog er die Finger schnell wieder weg. Er war gezeichnet, nicht nur äußerlich und würde die Geschehnisse von damals nie vergessen können.

So starrte er noch lange in die Glut, bis ihr Licht erlosch und die Dunkelheit ihn umfing.

Leah eilte den schmalen Weg zum Dorf hinunter. Die Flöte hatte sie hastig in die Innentasche ihres Umhangs geschoben, als sie bemerkte, dass es schon beinahe dunkel war. Ein dichter Nebel stieg aus dem Boden hoch und die Kälte der Nacht kroch bereits in ihren Umhang. Ihre Schritte wurden immer hastiger, denn viel schneller, als sie erwartet hatte, senkte sich die Dunkelheit herab.

Auf einem ihrer Abendspaziergänge hatte sie diesen großen Steinbogen gefunden, der wohl der Überrest einer alten Brücke war. Hier klang ihre Flöte besonders schön und voll, daher hatte sie sich vorgenommen, hier öfter zu spielen. Die Dunkelheit senkte sich zwischen die Bäume. Es war dumm gewesen, spät am Abend so tief in den ihr unbekannten Wald zu wandern. Wahrscheinlich gab es Bären, Wölfe und andere Raubtiere an dieser Bergflanke, die ein gutes Stück vom Dorf entfernt lag.

Plötzlich fühlte Leah sich beobachtet und beschleunigte ihre Schritte. Entschlossen richtete sie die Augen auf den Weg und schloss ihre Hände zu Fäusten. Eilig, aber ohne zu rennen, ging sie weiter und bald war die Gänsehaut in ihrem Nacken wieder verschwunden.

Sie konnte die Mauer, die das Dorf begrenzte schon aus einiger Entfernung sehen, und war erleichtert, als sie endlich durch das hohe Holztor schlüpfen konnte. Vor ihr lag der Stallmeisterhof, der erste direkt innerhalb der Dorfmauer. Dort angekommen, wandte sie sich direkt zum Stall. Hier hatte sie heute Abend noch Pflichten zu erfüllen, bevor sie sich schlafenlegen konnte. Wenn die Stallburschen schon gegangen waren, würde sie wieder mal selbst die letzten Dinge aufräumen müssen. Natürlich war sie selbst schuld, wenn sie so spät zurückkam, hörte sie im Geiste ihren Ziehvater sagen.

Im Flötenspiel hatte sie sich ganz der Sehnsucht hingegeben, nach ihrer alten Heimat, ihrem guten Freund Gero, den sie für immer verloren hatte und ihrem Bruder, dem sie als Einzigem aus der Familie etwas bedeutet hatte. Es war nun schon sieben Jahre her, dass sie mit Helena und Sebastian aus Arras geflohen war. Seitdem waren sie vor Ort zu Ort gezogen, ohne eine wirkliche Heimat zu finden. Auch ihre geliebte Amme hatte sie inzwischen verloren. Helena, die ihr bei der Flucht das Leben gerettet und sie so viel über die Kräuterkunde gelehrt hatte. Alle bis auf Sebastian hatte sie verloren.

Nur wenn sie auf ihrer Flöte spielte, konnte sie wieder

dort sein. Dann fühlte sie sich verbunden mit denen, die sie damals hatte zurücklassen müssen, um ihr eigenes Leben zu retten.

Erst vor wenigen Wochen waren sie und Sebastian hierher nach Gehrenburg gekommen und er hatte eine Anstellung als Stallmeister des Grafen von Gehren bekommen. Für Leah war Sebastian der Fels in der Brandung. Er war immer an ihrer Seite, wenn das Leben sich gegen sie wandte, wie es ihr Vater hätte sein sollen, den sie kaum kannte. Auch Sebastian hatte in den Jahren der Flucht alles verloren. Seine Frau Helena war im letzten Jahr, als sie in Maastricht gelebt hatten, an einem Fieber gestorben. Es war eine schlimme Epidemie gewesen, die viele in der Handelsstadt dahin gerafft hatte. Helena war ursprünglich Leahs Amme gewesen und in ihrem Haus hatte Leah auch gewohnt. Ihre Mutter hatte Leah nie kennengelernt, sie war bei der schweren Zwillingsgeburt gestorben. Leahs eigentlicher Vater, der Graf von Artois, hatte sich nie wirklich um sie gekümmert. Nur mit ihrem Zwillingsbruder Philipp hatte sie eine gewisse Zuneigung verbunden.

Maastricht, der Ort, an dem sie nach ihrer ersten Flucht gelebt hatten, lag viele Tagesreisen westlich von hier in der Nähe des Meeres. Um unterwegs ihren Lebensunterhalt zu verdienen, hatten sie immer wieder mehrere Tage oder Wochen an einem Ort verbracht. So hatten sie auch die Gelegenheit gehabt, die Sprache zu lernen und sich den fremden Sitten in dem neuen Land anzupassen.

Dann hatten sie wieder alles packen müssen und waren überstürzt aufgebrochen. Ein Händler hatte Sebastian und Leah wiedererkannt. Der Mann hatte bereits in Arras am Hof von Leahs Vater mit dem Stallmeister und den anderen Bediensteten des Grafen Handel getrieben. Auf keinen Fall durften die Leute in Arras erfahren, wohin sie geflohen waren.

Da Sebastian kein Leibeigener war, konnte er seinen Wohnort frei wählen, aber als Freier ohne eigenes Land hatte er auch nicht viele Möglichkeiten, den Lebensunterhalt zu verdienen. Ein Handwerk hatte er nicht gelernt. Seine Kenntnisse lagen in der Aufzucht und Ausbildung von Kutsch- und Reitpferden. Es schien ein ungewöhnlicher Glücksfall zu sein, dass er hier in Gehrenburg sofort die Position eines Stallmeisters angeboten bekommen hatte. Voller Hoffnung, nun endlich angekommen zu sein, hatten sie sich auf ein neues Leben an diesem Ort eingerichtet.

Natürlich waren alle Stallburschen bereits verschwunden, als Leah nun auf dem Hof ankam. So machte sie sich also daran, die restlichen Handgriffe selbst zu erledigen. Der Stall war warm und das Schnauben und Kauen der Pferde und das gleichmäßige Streichen ihres Besens über den Stallboden hatte eine beruhigende Wirkung. Sie war gern abends allein im Stall. Nirgendwo auf der Welt war es so friedlich wie zwischen den ruhig kauenden Pferden.

WORTE

Der Morgen schien heute heller zu sein als an den Tagen
zuvor. Sonne flirrte durch die Blätter der großen Linde, die
in der Mitte des Burghofes stand und es wehte eine früh-
lingshafte Brise. Alexander ließ seinen Blick über die
Mauern schweifen und atmete die kühle Morgenluft tief ein.
Dann holte er frisches Wasser aus dem Brunnen und das
Quietschen der Winde klang durch den Hof. Er wusch sich,
und die Eiseskälte jagte ihm einen Schauer über den Rücken.
Dann nahm er erfrischt und voller Tatendrang das Frühstück
mit zu der Bank, die direkt neben seiner Haustür stand.
Nachdem er in der Morgensonne gegessen hatte, machte er
sich daran, das Reh zu zerlegen, das er am Vortag gejagt
hatte. Einen Teil des Fleisches würde er mit dem gestern
gekauften Salz pökeln und später in den Rauch hängen.

Während er draußen im Hof arbeitete, wurde es langsam
wärmer und schon bald perlten Schweißtropfen auf seiner
Stirn. Seine rechte, mit Narben überzogene Hand schmerzte
bereits von der Anstrengung. Er legte das Messer kurz zur
Seite, um die steifen Finger zu massieren, aber dann nahm er
die Arbeit wieder auf. Wie immer erledigte er seine Aufgaben mit Ruhe und Sorgfalt. Wozu sollte er sich beeilen, die
Tage waren ohnehin stets viel zu lang. Jetzt im Frühjahr gab
es zumindest wieder etwas zu tun.

Der Winter, wenn tiefer Schnee die Burg einhüllte und

die Dunkelheit dem Tageslicht kaum weichen wollte, war beinahe unerträglich. Jedes Mal, wenn das Feuer ausging, während Alexander schlief, wurde es sofort so kalt, dass die Atemluft Eiszapfen an seiner alten Wolldecke entstehen ließ. Sein steifer, schmerzender Körper gehorchte ihm dann kaum noch und die lange Dunkelheit stahl ihm jeden Lebenswillen. Dann fragte er sich manchmal, ob er nicht einfach liegenbleiben sollte. Die Kälte würde ihn für immer einschlafen lassen, und ihn von all den Schmerzen und der Schuld endlich befreien.

Bisher war Alexander trotz allem jedes Mal wieder aufgestanden, hatte das Feuer neu entzündet und aus Schnee, Trockenfleisch und Wurzelgemüse einen Eintopf gekocht, der ihn etwas wärmte. Jetzt konnte er spüren, wie die Sonne täglich an Kraft gewann und die Tage heller und wärmer wurden.

Nachdem das frische Rehfleisch verarbeitet war, setzte er sich auf die Steinbank neben der Tür. Schon den ganzen Morgen summte er bei der Arbeit Melodiefetzen, aber er konnte sie nicht zu einem Lied zusammensetzen. Würde er heute Abend die wundervolle Musik wieder hören? Würde die junge Frau überhaupt wieder kommen? Wer war sie und warum hatte er sie zuvor noch nie spielen gehört? Wie sollte er sich den restlichen Tag auf seine Arbeiten konzentrieren, während er eigentlich nur auf die Abenddämmerung wartete?

Nach seinen mittäglichen Übungen mit der Lanze wusch er Schweiß und Staub am eiskalten Wasserfall ab. Noch immer kreisten seine Gedanken um die alte Steinbrücke und die Musik. Wenn er ehrlich war, ging es nicht nur um die

Musik, sondern ebenso um die junge Frau, die sie spielte. Ihre Erscheinung in der Abenddämmerung hatte eine derart heftige Schnsucht in ihm ausgelöst, dass sein Herz schmerzte. Einem anderen Menschen nahe zu sein, und wenn es mit vielen Ellen Abstand war, das war ein Wunschtraum, den er für unerfüllbar gehalten hatte. Er könnte einfach schon hingehen und sich den Platz anschauen, wo sie gesessen hatte. Ja, das war ein guter Plan und er würde vorsichtig sein, dass sie ihn nicht bemerkte, wenn sie käme.

Erleichtert über diesen Entschluss stand Alexander auf, nahm seinen weiten, dunklen Umhang und machte sich auf zur alten Brücke. Zuerst ging er auf dem Weg von der Bergfeste über die flache Hügelkuppe und ein Stück auf der anderen Seite herunter bis zur Lichtung. Hier war die Bergflanke so steil, dass sich vorletzten Winter eine kleine Lawine gelöst hatte. Im Herunterrasen hatte der Schnee viele Bäume entwurzelt oder abgeknickt. So konnte Alexander von hier aus fast das ganze Tal überblicken.

Das frische Grün ließ die Ebene wie einen Edelstein leuchten. Mitten in dieser Ebene lag die mächtige Gehrenburg. Das Dorf schmiegte sich wie eine Vorburg daran und umschloss die Anhöhe, auf der die Mauern der Burg errichtet worden waren. Wie er nur zu gut wusste, überblickte man von den Räumen des Burgfrieds das Dorf und die Ländereien bis zum Fluss. Ein Bach entsprang etwas oberhalb der Ruine der Bergfeste, die jetzt sein Unterschlupf war. Gleich unterhalb der Außenmauern stürzte der Bach in einem kleinen Wasserfall die Felsen hinunter. Von dort zog er sich windend hinunter bis in die Ebene, zum Gut von Bruch und bis nach Eissenburg, um dort in den Fluss zu münden.

Einst war die Gehrenburg sein Zuhause gewesen, doch diese Zeit schien so unendlich fern wie die Sterne am Nachthimmel. Niemals konnte er darauf hoffen, diese Tore wieder zu durchschreiten.

Er wandte sich ab und verließ den Weg, der früher einmal über eine Brücke zum Dorf geführt hatte. Noch ein kurzes Stück ging er steil den Berg hinunter, dann unter den mächtigen Kronen der Buchen hindurch. Auf diesem Weg kam er von oben zum Bach, der sich unter der ehemaligen Brücke hindurch wand.

Das Sonnenlicht warf goldene Flecken durch das Laub, auf den schulterhohen Vorsprung, der das Fundament der Brücke gebildet hatte. Hier musste sie gestern gesessen haben. Das Zwitschern der Waldvögel klang hier unter dem Steinbogen anders und auch das Plätschern des Baches hatte einen besonderen Klang. Deshalb hatte sie also diesen Platz 'gewählt.

Alexander trat näher an das Fundament heran, und strich mit der flachen Hand über den rauen, sonnenwarmen Stein. Er hielt unwillkürlich den Atem an. Unerwartet scharf stach es in seiner Brust bei dem Gedanken, dass die Flötenspielerin vielleicht nicht wiederkommen würde. Er presste die Faust gegen seine Rippen und schloss die Augen. Beinahe glaubte er die wunderbare Melodie, die doch so traurig geklungen hatte, wieder zu hören.

Sebastian hatte Leah darum gebeten, aus verschiedenen, ausrangierten Lederteilen ein Geschirr herzustellen, mit dem man das junge Pferd ausbilden konnte. Sie hatte sich daher in der staubigen und dunklen Geschirrkammer verschiedene Stücke zusammengesucht, um daraus etwas Brauchbares zu nähen. Ihren Hocker und einen kleinen Tisch für das Werkzeug hatte sie vor dem Stall in den Innenhof gebracht. Sie lehnte sich mit dem Rücken an die Mauer und legte den Kopf zurück, um die Frühlingssonne in ihr Gesicht scheinen zu lassen. Nach wenigen Augenblicken beugte sie sich wieder vor und nahm das Leder in Augenschein. Mit ihrem kleinen scharfen Messer trennte sie zunächst einige alte Nähte auf, dann nahm sie die Ahle und den kräftigen Faden aus Flachs zur Hand, um es an anderer Stelle zusammen zu nähen.

Bisher hatten die Leute hier einfach ein paar Seile zusammen geknotet, um die Jungtiere anzulernen. Nach Sebastians Ansicht war es aber besser, gleich am Anfang ein richtiges Geschirr zu verwenden. Die dünnen Seile schnitten zu sehr ins Fell und behinderten die Bewegung. Viele der Jungpferde wurden daher oft schon am Anfang ihrer Ausbildung widersetzlich.

Die schmutzige Geschirrkammer wollte sie sich auch noch vornehmen. Zusammen mit Georg, dem Gehilfen ihres Vaters, musste sie dort dringend Licht und Luft hereinlassen und alle Lederteile ordnen und mit Fett einreiben. Sie seufzte. So vieles wollte sie hier verändern, aber Sebastian hatte ihren Überschwang gebremst.

Man konnte nicht einfach als Fremder an einen Ort kommen und alle möglichen Dinge ändern wollen, hatte er ihr erklärt. Fremden misstraute man, und fremde Ideen wurden ebenfalls erst einmal abgelehnt. Die Wege der Leute waren eingefahren. Wenn man sie nicht gleich gegen sich aufbringen wollte, musste man behutsam vorgehen.

Leah schob die Gedanken an Misstrauen und Ablehnung beiseite und konzentrierte sich auf die Näharbeiten. Die Ahle durch das alte Leder zu zwingen, war anstrengend und zeitraubend. Als sie endlich mit dem Ergebnis ihrer Arbeit zufrieden war, stand die Sonne bereits hoch und die Mittagszeit war längst vorüber.

Sie stand von ihrer gebückten Haltung auf dem Hocker auf und streckte sich ausgiebig in der warmen Frühlingssonne. Erst jetzt fiel ihr auf, dass ihr Magen rumorte, da ihm die ausgefallene Mittagsmahlzeit fehlte. Leah ging zur Küche des Hofes und holte sich den Rest der Suppe und des Brots. Dann ging sie wieder nach draußen, um beim Essen auf ihrem Platz vor dem Stall in der Sonne zu sitzen.

Der Innenhof wurde von den Wohngebäuden, den Stallungen und der großen Vorratsscheune gebildet. Kurz dahinter umschloss die Außenmauer das Dorf, und der Weg, vor dem Hof führte direkt vom Brunnenplatz durch das Wiesentor auf die flache Seite des Tals. Dort lagen die weiten Wiesen und Felder, die zum Dorf und der Burg gehörten.

Leah genoss die Stille im Hof, während alle draußen auf den Feldern waren. Solche Tage, an denen sie ihre eigenen Aufgaben hatte und nicht fortwährend mit so vielen lauten Menschen zusammen sein musste, waren ihr die liebsten. Wenn mehrere Leute zugleich redeten, konnte sie ohnehin kaum folgen. Die Aussprache war ihr fremd und viele Worte verstand sie nicht, wenn schnell gesprochen wurde. Zwar wurde das mit jedem Tag besser, aber bis sie sich wie früher mit jedem problemlos unterhalten könnte, würde noch viel Zeit vergehen.

In Maastricht war das von Anfang an ganz anders gewesen, erinnerte sich Leah wehmütig. In der Stadt begegnete man vielen Händlern aus anderen Ländern. Mit ihrem Französisch war Leah recht gut zurechtgekommen und hatte das Niederländische nach und nach dazulernen können. Wer etwas nicht verstand, versuchte eben, sich mit Händen und Füßen zu verständigen. Dergleichen gehörte in der Handelsstadt zum ganz normalen Bild. Hier in Gehrenburg nahmen die Leute nur selten Rücksicht, langsamer mit ihr zu sprechen. Manch einer glaubte wahrscheinlich, sie wäre dumm, da man ihr alles extra deutlich erklären musste, und sie auch selbst oft nicht die richtigen Worte fand. Hier war man es einfach nicht gewohnt, sich mit Fremden abzugeben.

Leah seufzte, stand auf und brachte ihr Geschirr in die Küche zurück. Jetzt musste sie noch das Futter für die Arbeitspferde richten, damit sie direkt fressen konnten, wenn alle von der Feldarbeit zurückkehrten. Wenn sie sich sehr beeilte, hätte sie noch Zeit, zum Bogen zu laufen und an ihrem neuen Lieblingsplatz Flöte zu spielen, bevor die Abenddämmerung kam.

Kaum war sie mit ihrer Näharbeit fertig, stand ein ihr unbekannter Bursche vor ihr und starrte Löcher in den Boden. Der Junge reichte ihr kaum bis zur Hüfte. Er konnte noch kein Knappe sein, denn er erschien ihr jünger als acht Jahre. Er baute sich vor ihr auf, beide Hände in die Hüften gestützt und sah sie auffordernd an.

„Seid Ihr die Pferdeheilerin?", fragte er.

Leah stutzte, diese Bezeichnung war für sie noch ungewohnt. „Ähm, ja, das bin ich wohl. Was gibt es denn?"

Nun verließ den Kleinen der vorher zur Schau gestellte Mut und verlegen trat er von einem Bein auf das andere. „Ein Pferd wurde verletzt und mein Ritter hat gehört, dass es hier eine Frau gibt, die sich mit solchen Dingen auskennt."

Leah nickte und wartete, ob er noch mehr zu sagen hätte. Der Junge drehte sich aber einfach um und lief aus dem Stall. Offensichtlich war es ihm nicht ganz geheuer, mit ihr zu sprechen, und nachdem er seine Nachricht überbracht hatte, trat er sogleich die Flucht an.

Eilig lief sie hinter ihm her. „He, warte, sollst du mich nicht zu dem Pferd bringen?"

Ihr Rufen nützte nichts. Der Bursche war bereits verschwunden. Also ging Leah zurück, nahm ihre Tasche mit den grundlegenden Dingen, die man bei Verletzungen benötigte, und machte sich auf den Weg. Sie ging quer durch das Dorf zu dem Stall, der nahe des Marktplatzes direkt vor der Burgmauer lag. Der Stall der Ritterpferde war vorbildlich sauber und aufgeräumt. Zu beiden Seiten der Mittelgasse standen die Pferde, an schweren Balken angebunden und fraßen das vorgelegte Heu. Kaum im Inneren des niedrigen Gebäudes angekommen, fand sie auch den Jungen wieder. Hier schien er in seinem Element zu sein und wurde wieder zugänglicher. Tatkräftig führte er sie zu dem verletzten Pferd, und zeigte ihr die Wunde. Das elegante Tier stand völlig unbeeindruckt da und kaute sein Heu, während der Junge ohne Angst zwischen seinen Beinen hindurch schlüpfte. Sie sah sich das blutende Bein an und stellte fest, dass es sich nur um einen oberflächlichen Riss handelte. Sie reinigte die Wunde und trug eine Salbe auf, die vor Entzündungen schützte. Dann gab sie dem Knappen Salbe und Wickel und die Anweisung, wie sie anzulegen und zu wechseln wären. Anschließend lief sie zurück zum Hof der Arbeitspferde, schlüpfte in ihre Kammer und steckte schnell ihre Flöte ein.

Sie war mehr, als ein Musikinstrument für Leah. Die Flöte war ihr einziger Besitz, der von ihrer leiblichen Mutter stammte.

„Wenn ich eine Tochter bekommen sollte, soll sie das Flötenspiel erlernen und meine Flöte bekommen", hatte sie noch kurz vor der Geburt gesagt, hatte ihre Amme Helena ihr erzählt. Also hatte Helena dafür gesorgt, dass sich dieser letzte Wunsch erfüllte. Sie hatte die Flöte an sich genommen und sie für Leah aufbewahrt, bis sie alt genug war, das Spielen zu lernen. Es hatte sich allerdings kein Flötenspieler gefunden, der sie den Umgang mit dem Instrument hätte lehren können. So hatte Leah ohne Anleitung herumprobiert, was allen im Hause gehörig auf die Nerven gefallen war. Schon bald hatte sie sich angewöhnt, sich zum Üben in den Stall oder in die Abgeschiedenheit des Waldes zurückzuziehen. Durch regelmäßiges Üben ihrer eigenen, selbst geschaffenen Melodien, war ihr Flötenspiel inzwischen angenehmer für fremde Ohren. Bereits einige Male hatten zufällige Zuhörer ihr bereits gesagt, dass sie ausgesprochen gern der Flöte lauschten. Sie spielte trotzdem nur ungern in Gesellschaft und fühlte sich dann stets befangen und unsicher.

27

Plötzlich bemerkte Alexander eine Bewegung auf dem Pfad unterhalb. Kam sie schon? Nein, es war nur ein Reh, das den Weg kreuzte. Aufatmend wandte er sich von der Mauer ab und ging zurück nach oben auf die Lichtung. Von hier aus konnte er den Weg zum Dorf gut überblicken, war aber selbst hinter dem niedrigen Gebüsch nicht zu sehen. Er setzte sich in das sonnenwarme Gras, lehnte den Rücken an einen großen, grauen Felsen und ließ den Kopf nach hinten gegen den Stein sinken.

Kleine weiße Wolkenfetzen zogen langsam ihre Bahn und die Sonne wärmte seine schmerzenden Glieder. Schmerz war seit dem Feuer sein ständiger Begleiter. Die Brandnarben hatten am Fuß und an der Hand die Haut zusammen gezogen, so dass die Gelenke nicht mehr richtig beweglich waren. Die Hand konnte er nicht mehr ganz öffnen und er hatte auch nicht die normale Kraft in den Fingern. Der Fuß dagegen ließ sich nicht mehr vollständig beugen, so dass die Ferse beim Laufen den Boden nicht berührte. Das hatte ihm ein Hinken eingebracht und durch die ungleichen Bewegungen schmerzte nach längerem Laufen seine ganze rechte Seite. Die Wärme der Frühlingssonne entspannte jedoch die verkrampften Muskeln und Alexander streckte Arme und Beine bequem aus.

Die bewegende Flötenmelodie, wie aus einem Traum, erklang von unten. Er schrak zusammen und sprang auf. Sie war schon da und spielte ihre wunderbare Musik! Warum hatte er sie nicht kommen sehen? Es war bereits dämmrig, er musste eingeschlafen sein.

Fröhlich klangen die Töne heute. Klar und ruhig, wie

das fließende Wasser im Bach und der Schimmer der Sonnenstrahlen durch das Laub der Buchen. Die Melodie war so wunderschön, warm und weich, dass Alexander kurz die Augen schloss und nur lauschte. Sein Herzschlag beschleunigte sich bei der Erinnerung an die schmale, anmutige Gestalt, die er gestern gesehen hatte.

Von der Lichtung aus konnte er nicht den Platz unter dem Steinbogen sehen. Nur ein wenig näher wollte er herangehen, ganz vorsichtig. Vielleicht könnte er einen Blick auf das Instrument erhaschen, von dem er inzwischen sicher war, dass es eine Flöte sein musste. Die Frau würde ihn sicher nicht bemerken, nur einen ganz vorsichtigen Blick würde er riskieren.

So leise wie möglich stieg Alexander den steilen Hang hinunter, während die Melodie immer neue Höhen und Tiefen in ihrem perlenden Klang vereinte. Fast am Steinbogen angekommen, hielt er inne und spähte durch das Dickicht, das den Weg säumte. Er sah ihre schmalen Schultern und den langen Zopf, der über ihrem Umhang im Rhythmus der Melodie leicht wippte. Ihre geschmeidigen Bewegungen waren ganz im Einklang mit der Melodie und verzauberten ihm. Er stand stocksteif da, sein Herz raste und wieder zog dieser Schmerz seine Brust zusammen. Gestern war sie so nah an ihm vorbei gegangen, jetzt schien ihm die Entfernung zwischen ihnen unendlich groß. Die Sehnsucht nach Nähe, nach einem Menschen, der seine Einsamkeit vertrieb, ließ ihn noch weiter nach vorn treten. Wenn er wenigstens die Flöte und vielleicht sogar ihr Gesicht sehen könnte. Nur ein einziges Mal wollte er sie ansehen.

Ein Ast knackte unter seinem Fuß.

Jäh brach die Melodie ab und die Flötenspielerin sprang von der Mauer.

Nein! Das durfte nicht passieren!

Wenn sie jetzt ging, kehrte sie vielleicht nie zurück. Sie hatte sich erschreckt und würde sich davor fürchten, hier noch einmal zu spielen. Das durfte nicht sein. Irgendwie musste er sie aufhalten. Er konnte diese wundervolle Musik und ihre Gegenwart nicht so schnell wieder verlieren.

Alexander holte tief Luft und tat das Undenkbare.

„Meine Dame, habt keine Angst. Ich wollte Euch nicht erschrecken, es tut mir leid." Seine Stimme klang rau, was nicht verwunderlich war. Zu lange hatte er mit keiner Menschenseele gesprochen.

Die Flötenspielerin lief nicht fort, sondern wandte sich in seine Richtung. Er fuhr zusammen und wich sofort in das Unterholz zurück. Hoffentlich hatte sie ihn noch nicht gesehen.

„Meine Flöte hat heute Abend also einen Zuhörer", stellte sie fest, mit deutlicher Erleichterung in der Stimme. „Kommt doch heraus, sodass ich erkennen kann, wer Ihr seid." Sie machte zwei Schritte nach vorn.

„Nein, bitte kommt nicht näher. Ihr dürft mich nicht ansehen!" Alexander zog sich hastig weiter zurück. Was hatte er getan? Wie hatte er sie ansprechen können? Jetzt stand sie vor seinem Versteck und beinahe müsste sie ihn hier zwischen den Ästen erkennen können.

Sie war so schön, ihr zartes Gesicht strahlte im Abendlicht, das durch die zitternden Buchenblätter rieselte, und der offene, braune Umhang ließ ihre schmale Gestalt in dem sandfarbenen Kleid zart und zerbrechlich wirken. Ihre

Stimme war weich und die Art, wie sie die Worte betonte, hörte sich fremd und zugleich vertraut an. Es erinnerte Alexander an seine Pagenzeit, die er bei einer befreundeten Familie verbracht hatte, in der Burg von Valenciennes, die zur Grafschaft Chambrais gehörte.

„Verzeiht, meine Dame. Ich wollte Euch nicht unterbrechen. Bitte nehmt doch wieder auf der Mauer Platz und spielt weiter, ich werde Euch von hier aus zuhören."

Sie durfte ihn auf keinen Fall sehen. Sie würde wie die Menschen im Dorf auf seinen Anblick reagieren und sich erschrocken und voller Angst abwenden. Ein kalter Schauer fuhr über seinen Rücken, allein bei dem Gedanken.

„Warum versteckt Ihr Euch? Ihr habt mich zu Tode erschreckt und müsst hervorkommen, um Euch ordentlich zu entschuldigen. Ich kenne Euch nicht und wüsste gern, wer hier im Wald meiner Flöte zuhört."

Alexanders Gedanken rasten in dem verzweifelten Versuch, irgendeine Erklärung für sein seltsames Verhalten vorzubringen. Noch bevor er zu einem Entschluss gekommen war, sprach sie weiter.

„Nun gut, wenn Ihr Euch nicht vorstellen möchtet, so ist das Eure Sache. Ich kann Euch ja zumindest sagen, wer ich bin. Mein Name ist Leah und ich bin die Tochter des neuen Stallmeisters. Ihr kennt mich wahrscheinlich noch nicht, weil wir erst vor Kurzem hier angekommen sind. Ich habe noch lange nicht alle Leute des Dorfes kennengelernt."

Er stieß erleichtert die Luft aus und bemerkte erst jetzt, dass er die ganze Zeit den Atem angehalten hatte. Wenn sie mit ihrem seltsamen Akzent so schnell sprach, musste er gut hinhören, um sie zu verstehen, aber einiges war ihm jetzt klar geworden. Sie lebte noch nicht lange in Gehrenburg und hatte noch nicht davon gehört, dass er oben in der alten Bergfeste wohnte, sonst wäre sie wohl niemals hierher gekommen.

Im Dorf wussten sie, dass der Kapuzenmann in der alten Burg wohnte. Die Jäger und Holzfäller mieden daher diesen Teil des Waldes, um ihm nicht zufällig zu begegnen. Kapuzenmann nannten sie ihn schon seit Jahren. Wenn er ins Dorf ging, riefen die Kinder: „Der Kapuzenmann kommt", während sie vor ihm wegliefen. Natürlich würde auch ihr jemand früher oder später von ihm erzählen. Wenn sie im Dorf von ihrer Begegnung mit einem unbekannten Fremden sprechen würde, könnte sie sich sofort die ganze Geschichte über ihn anhören.

Dann würde sie nicht mehr herkommen.

Er musste sich schnell etwas einfallen lassen. Sein Herz raste immer noch und seine Gedanken jagten in verschiedene Richtungen. Da kam ihm die rettende Idee. „Bitte verzeiht meine Unhöflichkeit. Natürlich muss ich mich ebenfalls vorstellen. Ich bin der Sohn des Schmieds, aber ich habe mir in diesem Gesträuch die Hose zerrissen. So kann ich unmöglich unter Eure Augen treten." Der erste Teil war sogar fast die Wahrheit. Er hatte sich früher oft gewünscht, der Sohn des Schmieds zu sein und auch dessen Handwerk gelernt.

Sie lachte ein glockenhelles Lachen und antwortete mit einem belustigten Unterton: „Wenn das so ist, bleibt lieber wo Ihr seid. Es ist allerdings schon fast dunkel. Ich muss zurück und kann heute Abend nicht mehr für Euch spielen, morgen vielleicht." Sie wandte sich ab und lief eilig auf dem Weg zum Dorf herunter.

Alexander lehnte sich schwer an den Stamm der großen Buche. Sein Herz hämmerte noch immer so heftig gegen seine Rippen, als wäre er den ganzen Berg hinaufgerannt.

Sie hatte mit ihm gesprochen.

So lange hatte niemand mehr mit ihm gesprochen, dass er ganz vergessen hatte, wie sich das anfühlte. Ihre Stimme war so freundlich und warm. Sie hatte keine Angst vor ihm gehabt und war nicht fortgelaufen. Sie hatte sogar gelacht, ein wundervolles helles Lachen, das ihn tief berührt hatte. Und sie würde vielleicht morgen wieder herkommen. Das war alles so unglaublich. Ihr zartes Gesicht und ihre weiche Stimme hatten sich tief in sein Gedächtnis gegraben und er wollte am liebsten einfach hierbleiben, bis sie zurückkehrte. Zögerlich trat er an den Mauervorsprung und strich mit den Fingerspitzen über den rauen Stein, auf dem sie gesessen hatte. Würde sie wirklich morgen wiederkommen?

Berührung

Lange Schatten fielen in den Stallmeisterhof und das Licht färbte sich langsam golden. Leahs Tag war lang und anstrengend gewesen. Außerdem machte sie sich Sorgen. Drei Stuten waren hochtragend und sollten in den nächsten Tagen ihre Fohlen bekommen. Irgendwie hatte sie kein gutes Gefühl dabei. Zwei weitere Fohlen waren schon da und tollten munter und fidel um ihre Mütter herum. Den Stuten ging es auch gut und sie sollten ab morgen wieder im Geschirr mit aufs Feld gehen. Die Fohlen, die erst wenige Tage alt waren, würden zuerst noch frei nebenher laufen, aber schon bald musste Leah die Kleinen an das Halfter gewöhnen, damit sie neben den Stuten am Geschirr angebunden werden konnten.

Leah trat mit hängenden Schultern aus dem Stall, fühlte sich ausgelaugt und schmutzig. Nichts war ihr heute gelungen. Ihre Versuche, die Stallknechte von irgendetwas Neuem zu überzeugen, waren alle fehlgeschlagen. Man wollte sie und ihre komischen Ideen hier nicht.

Wie sehnte sie sich wieder einmal nach ihrem alten Zuhause zurück, dort hatten die Leute zumindest ihre Sprache verstanden. Nein, nie wieder konnte sie dorthin zurückkehren, wo man sie hatte umbringen wollen, und sogar ihren besten Freund Gerbo getötet hatte. Sie schüttelte den Kopf und schob die schlimmen Erinnerungen in ihrem Kopf wieder ganz nach hinten. Sie durfte nicht an der Vergangenheit hängenbleiben. Sie musste nach vorn sehen.

So stand sie im Innenhof und rang mit sich, ob sie wirklich noch zum Bogen gehen sollte. Es war noch ein gutes Stück Fußweg, und ihre Beine waren ohnehin schon schwer. Doch dort beim Bach war es still und angenehm kühl. Selbst wenn sie nicht mehr die Energie für ein Flötenspiel aufbrachte, konnte sie sich ausruhen und ein wenig träumen.

Plötzlich fiel ihr die Begegnung von gestern wieder ein. Der Schmiedebursche. Was war das für eine seltsame Begegnung im Wald gewesen? Ob er auch vorgestern schon zugehört hatte, als sie sich plötzlich so beobachtet fühlte? Die Geschichte mit der Hose kam ihr irgendwie unglaubwürdig vor. Seine Stimme hatte einen nachdrücklichen Unterton gehabt, fast als hätte er Angst, dass sie ihn sehen würde. Trotzdem war es eine angenehme Stimme gewesen, weich, zugleich kraftvoll und tief. Sie stellte sich vor, dass diese Stimme zu einem großen, kräftigen Mann gehören musste, und war sehr neugierig auf den unbekannten Fremden. Morgen würde sie endlich zur Schmiede gehen. Sie wollte nun wirklich wissen, wer er war. Außerdem war ja noch eine Entschuldigung offen, dachte sie und musste lächeln.

Schon hatten Leahs Füße ganz selbständig den Weg zu ihrem neuen Lieblingsplatz eingeschlagen. Beim Wiesentor traf sie noch Georg, den Gehilfen ihres Vaters. Den schlanken, blonden Mann mit den strahlenden, hellen Augen, hatte Leah von Anfang an gemocht. Er war stets fröhlich und guter Laune, hatte ihr in den ersten Tagen das Dorf und die Burg gezeigt.

„Wo gehst du denn noch hin heute Abend, Leah?"

„Ich geh´ mir nur ein wenig die Füße im Bach kühlen, bevor es dunkel wird." Sie fühlte sich nicht gut dabei, Georg nicht die Wahrheit zu sagen. Aber sie wollte auch niemandem von ihrem Bogen erzählen, denn sie liebte die Abgeschiedenheit und Ruhe nach dem lauten und hektischen Treiben des Tages.

„Geh nicht zu weit weg. Huu-huu, wer weiß, was hier im Wald alles wohnt", sagte Georg mit einem Lachen.

„Nur ein wenig am Bach entlang", antwortete sie und wandte sich schnell ab. Auch auf Georgs freundliche Scherze hatte sie jetzt einfach keine Lust.

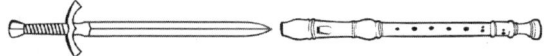

Der Tag war so unendlich lang geworden, denn er hatte an nichts anderes, als die Flötenspielerin denken können. Trotzdem hatte Alexander keinerlei Ahnung, was er heute Abend tun wollte. Musste er sich weiter oben verbergen und nur ihrem Flötenspiel lauschen, oder konnte er es wagen, noch einmal mit ihr zu sprechen? Schon der Gedanke an ihre Stimme und ihr Lachen ließ sein Herz schneller schlagen und hoffnungslose Sehnsucht nach ihrer Nähe breitete sich in ihm aus. Wie sollte er ihr erklären, dass sie ihn nicht ansehen durfte? Von dem Fluch konnte er nicht sprechen. Aber selbst wenn es den nicht geben würde, sein von Narben und Feuer gezeichnetes Gesicht konnte niemand ansehen, ohne sich mit Schaudern abzuwenden. Wie gern würde Alexander ihr all das sagen, was ihn schon seit so vielen Jahren quälte, ohne dass er mit irgendwem darüber sprechen könnte.

Früher oder später würde sie von den Dorfleuten ohnehin vom Kapuzenmann erfahren und was dann? Würde sie heute überhaupt kommen, oder war schon alles zu spät?

Er atmete zittrig ein, um die Enge zu vertreiben, die seine Brust zusammenpresste, und schloss die Augen. Ein stilles Stoßgebet flüsternd, ging er vor seiner Tür auf und ab. Den Glauben an den Herrscher im Himmel hatte er in den einsamen Jahren hier oben verloren, doch jetzt musste er irgendeine Macht anflehen, ihm seine Flötenspielerin zum Bogen zu bringen. So drehten sich seine Gedanken im Kreis und Verzweiflung und Hoffnung kämpften miteinander.

Er bemühte sich, auf dem Weg nach unten langsam zu gehen, die Bewegungen der Tiere und die Natur zu beobachten, so wie er es immer tat. Aber der heutige Tag war nicht wie immer. Heute war er nicht auf der Jagd oder auf der Suche nach essbaren Pflanzen, er war auf der Suche nach ... Nein, er konnte es nicht in Worte fassen. Wonach sein Herz sich sehnte, das würde ihm ohnehin für immer verwehrt bleiben. Aber eine Flötenmelodie, vielleicht sogar ein paar gewechselte Worte, das wäre schon ein wunderbares Geschenk.

Alexander wartete im Dickicht neben der alten Brücke und sah, wie die Flötenspielerin den Weg hinauf kam. Ihre Haltung und ihr Gang zeugten davon, dass sie müde war. Hatte sie heute schwer arbeiten müssen? War sie aus irgendeinem Grund traurig?

Sie setzte sich heute an das Ufer des Baches, zog ihre Sandalen aus und ließ das Wasser über ihre Füße laufen. Dann drehte sie sich um. „Ist da jemand?", fragte sie, während ihr Blick über das Dickicht glitt. Hatte sie gespürt, dass er sie ansah? Alexanders Herzschlag klopfte in seiner Kehle, und er fürchtete, seine Worte würden so zittrig klingen, wie er sich fühlte.

„Ihr spielt heute nicht auf der Flöte?", fragte er vorsichtig.

„Nein, ich bin müde und habe die Flöte heute zu Hause gelassen", antwortete sie mit einem Kopfschütteln.

Sie war hier, sie sprach mit ihm. Es war so wundervoll. „Ich freue mich sehr, dass Ihr gekommen seid, auch ohne Eure Flöte." Ihre schmale Gestalt und ihre warme Stimme mit der besonderen Art, die Silben zu betonen, erschienen Alexander wie aus einer fernen Erinnerung. Er sprach erst zum zweiten Mal mit ihr, und doch erschien diese Aussprache ihm auf seltsame Weise vertraut.

„Darf ich Euch denn heute kennenlernen, oder wollt Ihr Euch wieder die Hosen im Unterholz zerreißen?", fragte sie mit einem Lächeln in der Stimme.

Er schluckte schwer und schloss für einen Moment die Augen. „Meine Dame, es muss Euch sehr unhöflich erscheinen, dass ich mich nicht zeige. Aber glaubt mir, ich kann das wirklich nicht tun."

„Wie kann ich dann sicher sein, dass ich nicht mit einem Geist spreche, oder mir alles nur einbilde?"

Sein Atem ging stoßweise, als wäre er gerannt. Er musste ihrer Bitte Folge leisten, durfte sie nicht durch solch ungehobeltes Verhalten verärgern. Obwohl sein ganzer Körper sich verkrampfte, trat Alexander langsam und vorsichtig aus den Schatten des Unterholzes.

„Seht Ihr, ich bin kein Geist und auch keine Einbildung." Tief hatte er die Kapuze ins Gesicht gezogen und hielt den Blick fest zu Boden gerichtet. Er würde den Kopf nicht heben und weit genug entfernt bleiben, dass sie nur seinen dunklen Umhang sehen konnte.

„Das ist schon viel besser." Ihre Stimme klang noch immer freundlich. „Dann kommt her und setzt Euch zu mir ans Wasser."

Niemand hatte Alexander in vielen Jahren gebeten, sich zu ihm zu setzen. Niemand wollte in seiner Nähe sein. Sein Herz raste und er atmete mehrmals tief ein, ehe er antworten konnte. So sehr er es auch versuchte, das Zittern in seiner Stimme konnte er nicht ganz unterdrücken.

„Es tut mir leid. Ich würde das wirklich sehr gern tun, aber das geht nicht."

„Eure Stimme klingt sehr traurig. Ich denke, ich müsste ein fröhliches Lied für Euch spielen. Jetzt tut es mir leid, dass ich die Flöte nicht mitgenommen habe."

Sie würde tatsächlich nur für ihn spielen! Sein Hals war wie zugeschnürt, er schluckte, aber der Kloß verschwand nicht. Schließlich antwortete er: „Ihr seid hergekommen, auch ohne Eure Flöte macht mich das sehr glücklich."

Eilige Schritte kamen plötzlich den Weg herauf. Ein Mann wedelte hektisch mit den Armen und rief schon von Weitem: „Leah, ich habe dich überall gesucht. Du musst sofort kommen! Die weiße Stute hat Probleme mit der Geburt. Dein Vater schickt mich, du musst helfen."

„Oh je, ich komme sofort." Sie drehte sich um. „Euer fröhliches Lied werde ich Euch morgen spielen." Alexander sah, wie sie unsicher in seine Richtung spähte. Sie konnte ihn nicht mehr sehen, denn er hatte sich beim Auftauchen des Kerls sofort in den Wald zurückgezogen.

Er stand hinter dem Stamm der großen Buche und blickte ihr noch lange nach. Sehr langsam machte er einige Schritte zum Bachufer und setzte sich neben den Platz, an dem sie gesessen hatte. Wenn er die Augen schloss, konnte er sich vorstellen, sie wäre noch da. Er zog seine Schuhe aus und ließ das eisige Wasser des Baches seine Füße umspielen, wie sie es getan hatte. Sein rechter, vernarbter Fuß wurde beinahe gefühllos durch die Kälte des Wassers und der stetige Schmerz ließ etwas nach.

Nur wenige Schritte neben ihr hatte er gestanden. So nah war er schon jahrelang keinem Menschen mehr gewesen. Er konnte keine Worte finden für das Brennen in seinem Herzen. Morgen würde sie ein Lied für ihn spielen. Würde sie das wirklich tun, für ihn? Es erschien ihm so unfassbar, wie sie mit ihm gesprochen hatte, so freundlich und voller Wärme. Alexander schloss die Augen und sog tief den Duft des Waldes in sich hinein. Er hoffte so sehr, dass mit der Stute und dem Fohlen alles gut ginge. Sie traurig zu sehen, würde er nicht ertragen können.

Die weiße Stute Jenna lag matt im Stroh. Eine Wehe verkrampfte ihren Bauch. Die Nüstern des Fohlens schauten bereits heraus.

„Oh non, c'est tout faux. Das ist ganz falsch! Die Füße müssen zuerst heraus." Leah ließ sich neben ihren Vater auf die Knie fallen und stützte die Hände ins Stroh.

„Ja natürlich", antwortete Sebastian. „Ich habe es versucht, aber ich kann die Beine des Fohlens nicht erreichen. Mit deinen schmalen Händen kannst du es vielleicht schaffen."

Sie sprang auf und wich einen Schritt zurück. „Nein! Ich kann das nicht, Vater. Nicht die Geburt. Du weißt ganz genau, warum", stieß sie hervor.

Ihr Vater stand auf und fasste sie mit beiden Händen an den Schultern. „Du musst die Vergangenheit und die törichten Gerüchte beiseiteschieben. Du bist eine gute Pferdeheilerin geworden und du weißt genau, was zu tun ist. Tu es!"

Leah schloss die Augen und schüttelte unablässig den Kopf. Sie durfte die Stute nicht anfassen, und schon gar nicht das ungeborene Fohlen. Es war ihr Fluch, ihre eigene Geburt, ihr böser Blick. Oder stimmte das alles gar nicht? Konnte sie ihrem Ziehvater vertrauen? Sie riss die Augen wie der auf und starrte Sebastian an, der wortlos nickte. Mit einem ergebenen Seufzer kniete sie sich wieder ins feuchte Stroh. Das Fell der Stute war schweißnass und sie atmete stoßweise. So leicht war das nicht, die Vergangenheit abzuschütteln und einfach zu tun, was nötig war. Ungeborenes Leben war schon immer etwas, wovor sich Leahs Herz zurückzog. Sie hatte stets diese tiefe Angst, es zu verletzen.

Die nächste Wehe presste den Bauch der Stute zusammen und drückte den Kopf des Fohlens ein Stückchen weiter nach vorn. Es half nichts, ihr Vater konnte das Fohlen und die Stute nicht retten. Wenn sie nicht beide sterben sollten, musste Leah es an seiner Stelle tun.

Sie reinigte ihre Hände und Arme mit heißem Wasser, das in einer Schüssel bereitstand und wand ihre Finger am

Kopf des Fohlens vorbei in den Geburtskanal. Es kostete sie alle Kraft, gegen die Wehen der Stute ihre Hand hinein zu schieben, aber schließlich hatte sie den kleinen Huf umfasst. Sie hielt die rutschige Hufspitze in ihrer Handfläche, drehte sie etwas und zog vorsichtig. Wenn sie das Bein verletzte, hatte das junge Pferd keine Chance, selbst wenn es lebendig geboren wurde.

Immer wieder drückten die Wehen den Körper des Fohlens nach vorn, doch endlich hatte Leah den Huf am Kopf vorbei gezogen. Sie atmete auf und stützte sich schwer mit beiden Händen im Stroh ab. Sie brauchte eine kleine Verschnaufpause, aber die nächste Wehe schob den Fohlenkörper weiter vor. Vorsichtig drückte sie den kleinen Kopf wieder zurück, um nach dem anderen Bein zu suchen. Dieses lag günstiger und sie hatte es recht schnell in die richtige Position gebracht. Jetzt konnte das Fohlen endlich geboren werden.

Inzwischen war die Stute bereits sehr geschwächt und Leah und ihr Vater mussten kräftig helfen, um das kleine Tier ans Licht der Welt zu bringen. Nass und weich lag es auf seiner aufgerissenen Eihaut im Stroh. Den schönen hellbraunen Kopf zierte ein schmaler weißer Streifen von der Stirn bis zu den kleinen Nüstern. Alle vier Beine waren bis zur Hälfte weiß.

„Ein Glückspferd, Vater, sieh nur, ein Fuchs mit vier weißen Stiefeln." Anstrengung und Erleichterung ließen Leahs Stimme beben. Endlich geschafft! Mit einem Seufzer legte sie ihren Arm auf Sebastians Schulter.

Ihr eigener Atem stockte, als sie bemerkte, dass das Fohlen immer noch nicht atmete. Die Nabelschnur war bereits gerissen. Hastig presste Leah ihr Ohr an die zarte Brust des kleinen Hengstes. Kein Herzschlag war zu hören.

Heiße Tränen stiegen in ihre Augen. „Schau nur, wie schön er ist, Vater. Er muss doch leben!" Ihre Stimme war nur ein Flüstern. Noch einmal presste sie ihr Ohr auf die Rippen des Fohlens. Da war nur Stille, wo ein Herz hätte schlagen sollen.

„Vater, was können wir tun?", presste sie verzweifelt hervor.

Sebastians Augen waren feucht und mit einem Zittern in der Stimme antwortete er: „Nichts, mein Schatz, es bleibt nichts, was wir tun können."

Die Stute versuchte aufzustehen, um sich nach ihrem Fohlen umzudrehen.

„Sei still, meine Liebe, bleib noch liegen und ruh´ dich aus", versuchte Leah mit tränenerstickter Stimme, die Stute zu beruhigen.

Ihr Vater nahm sie in die Arme und hielt sie fest. „Ach mein Herz, es ist sehr schade um diesen wunderbaren kleinen Kerl, aber du hast sicher das Leben der Stute gerettet."

„Non, mon père! Das reicht aber nicht, Vater", schrie sie ihn mit plötzlich aufgeflammter Wut an. „Ihn wollte ich retten, aber ich konnte es nicht: Ich bin zu spät gekommen. Es ist allein meine Schuld!"

„Leah …" Ihr Vater schüttelte den Kopf. „Du hättest …"

Sie riss sich aus seiner Umarmung los und rannte in wilder Verzweiflung aus dem Stall.

Niemand würde ihre Trauer verstehen, es war ja nur ein Fohlen. Sie war sicher, dass es noch gelebt hatte, als sie es zum ersten Mal im Bauch der Mutter berührte. Das Leben unter ihren Händen davongleiten zu sehen und nichts tun zu können, das war mehr, als ihr Herz ertragen konnte. Sie lief zum Haus, rannte in ihre Kammer und nahm die kleine Tasche mit ihrer Flöte von der Kommode. In der Einsamkeit des Waldes all ihren Schmerz in die Flötenmelodie zu schreien, war das Einzige, was jetzt helfen konnte. Es war ihr egal, dass es bereits dunkel war.

Wie von Dämonen gejagt lief sie hinaus in das letzte schwache Zwielicht zwischen Sonnenuntergang und Mondschein. Mit Tränen in den Augen stolperte sie den Pfad entlang und wäre fast in den Bach gestürzt. Wütend raffte sie sich auf und rannte weiter. Im dichten Wald war die Dunkelheit tiefer, sie konnte kaum erkennen, wohin sie lief. Es war ihr gleich. Der Schmerz in ihrem Herzen erstickte alle anderen Gedanken. Die alte Brücke schimmerte im Mondlicht und sie lehnte sich weinend an die rauen Steine.

Alexander saß auf der Lichtung, die das Tal überblickte, lehnte sich an den Stein und sah hinunter zum Dorf. Der fast volle Mond schien auf die Wiesen und Felder und ließ alles silbrig und hell erscheinen. Frieden lag über dem Tal.

Er wollte noch nicht zurückkehren in die kalte Einsamkeit seiner Burg. Hier im Wald konnte er den Nachklang ihrer Gegenwart noch ein wenig spüren. Ihre fröhliche Stimme hatte ihn aufgefordert, sich neben sie zu setzen. Oh, wie gern wäre er dieser Bitte nachgekommen. Verzweiflung mischte sich in seine Freude. Niemals würde er ihr nahe sein können, niemals dürfte er davon träumen, sie zu berühren.

Die Dunkelheit wurde tiefer, eine Wolke schob sich vor den Mond und Kälte zog langsam in Alexanders Umhang. Er stand auf, um den steilen Weg zurück zu seiner Burg zu gehen.

Die leisen Geräusche der Nacht unterstrichen nur die tiefe Stille. Ganz schwach und von weit her mischte sich ein Vogelklang hinein. Dunkelheit und Trauer zogen in Alexanders Herz bei diesen Tönen.

Nein, das war kein Vogel, es war die Flöte! Wieso konnte er sie bis hierher hören? Warum war sie in der Nacht im Wald und woher kam dieser Kummer?

Er drehte sich um und rannte mit riesigen Schritten durch die Dunkelheit. Sein rechtes Bein brannte, aber er ignorierte den Schmerz. Die wilde Melodie wurde immer lauter, während er lief. Kurz vor dem Weg hielt er inne. Sie spielte so wütend und inbrünstig, dass sie ihn nicht kommen gehört hatte. Alexander holte tief Luft und trat aus dem Schatten der Bäume auf den Weg.

Die Melodie riss mit einem scharfen Ton ab, die Frau fuhr herum. „Du vent! Geht weg, ich will Euch nicht sehen. Ich will allein sein!", rief sie mit heiserer Stimme.

Die Wut in ihren Worten stieß Alexander beinahe körperlich zurück, aber er musste den Grund für ihren Schmerz erfahren.

„Was ist geschehen?", brachte er außer Atem hervor und ging noch einige Schritte auf sie zu. Sie schluchzte, dann begann sie, sichtlich aufgewühlt hin und her zu laufen. Stockend erzählte sie ihm von den Geschehnissen des Abends.

Seine Kehle war zugeschnürt vom wohlbekannten Gefühl der Schuld und des Versagens. Wie gut konnte er ihren Kummer nachempfinden. Er hätte sie so gern getröstet, aber er war unfähig, Worte zu finden, die ihren Schmerz lindern könnten.

Er hatte den Schatten des Mauerbogens genutzt, um sich vor ihrem direkten Blick zu verbergen, nun stand er mit dem Rücken zur Wand. Er konnte nicht weiter zurückweichen, als sie zwei Schritte nach vorn trat, um ihre Stirn an seine Schulter zu lehnen. Ihre Tränen benetzten seinen Umhang und ihr ganzer Körper bebte.

Wie erstarrt stand Alexander da und wagte kaum zu atmen. Die Kapuze verhüllte sein Gesicht, doch ihre Nähe und die Berührung ließen sein Herz rasen, vor Glück und Angst zugleich. Nach einer Ewigkeit wagte er es, seine linke Hand zu heben, wollte sie vorsichtig auf ihre Schulter legen. Noch ehe er sie berühren konnte, richtete sie sich auf und trat einen halben Schritt zurück. Schnell zog er die Hand weg, wandte sich ab und senkte seinen Kopf.

Sie schluckte. „Ich wollte Euch nicht in Verlegenheit bringen. Es tut mir leid, ich weine mich normalerweise nicht an der Schulter fremder Menschen aus."

Nein, sie hatte sein Abwenden völlig falsch gedeutet. „Meine Schulter ist jederzeit für Euch da, Leah", antwortete er heiser. Zum ersten Mal sprach er ihren Namen aus. Das starke Verlangen, nach ihrer Hand zu greifen, ließ ihn sich halb zu ihr umwenden. „Es ist sehr schade, dass ich so fremd für Euch bin, ich wünschte sehr, ich könnte das ändern."

Sie nickte nur stumm, kletterte auf den Mauervorsprung und bedeutete ihm, sich neben sie zu setzen.

Er stand immer noch völlig überwältigt da. Konnte er das wirklich tun? Ihre Berührung an seiner Schulter hatte etwas in ihm verändert. Vielleicht konnte er daran glauben, dass sie seine Gegenwart nicht abstoßend empfand.

Schließlich legte er eine Hand auf die Mauer und stieg auf den Absatz. Er achtete sorgfältig darauf, im Schatten zu bleiben, und setzte sich neben sie auf die rauen Steine. Im Mondlicht schimmerte ihr helles, etwas zerzaustes Haar. In ihrem Gesicht war Trauer.

Sie hob ihre Flöte an die Lippen und spielte leise eine schwermütige Melodie. Still lauschte Alexander den Klängen, im Widerstreit zwischen der Trauer der Musik und dem Glück ihrer Nähe. Er blickte auf den plätschernden Bach und wünschte sich, dass dieses Lied niemals enden würde.

Als sie die Flöte absetzte, flüsterte er mit belegter Stimme in die Stille hinein: „Es tut mir sehr leid für Euer schönes Fohlen mit den weißen Stiefeln."

„Danke mein Herr. Ich wollte Euch mit meinem Flötenspiel nicht traurig machen."

„Nein, nicht traurig, glücklich macht mich Eure Gegenwart und Eure Musik. Dass Ihr mir von Eurem Verlust erzählt habt, bedeutet mir sehr viel, Leah." Er wagte es nicht, sich zu ihr herumzudrehen. So gern hätte er ihr ebenfalls seinen Schmerz anvertraut und ihr alles erklärt. Das helle Mondlicht fiel auf seine Hand, die sich auf der Mauer abstützte. Als sie ihren Blick zu ihm wandte, zog er hastig den Arm wieder unter den Umhang.

„Was ist mit Eurer Hand geschehen?", fragte sie voller Sorge. „Habt Ihr Euch verletzt?"

Erschrocken hielt er die Luft an. Ausgerechnet seine

rechte Hand hatte sie gesehen. Die vernarbte, hässliche Hand.

„Es ist lange her, da hat ein Feuer meine Haut verbrannt. Deshalb sieht es jetzt so aus." Er blinzelte und presste die Lippen zusammen. Jetzt war es vorbei, nun würde sie erfahren, wer er war.

„Schmerzt das noch?", fragte sie, „Darf ich mir Eure Hand einmal ansehen?"

Er wand sich innerlich. „Warum? Sie sieht abstoßend aus und ja, sie schmerzt immerzu", stieß er hervor. Er wollte von der Mauer springen und die Flucht ergreifen und doch blieb er sitzen, als wäre er gebannt.

„Ich kenne mich ein wenig mit Kräutern und anderen Dingen aus, hauptsächlich zur Behandlung der Pferde. Aber vielleicht kann ich den Schmerz in Eurer Hand ein wenig lindern, wenn ich darf."

Er wollte den Kopf schütteln, blieb aber starr sitzen. Konnte sie das wirklich? War es überhaupt möglich, diesen andauernden dumpfen Schmerz in seinem verbrannten Arm zu stillen? Sie würde sich erschrecken vor der hässlichen Klaue. Er schluckte und versuchte, die Finger zu bewegen. Sofort schoss der bekannte Stich bis zum Ellenbogen hinauf. Die Hoffnung gewann schließlich über die Furcht und zögerlich steckte er seinen narbigen Arm unter dem Umhang hervor. Er hielt die Augen geschlossen, um ihr entsetztes Gesicht nicht sehen zu müssen.

Dann spürte er ihre Berührung auf seinem Unterarm. Vorsichtig fasste sie seine Hand und drehte und bewegte das Handgelenk. Sein Herz klopfte im Hals und er wagte kaum, zu atmen. Sie streckte seine Finger, soweit das möglich war, und strich über den Handteller zurück zum Gelenk und den Unterarm hinauf. Dann umfasste sie diesen fest mit beiden Händen und drückte ihre Daumen zwischen die Muskeln.

Alexander stöhnte auf.

„Es tut mir leid, das war zu fest", sagte sie mit einem kleinen Lächeln in der Stimme. „Ich bin es gewohnt, Pferde zu behandeln. Ich werde vorsichtiger sein."

„Nein! Bitte tut, was immer richtig ist, ich werde es aushalten", antwortete er atemlos. „Es hat mich nur überrascht, wie fest der Griff Eurer zarten Hände sein kann."

„Die zarten Hände eines Pferdemädchens sind oft stärker, als man denkt." Sie lachte und wandte sich wieder dem Kneten seines Armes zu. „Man muss die Verhärtungen lösen und die Gelenke lockern, dann wird auch der Schmerz geringer werden", stellte sie fest, während sie immer wieder ihre Daumen in seinen Arm presste, als wolle sie bis zum Knochen durchdringen.

Als sie schließlich fertig war, strich sie noch einmal sanft über Arm und Hand, als wolle sie sich für die harte Behandlung entschuldigen. Dann ließ sie ihn los.

„Ich werde Euch eine Salbe mit Arnika und einen Tee aus Weidenrinde machen, um den Schmerz zu lindern."

Alexander konnte nicht antworten. Sein Hals war trocken und sein Kopf schwirrte. Das Ziehen in seiner Hand war durch ihre Behandlung tatsächlich geringer geworden. Der ganze Arm fühlte sich warm und leicht an. Aber das wahre Wunder war die Selbstverständlichkeit, mit der sie seine vernarbte Haut berührt hatte. Sie schien das nicht im Geringsten abstoßend oder unangenehm zu finden. So etwas hätte er nie für möglich gehalten.

„Hat es Euch die Sprache verschlagen?" Wieder lachte sie. „So fest war es nun auch wieder nicht, oder?"

„Danke", flüsterte er mit trockenem Mund, unfähig, weitere Worte zu finden.

KLIPPE

„Wo warst du letzte Nacht so lang? Ich habe mir furchtbare Sorgen gemacht", schalt Leahs Vater sie am Morgen, als sie in die gemeinsame Stube trat.

„Ich bin nur am Bach entlang gegangen und habe in den Sternenhimmel geschaut. Ich muss wohl eingeschlafen sein", redete sie sich heraus.

Sie wusste, dass er verstehen würde, was die Vorgänge der letzten Nacht in ihr ausgelöst hatten. Sie hatten wieder all die alten Geschichten hochgebracht. Leah war noch immer wütend, dass Sebastian sie überhaupt dazu gerufen hatte. Allerdings hatte er ja nicht vorhersehen können, dass das kleine Pferd nicht leben würde. So war wenigstens die Stute gerettet worden.

„Wie auch immer, das junge Kutschpferd wird heute zum ersten Mal eingespannt. Das ist deine Aufgabe", sagte Sebastian in ernstem Ton.

Natürlich kannte er sie gut genug, um zu wissen, dass sie sich beschäftigen musste. Sie lächelte und nickte angesichts seiner besorgten Miene.

„Da ist noch etwas", fügte er an. „Du sollst in den Stall der Ritterpferde kommen. Da gibt es ein Problem, das deine Kräuter erfordert."

„Ja, Vater", antwortete Leah gehorsam und nahm sich vor, nach dem Frühstück zuerst dorthin zu gehen. Sie war tatsächlich neugierig, wozu man sie dort wieder brauchte.

Beim Essen in der Gesindeküche redeten wieder einmal alle zugleich. Alle Arbeiter des Stallmeisterhofes saßen an drei riesigen Tischen zusammen und die Unterhaltung war wie das Summen eines Bienenschwarms. Leah wünschte sich, weit weg zu sein. So hing sie noch der Erinnerung an den gestrigen Tag nach. Das wunderbare Fohlen, ein Leben, das noch nicht einmal begonnen hatte, ehe es schon wieder zu Ende war. Tränen sammelten sich in ihren Augen. Sie zwang ihre Gedanken weg von der Trauer und einer anderen Frage zu, die sie immer stärker gefangen nahm. Wer war nun der geheimnisvolle Besucher im Wald? Er war seltsam scheu und traurig, aber auch so freundlich und verständnisvoll. Etwas in der Art, wie er mit ihr sprach, berührte sie im Herzen. Eine solche seltsame Regung hatte Leah noch nie empfunden. Dabei kannte sie noch immer nicht seinen Namen. Der Sohn des Schmieds, das musste genügen, um ihn zu finden.

Als das gemeinsame Frühstück beendet war, trat Leah hinaus in die Sonne. Heute wollte sie sich noch einmal besondere Mühe geben, zu allen nett und höflich zu sein und niemanden mit ihren fremdländischen Vorstellungen von der Pferdearbeit zu belästigen.

Georg trat zu ihr und sah sie mit einem Zwinkern an. „Wollen wir uns am Nachmittag gemeinsam das Ritterlager anschauen? Es sind schon viele der edlen Herren aus allen Landesteilen angereist. Das ist sicher interessant."

Leah lächelte etwas gezwungen. Sie wusste seine Bemühungen zu schätzen, aber sie hatte sich bereits vorgenommen, nach der Arbeit die Schmiede aufzusuchen.

„Also, ich würde ..." Sie wurde unterbrochen, als ein Bursche zu Georg trat.

„Verzcihung, der Getreidekarren hat ein lockeres Rad, und die Zuggabel ist auch – um – nicht in Ordnung."

Georg wandte sich um. „Was ist denn passiert? Gestern war doch alles noch gut."

„Also, wir sind vielleicht etwas nah an den Graben gefahren. Da ist dann wohl der Wagen etwas abgerutscht. Jahaa, so war das." Der Junge wurde bei dem kurzen Bericht offenbar immer kleiner.

Georg wandte sich zu Leah um. „Ach, dahin ist mein freier Nachmittag. Wenn so eine Reparatur dazu kommt, werden wir wohl heute nicht mehr zum Ritterlager gehen können. Es tut mir leid."

„Ach, das macht ja nichts", gab Leah zurück und versuchte, sich ihre Erleichterung nicht anmerken zu lassen. „Bis zum Turnier ist sicher noch genug Zeit. Ein anderes Mal eben." Sie sah Georg nach, der kopfschüttelnd dem Jungen folgte, dann wandte sie sich dem Wohnhaus zu. Bevor sie zum Stall aufbrach, rührte sie die Arnikasalbe an. Dann maß sie einige Portionen Weiderindentee aus ihrem Vorrat in einen kleinen Stoffbeutel und steckte beides in ihren Umhang, um es später am Tage in der Schmiede abzugeben.

Der Ritterstall lag ein Stück oberhalb des Marktplatzes, unmittelbar vor der Burgmauer. Das einfache Holzgebäude diente lediglich dann als Stall, wenn zwei Mal im Jahr ein Turnier bevorstand, und die anreisenden Gäste und Wettkämpfer hier ihre Pferde unterbrachten. Leah war nicht sicher, was in der übrigen Zeit in dem Gebäude untergebracht war. Beim Eintreten fand sie jedoch, dass es eher nach Kuhstall, als nach Pferdestall roch. Drinnen herrschte reges Treiben. Staub hing in der Luft und Befehle wurden hin und her gebrüllt. Stallburschen und Knappen flitzten zwischen den Anbindeplätzen der Pferde herum und waren hektisch mit den Vorbereitungen für das heutige Training beschäftigt. Pferde wurden geputzt und gesattelt und die älteren Knappen kommandierten die jungen Burschen herum. Hin und wieder erschien ein Ritter in voller Rüstung, um sein Pferd abzuholen und die Burschen anzutreiben. Auch die Ritter waren heute voller Unruhe und Anspannung.

Leah erinnerte sich, dass heute für den Tjost trainiert wurde, das Lanzenstechen, das die Hauptattraktion des kommenden Turniers sein sollte. Beim Tjost kam es mit Abstand zu den schwersten Verletzungen und manchmal sogar zu Todesfällen. Auch das Training war nicht ungefährlich. Schwere Prellungen, beim Aufprall der Lanzen auf den Brustharnisch oder Kopf, waren schon fast als normal zu erwarten. Der Sturz vom Pferd in voller Rüstung konnte einen Ritter für das kommende Turnier kampfunfähig machen. Da er nicht nur um Ehre, sondern oft auch um sein gesamtes Hab und Gut kämpfte, konnte eine Niederlage oder schwere Verletzung im Turnier außerdem den finanziellen Ruin bedeuten. Wer sich den hohen Startpreis für das Turnier nicht leisten konnte, musste Pferd und Rüstung dafür verpfänden und dies, falls er nicht starten konnte, an den Burgherrn abtreten.

Leah musste sich erst durchfragen, wer nach ihr geschickt hatte. Natürlich erregte sie dadurch unter den Burschen einiges Aufsehen. Zu guter Letzt hatte sie den

Knappen gefunden, dem sie gestern Salbe und Wickel für das Pferdebein gegeben hatte. Der Bursche berichtete, der Ritter habe verlangt, dass sie sich die Verletzung heute selbst noch einmal ansehen sollte. Also bückte sich Leah zu dem Pferd, entfernte den Wickel und untersuchte sorgfältig das Bein. Der Knappe hatte Salbe und Verband richtig angelegt und die Wunde begann bereits zu heilen.

Als sie sich wieder aufrichtete, stand der Ritter so dicht vor ihr, dass sie zu ihm aufschauen musste. Seine glänzende Rüstung und das große Wappen ließen darauf schließen, dass er zu einer der reichen Familien gehörte. Haare und Bart waren sehr kurz geschnitten und Leah hätte ihn durchaus als ansehnlich bezeichnet. Das überhebliche Grinsen, das seinen Mund verzog, ließ sie allerdings einen halben Schritt zurückweichen.

„Da ist die magische Pferdeheilerin noch einmal zu uns in den Stall gekommen", spottete er.

„Euer Pferd ist bereits auf dem Weg der Besserung", gab Leah hastig zurück und versuchte sich an ihm vorbei zu drücken.

„Halt halt, schönes Mädchen, warum denn so eilig?", rief der Ritter und packte hart ihren Arm. „Ihr seid ja recht ansehnlich. Wenn man Euch wäscht und in ein ordentliches Kleid steckt, könntet Ihr sogar hübsch sein."

„Meine Kleider sind völlig ausreichend für mich, vielen Dank", antwortete sie trotzig. Wut über sein ungehobeltes Benehmen kochte in ihr hoch.

„Oho, entschuldigt, wenn ich Eure Gefühle verletzt habe", erwiderte er in überheblichem Ton. „Ich suche noch eine Turnierdame für die Feierlichkeiten. Ihr könntet das

Schauspiel von der Tribüne beobachten, statt beim Fußvolk zu stehen. Wäre das nicht eine gute Idee? Hier habt Ihr ein Wappentuch mit meinen Farben, damit Ihr Euch am Turniertag auch erinnern könnt, wer Euch eingeladen hat." Er drückte ihr das Tuch vor die Brust und stapfte davon, ohne eine Antwort abzuwarten.

Leah stand mit dem Wappentuch in der Hand zwischen den Pferden und sah ihm sprachlos nach. Mit der ausdrücklichen Einladung eines Ritters durften auch Damen oder Mädchen aus niederen Kreisen auf die Tribüne vor dem Kampfplatz. Dies war nur ein relativ kleines Turnier der umliegenden Grafschaften und Lehenssitze, hatte Sebastian ihr erklärt. Es sollten die Knappen, die ihre Ausbildung beendet hatten, zu Rittern geschlagen werden. Eigens zu diesem Anlass wurde jedes Jahr ein Turnier veranstaltet. Allerdings war die Anzahl der adeligen Damen, die ihr Kommen ankündigten, immer sehr begrenzt. Daher hatte man diese Form der Einladung ersonnen, um die Tribüne ein wenig mit holder Weiblichkeit zu füllen.

Drei Knappen standen mit aufgerissenen Augen und offenen Mündern neben dem Pferd.

„Turnierdame des Ritters von Hohenstein."

„Welch eine Ehre."

„Na ja, sie hat sein Pferd geheilt."

„Das war keine besondere Leistung", gab Leah schroff zurück. „Es war ja nur ein Kratzer. Und für eine große Ehre kann ich es bestimmt nicht halten. Was für ein ungehobelter Bursche."

„Aber er ist ein sehr guter Kämpfer und sehr berühmt", wandte einer der Knappen ein.

Leah schnaubte entrüstet. „Sein Auftreten lässt aber sehr zu wünschen übrig. Wahrscheinlich kann er deshalb unter den adeligen Frauen keine Turnierdame finden."

Die Stallburschen schüttelten sich aus vor Lachen und die Anspannung ließ etwas nach. Schließlich musste Leah über ihre eigene Empörung grinsen. Ritter waren eben manchmal etwas eingebildet, das musste man ihnen nachsehen.

Alle gingen wieder geschäftig ihren Aufgaben nach und Leah verschwand eilig aus diesem hektischen Wespennest.

In einiger Entfernung zur Burg beruhigte sie ihre Schritte und nahm den Umhang von ihren Schultern. Das eilige Laufen und die Sonne hatten ihr Schweißperlen auf die Stirn getrieben. Am Marktplatz angekommen wandte sie sich zum Brunnen und zog den Eimer hoch, um sich mit einem kühlen Schluck zu erfrischen. Sie setzte sich einen Augenblick auf den Brunnenrand und ließ die Augen über den Platz und die Gebäude schweifen.

Viele der Häuser sahen recht neu aus, an anderen sah man schwarze Balken am Dachfirst. Die Mauern der wenigen Gebäude, die im unteren Bereich aus Stein gemauert waren, waren völlig mit Ruß bedeckt. Ein großes Feuer musste vor nicht allzu langer Zeit das Dorf heimgesucht haben. Leah hatte oft grausige Geschichten von solchen Unglücken gehört und war sehr froh, so etwas selbst noch nicht erlebt zu haben. Nachdenklich und ein wenig bedrückt schlenderte sie zurück in den Stall der Arbeitspferde.

Georg war mit der Reparatur einer Holzabtrennung beschäftigt und sah auf, als die Tür sich öffnete. Leah trat in den Stall, und sofort sprang er hoch und kam zu ihr hinüber.

Sie hatte gestern nur am Rande bemerkt, dass er den Kampf um das Leben von Stute und Fohlen von der Geschirrkammer aus beobachtet hatte, und erst jetzt fiel es ihr wieder ein. Offensichtlich war er in der Nähe geblieben und hatte sich später um die Stute gekümmert.

Er blieb vor Leah stehen und senkte den Blick. „Das Fohlen gestern ... es tut mir sehr leid."

Sie seufzte und lehnte sich gegen die raue Holzwand. „Ja, wirklich sehr schade um den kleinen Hengst. Wie geht es Jenna heute?"

„Sie ist unruhig und ihr Euter ist geschwollen. Hast du nicht eine Salbe dafür?", fragte er und warf einen besorgten Blick zu dem Pferd hinüber.

„Natürlich, ich werde sie gleich holen." Sie drehte sich um und ihre Finger spielten abwesend mit dem Wappentuch in ihrer Hand.

„Wo hast du das denn her? Ist das nicht vom Ritter von Hohenstein?", fragte er scharf.

„Ja, das ist es. Den habe ich gerade drüben im anderen Stall getroffen. Ich soll seine Turnierdame sein", rief sie im Gehen über die Schulter. Als er nichts mehr sagte, wandte sie sich noch einmal um.

Georg lehnte mit gesenktem Kopf und nach vorn fallenden Schultern an der Wand, den Blick auf Jennas Abteil gerichtet. Er sah nicht mehr auf, aber sie wusste, dass sie ihn vor den Kopf gestoßen hatte. Ihm war nun bewusst, dass sie nicht mit ihm zum Turnier gehen würde, und das hatte er sich wahrscheinlich gewünscht. Es schmerzte sie, Georg niedergeschlagen zu sehen. Aber es gab nichts, was sie dagegen tun konnte.

Nachdem sie das Euter der Stute versorgt hatte und die erste Arbeit des jungen Kutschpferdes im Geschirr erledigt war, blieb noch ein wenig Zeit bis zum Essen. Leah war müde und niedergeschlagen, aber es siegte die gespannte Erwartung, diesen seltsamen Besucher aus dem Wald noch einmal zu treffen. Die Schmiede lag nicht weit vom Stall der Arbeitspferde und so hatte sie nur einen kurzen Weg durch die staubigen Gassen, bis sie vor dem hellen, neuen Gebäude stand. An das Wohnhaus angebaut war ein halboffener Schuppen, aus dem der Klang des Schmiedehammers schallte.

Draußen vor der Schmiede spielte ein kleiner Junge mit Figuren aus Stöcken, die er wie Ritter gegeneinander kämpfen ließ. Der Schmied war ein hochgewachsener, breitschultriger und recht junger Mann mit Vollbart und wild abstehenden braunen Haaren. Er zog gerade ein Eisen aus dem Feuer, um es zusammen mit seinem Gehilfen im Zweitakt zu schmieden. Der Fremde, den Leah im Wald getroffen hatte, konnte unmöglich der Sohn dieses Schmieds sein. Gab es in der Burg vielleicht noch eigens einen Rüstungsschmied? Irgendwie fühlte sich das alles nicht richtig an, trotzdem trat sie unter das Vordach. Die Männer hielten in ihrer Arbeit inne.

„Entschuldigt, Herr. Ich suche den Sohn des Schmieds, um ihm eine Salbe und einen Tee zu bringen."

Der Mann schob das Eisenstück wieder ins Feuer, drehte sich zu ihr um und sah sie mit einem breiten, freundlichen Grinsen an. Er nickte mit dem Kinn zu dem Jungen. „Der Sohn des Schmieds kämpft da vorn mit seinen Rittern. Ich weiß nichts davon, dass er eine Salbe bestellt hätte." Jetzt lachte er und schüttelte den Kopf.

Leah kam sich unendlich dumm vor. Warum hatte sie dem Fremden im Wald nur geglaubt? Er konnte irgendwer sein. Da sie sein Gesicht nicht gesehen hatte, würde sie ihn nicht einmal erkennen, wenn er ihr im Dorf über den Weg liefe. Sie presste die Lippen zusammen und starrte auf den Boden.

„Andererseits bin ich natürlich auch der Sohn eines Schmieds, wenn ich auch keine Salbe nötig habe, werte Dame. Ich habe auch keinen Bruder." Er stockte und aller Humor wich aus seiner Miene. „Wofür sollen Salbe und Tee denn sein?"

„Für seinen verbrannten Arm", stammelte Leah und wandte sich zum Gehen. „Verzeiht, das war wohl eine Verwechslung."

„Nein, wartet!", rief er hinter ihr her. „Bitte geht nicht weg. Erzählt mir von dem Mann mit dem verbrannten Arm."

Leah wandte sich um und erschrak. Alle Farbe war aus dem Gesicht des Schmieds gewichen. „Ihr seht aus, als hättet Ihr einen Geist gesehen."

„Ich nicht, aber Ihr vielleicht. Kommt ins Haus, bitte. Trinkt einen Tee mit mir und erzählt mir davon. Es mag sein, dass ich ihn kenne."

Leah nickte und ließ sich hinein führen. Der Hauptraum des Schmiedehauses, in dem die Küche und der Essplatz lagen, war hell und großzügig. Das Haus hatte ungewöhnlich große Fenster. Normalerweise hatte man nur kleine Luken, damit es im Winter wärmer blieb. Dadurch war es im Inneren meist dunkel und stickig vom Rauch des Feuers.

„Ich heiße übrigens Jakob, und dies ist meine Frau

Hannah", stellte der Schmied die junge Frau vor, die in der Stube beim Feuer stand. „Nehmt doch Platz. Hannah, wir brauchen Tee. Wir haben ein längeres Gespräch vor uns."

Die Frau hob neugierig die Brauen, wandte sich aber dann wieder dem Feuer zu, um Wasser heiß zu machen.

„Ich bin Leah, die Tochter des Stallmeisters", stellte sie sich nun auch endlich vor und setzte sich an den Tisch. Jakob und Hannah nahmen ebenfalls Platz und Leah begann zu erzählen, von dem seltsamen Fremden mit dem verbrannten Arm, der sein Gesicht unter einer Kapuze verbarg.

Jakob holte tief Luft und starrte eine Weile auf den Tisch, nachdem sie geendet hatte. „Jetzt, meine Dame, ist es an der Zeit, dass ich Euch eine Geschichte erzähle."

Zuerst sprach er von seiner Zeit als Kind und von dem Grafensohn Alexander wie von einem geliebten Bruder. Dann erzählte er von einem Brand, dass Alexander sein Leben gerettet hatte und seine Eltern umgekommen waren. Jakob fuhr mit beiden Händen über sein Gesicht, und erst jetzt bemerkte Leah die Narben, die sich von seinem Ohr zum Kragen zogen. Auch er selbst war offenbar vom Feuer verwundet worden.

„Meine Eltern waren beide im Haus, als der Dachstuhl zusammenbrach, und es gab keine Rettung mehr. Alexander hat ohne Bewusstsein mit verbranntem Gesicht und Körper auf dem Weg gelegen." Jakob hielt inne und starrte entsetzt auf die Tischplatte, als sähe er die ganze Katastrophe wieder vor sich.

Leah hielt den Atem an, während in ihrer Vorstellung das Schmiedehaus zusammenbrach, und Jakob draußen davor stand und alles ansehen musste.

Noch ehe sie etwas sagen konnte, fuhr Jakob fort. „Meine Eltern waren beide tot, und ihn habe ich auch für tot gehalten. Die Bediensteten der Burg haben Alexander dann abgeholt, ohne dass er noch ein Lebenszeichen von sich gegeben hat. Erst Wochen später habe ich erfahren, dass er noch lebte, und dass angeblich ein Fluch auf ihm lastete."

Jakob hob den Kopf und sah Leah an. All den Schmerz über den Verlust konnte sie in seinem Gesicht lesen, und ohne dass sie es verhindern konnte, liefen Tränen über ihre Wangen. Hannah hatte ihre Finger mit denen von Jakob verflochten, und es wirkte, als hielte der große, kräftige Schmied sich an den schmalen Händen seiner Frau fest. Leah schwieg, denn sie fand keine Worte. Langsam nahm sie ihre Teetasse und trank einen Schluck.

„Alexander ist aus der Burg verschwunden, noch ehe ich irgendetwas unternehmen konnte" Jakob schüttelte wieder den Kopf. „Ich war so sehr in meiner Trauer gefangen, dass ich meinen Freund beinahe vergessen habe. Aber ich habe immer geglaubt, dass er der Kapuzenmann ist. Nur habe ich nie den Mut aufgebracht, nach ihm zu suchen."

Tränen liefen immer noch über Leahs Gesicht. So eine schreckliche Geschichte hatte sie noch nie gehört. Bei der Vorstellung, wie dieser Alexander mit all seinen Brandwunden im Staub der Straße gelegen hatte, zog sich ihr Magen zusammen. Wie hatte er die Verbrennungen überhaupt überleben können? Welch furchtbare Schmerzen musste er erlitten haben? Sie brauchte einige Zeit und eine weitere Tasse Tee, ehe sie wieder sprechen konnte.

„Ein Fluch also und ein verbranntes Gesicht." Leah seufzte tief.

„Meine Dame", setzte der Schmied an, „wenn Ihr wisst, wo man ihn finden kann ..."

„Nein!", rief seine Frau dazwischen. „Du wirst nicht zu ihm gehen! Vergiss nicht den Fluch. Ich werde meinen Mann nicht an ein Gespenst aus der Vergangenheit verlieren."

Jakob seufzte. „Lasst uns ein anderes Mal darüber reden", bat er Leah. „Ich muss jetzt wieder an die Arbeit."

Lange hatte Alexander in der letzten Nacht noch wach gelegen und die Morgensonne hatte ihn schließlich geweckt. Die Morgensonne, nicht der Alptraum, der ihn sonst jede Nacht heimsuchte. Er starrte an die Decke und versuchte, zu verstehen, was sich geändert hatte. Diese wunderbaren Flötenklänge hatten seine Seele berührt. Die Flötenspielerin hatte seinen Arm berührt und nichts war mehr wie zuvor.

Seit so vielen Jahren waren seine Tage und Nächte trostlos und einsam, erfüllt von Schuldgefühl und vom Schmerz seiner ungezählten Brandnarben. Er hatte nie zu hoffen gewagt, dass sich an diesem Leben etwas ändern könnte. Manchmal, wenn er an der schroffen Felskante unweit der Ruine gestanden hatte, hoffte er insgeheim darauf, dass sich der Stein, auf dem er stand, löste, um all dem ein Ende zu setzen. Er wäre vielleicht sogar irgendwann so weit gegangen, sich hinunter zu stürzen. Zu oft hatte er das Schicksal verflucht, das ihn trotz der schweren Verletzungen damals zum Weiterleben gezwungen hatte.

Jetzt konnte er sich das nicht mehr vorstellen, das Leben

zu verfluchen. Sein Herz brannte für den Augenblick, wenn er Leah wiedersehen würde. Er sah sie vor sich, ihre Schönheit, ihre Sanftmut und Freundlichkeit. Er spürte die Berührung ihrer zarten Hände und sein Herz raste. Zugleich brannte die Angst in ihm. Sie würde von dem Fluch erfahren und dass er der Kapuzenmann war. Selbst wenn sie trotzdem wiederkommen würde, dürfte er sich ihr niemals richtig zeigen. Dass sie sein vernarbtes Gesicht sehen und sich mit Entsetzen abwenden würde ... allein die Vorstellung raubte ihm den Atem. Nein, das könnte er nicht ertragen, er durfte das nicht riskieren.

Wenn er einfach nicht mehr zur alten Brücke ginge, könnte das alles nicht geschehen. Er würde Leah in seiner Erinnerung behalten und sein Anblick müsste sie nicht erschrecken. Auch um ihretwillen sollte er das tun. Er war schließlich nicht sicher, ob in dem Fluch nicht doch ein Stück Wahrheit steckte. Er musste sie davor schützen. Sie durfte keinen Schaden erleiden. Ja, das war ein guter Plan. Manchmal könnte er vielleicht aus der Ferne ihrem Flötenspiel lauschen.

Der Abend, den er zuvor so herbeigesehnt hatte, war schließlich da. Obwohl leichter Nieselregen eingesetzt hatte, blieb Alexander auf der Bank neben seiner Haustür sitzen. Die Sonne verschwand am Horizont, und Dunkelheit umfing ihn. Tiefe Trauer legte sich auf seine Seele. Er sehnte sich nach Leahs Nähe und Wärme, ihrer Berührung. Doch er blieb hart in seinem Vorsatz, nicht hinunter zu gehen. Sie würde ihn ansehen und alles wäre verloren. Nein, das durfte er nicht riskieren.

Der abendliche Gesang der Vögel veränderte sich. Es

war wie ein Rufen, ein sanftes Bitten. Nein, sein Herz spielte ihm einen Streich, wenn er glaubte, Flötenmelodien darin zu hören. Das konnte nicht sein, die alte Brücke war zu weit weg. Alexander sank in sich zusammen und schloss erschöpft die Augen.

Es war windig und die Tropfen sprühten durch die zarten Blätter der Bäume. Auf dem Weg durch den Wald hatte sich der leichte Regen wie Tau auf ihren Umhang gelegt, und der Wind hatte den schweren Wollstoff hin und her gezerrt. Hier unter der Brücke war es immerhin trocken und so hatte Leah sich auf den Mauervorsprung gesetzt und zu spielen begonnen. Sie hatte fröhliche und lebhafte Melodien gespielt und gehofft, dass ihr dadurch wieder etwas wärmer würde. Der Wind fegte das aufgewühlte alte Laub über den Weg und die Abenddämmerung zog langsam herauf.

Er kam nicht.

Sie hatte die Salbe und den Tee für ihn mitgebracht und er hatte gesagt, dass er ihr Flötenspiel mochte. Was, wenn ihm etwas zugestoßen war, wenn er verletzt oder krank war und deshalb nicht kam? Er hatte schon solch schreckliche Verletzungen überstanden und so viel Schmerz erlitten. Leah schauderte es, bei der Erinnerung an Jakobs Erzählung. Es erschien ihr nicht recht, dass er ganz allein hier oben leben musste, und niemand sich um sein Wohlergehen sorgte.

Leah stand auf und sah den Hang hinauf. Er war immer von oberhalb des Steinbogens herunter gekommen. Dort oben musste der Weg sein, der früher über die Brücke geführt hatte. Wenn sie in diese Richtung ging, konnte sie ihn vielleicht finden. Sie fürchtete sich nicht vor einem Fluch, der wahrscheinlich nichts weiter war, als böses Gerede.

Leah machte sich also auf den Weg nach oben den Berg hinauf, weiter weg vom Dorf und über eine Lichtung in den Wald hinein. An einer scharfen Klippe, von der man in das nebenan liegende Tal sehen konnte, machte sie eine kurze Pause. Der Wind war stärker geworden und obwohl es aufgehört hatte zu regnen, zog die kalte Feuchtigkeit sich weiter in ihre Schultern. Leah lehnte sich an einen mächtigen Baum, unter dessen dicken Ästen sie zumindest etwas vom Regen geschützt war, und holte erneut ihre Flöte heraus. Sie spielte einfach gegen den Wind und den Regen an, schloss die Augen und ließ ohne bestimmte Absicht ihr Herz die Töne aussuchen.

Als sie die Augen öffnete, konnte Leah schon fast nichts mehr erkennen. Was sollte sie nun tun? Wie sollte sie Alexander finden? Konnte sie in dieser Finsternis überhaupt dem Weg zurück ins Dorf folgen?

Plötzlich hörte sie ein Knacken hinter sich. Etwas Großes brach durch das Unterholz und kam auf sie zu. Sie fuhr herum, rutschte aus. Ein Schrei brach aus ihr heraus, als sie den steilen Abhang hinunter glitt. Ihr Schienbein kratzte über den rauen Stein, mit beiden Händen griff sie nach vorn, doch nasse Erde und Gras glitten ihr durch die Finger. Dann packte sie eine Wurzel und konnte sich gerade noch festhalten. Das Rutschen endete mit einem schmerzhaften Ruck. Ihre Hände krampften sich um das Holz und vorsichtig blickte sie nach oben. Zwei kleine Augen starrten an einer langen Nase entlang auf sie herunter und fixierten sie. Ein Wildschwein!

„Leah!", schrie Alexander aus vollem Hals.

Sie war in Gefahr. Er war ganz sicher, dass der Schrei von ihr gekommen war. Wie konnte er sie nur finden? Er griff nach seiner Armbrust und rannte los. Der Waldboden war rutschig vom Regen, Blätter und Äste klatschten nass in sein Gesicht.

„Leah, wo bist du?"

Ein entferntes Geräusch, wie ein Ruf. Es kam aus Richtung der Klippe. Ein Ast verfing sich in seinem Umhang und riss ihn aus dem Gleichgewicht. Sofort sprang Alexander wieder auf die Füße und stolperte weiter in die Dunkelheit.

„Leah, ich kann dich nicht finden! Antworte mir!", brüllte er, so laut er konnte.

Beim nächsten Schritt wäre er fast auf ihre Flöte getreten. Mit angehaltenem Atem bückte er sich und hob das schlammbespritzte Instrument auf.

„Hier unten! ", konnte er Leahs leise Stimme von der Klippe her hören.

Ein Wildschwein stand an der Kante und hatte ihm das Hinterteil zugewandt. Jetzt fuhr es herum, aber Alexander reagierte sofort. Ein Sirren der Armbrust und das Leben des Tieres verklang in einem letzten Grunzen.

Alexander legte sich flach auf die nasse, rutschige Steinkante. Da war sie! Sein Herz setzte einen Moment aus. Leah hing nur an einer dünnen Wurzel. Sie war viel zu weit hinunter gerutscht, als das seine Arme sie erreichen konnten.

„Halt fest, ich helfe dir", keuchte er, obwohl er noch nicht wusste, wie er sie heraufziehen sollte. Er brauchte etwas Langes, das er zu ihr hinabreichen konnte. Das Einzige, was Alexander außer der Armbrust bei sich trug, war sein Umhang.

Wenn er den Umhang benutzte, um sie hochzuziehen, würde sie sein Gesicht sehen.

Schmerz durchzog seine Brust bei diesem Gedanken, doch er zögerte nicht. Mit klammen, zitternden Fingern öffnete er den Knoten. Er musste Leah in Sicherheit bringen, was auch immer danach geschah. Er packte das untere Ende des Umhangs, warf ihn über die Kante und rutschte, so weit es ging, nach vorn.

„Nimm den Stoff, kannst du ihn greifen?"

Sie sah nach oben, streckte sich nach dem Saum.

„Nur festhalten, ich ziehe dich herauf", rief Alexander und begann langsam den Umhang hochzuziehen. Ihre Füße rutschten wieder ab und sie sackte wieder etwas weiter hinunter. Alexander schob sich noch ein wenig weiter nach vorn und als er sie erreichte, packte er ihre Handgelenke und zog sie das letzte Stück nach oben. Keuchend lag sie auf dem nassen Felsen und rang nach Luft, während er ebenso atemlos neben ihr hockte.

Dann hob sie den Blick und sah direkt in seine Augen.

Nein!

Das Schlimmste, was er sich vorstellen konnte, war geschehen. Schnell senkte er den Kopf und wandte sich ab.

Er sprang hoch und griff nach dem Umhang, verhüllte sein Gesicht unter der Kapuze.

„Danke", keuchte Leah hinter seiner Schulter. Dem Geräusch nach setzte sie sich auf, aber er wagte nicht, sich umzudrehen.

„Ich habe dich gesucht", flüsterte sie matt. „Aber jetzt habe ich dich ja gefunden."

Er war wie versteinert. Sie hatte ihn doch angesehen. Wie konnte es sein, dass sie nicht die Flucht ergriff? „Du hast mich gesucht?", fragte er heiser. War es möglich, dass sie im fahlen Mondlicht sein Gesicht nicht richtig gesehen hatte? War die verbrannte Seite im Schatten verborgen geblieben? Schwache Hoffnung keimte in Alexander auf. Vielleicht war doch noch nicht alles verloren.

„Du warst nicht bei der Brücke, ich habe mir Sorgen gemacht, dass dir etwas zugestoßen ist."

Sein Magen zog sich schmerzhaft zusammen. Er hatte auf seiner Bank gesessen und nicht auf sein Herz hören wollen. Nur deshalb war sie hier in der Dunkelheit in Gefahr geraten. Er kniete sich neben sie und griff nach ihrer Hand. Seine Stimme war heiser.

„Leah, du hast dir Sorgen gemacht? Es tut mir so leid. Ich dachte nicht ..." Er schluckte schwer und wusste nicht, wie er es erklären sollte. Augenblicke verstrichen, während er ihre Hand hielt.

Sie wartete, ob er den Satz zu Ende bringen würde, das war ihm bewusst, aber ihm fehlten die Worte.

„Danke, dass du mich gerettet hast", flüsterte sie schließlich. „Es ist schon spät, ich muss wieder herunter zum Dorf. Würdest du mich bis zur alten Brücke begleiten?"

Schweigend nickte er. Beide standen mit zitternden Knien auf, ohne dass er ihre Hand losließ. Dann wandten sie sich von der Klippe ab.

Sie gingen nebeneinander durch den dunklen Wald und den ganzen Weg dachte er darüber nach, was am Abhang geschehen war. Die Schatten der Bäume mussten wohl dafür gesorgt haben, dass Leah sein Gesicht nicht richtig gesehen hatte. Sie hatte sich Sorgen um ihn gemacht, hatte nach ihm gesucht. Der Gedanke erfüllte ihn mit Wärme. Er hätte sich niemals vorstellen können, dass sie so etwas tun würde. Was für eine furchtbare Idee war das nur gewesen, sie nicht wiedersehen zu wollen!

Als sie endlich zum Mauerbogen kamen, setzte sich Leah auf den Vorsprung, hob die Flöte an die Lippen und spielte die wundervollste und sehnsuchtsvollste Melodie, die Alexander je gehört hatte.

Ihr Flötenspiel beruhigte seine aufgewühlten Gedanken und er lehnte sich mit geschlossenen Augen gegen die Mauer. Durch den Stoff des Umhangs hindurch spürte er Leahs Wärme direkt neben sich und ein Gefühl von Frieden erfüllte ihn.

Als Leah die Flöte absetzte, wollte er ihr so viel sagen, aber er sah sie nur aus der Dunkelheit seiner Kapuze heraus an und brachte kein Wort hervor.

Sie zog einen Salbentiegel und einen Stoffbeutel aus ihrem Umhang. „Hier, der Tee und die Arnikasalbe, die ich für dich gemacht habe. Ich würde die Salbe gerne einreiben, wenn ich darf."

Zögerlich nickte er und streckte seinen rechten Arm unter dem Umhang hervor. Sie nahm eine Portion Salbe und verteilte sie gleichmäßig auf Arm und Hand. Dann begann sie wieder seinen Arm zu kneten und zu bewegen wie beim letzten Mal.

Er beobachtete ihre Finger, die über seine Narben strichen und konnte immer noch nicht fassen, mit welcher Selbstverständlichkeit sie ihn berührte. „Danke, für die Salbe. Deine Behandlung von gestern hat meinem Arm sehr gutgetan", sagte er mit heiserer Stimme.

„Die Salbe hat schon einen Umweg genommen, bevor sie dich gefunden hat", antwortete sie mit einem Lächeln. „Zuerst war sie beim Schmied."

Er zuckte zusammen. An seine Lüge hatte er gar nicht mehr gedacht. Angst vor dem, was sie als Nächstes sagen würde, breitete sich in ihm aus. Sie schwieg, während sie weiterhin seinen Arm und die Hand knetete.

„Und, was hat der Schmied gesagt?", fragte er schließlich leise.

„Nun, zuerst hat er gelacht. Sein Sohn ist noch ein Kleinkind. Aber dann ist er darauf gekommen, wen ich suche. Er kennt dich recht gut, denke ich."

Sein Herz wollte stehen bleiben.

Sie hatte mit Jakob über ihn gesprochen. Dann wusste sie jetzt alles. Alles über den Fluch und das Feuer. Alexander zitterte, konnte den Drang aufzuspringen und zu fliehen kaum noch unterdrücken.

Leah knetete einfach weiter seine Hand und streckte seine Finger, als hätte sie über nichts Besonderes gesprochen.

Nach einer Ewigkeit holte er tief Luft und fragte: „Was hat Jakob über mich gesagt?"

„Wir haben lange zusammen gesessen. Über eure Kindheit und eure Freundschaft haben wir gesprochen und über das Feuer."

Alexander zitterte stärker.

Sie hörte auf, den Arm zu massieren, und hielt seine Hand fest. „Er hat damals nicht geglaubt, dass du das Feuer überlebt hast. Aber er war sehr froh, zu hören, dass es dich hier oben noch gibt."

Jakob. Er war wie ein Bruder für ihn gewesen. Ihn hatte er in all der Zeit hier oben am meisten vermisst. Aber hatte Leah wirklich alles erfahren? Von dem, wovor er sich am meisten fürchtete, hatte sie noch immer nicht gesprochen. Er würde fragen müssen. Stockend rang er nach Worten.

„Und ... hat er auch erklärt ... warum die Menschen im Dorf mich fürchten?" Er konnte kaum noch atmen.

Leah nickte. „Er sagte, dass die Gräfin einen Fluch ausgesprochen hat. Einfache Leute glauben schnell an solche Dinge."

Alexander schluckte schwer. Sie wusste es und doch war sie hier. Wie konnte das sein? „Und du?", stieß er heiser hervor. Sie wandte ihr Gesicht ab und er fürchtete das Schlimmste.

Schließlich antwortete sie. „Ich weiß, wie das ist. Ich habe meine eigene Gräfin und meinen eigenen Fluch." Sie schüttelte den Kopf und strich weiter über seinen Arm.

In seinen Gedanken drehte sich alles. Was hatte sie da gesagt? Wie sollte er das nun verstehen? „Glaubst du daran?", flüsterte er mit rauer Kehle.

„Nein, ich werde nicht für immer unglücklich sein, wenn ich dich ansehe. Im Gegenteil."

In seinem Herzen explodierte ein Feuerwerk. Tief holte er Luft. „Ich danke dir", murmelte er fast unhörbar.

Sie schaute zu ihm auf, als ob sie auf etwas wartete. „Darf ich dich ansehen?", fragte sie schließlich mit leiser Stimme.

„Bitte nicht!" Mühsam presste er die Worte hervor. „Mein Gesicht ist gezeichnet vom Feuer. Du willst das nicht wirklich sehen."

„Doch, ich möchte dich ansehen und dich endlich wirklich kennenlernen", erwiderte Leah.

„Du wirst erschrecken und dich abwenden. Das könnte ich nicht ertragen. Bitte verlang das nicht von mir." Seine Stimme versagte und sein Kopf sank tiefer auf seine Brust. Auch wenn es das war, was er sich in einem kleinen Winkel seines Herzens immer wünschte: dass jemand ihn sehen, ihn ansehen würde. Die Angst, ihre wunderbare Nähe durch das Aussehen seiner Narben zu verlieren, war stärker. Er konnte das nicht tun.

Statt einer Antwort hob Leah die Flöte an ihre Lippen und spielte ein Lied voller Licht und Wärme. Sie war noch hier und sie spielte für ihn, obwohl sie von dem Fluch und dem Feuer wusste. Es war ihm unbegreiflich. Nach und nach wurde sein Herz warm und leicht bei ihrem Flötenspiel.

Als sie das Instrument absetzte, nahm er allen Mut zusammen. „Warum hast du keine Angst vor dem Fluch? Und was meintest du vorhin, mit deinem eigenen Fluch?"

Sie schaute lange auf das sich kräuselnde Wasser des Bachs. Dann sagte sie mit zitternder Stimme: „Ich weiß, wie das mit den Flüchen ist, ich habe meinen eigenen Fluch. Nur deshalb bin ich hier und nicht in meinem Heimatland."

„Wie kann das sein? Wie kann jemand so Wundervolles wie du mit einem Fluch beladen sein?" Er wollte nach ihrer Hand greifen, aber sie sprang von der Mauer. Kurz drehte sie sich zu ihm um. Er sah Tränen in ihren Augen glitzern.

„Das kann ich dir vielleicht an einem anderen Tag erzählen. Jetzt muss ich gehen." Eilig lief sie den Weg zum Dorf hinunter.

„Leah!", rief er hinter ihr her, aber sie hielt nicht mehr an.

Mit einem Kloß im Hals saß Alexander auf der Mauer und versuchte, zu verstehen, was sie gemeint hatte. Er hatte bisher noch nie darüber nachgedacht, woher sie kam und warum sie dort weggegangen war. Was war geschehen? Würde sie es ihm eines Tages erzählen?

Regen und Wind ließen etwas nach, während Leah zum Dorf zurückging. Außerhalb des Waldes konnte sie auch den Weg etwas besser erkennen, da das Mondlicht sich schwach durch die dünne Wolkenschicht kämpfte. Während sie mit gesenktem Kopf einfach geradeaus weiter lief, rasten ihre Gedanken von der Klippe, der Rettung und Alexanders Geständnis zu ihrer eigenen Vergangenheit.

Sie durfte hier niemandem die Geschichte von ihrem ganz persönlichen Fluch erzählen, auch Alexander nicht. Es würde sich nur alles wiederholen, und sie müsste wieder fliehen. Andererseits, wenn ein Mensch auf dieser Welt einen Fluch verstehen konnte, dann er.

Was der Schmied alles über ihn erzählt hatte, musste sie in ihren Gedanken noch ordnen. Einiges war einfach zu unglaublich. Ihr seltsamer Besucher im Wald war der Sohn des Grafen, der Kapuzenmann, vor dem alle Dorfbewohner Angst hatten, der verloren' geglaubte Ziehbruder des Schmieds, das alles zugleich. Und doch passte nichts von diesen Bezeichnungen zu dem Mann, den sie im Wald kennengelernt hatte. Der Mann mit der wunderbar sanften und kraftvollen Stimme, der so zurückhaltend war und zugleich so stark. Der sie vor dem Abgrund gerettet hatte und sich nicht anschauen lassen wollte. War sein Gesicht wirklich so furchtbar entstellt, wie er selbst glaubte? Die Hand war mit dicken und wulstigen Narben bedeckt, die auch die Bewegung der Finger und des Handgelenks behinderten. Hatte das Feuer sein Gesicht ähnlich schlimm getroffen?

Jetzt fiel ihr plötzlich ein, dass er leicht hinkte. Sicherlich waren sein rechtes Bein oder sein Fuß auch verletzt worden. Sie würde ihn morgen danach fragen.

Alexander, was für ein schöner Name.

Ganz in ihre Gedanken versunken öffnete Leah die Tür zum Stall. Hier hatte sie heute Abend noch ihre Arbeit zu erledigen, ganz gleich, ob sie müde, oder es bereits spät war. Leah trat ein, machte einige Schritte und schaute sich ungläubig um. Georg stellte gerade den Besen an die Wand und kam direkt auf sie zu.

„Was ist denn hier los? Alles ist schon fertig und ordentlich", fragte sie.

„Wo warst du so lange? Ich habe mir Sorgen gemacht", erwiderte Georg. Er musterte sie von oben bis unten im Licht der Öllampe, die in der Mitte des Raumes, direkt über ihr hing. Ihr wurde erst jetzt bewusst, wie sie mit ihrer verschmutzten Kleidung und den nassen, zerzausten Haaren aussehen musste.

„Was ist denn passiert?", fragte Georg erschrocken und fasste nach ihrer Schulter.

„Nichts", gab sie barsch zurück, denn sie wollte auf keinen Fall irgendetwas erklären. Schnell drehte sie sich um und drückte sich an ihm vorbei, dann zögerte sie. „Hast du heute Abend meine Arbeit erledigt, Georg?" Sie wandte sich noch einmal zu ihm um.

„Ich dachte, du wärst wohl müde, wenn du so spät zurückkommst. Ist wirklich alles in Ordnung mit dir?"

„Ja, es ist alles in Ordnung, ich bin nur ausgerutscht." Sie machte einen Schritt nach vorn, stellte sich auf die Zehenspitzen und gab ihm einen schnellen Kuss auf die Wange. „Ich danke dir." Dann lief sie zur gegenüberliegenden Stalltür, die in den Innenhof führte, und schlüpfte schnell hinaus. Ihr Herz klopfte ganz seltsam. Sie hatte noch nie jemandem einen Kuss gegeben, außer ihrem Vater. Es war ja auch gar kein richtiger Kuss gewesen, nur ein leichtes Anstupsen, wie sie es auch bei ihrem Bruder als Kind schon getan hatte. Sie hatte Georg nur für die Arbeit danken wollen. Jetzt fragte sie sich, ob sie sich falsch verhalten hatte. Würde er sich nun vorstellen, dass zwischen ihnen mehr wäre, als nur Freundschaft?

BRUDER

Leahs Arbeit mit dem jungen Kutschpferd schritt gut voran. Bald würde man es zum ersten Mal als Handpferd neben ein Sattelpferd spannen können, um den Doppelpflug zu ziehen. Natürlich war es kein Ackerpferd und viel zu elegant und zierlich, um einen Pflug alleine ziehen zu können. Aber wenn der schwere Zug auf dem Feld es gefügig gemacht hatte und es sich an die Kommandos gewöhnt hatte, würde es lernen, eine richtige Kutsche zu ziehen und aus dem Arbeitspferdestall zu den Pferden des Grafen umziehen.

Leah bedauerte es jedes Mal, wenn sie eines der jungen Pferde aus ihrer Ausbildung entlassen musste. Die Arbeit mit den Tieren stellte eine Verbindung her und es schmerzte, sie gehen zu lassen. Ihr Vater hatte kürzlich von einem jungen Reitpferd gesprochen, das bald in den Stall kommen sollte. Darauf freute sie sich besonders.

Schon als Kind hatte man sie kaum vom Rücken der Arbeitspferde bekommen und wann immer ein Reitpferd zur Verfügung stand, war sie damit über Felder und Wiesen geprescht und schließlich im Wald verschwunden. Oft hatte Sebastian sie getadelt, weil sie mal wieder ihre Aufgaben vergessen hatte und auf dem Rücken eines Pferdes unterwegs war. Sie hatte sogar davon geträumt, sich als Meldereiterin zu verdingen, aber das hatte Sebastian abgelehnt. Das war keine Arbeit für eine Frau und viel zu gefährlich.

Sie setzte sich mit dem Lederzeug und der Ahle im Innenhof in die warme Frühlingssonne. Von der Küche drangen nur leise das Klappern der Töpfe und Schüsseln und die Unterhaltung der Mägde herüber. Vormittags war es immer recht still und friedlich im Innenhof. So konnte sie bei ihrer Näharbeit ihren Gedanken nachhängen.

Plötzlich stand Jakob, der Schmied vor ihr. „Ich muss mit Euch sprechen, bitte. Habt Ihr etwas Zeit?"

„Natürlich, wenn ich dabei weiter arbeiten darf. Nehmt gerne Platz." Leah war ein wenig erschrocken von der Eindringlichkeit seiner Stimme. Was konnte er so Wichtiges von ihr wollen?

Jakob setzte sich auf einen Schemel neben ihrem Arbeitstisch und sah sie forschend an. „Ihr müsst mir mehr von Alexander erzählen. Wie geht es ihm? Wo kann ich ihn finden? Ich muss ihn sehen, auch wenn meine Frau sich über den Fluch Sorgen macht."

Leah blickte verwundert auf und musterte den Schmied. Warum wollte er das wissen? Würde es Alexander schaden, wenn sie ihm alles erzählte?

Jakob sah sie offen und geradeheraus an. Er schien tatsächlich an Alexanders Wohlergehen interessiert zu sein. Konnte sie ihm wirklich vertrauen?

„Ihr selbst habt mir von dem Fluch erzählt. Jeder soll unglücklich werden, der ihn anschaut. Jetzt wollt Ihr ihn einfach so besuchen. Glaubt Ihr denn nicht mehr daran?", fragte Leah argwöhnisch.

„Ich weiß es nicht", antwortete Jakob und mit einem Seufzer setzte er hinzu: „Ganz wohl fühle ich mich nicht dabei, aber er war immer wie ein Bruder für mich und er hat damals beim Feuer mein Leben gerettet. Ich habe ihn viel zu lange nicht gesehen. Was denkt Ihr denn über den Fluch?"

Leah zuckte bei der Frage ein wenig zusammen. „Darüber kann ich nichts sagen", wich sie aus und sah konzentriert auf ihre Arbeit. „Flüche sind nichts, worüber man reden sollte."

„Was soll das nun bedeuten?", hakte Jakob nach.

Sie atmete tief ein und überlegte, wie man etwas erklären konnte, ohne davon zu sprechen. Das war nicht leicht.

„Es gibt mehr als einen Fluch auf dieser Welt und davon kann ich Euch nicht erzählen.", wehrte sie ab. „Aber sicher ist eins: Flüche taugen nur so viel, wie die Zahl der Leute, die an sie glauben."

Jakob zog die Augenbrauen hoch. „Wenn man nicht daran glaubt, passiert einem nichts? Meint Ihr das so?"

„Ja, das auch. Wenn niemand daran glaubt oder gar nicht davon weiß, ist ein Fluch wirkungslos. Wenn alle daran glauben, erfüllt er sich von selbst. Man sieht es ja sogar hier. Alle glauben, Alexanders Anblick macht unglücklich. Das macht natürlich zuerst, dass er selbst unglücklich wird. Als dieser Fluch ihn aus dem Dorf vertrieben hat, ist der erste Teil ja schon dadurch wahr geworden. Außerdem wird jeder, der unglücklich ist, behaupten, es liege an seinem Blick und schon ist auch der Rest irgendwie wahr. Ihr kennt doch bestimmt Leute, die behaupten, unglücklich zu sein, weil er sie angesehen hätte."

„Ja das stimmt", musste Jakob zugeben.

Beide schwiegen einen Augenblick und Leah hing ihren Gedanken nach.

„Woher wisst Ihr das alles?"

„Weil es mir genauso ergangen ist", antwortete Leah und blickte zu Boden. „Das muss Euch genügen, bitte. Mehr kann ich Euch nicht darüber erzählen." Sie nahm ihre Lederarbeit wieder zur Hand, um klar zu machen, das sie hierüber nicht weiter sprechen würde.

Nach wenigen Augenblicken stand Jakob langsam auf. „Meine Frage habt Ihr noch nicht beantwortet. Wisst Ihr, wo ich Alexander finden kann?"

Sie sah zu ihm auf und zögerte einen Moment. Schließlich gab sie sich einen Ruck. „Wo er herkommt, weiß ich nicht wirklich. Ich folge dem Bachlauf bis zu einem großen Steinbogen, der früher wohl einmal Teil einer Brücke war. Dort trafen wir uns. Ich denke, er wohnt weiter oben am Berg irgendwo."

„Dort oben gibt es die alte Wehrburg, die schon seit langer Zeit nicht mehr bewohnt wird", sagte Jakob und nickte. „Dort werde ich gleich suchen. Vielen Dank für Eure Hilfe." Damit wandte er sich zum Gehen.

Leah blieb allein und tief in ihre Erinnerung versunken sitzen.

Die Sonne stand hoch über den Mauern, es fiel kaum ein Schatten in den staubigen Hof der Bergfeste. Es war windstill und unerwartet warm für die frühe Jahreszeit. Alexander stand auf dem Dach des niedrigen Gebäudes, in dem er wohnte. Er trug nur eine ärmellose Weste über dem Hemd, trotzdem standen bei der schweren Arbeit Schweißperlen auf seiner Stirn.

Eine alte Holzkonstruktion mit einigen Schiebern und Rinnen leitete das Wasser bei Bedarf vom Wasserfall hinter der Burg in den Innenhof. Man konnte so die kleine Mühle betreiben, die früher jeden Tag das Mehl für die Burgbesatzung gemahlen hatte. Außerdem konnte das Wasser so geleitet werden, dass es den Blasebalg der Schmiede antrieb. Natürlich war dies auch der übliche Weg, frisches Wasser für den täglichen Gebrauch zur Burg zu führen, sodass man es nicht mit Eimern holen musste. Die Konstruktion hatte Alexander schon im ersten Jahr repariert und wieder in Betrieb genommen. Durch den Schnee in diesem Winter hatten einige Teile Schaden genommen und Alexander war gerade dabei das auszubessern. Schritte von unterhalb der Burg ließen ihn aufblicken.

Jemand kam den Weg herauf.

Leah war noch nie den weiten Weg bis zu seinem Zuhause hochgekommen, doch wer sollte das sonst sein? Alexander stieg von der Holzrinne, die über dem Dach entlang führte, auf die Schindeln herunter und spähte über die Außenmauer. Nein, es war ein Mann, ein großer, kräftiger Mann mit breiten Schultern und wilden Haaren.

Eilig kletterte Alexander vom Dach, warf seinen Umhang über und zog die Kapuze nach vorn. Das konnte nur ein Fremder sein, der sich im Weg geirrt hatte. Niemand würde absichtlich zum Kapuzenmann herauf kommen. Niemals. Alexander verschwand im Inneren des kleinen Nebenhauses, das er sich als Wohnstatt hergerichtet hatte, und spähte vorsichtig zum Fenster hinaus.

Der Mann hatte den Vorplatz der Burgruine erreicht und blickte an den Mauern hoch.

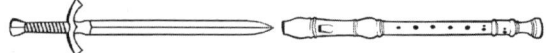

Jakob sah sich um. Wie wenig von der alten Wehrburg noch erhalten war! Sicher waren in dieser Ruine nur noch wenige Räume bewohnbar. Früher hatte der Graf hier eine Festung unterhalten, die mit ihrer guten Übersicht über zwei Täler das Land vor Räubern und feindlichen Truppen schützen sollte. Nachdem der Graf krank geworden war, hatte sich die Zahl der Fußkämpfer und Ritter verringert und alle Kräfte waren unten in der Hauptburg gebraucht worden. Nachdem die Männer abgezogen waren, hatte der Burgvogt nur selten ein paar Leute hochgeschickt, um alles in Ordnung zu halten. Eines Tages war bei einem heftigen Unwetter der Blitz eingeschlagen. Das Feuer hatte man bis unten ins Tal sehen können und danach hatte sich niemand mehr die Mühe gemacht, bis hier heraufzusteigen.

Jakob trat auf den Burgplatz und suchte nach Hinweisen, ob ein Teil der Burg bewohnt war. Schwarz verkohlte Balken stießen aus dem Hauptgebäude wie dürre Finger in den Himmel. Die rechte Hälfte der ehemaligen Festung war eingestürzt und ein Teil der Außenmauer stand trotzig und leicht schief, wie vom Wind gebeugt. Auf der anderen Seite hatte der Brand offenbar nicht so gewütet. Zwei niedrige Nebengebäude waren sogar ganz verschont geblieben. Vor einer Tür sah Jakob einen Feuerplatz und einige Gerätschaften. Auf der Steinbank unter dem Fenster lagen sogar Bücher.

Jakob atmete auf. Vorfreude kämpfte mit Schuldgefühl, er hatte seinen Freund seit Jahren schändlich im Stich gelassen. Auch die Angst vor dem Fluch konnte er nicht ganz verdrängen, obwohl er sich immer wieder sagte, dass diese ganze Sache mit dem Fluch wahrscheinlich nur eine Lüge war. Er schluckte, als er in den Innenhof trat. Wie würde Alexander reagieren? Wäre er wütend? Würde er ihn abweisen oder gab es eine echte Chance, dass ihre Freundschaft die Jahre überdauert hatte? Wie auch immer, er würde Alexander wiedersehen, also war er nicht umsonst hier hinauf gestiegen.

Alexander sah den hochgewachsenen Mann über den Platz kommen. Er steuerte direkt auf seine Tür zu. Natürlich, dies war der einzige Teil der Burg, der einigermaßen bewohnbar aussah.

Als er nach seiner Flucht aus dem Dorf hier angekommen war, musste er einiges instand setzen, bevor dieses kleine Seitenhaus wieder einigen Komfort bot. Der Hauptteil der Burg war nach dem Blitzeinschlag zwar völlig abgebrannt, aber erstaunlich viele Gerätschaften und Möbel waren in den beiden kleinen Nebengebäuden verschont geblieben. So hatte er sich hier nach und nach eine Wohnstube, ein Lagerhaus und die alte Schmiede wieder hergerichtet.

Das Gesicht des Mannes kam ihm irgendwie vertraut vor, aber mit dem dichten Bart und den langen lockigen

Haaren, die einen Teil des Gesichtes verdeckten, konnte er nicht sicher sein.

„Alexander!", rief der Mann mit kräftiger Stimme. „Bist du hier?"

Wie ein Blitz durchzuckte es ihn. Sein Name, die Stimme. Konnte das wirklich Jakob sein?

„Ich bin Jakob, ich habe von der Tochter des Stallmeisters gehört, dass du hier oben lebst."

Leah! Sie hatte erzählt, dass sie mit Jakob gesprochen hatte. Aber warum kam er hierher? Hatte er etwa keine Angst vor dem Fluch? Langsam und zögerlich näherte Jakob sich der Tür seines kleinen Hauses.

„Alexander, bist du das wirklich?" Jakobs Stimme zitterte. „Ich dachte, du wärst gestorben. Dann hörte ich nur noch Gerüchte, bis die Frau mit der Salbe zu mir kam." Er stockte und machte einige Schritte nach vorn. Dann blieb er wieder stehen.

„Mein Bruder, es tut mir leid, dass ich nie nach dir gesucht habe. Ich habe mich von dem Aberglauben im Dorf anstecken lassen. Bitte verzeih mir."

Wie vom Donner gerührt stand Alexander im offenen Türbogen.

Jakob.

Er war zur Burg gekommen, um ihn zu sehen.

Jakob war mehr als ein Freund, wirklich eher ein Bruder. Er war mit ihm aufgewachsen und sie hatten alle Sorgen und Nöte der Jugendzeit geteilt. In den einsamen Jahren hier oben hatte sich Alexander oft gefragt, wie Jakob dieses machen oder über jenes denken würde. Nun stand er leibhaftig hier im Burghof.

Alexander trat aus der Tür. „Du bist gekommen", sagte er mit heiserer Stimme.

Jakob ließ seine Tasche fallen und lief auf ihn zu. Wortlos fielen sich die Männer in die Arme. Alexander konnte kaum glauben, was gerade geschah. Wie hatte sich sein Leben in wenigen Tagen so sehr verändern können? Jetzt hatte er seinen geliebten Freund wiedergefunden und das alles nur wegen der Flötenspielerin.

„Komm, setz dich, wir haben so viel zu erzählen", sagte Alexander nach einer Weile. Die Männer gingen zur Steinbank vor dem Haus und Alexander holte einen Krug Wasser mit zwei Bechern.

„Lass dich ansehen, wie geht es dir?", fragte Jakob.

„Dass Menschen mich ansehen, bin ich nicht mehr gewohnt", wies Alexander ihn ab. „Mein Gesicht ist vom Feuer entstellt, niemand kann es ohne Schaudern ansehen."

„Das tut mir leid", antwortete Jakob. „Auch an mir ist das Feuer nicht spurlos vorbei gegangen."

Überrascht sah Alexander auf. Auf den ersten Blick war ihm an Jakob nichts dergleichen aufgefallen.

„Ich stand direkt an der Tür, als der Giebel zusammengebrochen ist. Ein brennendes Holzstück hat mich noch erwischt." Jakob schob die wilden Locken auf der rechten Seite nach hinten. Die Wange, das Ohr und der Hals waren von dicken, roten Narben überzogen. Auch auf dem braun gebrannten Arm konnte Alexander jetzt mehrere wulstige Narbenlinien erkennen.

„Was denkst du, warum ich mein halbes Gesicht mit langen Haaren bedecke?", fügte Jakob an und schüttelte den Kopf, sodass seine Locken wieder nach vorn fielen.

Alexander seufzte tief. „Das hat sicher deinem Werben um die schöne Hannah ein Ende gesetzt."

„Nein. Hannah hat mich trotzdem erhört." Jakobs Blick wurde weich. „Sie ist jetzt meine Frau und wir haben einen wunderbaren kleinen Sohn."

Alexander schwieg und starrte auf den Boden vor seinen Füßen. Mit gesenktem Kopf schob er langsam die Kapuze zurück. „Das hier sieht wohl nicht so aus, dass eine Frau es lieben könnte."

Jakob sah auf und Alexander wusste, was sein Freund sah. Die ganze rechte Gesichtshälfte war gezeichnet von roten Linien und Flecken. Dicke Narben zogen sich den Hals herunter und verschwanden im Kragen. Die linke Seite war wie durch ein Wunder heil geblieben.

„Nicht immer ist ein unverletztes Gesicht das Wichtigste, Alexander. Meine Hannah hätte mich sonst sicher nicht genommen. Im Inneren bist du immer noch derselbe. Du hast doch damals die Hofdame Agnes gefreit. Was ist denn daraus geworden?"fragte Jakob.

Alexander presste die Lippen zusammen und schwieg. Die Erinnerung an ihre Reaktion brannte noch immer, auch wenn es schon so lange her war.

„Sie hat mich nach dem Feuer gepflegt. Ich glaube, dass ich das Wundfieber überlebt habe, habe ich nur ihr zu verdanken. Aber als der Medicus dann die Verbände von meinem Gesicht abnahm, hat sie die Augen aufgerissen, als sähe sie ein Ungeheuer, dann ist sie aus der Tür gelaufen. Ich habe sie nie wieder gesehen."

Jakob nickte und nahm einen Schluck Wasser. „Dann bist du hierher gekommen?"

„Nein, zuerst habe ich noch in der Burg gewohnt. Ich brachte es nicht fertig, zu dir ins Dorf zu kommen und die abgebrannte Schmiede zu sehen." Alexander hielt inne, um den Kloß in seinem Hals herunter zu würgen. Er ließ den Kopf nach vorn fallen und presste hervor: „Es war meine Schuld, dass ich nicht früher da war, um Simon und Krista zu retten."

Jakob griff fest nach Alexanders Arm. „Du hast *mich* gerettet, Alexander. Und wärst selbst fast dabei gestorben."

Alexander schüttelte seine Hand ab. Stille breitete sich zwischen ihnen aus.

„Ich habe mit Hannah und ihrem Vater die Schmiede wieder aufgebaut", sagte Jakob nach einer Weile. „Sie ist jetzt größer und heller. Alle Räume haben große Fenster, durch die man im Notfall hinaus kann. Es wäre schön, wenn du es sehen könntest."

Überrascht sah Alexander auf. „Hast du den Fluch vergessen?"

Jakob stand auf und ging auf und ab. „Nein, hab ich nicht." Er klang verärgert. „Diese machtbesessene Otilia hat wirklich ganze Arbeit geleistet. Selbst ich habe mich davon einschüchtern lassen."

„Wie geht es meinem Vater?", fragte Alexander.

Jakob blieb stehen und wandte sich zu ihm um. „Man hört wenig darüber aus der Burg. Er soll sehr verwirrt sein, aber körperlich geht es ihm wohl noch ganz gut."

„Diese gottverdammte Otilia", presste er zwischen den Zähnen hervor. „Ich würde mich nicht wundern, wenn sie auch da ihre Finger mit drin hat. Solange mein Vater nicht zurechnungsfähig ist, hat sie freie Hand in der Burg."

Alexander beugte sich vor und stützte das Kinn in seine Hände.

„Oh ja, und sie trifft Vorbereitungen, Ihren Sohn Wendel zum Grafen ausrufen zu lassen, wie man hört. Wenn das passiert, ist die Grafschaft verloren." Jakob stapfte weiter auf und ab und schien sich in Rage zu reden. „Er ist ein tyrannischer, skrupelloser Kerl, der am liebsten mit jedem Nachbarn einen Krieg anfangen würde."

„Ja, streitsüchtig und jähzornig war er schon immer", erwiderte Alexander.

„Du musst etwas unternehmen", verlangte Jakob. „Du bist der rechtmäßige Nachfolger deines Vaters. Dieser Wendel wird das Land zugrunde richten, er darf niemals Graf werden."

Alexander starrte auf den Boden. „Was kann ich schon tun, hier oben auf meinem Berg, mit meinem Fluch. Die Menschen fürchten mich mehr, als sie Wendel verachten. Niemand würde mir folgen."

VERGANGENHEIT

Der Tag war für Leah schnell vergangen und sie konnte die Dämmerung schon ahnen. Sebastian saß neben ihr auf der Bank bei der Tür. Der mittlere Teil dieses langgestreckten Gebäudes war zu einem Teil das Zuhause von ihnen beiden. Zu den Seiten lagen die Futterkammer und die Geschirrkammer, die beide natürlich zum Aufgabenbereich des Stallmeisters gehörten. Der Innenhof lag friedlich in der Sonne. Am Nachmittag, bevor die Arbeiter und die Zugpferde von den Feldern zurückkamen, war es hier noch ruhig und es blieb ein wenig Zeit zum Reden.

Leah drehte sich zu ihm um und sah ihn eindringlich an. „Du bist so still und nachdenklich in den letzten Tagen, Vater. Was hast du auf dem Herzen?"

„Du kennst mich gut, mein Kind." Sebastian lächelte. Dann schaute er wieder schweigend über den Hof und die Stallungen. Nach einer Weile sagte er: „Ich vermisse unser altes Zuhause und Helena. Es ist einsam in einem neuen Land, wo man noch niemanden kennt und die Leute nicht sicher sind, ob man Freund oder Feind ist."

„Ja, Vater, das geht mir genauso. Die Menschen sehen einen an und wissen nicht, was sie mit einem anfangen sollen. Ich vermisse Helena auch. Sie wusste bei jedem Problem einen Rat und zur Not gab es Melissentee."

Sie mussten beide lachen. Melissentee war Helenas

Hausmittel bei allen seelischen Gebrechen gewesen. Von Schlaflosigkeit bis Liebeskummer, ihr Melissentee hat immer geholfen.

„Ich werde sehen, ob ich hier auch Melisse finden kann, Vater. Vielleicht hat sie ja jemand im Garten. Das wird uns beiden beim Eingewöhnen helfen."

Sebastian nickte und lehnte sich zurück. „Geh nur, Kind. Ich weiß, dass du noch raus willst."

Leah drückte kurz seine Hand, dann stand sie auf und ging in ihre Stube, um die Flöte zu holen.

Natürlich hatte ihr Ziehvater den Verlust seiner geliebten Frau noch nicht verwunden, obwohl sie schon über ein Jahr nicht mehr da war. Insgeheim hoffte Leah, dass er in diesem neuen Dorf jemanden finden würde, um sich wieder zu verlieben. Auch wenn viele dachten, nur junge Menschen könnten eine neue Liebe finden, sie wusste es besser. Der Dorfvorsteher in ihrer alten Heimat hatte nach dem Tod seiner Frau auch eine Witwe zur Gemahlin genommen. Die beiden und ihre Kinder waren eine sehr glückliche Familie geworden. Sebastian und sie waren noch nicht lange hier, die Zeit würde es zeigen.

Alexander stand unter dem Bogen im Schutze des Schattens und wartete. Ein kühler Wind bewegte sanft die Zweige und die Abendsonne malte goldene Flecken durch die Blätter der Buchen. Selbst wenn er allein hier stand, spürte er keine Einsamkeit. Es war, als atmete der Stein freudige Erwartung und das Plätschern des Baches war fröhlich und wohltuend. Alexander schloss einen Moment die Augen, um seinen Herzschlag zu beruhigen. Die Freude, seine Flötenspielerin gleich wiederzusehen, hatte es stärker schlagen lassen als der steile Abstieg den Berg hinunter.

Es fühlte sich an wie eine Ewigkeit, bis endlich eine Bewegung auf dem Weg zu erkennen war. Am liebsten würde er ihr entgegenlaufen, aber ein anderes, dunkles Gefühl drängte ihn dazu, im Unterholz zu verschwinden. Nein, dieser Angst wollte er nicht nachgeben. So blieb er starr vor dem Mauervorsprung stehen. Kurz bevor Leah die Biegung erreichte, von wo sie ihn sehen konnte, begann sein Herz zu rasen und er ballte die zitternden Hände zu Fäusten. Hastig zog er sich hinter einen dicken Buchenstamm zurück. Er konnte sich nicht zeigen, nicht einfach so. Dafür hatte er schon viel zu lange ein Leben im Verborgenen geführt.

Leah trat unter den Bogen, kletterte auf den Absatz und legte den braunen Umhang ab. Dann begann sie zu spielen. Sie saß ganz vorn an der Mauer, wo die Sonnenstrahlen noch unter die alte Brücke reichten.

Ihre Gestalt wirkte noch schmaler und zarter in ihrem hellen Kleid. Der fest zurückgebundene Zopf wippte zur Musik und ihr Blick richtete sich in die Ferne, während ihre Finger auf der Flöte tanzten.

Die fröhliche Melodie machte Alexanders Gedanken frei und leicht. Es war so erstaunlich, wie ihre Musik in sein Herz eindrang und es zum Beben brachte. Er wollte ihr näher sein, so nahe wie am gestrigen Abend. Ganz langsam trat er hinter dem Baum hervor und schaute sie an. Als sie ihr Lied beendet hatte, setzte sie die Flöte ab und sah auf.

„Ah, da bist du ja." Sie lächelte ihn an, so freundlich und warm, dass ihm der Atem stockte.

„Komm, setz dich zu mir, bitte."

Alexander zögerte, dann stieg er auf die Mauer und nahm am beschatteten Ende des kleinen Vorsprungs Platz. „Leah, danke, dass du gekommen bist", sagte er mit gesenktem Kopf.

„Darf ich heute wieder deinen Arm massieren?", fragte sie leise.

Mit einem Nicken steckte er die Hand unter dem Umhang hervor.

Zart berührten ihre Hände seine vernarbte Haut, als sie den Ärmel seines Hemdes zurückschob. Dann nahm sie eine Portion Salbe aus dem Tiegel und verstrich sie gleichmäßig. Sie knetete wieder die Muskeln und Sehnen, streckte und massierte die Finger und bewegte das Handgelenk. Als sie fertig war, fühlte sich Alexanders Arm warm und leicht an.

„Das ist so unglaublich, was die Salbe und deine Hände bei der verbrannten Haut bewirken. Es ist, als könntest du zaubern."

Sie lächelte zaghaft. „Ach nein, ich habe viel zu wenig von meiner Ziehmutter gelernt. Ich weiß noch lange nicht genug über die Heilkunst."

„Für mich ist sie ein Wunder, ich danke dir sehr dafür", antwortete er mit kratziger Stimme.

Sie schauten auf das fröhlich dahinfließende Wasser des Bachs und Schweigen breitete sich zwischen ihnen aus. Alexander wollte Leah unbedingt nach ihrem Fluch fragen, aber er wagte es nicht, den wundervollen Abend damit zu zerstören. Vielleicht würde sie wieder weglaufen wie gestern.

Vorsichtig begann er mit einer allgemeineren Frage. „Leah, ich würde gern mehr über dich erfahren. Kommst du aus Frankreich? Deine Art zu sprechen fühlt sich so vertraut an."

Sie nickte. „In Arras bin ich geboren, aber dort habe ich nur als Kind gelebt. Danach waren wir in Marseille und in Breda. Von dort sind wir dann hierher gekommen."

Alexander erinnerte sich an seine Knappenzeit in Frankreich. Das war also der Grund, warum ihre Aussprache sofort angenehme Erinnerungen geweckt hatte. „Deine Familie ist aus Arras weggezogen?", fragte er.

Leah schwieg eine Weile. Schließlich nickte sie. „Nein, nicht meine Familie. Mein Vater und mein Bruder leben noch immer dort, soweit ich weiß." Sie schüttelte den Kopf.

„Du bist allein fortgegangen?"

„Meine Amme und ihr Mann Sebastian. Ach, ich werde von vorn beginnen. Du hast mir von deinem Fluch berichtet, also werde ich dir jetzt meine Geschichte erzählen." Ihr Blick schien sich nach innen zu wenden.

„Ich war schon verflucht, kaum dass ich geboren war. Meine Mutter hatte niemandem gesagt, dass sie eine Zwillingsgeburt erwartete. Die Wehfrau wurde krank, und als der Tag der Geburt kam, gab es niemanden, der darüber Bescheid wusste. Helena, die Kräuterfrau der Burg, hat mir das alles erzählt. Sie war eine Freundin meiner Mutter und war bis zum Schluss bei ihr."

Leah stockte, als wüsste sie nicht recht, wie sie die Ereignisse in Worte fassen könnte. Alexander legte eine Hand auf ihre und drückte sie kurz. Er starrte die beiden Hände an, überrascht von der Selbstverständlichkeit, mit der er sie berührt hatte. Sie wich nicht zurück, also ließ er seine Hand liegen und genoss das Gefühl ihrer Haut auf seiner.

Schließlich sprach sie weiter. „Nachdem also mein Zwillingsbruder Philipp zur Welt gekommen war, wollten alle die Geburt des Sohnes feiern. Niemand rechnete mit einem zweiten Kind. Unsere Mutter war über die Maßen erschöpft, und als ich dann schließlich das Licht der Welt erblickte, war sie am Ende ihrer Kräfte. In dem Moment, als ich den ersten Schrei tat, sei meine Mutter gestorben. Ich soll sie getötet haben, wurde später gesagt." Leah schüttelte den Kopf und schwieg.

Alexander schluckte krampfhaft. „Es ist nicht deine Schuld", flüsterte er und sah sie von der Seite her an. Ihre Lippen waren zu einem Strich zusammengepresst und sie schien mit festem Blick auf den Boden zu starren.

„Ich weiß das. Also, eigentlich weiß ich das, aber das Gefühl bleibt, vor allem, wenn man es wieder und wieder hören muss. Als ich vier Jahre alt war, nahm mein Vater die Witwe Agnes von Boures zur Frau. Als die neue Gräfin schwanger wurde und das Kind verlor, behauptete sie, ich wäre daran schuld. Ich würde alle schwangeren Frauen verfluchen, wenn ich sie ansehe. Bald fanden sich andere Frauen, die ihr Ungeborenes verloren hatten. Und alle behaupteten, ich hätte sie vorher mit meinem Fluch angesehen. Ich war zwölf Jahre alt, als Helena und Sebastian mit mir fliehen mussten. In der Nacht haben sie meinen besten Freund Gero erschlagen, der mich beschützen wollte."

Leah stockte wieder, Tränen liefen über ihre Wangen. Er strich sanft über ihren Handrücken, spürte aber, dass ihre Geschichte noch nicht am Ende angelangt war.

Schließlich straffte sie sich und richtete den Blick auf das eilig vorbeirauschende Wasser des Baches. „An unserem neuen Wohnort wusste niemand davon und so starben auch nicht mehr oder weniger ungeborene Kinder, als zu allen Zeiten vorher auch. Nach vielen Jahren kam ein fahrender Händler, der Sebastian wiedererkannte. Wir flohen wieder, bevor sich die alten Geschichten verbreiten konnten. Dieses Mal sind wir hoffentlich weit genug weggegangen."

Leah seufzte tief. „Das Verrückteste daran ist, dass ich um schwangere Frauen immer einen Bogen mache und vermeide, sie anzusehen." Ihre Stimme versagte, mit hörbarer Mühe presste sie hervor: „Noch nicht einmal ungeborenen Fohlen kann ich helfen."

Sie sprang von der Mauer und Alexander befürchtete schon, sie würde wieder weglaufen. Doch sie setzte sich an das Bachufer, legte den Kopf auf ihre Knie und weinte.

In Alexanders Brust saß ein dumpfer Schmerz, der sich mit jedem Schluchzer von Leah verstärkte. Er musste etwas unternehmen. Irgendetwas. Langsam trat er neben sie, hockte sich hin und legte seine Hand auf ihre Schulter. Es war ein seltsames Gefühl, hier so vertraut neben ihr zu sitzen, sie sogar zu berühren. Für ihn bedeutete diese einfache Geste so viel. So unendlich lange hatte die Einsamkeit ihn zu ersticken gedroht, dass Leahs Nähe ein wundervolles Geschenk für ihn war. Zugleich drückte ihre Trauer ihm die Kehle zu. Wie konnte er überhaupt glücklich sein, nachdem er mit seinen Fragen den Schmerz ihrer Vergangenheit wieder aufgewühlt hatte? Es war ihm ein Rätsel, und Schuld mischte sich in seine Gefühle. Er versuchte, sich auf die Berührung zu konzentrieren, sich das Gefühl tief einzuprägen, um davon in allen zukünftigen einsamen Stunden zu zehren.

Nach einer Weile sagte sie leise: „Vielleicht habe ich deshalb so sehr versucht, die Heilkunst zu erlernen, weil ich etwas gut zu machen habe."

Alexander wusste nicht, was er darauf antworten sollte.

Schweigend sahen beide dem Kräuseln des Wassers zu und seine Gedanken wanderten zu seinem eigenen Fluch. Würde es etwas nützen, weit wegzugehen, irgendwohin, wo ihn niemand kannte? Er seufzte. Sein Gesicht, all seine Narben und Schmerzen müsste er immer mitnehmen, das konnte er nicht einfach zurücklassen.

„Möchtest du mir heute auch erzählen, was damals geschehen ist?", fragte Leah.

Alexanders Atem stockte. Wollte er das? Noch nie hatte er mit irgendwem darüber gesprochen. Er erinnerte sich daran, was Leahs Bericht so ganz nebenbei über sie verraten hatte. Sie war ebenfalls die Tochter eines Grafen, keine einfache Pferdemagd. Ihrer Haltung und ihrer gewählten Sprache nach hatte er dergleichen schon vermutet, aber jetzt wurde ihm klar, dass sie mehr gemeinsam hatten, als er dachte. Er konnte sich ihr anvertrauen, denn sie würde ihm Glauben schenken, und ihn nicht verurteilen. Er wusste nicht, woher er diese Gewissheit nahm, aber er spürte, dass die Worte aus ihm herausdrängten.

„Ich war mit meinem Stiefbruder Wendel und unserem Tutor im Lehrzimmer im Palas der Burg, als draußen die Feuerglocke erklang. Wir eilten beide zum Fenster. Aus dem ersten Stock des Palas kann man über die Burgmauern zum Dorf hinunter schauen."

Das Bild, das sich ihm geboten hatte, stand ihm wieder

deutlich vor Augen. Der hintere Bereich des Dorfes und einige der strohgedeckten Häuser am Marktplatz brannten bereits lodernd. Überall rannten Menschen mit Wassereimern und Kübeln umher und versuchten, ihre Häuser zu löschen und ihre Familien zu retten. Die Löschversuche waren allerdings völlig aussichtslos. Das Wasser zischte kurz auf und verdampfte. Im nächsten Augenblick waren die Flammen schon wieder auf ein weiteres Gebäude übergesprungen. Es war ein heißer und trockener Sommer gewesen.

„Aber das Feuer hat die Burg nicht erreicht, oder?", fragte Leah.

„Nein", antwortete Alexander. „Aber drei Häuser in der Nähe der Schmiede brannten und ich bin panisch losgerannt. Die Schmiede war mein zweites Zuhause. Krista, die Frau des Schmiedes, war meine Amme gewesen. Sie, den Schmied Simon und seinen Sohn Jakob hatte ich in den letzten Jahren mehr und mehr als meine eigentliche Familie betrachtet, während mein Vater sich immer weiter von mir entfernte. Nach dem plötzlichen Tod meiner Mutter hatte Vater wieder geheiratet, aber die neue Ehefrau hatte nur Unfrieden in die Burg gebracht. Ihr und dem Sohn aus ihrer ersten Ehe war es sehr ungelegen, dass es bereits einen Erben gab. Sie behandelten mich wie ein lästiges Haustier, das man dulden musste, aber lieber heute als morgen loswürde. Die Familie des Schmieds war immer für mich da, sodass ich schon bald mehr Zeit dort verbrachte als in der Burg. Daher bin ich auch auf die Idee gekommen, mich bei unserer ersten Begegnung als Schmiedesohn auszugeben." Er hielt inne und sah Leah von der Seite an. Sie nickte mit einem Lächeln, sagte aber nichts und so fuhr er fort.

„Ich rannte den Weg von der Burg zur Schmiede herunter, schneller als je zuvor. Leute rempelten mich an, stießen mich fast um und einmal rammte ich einen Mann mit einem vollen Wassereimer und wurde komplett übergossen. Wahrscheinlich hat mir das später das Leben gerettet, dass meine Kleider bereits nass waren. Ich riss die Tür zur Schmiede auf und der beißende Qualm verschlug mir den Atem. Meine Lunge brannte und der Qualm ließ mich würgen. Die Augen tränten nach wenigen Schritten. Ich konnte kaum etwas sehen und tastete mich rufend in das Haus. Es war ein Glück, dass ich mich dort so gut aus- kannte."

Leah griff nach Alexanders Arm und strich beruhigend über die vernarbte Haut. Erst jetzt wurde ihm bewusst, dass er zitterte. Ihre Berührung erinnerte ihn daran, dass er hier am Bach war und nicht dort im Feuer. Er sah auf Leahs Finger hinab und war wieder einmal verwundert, dass sie seine Verunstaltung so bedenkenlos berührte. Kurz schloss er die Augen, dann sprach er weiter.

„Bei der Kochstelle sah ich Jakob. Er lehnte an der Wand und versuchte, etwas zu rufen. Ein schwerer Balken über ihm stand in hellen Flammen. Von hinten, aus der Schlafkammer, hörte ich Kristas Stimme. Der Balken konnte jeden Augenblick herunter stürzen, doch Jakob schien das nicht zu bemerken. Ich bin also auf ihn zu gesprungen und habe ihn dort weggezerrt. Im selben Augenblick barst das Holz in einem Funkenregen, krachte herunter und traf mich mit voller Wucht. Ich stürzte zu Boden und war unter dem Balken eingeklemmt."

Ein Schauer raste durch seinen Körper. Leahs Hand

strich noch immer über seinen verbrannten Arm und er versuchte wieder, sich auf die Berührung zu konzentrieren, und den Schrecken zurückzudrängen. Einige Atemzüge später fand er die Kraft, den furchtbarsten Teil der Katastrophe zu erzählen.

„Simon erreichte uns einen Augenblick später mit einem Eimer Wasser. Er schüttete es über mir und dem brennenden Balken aus und zog mich mit Jakobs Hilfe darunter hervor. Ich war von dem Schlag wie betäubt. Ich starrte die ganze Zeit nur in die Flammen und konnte nicht einmal sprechen. Nachdem Simon und Jakob mich endlich nach draußen gezerrt hatten, rannte Simon zurück ins brennende Haus, um seiner Frau zu Hilfe zu kommen. Doch bevor die beiden die rettende Tür erreichen konnten, brach der Dachstuhl in einer riesigen Feuerwolke vollends zusammen."

Alexander keuchte auf. Auch wenn es schon viele Jahre her war, der Schmerz war noch sehr lebendig. Dies war der Teil der Ereignisse, der ihn in seinen Träumen immer wieder heimsuchte und nur kaltes Grauen zurückließ. Wieder starrte er auf Leahs Finger. Zum ersten Mal war er nicht allein, während die Erinnerung ihn zu überwältigen drohte. Er nahm Leahs Hände in seine und hielt sich an ihnen fest.

„Ich lag vor den Trümmern des Hauses auf der Straße, noch immer unfähig mich zu bewegen. Ringsum riefen verzweifelte Menschen nach ihren Familien und aus den Häusern drangen die Schreie derer, die es nicht herausgeschafft hatten. Die Schmerzen raubten mir beinahe den Verstand, doch was ich auch versuchte, ich konnte nicht sprechen, geschweige denn um Hilfe rufen. Irgendwann muss ich dann bewusstlos geworden sein."

Alexander schloss die Augen, unfähig, weitere Worte zu finden. Im Traum hatte er diese furchtbare Stunde wieder und wieder durchlebt. Darüber zu sprechen war jedoch etwas völlig anderes. Auch wenn er das Gefühl hatte, der Qualm raube ihm den Atem und die Verbrennungen schmerzten wie an jenem Tag, so lag doch etwas Befreiendes darin, alles zum ersten Mal ausgesprochen zu haben. Leah saß schweigend neben ihm und hielt seine Hände fest in ihren. Er war nicht allein. Das Zittern ließ nach und er konnte wieder freier atmen.

Was später in der Burg geschehen war, konnte er Leah heute nicht erzählen. Otilia, seine Stiefmutter, hatte den Fluch überall im Dorf verbreitet.

Nie wieder sollst du glücklich sein und niemand soll in deinem Angesichte je wieder glücklich sein.

Die Diener des Hofes hatten schnell von der furchtbaren Verwünschung erfahren. Nachdem die Verbände von Alexanders Gesicht und Körper hatten abgenommen werden können, wagte es niemand mehr, seine Kammer zu betreten. So sah er sich gezwungen, sich selbst um sein Essen zu kümmern. Sobald er auf den Flur trat, verschwanden die Menschen, Türen wurden hastig zugeschlagen. Er ging durch die menschenleeren Flure in die ausgestorbene Küche, nahm sich, was er brauchte, und kehrte in seine Kammer zurück.

Jede Nacht träumte er von den Flammen, sah das Dach des Hauses einstürzen und hörte die Schreie, während er versteinert da lag. Der Schmerz brannte immer wieder auf seiner Haut und in seiner Lunge und er schrie, bis seine eigene Stimme ihn aus dem Traum riss. Schweißgebadet, zitternd und mit heiserer Kehle lag er dann da, nur um sich wieder und wieder dem Gefühl seines Versagens stellen zu müssen.

Dass Simon und Krista im Feuer umgekommen waren, war ganz sicher seine Schuld. Hätte Simon nicht wertvolle Augenblicke damit vergeudet, ihn unter dem Balken hervor und aus dem Haus zu ziehen, hätte er sicherlich Krista und sich selbst noch retten können. Alexander war hingelaufen, um zu helfen, aber am Ende hatte er nur Unglück über alle gebracht. Ja, vielleicht war an dem Fluch doch ein Teil Wahrheit.

Schon bald hatte er selbst daran geglaubt, dass er nur Unglück brachte. Er wollte niemandem mehr schaden und dass die Menschen, die er schon seit seiner Kindheit kannte, inzwischen Angst vor ihm hatten, war ihm unerträglich. Er konnte einfach nicht länger unter den Leuten leben, die ihn hassten und fürchteten wie ein Ungeheuer. So beschloss er, nicht länger in der Burg und im Dorf zu bleiben. Er hatte einige Dinge eingepackt und war eines Tages einfach gegangen.

„Alexander, das ist alles so furchtbar, dass ich es mir gar nicht vorstellen kann. Es tut mir so leid."

Leahs Stimme war heiser und er konnte hören, dass sie weinte. Das hatte er nicht gewollt. Sie hatte selbst schon genug Schwierigkeiten, ohne dass er sie noch mit seiner Geschichte traurig machte.

„Bitte verzeih mir, Leah. Ich hätte das nicht erzählen sollen. Ich wollte nicht ..." Er holte Luft und suchte nach Worten, aber sie unterbrach ihn.

„Es gibt nichts zu verzeihen, ich habe ja gefragt und das,

obwohl ich von Jakob bereits einiges über das Feuer wusste." Sie holte tief Luft. „Vielleicht kann ich wenigstens die Auswirkungen von den Narben ein wenig lindern, wenn ich auch sonst nichts tun kann."

Alexander schluckte.

Ja, sie konnte seine Schmerzen lindern, die Narben auf seiner Seele und die an seiner Hand gleichermaßen. Ihr Weidenrindentee hatte die übrigen Schmerzen schon deutlich gelindert. Sie hatte so viel für ihn getan, so viel mehr, als sie selbst wusste. Konnte sie auch die Einsamkeit seines Herzens heilen? Er seufzte noch einmal. Wenn sie ihn nur ansehen würde!

„Nachdem du mir schon so viel von dir erzählt hast, wirst du mir heute dein Gesicht zeigen?", fragte sie, als ob sie seine Gedanken gelesen hätte.

Er zuckte zusammen, senkte den Kopf und presste die Lippen zusammen. „Ich habe Angst", gestand er nach einer Weile. „Wenn du dich erschreckst, wenn mein Anblick dich abstößt und du dich abwendest. Ich werde ... ich werde ..." Er konnte es nicht aussprechen, aber sein Herz würde stehenbleiben vor Schmerz. Er würde vielleicht einfach sterben.

„Ich werde mich nicht abwenden", versprach sie. Dann hob sie eine Hand an seine Kapuze und hielt kurz inne. Sie wartete auf ein Zeichen von ihm.

Alexander nickte mit gesenktem Blick.

Sie schob die große Kapuze langsam zurück.

Er schloss die Augen, um den Ausdruck auf ihrem Gesicht nicht sehen zu müssen. All die erschrockenen, angeekelten und ängstlichen Mienen, in die er hatte blicken müssen, standen wieder vor ihm.

„Du kannst die Augen wieder aufmachen, ich bin noch da", sagte Leah leise.

Seine Hände schlossen sich zu Fäusten, wie um sich an etwas festzuhalten. Langsam öffnete er die Augen und sah zum ersten Mal ihr schönes Gesicht so nah vor sich. Wie gebannt war er von ihrem Blick. So viel Freundlichkeit und Wärme lag darin. Das Herz raste in seiner Brust, seine Kehle war trocken und rau. Er konnte nichts sagen, obwohl er voller Worte war.

„Danke, dass ich dich endlich kennenlernen darf", flüsterte Leah.

Er sah sie nur an und konnte seinen Blick nicht abwenden. Es war wie ein Traum und er fürchtete sich davor, gleich zu erwachen. Ganz langsam atmete er aus.

„Ich werde noch ein Lied für dich spielen, aber dann muss ich gehen. Es ist schon dunkel, mein Vater sorgt sich bestimmt schon." Leah hob die Flöte an ihre Lippen und schaute in den Sternenhimmel. Eine warme und helle Melodie erklang.

GEDICHT

Im Stall der Arbeitspferde herrschte hektisches Treiben, wie immer zu dieser Uhrzeit. Pferde wurden angespannt, Trinkblasen und Hafersäcke eingepackt, Gerätschaften und Saatgut aufgeladen. Dann zogen die Gespanne eins nach dem anderen vom Hof, hinaus auf die Felder, zu ihrer täglichen Arbeit. Erst wenn alle Fuhrwerke und Arbeiter verschwunden waren, konnte Leah Ordnung machen und Dinge instand setzen oder Neues anfertigen. Neben ihren Hauptaufgaben – dem Arbeiten an den Lederwaren und dem Anlernen junger Pferde –, wollte sie sich bald um ihren Vorrat an Kräutern kümmern.

Die Kräuterkunde hatte sie von ihrer Ziehmutter Helena gelernt. Helena war eine gute Kräuterheilerin gewesen und Leah bedauerte sehr, dass sie nicht noch mehr Zeit gehabt hatte, um von ihr zu lernen. Es waren ihr nur die Kräutervorräte und zwei dicke Bücher geblieben. Bücher, die ihr leider nicht viel helfen konnten. Die Abbildungen der Kräuter waren sehr gut gezeichnet, sodass sie jederzeit wusste, womit sie es zu tun hatte. Die Sprache, in der die Texte geschrieben waren, hatte Leah aber nie gelernt zu lesen. Es hatte immer andere Arbeiten gegeben und sie hatten damals geglaubt, noch so viel Zeit zu haben. Plötzlich war Helena nicht mehr da. Leah vermisste sie schrecklich, und es war das Mindeste, das sie tun konnte, um Helenas Andenken zu erhalten, dass sie die Lehre ihrer Ziehmutter zum Besten von Mensch und Tier anwendete. Mit Hilfe der Bücher könnte sie ihre Fertigkeiten verbessern, aber auch Sebastian war nicht mit dieser Sprache vertraut. Vieles wusste Leah natürlich auswendig, die Wirkungen und Zubereitungen der wichtigsten Kräuter und Salben beherrschte sie blind. Trotzdem hatte sie oft das Gefühl, dass in den Büchern wichtige Dinge standen und doch verborgen waren.

Sebastian versuchte lange und geduldig, dem Stallburschen zu erklären, was er von ihm wollte. Dass es so schwierig sein würde, damit hatte er nicht gerechnet.

Die Sprache hier unterschied sich in vielen Worten und vor allem im Tonfall von dem, was er kannte, aber im täglichen Gebrauch konnte man sich einigermaßen verständigen. Nein, das war es nicht. Die Menschen hier dachten einfach anders.

Er seufzte. Schon zum dritten Mal musste er jetzt an einem neuen Ort von vorn beginnen. Seine Erfahrung mit Pferden half ihm natürlich sehr dabei, eine geachtete und anständig vergütete Arbeit zu finden. Er hatte ein Empfehlungsschreiben von seinem ersten Herrn bekommen, das den Burgvogt wohl sehr beeindruckt hatte. Anders war es kaum zu erklären, dass er als Fremder gleich die hohe Stellung eines Stallmeisters bekommen hatte.

Der alte Stallmeister war vor Kurzem gestorben. Eine harmlos aussehende Verletzung am Bein hatte die

Krampfwut gebracht. Man hatte Sebastian erzählt, dass der alte Stallmeister morgens nicht mehr aufgestanden war und das Teufelsgrinsen im Gesicht hatte. Später kamen die Krämpfe und er war nach einigen Tagen qualvoll gestorben.

Auch bei Pferden passierte das leider häufiger, wenn frische Wunden nicht sogleich gereinigt und versorgt wurden. Hier hatte man den starken Frost und das Heulen der Wölfe im Wald dafür verantwortlich gemacht. Sebastian schüttelte den Kopf. Die Menschen hier fürchteten sich ständig vor irgendetwas. Alle Sorten von Krankheiten und Gebrechen wurden durch Dinge wie „sündhafte Gedanken" oder „die schwüle Luft" ausgelöst. Auch Veränderungen, wie er sie gerne in den Ställen und bei der Arbeit mit den Pferden eingeführt hätte, erschienen bedrohlich.

Jetzt erklärte ihm doch der Stallbursche tatsächlich, wenn er die Pferde nach der Arbeit noch zum Grasen auf die Weide lassen würde, wären sie morgen alle krank. Dabei konnten sie so viel Heu vom Wintervorrat sparen und daher sah Sebastian die Pferde gern so oft wie möglich auf dem Gras.

Es hatte keinen Zweck. Die Leute hier davon zu überzeugen, ihre eingefahrenen Wege zu verlassen, das würde wohl eine Lebensaufgabe werden. Wenn es denn seine letzte Aufgabe sein würde und sie nicht noch einmal weiterziehen mussten, dann wollte er zufrieden sein.

Er lächelte. Leah, die Sonne seines Herzens. Für sie würde er bis ans Ende der Welt gehen, wenn es notwendig wäre. Nachdem er seine geliebte Frau Helena verloren hatte, hatte er nur noch sie. Auch für Leah war die Umstellung nicht leicht. Ihm war aufgefallen, dass sie am liebsten allein für sich arbeitete und versuchte, den Menschen aus dem Weg zu gehen. Nur wenige Freunde, wie seinen Gehilfen Georg, hatte sie bisher gefunden. Er sah sie viel zu selten lachen, aber oft die Einsamkeit des Waldes und des Flötenspiels suchen.

Auch Leah vermisste Helena natürlich. Eigentlich müsste für sie jetzt bald ein Ehemann gefunden werden und sie würde ihren eigenen Hausstand gründen. Es schmerzte Sebastian ein wenig, dass er sie bald verlieren könnte. Es bestand ja auch kein Grund zur Eile, die Zeit würde es zeigen.

Leah hatte ihren Vater gebeten, heute für einen halben Tag von der Arbeit mit den Pferden freigestellt zu werden. Nachdem sie nun mit dem Unterrichten der Jungpferde fertig war, konnte sie sich jetzt am Nachmittag ihrer Heilkräuterecke im Garten widmen.

Der Boden hier war ausgelaugt, aber sie hatte etwas Pferdemist abzweigen können, um die Beete zu düngen. Es war nur Sebastians Fürbitte zu verdanken, dass sie überhaupt eine Ecke im Garten bekommen hatte. Er hatte darauf bestanden, dass er die Pflanzen, die sie zog, unbedingt für die Pferde brauchte.

Es gab einen sonnigen Teil und eine Ecke, die ab Mittag im Schatten der Mauer lag. So konnte Leah den unterschiedlichen Ansprüchen der Pflanzen Rechnung tragen. Bei der Vorbereitung der Beete und dem Herrichten des Zauns schweiften ihre Gedanken zum Vorabend zurück.

Zum ersten Mal hatte sie jemandem die ganze Geschichte von ihrem Fluch erzählt. Es hatte wehgetan, aber zugleich auch befreit. Es gab nun also jemanden, mit dem sie darüber sprechen konnte, ohne dass gleich wieder Vorwürfe und Anschuldigungen umgingen. Ein völlig neues Gefühl.

So sehr sich Alexanders Geschichte von ihrer eigenen unterschied, fühlte es sich doch an wie eine Gemeinsamkeit. Sein Gesicht sah gar nicht so schlimm aus, wie sie erwartet hatte. Die rechte Seite von der Stirn bis zur Wange zeichneten lediglich rote Linien und Flecken. Die dickeren, wulstigen Narben zogen sich über das Kinn und am Hals hinunter, aber seine Augen waren wunderbar warm und anziehend. Er hatte sie so lange und intensiv angesehen, dass ihr Herz schneller geschlagen hatte.

Leah freute sich darauf, ihn heute Abend wiederzusehen. Er war so stark und verletzlich zugleich. Noch nie hatte jemand ihr Herz auf diese Weise berührt.

Bald würde es schon dämmrig werden, sie musste sich mit der Reparatur des Zaunes beeilen. Morgen wollte sie die Samen in die Erde geben.

Der Wald leuchtete heute anders als sonst. Alexander hatte die Kapuze zurückgeschlagen und schaute in die zwischen den Blättern flirrenden Sonnenstrahlen. Irgendwie fühlte sich die Sonnenwärme auf seinem Gesicht unwirklich an.

Zu lange war er nur mit gesenktem Kopf durchs Leben

gegangen. Er war es so sehr gewohnt, sich zu verbergen. Leahs Blick hatte etwas in ihm verändert und er fühlte sich frei und glücklich. Nachdem sie gestern zum Dorf zurückgegangen war, hatte er noch lange unbeweglich am Ufer gesessen. Er befürchtete, es wäre alles ein Traum, der in tausend Scherben zerspränge, wenn er sich nur bewegte. Er wollte diesen wunderbaren Abend für immer festhalten. Erst als die Kälte durch den Umhang in seine Schultern zog, war Alexander aufgestanden und langsam zu seiner Burg zurückgegangen.

Ein Gedicht. Ja, ein Gedicht wäre das Einzige, das irgendwie in Worte fassen könnte, wie viel Leah ihm inzwischen bedeutete. Er sprang auf und eilte hinein, um seine Bücher zu durchsuchen. Nur Bücher über Waffen, Werkzeuge und Ahnentafeln waren hier zu finden. Er musste noch einmal die ganze verfallene Burg durchkämmen. Nach solch einem Buch hatte er noch nie gesucht. Vielleicht lag ja noch irgendetwas in einer Truhe oder einem Schrank, das er bisher übersehen hatte.

Ungeduldig saß er am Abend auf der Mauer und wartete. Es war windstill und Bienen summten irgendwo in der Nähe. Eigentlich hätten die abendliche Wärme der Mauer und die Stille unter der Brücke Müdigkeit in ihm wecken müssen, aber er war hellwach.

Er hatte in den letzten Nächten sehr gut geschlafen und sein Alptraum war nicht mehr zurückgekehrt, seit Leah zum ersten Mal seine Hand mit ihrer Salbe behandelt hatte. Ihre Berührung hatte sehr viel mehr, als nur die Beweglichkeit seiner Hand verändert. Die Verbesserung seiner Beweglichkeit war nur eines der Wunder, die sie in diesen wenigen Tagen in sein Leben gebracht hatte.

Als er sie auf dem Weg bemerkte, sprang Alexander von der Mauer und zog eilig die Kapuze über sein Gesicht. Einen Moment lang überkam ihn das Verlangen, sich ins Dickicht zurückzuziehen. Nein, er musste hier stehen bleiben, durfte nicht wieder im Wald verschwinden. Seine Hände krampften sich zusammen und er starrte fest auf den Boden vor seinen Füßen. Immerhin verbarg ihn die Kapuze.

„Guten Abend, Alexander, wie schön, dass du schon da bist." Sie hatte zum ersten Mal seinen Namen ausgesprochen. Wie wundervoll das klang! Sein Herz hämmerte wild, doch er schaffte es nicht, einfach zu ihr zu gehen.

„Komm, wir setzen uns wieder ans Wasser", schlug Leah vor und trat ans Ufer.

„Danke, dass du gekommen bist", flüsterte er mit trockener Kehle. „Ich habe dir etwas mitgebracht."

Leah drehte sich neugierig zu ihm um. „Etwas mitgebracht?", fragte sie und kam auf ihn zu. Sie stand jetzt direkt vor ihm und ihr einzigartiger Duft nach Kräutern zog in seine Nase. Am liebsten hätte er sofort seine Hand ausgestreckt, und sie wieder berührt, aber er musste zuerst noch etwas anderes tun. Er zog das kleine Heft aus seinem Umhang und blätterte darin. „Ich bin nicht gut mit Worten," begann er zögerlich, „aber ich habe etwas gefunden, das jemand Namens Firdausi vor langer Zeit geschrieben hat."

An der passenden Stelle hatte er einen Faden in das Büchlein gelegt, so fand er sofort die richtige Seite und begann ihr vorzulesen.

„Ich war in einer Nacht, wie keine war.
Da kamst du, mein geliebtes Angesicht.
Du machtest solche Nacht zum lieben Tag.
Du sangst Musik und schenktest hold mir ein
und sprachst die Worte, die ich nie vergaß,
von uranfänglich so geweihtem Hauch,
dass diese arge Nacht verging wie Rauch."

„Das ist sehr schön. Danke", sagte sie leise.

Er hob den Kopf und sah ihr direkt ins Gesicht. Sie blinzelte und eine Träne glitt an ihrer Wange herunter. „Oh, ich wollte dich nicht traurig machen, verzeih mir", sagte er erschrocken.

„Ich bin nicht traurig, aber das Gedicht ist so schön, dass meine Augen davon feucht werden." Mit einem entschuldigenden Lächeln sah sie ihn an. Dann trat sie ganz nah zu ihm heran. „Du versteckst dich wieder vor mir. Das musst du nicht mehr tun." Sie hob beide Hände zu seiner Kapuze hoch. „Darf ich?", fragte sie leise.

„Ja", flüsterte er, auch wenn wieder dieselbe Angst wie gestern in ihm aufstieg. Er wünschte sich nichts mehr, als dass Leah ihn ansehen würde. Sie würde sich nicht abwenden, nicht zurückweichen. Er musste ihr vertrauen. Hart schluckte er, als sie die Kapuze zurückschob, und dabei seine Wange berührte. Einen Moment lang starrte er nur auf den Boden, dann raffte er seinen Mut zusammen und begegnete ihrem Blick. Er sah in ihre strahlenden Augen und hatte das Gefühl, direkt bis in ihr Herz zu blicken.

„Leah, wenn du bei mir bist, bin ich der glücklichste Mensch auf der ganzen Erde", flüsterte er. Mit den Fingerspitzen berührte er ihr Kinn, und im nächsten Moment zuckte er zusammen. Seine Hand hatte sich ganz von selbst zu ihrem Gesicht bewegt, aber würde sie eine solch vertraute Geste zulassen? Das Büchlein rutschte zu Boden.

Leah trat einen Schritt zurück und hob es auf. Sie schaute es wehmütig an. „Ich wünschte, ich könnte auch andere Sprachen lesen, nicht nur Französisch."

„Welche Sprache ist dir denn so wichtig? Ich habe zum Beispiel auch die Sprache der Kirche gelernt. Du sprichst doch auch deine Muttersprache und unsere hier."

„Ja, reden ist nicht schwer zu lernen. Aber das Lesen ist etwas ganz anderes. Ich habe Bücher über die Heilkunde, die ich nicht lesen kann."

„Wenn sie über die Heilkunde sind, könnte es möglicherweise Latein sein. Damit könnte ich dir helfen."

„Wirklich, das würdest du tun?" Sie seufzte befreit. „Ach, das wäre wirklich wunderbar."

Dann drehte sie sich zum Wasser herum, gemeinsam setzten sie sich ans Ufer und eine Weile ließen sie das kühle Wasser über ihre Zehen plätschern.

„Dein Fuß ...", setzte sie an.

„Ja, das Gleiche wie mit der Hand", erklärte er. „Die Narben haben das Gelenk verhärtet und verhindern, dass ich mit der Ferse bis zum Boden hinunter komme. Daher mein seltsamer Gang." Er presste die Lippen zusammen. Auch wenn er sich vor einem Augenblick noch beinahe wie ein ganz normaler Mann gefühlt hatte, er war es bei weitem nicht. Das verbrannte Gesicht, die klauenförmige Hand, der versteifte Fuß, das Hinken. Sein ganzer Körper war seit dem Feuer verunstaltet, und in diesem Moment schämte er sich dessen.

„Darf ich mir den Fuß auch einmal ansehen?", bat Leah.

„Oh, das ist nicht nötig." Er schob den Fuß unter das andere Bein, denn der Gedanke, dass sie ihn ebenfalls massieren würde, erschien ihm unschicklich.

Leah lachte. „Ich massiere sonst die Beine der Pferde, da werde ich deinen Fuß gar nicht ungebührlich finden. Immerhin ist er ja jetzt frisch gewaschen."

Er musste ebenfalls grinsen. „Ja, das ist er immerhin."

„Bitte, lass mich einmal sehen, ob man da auch mit Salbe oder Bewegung etwas verbessern kann."

Zögerlich hob er das Bein aus dem Wasser und ein feuchter Abdruck zog über den Stein, als er seinen Fuß absetzte. Leah beugte und bewegte das Gelenk und die Zehen und grub ihre Finger tief in die Muskeln der Wade.

Bei der ersten Berührung hatte Alexander den Atem angehalten, aber als sie fest zupackte, entfuhr ihm ein Keuchen. Sie sah kurz hoch und lächelte, ließ sich aber dadurch von ihrer Behandlung nicht abbringen. Beständig strich sie über Wade und Fuß und lockerte mit aller nötigen Kraft die Verhärtungen.

„Mit Johanniskrautöl wäre es noch wirkungsvoller", stellte sie fest. „Leider habe ich meinen Vorrat bereits aufgebraucht, aber auch so sollte es jetzt besser gehen. Probier es aus!"

„Das war aber eine Behandlung für Pferde", bemerkte Alexander halb lachend, halb stöhnend, ehe er aufstand.

„Ja, natürlich, was könntest du bei mir denn schon anderes erwarten?" Sie grinste schelmisch und sah zu ihm hoch, während er vorsichtig auf und ab ging.

Erstaunt stellte er fest, dass er schon nach dieser einen

Behandlung fast mit der ganzen Fußsohle den Boden berühren konnte. Mit rauer Stimme sagte er: „Leah, ich weiß nicht, was ich sagen soll. Wie kann ich diese Schuld jemals wieder begleichen?"

„Oh, ich habe da eine Idee. Du bringst mir das Lateinische bei", forderte sie mit einem Lächeln. „Das ist doch ein gutes Geschäft, oder?"

„Ja, das tue ich sehr gern", antwortete er und setzte sich wieder zu ihr.

KRÄUTER

Ihr Vater schickte Leah heute schon wieder zum Ritterstall, um nach einem Pferd zu sehen. Hoffentlich traf sie nicht diesen ungehobelten Ritter von Hohenstein, der sie eingeladen hatte, seine Turnierdame zu werden. Er sollte recht bedeutend und einflussreich sein, wie sie inzwischen erfahren hatte, und einem solchen Ritter schlug man einen Wunsch nicht einfach ab. Sie wollte das nicht, und wenn es eine noch so hohe Ehre war, zum Turnier das Wappentuch eines Ritters zu bekommen. Sie müsste dann das eigene Tuch in der Farbe ihres Kleides an seine Lanze oder Rüstung heften, um ihm Glück zu bringen. Auf keinen Fall sollte dieser Rüpel ihre Farbe in den Kampf tragen. Wie konnte sie sich nur ohne Schaden aus dieser misslichen Angelegenheit befreien?

Mit gesenktem Blick ging sie durch das Dorf, und ihre Gedanken suchten fieberhaft einen Ausweg. Georg könnte ihr in dieser Lage bestimmt einen Rat geben. Er stammte von hier und kannte die Leute und die Gepflogenheiten besser als Leah. Er würde sicher einen Rat wissen.

Inzwischen hatte sie den gräflichen Stall erreicht und schlüpfte durch eine Nebentür hinein. Heute war es ruhiger im Stall, fast alle Pferde waren schon auf dem Turnierplatz bei den Übungen. Wieder Tjost heute. Leah hatte erfahren, dass es beim letzten Training zwei Schwerverletzte gegeben hatte. Die beiden würden dieses Jahr nicht mehr beim Turnier antreten können.

Irgendwie kam ihr diese ganze Turniersache barbarisch vor. Es war doch schon schlimm genug, wenn sich die Ritter in Kriegen und Fehden ständig gegenseitig umbrachten. So etwas musste man doch nicht zur Belustigung von Zuschauern tun. Viele schienen sich jedoch das ganze Jahr über darauf zu freuen und sie selbst konnte sich der erwartungsvollen Spannung, die über Dorf und Burg lag, auch nicht ganz entziehen.

Sie sah sich im Stall um, und sofort kam einer der Knappen auf sie zu. „Hier entlang bitte." Damit wies er ihr den Weg zu einem kräftigen Schimmel, der in der Nähe eines Fensters stand.

„Meine Dame." Höflich sprach der große, schlanke Mann neben dem Pferd sie an. „Danke, dass Ihr so schnell kommen konntet. Das Pferd wurde vorhin beim Training von einer abgebrochenen Lanze an der Seite verletzt. Würdet Ihr Euch das ansehen, bitte?" Er strich beruhigend mit der Hand über das Fell des Tieres. „Wie man hört, habt Ihr viel Geschick mit Wunden und Verletzungen."

Leah fühlte sich geschmeichelt, dass sich ihre Heilkunst bereits herumgesprochen hatte. Seine höfliche und freundliche Art und die gut gewählten Worte waren eine Wohltat zwischen all den ungehobelten Bemerkungen, die sie sich so oft anhören musste. Sie sah sich die Flanke des Pferdes an.

„Oh, die Lanze hat ihn aber ordentlich erwischt", stellte sie mit einem kurzen Blick fest. Es steckten Holzstücke und Splitter in der Haut und Blut quoll noch immer aus der frischen Wunde und rann am Bauch herunter.

„Bitte, meine Dame, kann man das Pferd retten? Ich habe es schon lange und es ist mir sehr lieb und teuer." Die Stimme des Mannes war leise und Leah hatte den Eindruck, sie zittere ein wenig.

Sie strich über das Fell und zog es ein wenig hierhin und dorthin, um zu sehen, wie tief die Verletzung ging. Das Tier spannte sich an, wehrte sich aber nicht gegen die schmerzhafte Untersuchung.

„Die Wunde ist nicht sehr tief", erklärte Leah. „Wenn wir alle Holzsplitter herausbekommen und es bis morgen nicht eitert, gibt es eine Chance."

„Oh, Herr im Himmel", seufzte der Mann erleichtert und rieb voller Tatendrang die Hände. „Was müssen wir tun?"

„Zuerst spült Ihr die Wunde mit viel Wasser aus. Ich werde in der Zeit Kamillensud kochen. Es müssen alle Holzsplitter heraus, das ist das Wichtigste. Dann muss es mit der Kamille ausgewaschen werden. Zum Schluss machen wir einen Umschlag mit Lilientinktur."

Der Mann verbeugte sich, wie man es nur vor hochgestellten Personen tat. „Vielen Dank. Ich werde sofort Wasser holen."

Leah eilte zum Stallmeisterhof zurück, um Kamillensud zu kochen, und den Lilienauszug konnte sie auch gleich mitnehmen.

Als sie mit dem fertigen Sud zurückkam, waren schon fast alle Holzsplitter aus der Wunde entfernt. Gemeinsam arbeiteten sie weiter, bis die Verletzung zu Leahs Zufriedenheit versorgt war. Schließlich trat sie zurück, denn jetzt konnte man nur noch abwarten.

„Es tut mir leid, ich habe mich gar nicht vorgestellt",

sagte der Mann. „Ich bin Friedolf von Gelen."

„Ihr seid auch ein Ritter, verzeiht, dass ich das nicht sofort erkannt habe", antwortete Leah. Sie war über seine Ausdrucksweise außerordentlich verwundert. Als Ritter war er auf jeden Fall von adeliger Herkunft und Adelsleute sprachen die Gemeinen niemals höflich und mit Respekt an. Im Gegenteil, es gehörte bei einigen offenbar zum guten Ton, mit Untergebenen herablassend und abfällig umzugehen. Umso mehr wunderte sie sich über seine freundliche und achtungsvolle Art. Er schien sehr besorgt wegen der Verletzung des Pferdes zu sein.

Sie wollte ihn etwas aufmuntern und fragte: „Werdet Ihr auch beim Turnier kämpfen?"

„Dies ist mein einziges Pferd, daher wird das wohl nicht möglich sein", erwiderte er mit einem unsicheren Blick auf den Verband.

„Die Wunde ist nicht tief und liegt nicht unter dem Sattelzeug. Wenn sie gut heilt, könnt Ihr bis dahin vielleicht schon wieder reiten."

„Oh, meine Dame!" Er lächelte überrascht und verneigte sich noch einmal. „Wenn Euch das gelingt, und ich am Turnier teilnehmen kann, wäre ich geehrt, Eure Farbe an meiner Lanze zu tragen. Das brächte mir sicherlich sehr viel Glück."

Leah errötete und schlug die Augen nieder. „Ich wurde bereits eingeladen", entgegnete sie verlegen.

„Dann habt Ihr die Wahl, wen Ihr erhören wollt", erwiderte er in einem hoffnungsvollen Ton.

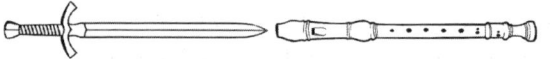

118

Alexander hatte mehrere Bücher mit nach draußen genommen. Nun saß er vor seiner Tür und blätterte immer wieder hin und her. Er suchte etwas ganz Bestimmtes, denn er wollte eine besondere Schmiedearbeit anfertigen. Natürlich konnte er nicht sicher sein, ob es ihm gelingen würde, denn etwas derart Anspruchsvolles hatte er noch nie versucht. Wie gern würde er Jakob um Rat fragen. Auch wenn der sich hauptsächlich mit dem Schmieden von Alltagsgegenständen beschäftigte, hatte er doch ein gutes Gefühl für das Metall und die richtige Temperatur. Aber vielleicht fand er in den alten Büchern noch Hinweise, wie man die richtige Hitze bei sehr dünnen Metallstreifen einschätzte.

Schon vor längerer Zeit hatte er sich einen Teil der alten Schmiede wieder aufgebaut, um die Gerätschaften und Waffen selbst reparieren zu können. Einiges hatte er von seinem Ziehvater über das Schmieden gelernt. Die Arbeit mit Feuer und Metall hatte ihn schon seit seiner Kindheit fasziniert. Gern hatte er immer Simon und seinem Sohn Jakob dabei zugesehen, wie sie abwechselnd auf das Eisen schlugen. Er war stolz gewesen, als er zum ersten Mal den Schmiedehammer hatte nehmen und es auch versuchen dürfen. Am gleichen Abend hatte er voller Freude seinem Vater davon erzählt und eine gehörige Portion Ärger bekommen.

Das war die Arbeit eines gewöhnlichen Mannes, der Sohn eines Grafen hatte von dergleichen die Finger zu lassen. Bald würde er ohnehin als Page an den Hof eines befreundeten Fürsten gehen und würde sich solche Dinge aus dem Kopf schlagen müssen. Diese kalte Abfuhr hatte Alexander allerdings nur noch mehr angestachelt, das Schmieden zu üben.

Seine Pagen- und Knappenzeit hatte er dann im Schloss einer befreundeten Grafenfamilie in Frankreich verbracht. Dort hatte Alexander jede freie Minute genutzt, um beim Hofschmied mit anzupacken. Der war über die ungewöhnliche Hilfe sehr erfreut gewesen und schon bald konnte Alexander mit dem Schmied und seinem Burschen in perfektem Takt zu dritt das Eisen schlagen. Die körperliche Anstrengung fühlte sich gut an. Einen Gegenstand zu reparieren oder gar etwas Neues herzustellen, gab der Arbeit einen tieferen Wert, den er als junger Bursche in keiner seiner anderen Tätigkeiten gefunden hatte. Simon war Waffenschmied und Hufschmied gewesen, aber Alexander hatte die Herstellung von schönen Dingen immer dem Schmieden von Waffen vorgezogen.

Nachdem er nach seiner Knappenzeit an die Burg seines Vaters zurückgekehrt war, durfte Alexander manchmal allein an Simons Schmiede arbeiten. Er hatte eiserne oder kupferne Verzierungen für Brustplatten und Schwertscheiden hergestellt, wie er es bei dem Hofschmied in Frankreich gelernt hatte. Auch seine eigene Schwertscheide und Brustplatte hatte er mit seinen Initialen verziert. Bald erfreuten sich die so geschmückten Gegenstände in der Grafschaft besonderer Beliebtheit. Niemand erfuhr allerdings, wer sie geschmiedet hatte, das war ein Geheimnis zwischen Simon, Jakob und Alexander geblieben. Jetzt suchte er nach einer Idee für eine Gewandnadel. Er wollte Leah ein besonderes Schmuckstück für das herannahende Fest schenken.

Als Leah vom Ritterstall zurückkam, traf sie im Hof auf Georg, der bei ihrem Anblick seine Arbeit niederlegte und ihr entgegenkam.

„Guten Morgen, Leah. Ich habe das Euter der weißen Stute in den letzten Tagen mit deiner Salbe behandelt. Es ist jetzt wieder alles in Ordnung", berichtete er.

„Das ist gut. Ich wollte dich noch etwas fragen. Ach, ich denke, es hat sich gerade von selbst erledigt", sagte sie mit einem fröhlichen Lachen.

„Was war es denn? Frag ruhig, ich freue mich immer, wenn ich dir helfen kann." Georg zog die Brauen hoch.

„Ach es war nur das Turnier. Ich will nicht die Dame von diesem Bruno vom Hohenstein sein."

Georg strahlte plötzlich über das ganze Gesicht.

„Aber das muss ich jetzt auch nicht mehr", fuhr sie fort. „Ich habe noch eine zweite Einladung bekommen, von einem sehr netten und höflichen Ritter."

Unvermittelt wich Georg einen Schritt zurück und das Strahlen war wie ausgelöscht. Er schloss die Augen und machte ein Gesicht, als hätte sie ihm einen Schlag in den Magen versetzt.

„Was ist denn los?", fragte sie besorgt.

„Ich muss arbeiten", schnaubte er, drehte sich um und verschwand eilig in der Geschirrkammer.

Zum Mittagsmahl erschien er nicht, und Leah fragte sich, was los war. Sie liebte es, nachmittags bei der gemeinsamen Arbeit ein wenig mit ihm zu plaudern. Er berichtete von der Zeit, bevor sie ins Dorf gekommen war, und sie hatte sich ebenfalls dazu durchgerungen, ihm kleine Teile aus ihrer Vergangenheit zu erzählen. Sie hatte ihn gern und immer gedacht, er würde sie auch mögen.

Plötzlich verstand sie. Ja, er mochte sie, vielleicht sogar ein wenig mehr, als sie sich bisher vorgestellt hatte. Die Einladung zum Turnier musste ihn verletzt haben. Dazu hatte sie auch noch von diesem Ritter von Gelen geredet. Das musste ja tatsächlich wie ein Schlag in den Magen gewirkt haben. Jetzt bedauerte sie, dass sie ihm überhaupt davon erzählt hatte. Für sie war er stets ein guter Freund, schon seit sie hier angekommen war. Liebevoll dachte sie an all die kleinen und größeren Dinge, die er schon immer für sie getan hatte. Ja, er war wirklich ein sehr guter Freund. Es tat ihr fast schon leid, dass da nicht mehr war. Sie schüttelte den Kopf und dachte an Elsa. Das Mädchen vergötterte Georg, doch der sah sie gar nicht. Vielleicht könnte sie die beiden einander etwas näher bringen. Ihre Gedanken wanderten zu einem anderen Mann. Alexander. Heute Abend würde sie ihn wiedersehen. Wenn sie sich mit der Arbeit beeilte, könnte sie vielleicht sogar früher hingehen.

Bevor Leah am Abend in den Wald ging, wollte sie noch mehr Arnikasalbe anrühren. Arnikaauszug hatte sie noch genügend, sodass die Zutaten alle da waren. Leider hatte sie für Alexanders Fuß kein Johanniskrautöl mehr. Es würde noch dauern, bis sie am Sankt Johannistag die Blüten ernten konnte und dann dauerte es noch einmal zwei Monate, bis das Öl ausreichend durchgezogen war. Bis dahin würde auch der Fuß mit Arnika vorliebnehmen müssen.

Bald musste Leah mal wieder einen Tag mit dem Sammeln und konservieren von Kräutern verbringen. Jetzt im Frühling hatten die Knospen, Blüten und jungen Triebspitzen der Kräuter und Bäume ihre beste Wirkung. Später im Jahr kamen Früchte und Samen dazu und die Wurzeln konnte man am besten kurz vor dem Winter sammeln. Manche viel genutzte Kräuter waren nur sehr schwer in der freien Natur zu finden. Dafür hatte sie ihre Ecke im Küchengarten angelegt. Viele Kräuter konnte man aber zur passenden Jahreszeit in großer Menge im Wald und auf den Feldern finden. Manches Nützliche wie Pfirsichkerne, Fenchelsamen oder Hanfsamen blieben auch einfach bei der Verarbeitung der Pflanze übrig.

Eine ganz neue Idee kam ihr beim Rühren der Arnikasalbe. Die Damen am Hof ihres Vaters in Frankreich hatten eine weiße Creme und ein ebensolches Puder benutzt, um ihre Haut möglichst hell erscheinen zu lassen. Um die roten Narben von Verbrennungen zu verdecken, müsste man natürlich kein Weiß, sondern möglichst genau die Farbe der Haut als Creme herstellen. Wenn man dann noch Weidenrindenpulver gegen die Rötung hinein rührte, könnten die Streifen mit der Zeit vielleicht sogar blasser werden. Enthusiastisch machte Leah sich ans Werk und probierte eine Weile mit Heilerde, Weidenrinde und verschiedenen Ölen herum. Sie war nicht sicher, ob ihr Plan gelingen würde, aber sie wollte alles versuchen.

Alexander wartete schon voller Ungeduld auf seine Flötenspielerin. Sein Leben hatte sich in den letzten Tagen so sehr verändert, dass er es selbst kaum glauben konnte. Er musste versuchen, seine alten Gewohnheiten abzulegen und Vertrauen zu zeigen. Also wollte er hier bei der alten Brücke in der Sonne stehen bleiben, ohne Schatten und ohne Kapuze. Sein ganzer Körper war angespannt. Wie sehr doch die Gewohnheit des Verbergens sich in ihm festgesetzt hatte. Er fühlte sich unwohl mit unbedecktem Gesicht, besonders da er wusste, es würde ihn jeden Augenblick jemand ansehen. Als er Leah kommen sah, kostete es seine ganze Beherrschung, die Kapuze nicht nach vorn zu ziehen.

Sie lächelte, als sie auf ihn zukam, schaute ihn offen und fröhlich an.

Er stand starr und beklommen da, mit dem Rücken an die Wand gepresst, und konnte seinen Augen immer noch nicht trauen. Wie konnte sie lächeln, während sie ihn ansah? Sein Herzschlag beschleunigte sich und Wärme breitete sich in seinem Inneren aus.

„Leah, ich bin so froh, dass du da bist." Er trat einen Schritt nach vorn, wagte aber nicht, sie zu berühren.

Sie legte ihre Tasche ab. „Guten Abend Alexander. Komm, setzen wir uns wieder hier ans Wasser. Ich habe hier neue Arnikasalbe."

Sie hatte wieder etwas für ihn mitgebracht, wahrscheinlich hatte sie die Salbe sogar extra für ihn angerührt. Er schluckte. „Leah, deine Freundlichkeit beschämt mich. Ich möchte dir ein ganzes Königreich schenken, doch ich habe nichts, was von Bedeutung wäre."

„Oh doch, das hast du. Erinnerst du dich nicht an unsere Abmachung? Ich werde den Arm und den Fuß behandeln und dann ist meine erste Unterrichtsstunde im Lateinischen."

„Ja, das wäre wunderbar. Du hast eins deiner Bücher dabei?", fragte er neugierig.

124

Sie zog die Tasche heran. „Ja, schau, das hier ist der Grund, warum ich unbedingt Latein lernen möchte", erklärte sie und zog ein dickes Buch mit einem roten Ledereinband hervor.

Alexander schaute sich das Diarium an und blätterte einige Seiten hin und her. „Das ist wirklich sehr interessant. Dergleichen habe ich hier noch nie gesehen. Hast du das aus deiner Heimat mitgebracht?"

„Ja, es gehörte meiner Amme Helena. Sie war als Kräuterheilerin berühmt in der ganzen Gegend. Ich konnte leider nicht genug von ihr lernen, bevor sie krank wurde. Vielleicht hätte ich sonst verhindern können, dass sie starb." Leahs Stimme war nur noch ein Hauch.

Alexander senkte den Blick. Ihre Trauer stach in sein Herz. „Ich wusste nicht, dass du auch deine Ziehmutter verloren hast. Es tut mir sehr leid."

„Es ist jetzt ein Jahr her. Sebastian ist damals auch sehr krank gewesen. Er hat diese schlimme Sache immerhin überlebt." Ihr Blick glitt zum Weg, als könnte sie ihren Ziehvater unten im Dorf sehen. „Hoffentlich wird er ihren Verlust irgendwann überwinden." Dann wandte sie sich wieder Alexander zu. „Lass uns das Buch noch zur Seite legen. Zuerst ist dein Arm an der Reihe." Sie behandelte seine vernarbte Haut, wie beim letzten Mal. Wieder musste er die Luft anhalten und mehrmals ein Stöhnen unterdrücken. Doch dies war eine andere Art von Schmerz, als er bisher gekannt hatte. So sehr wie es wehtat, tat es zugleich auch gut. Er spürte, wie die Muskeln sich lockerten und die vernarbte Haut geschmeidiger wurde. Sein Arm und sein Fuß fühlten sich nach der Behandlung warm und angenehm an.

Als Leah die Massage beendet hatte, sammelte er all seinen Mut. Er nahm ihre beiden Hände in seine und küsste zart ihre Fingerspitzen.

„Ich kann mit Worten nicht ausdrücken, was deine zarten, wunderbaren Hände für mich bedeuten."

Errötend senkte sie den Blick und er ließ ihre Hände los.

„Verzeih mir, ich wollte dich nicht in Verlegenheit bringen."

Sie presste die Lippen zusammen und schluckte. „Lass uns mit dem Lesen beginnen."

Leahs Wangen standen in Flammen. Für sie war die Massage von Alexanders Arm und Fuß etwas Besonderes. Ihn am Abend hier zu treffen, wurde zum wichtigsten Punkt in ihrem Tagesablauf und sie ertappte sich zwischendurch immer wieder bei den Gedanken an ihn.

Jetzt war nicht der richtige Augenblick, um über das Gefühl nachzudenken, das er in ihrer Brust auslöste. Jetzt musste sie Latein lernen.

Sie legten den dicken Wälzer halb auf ihre und halb auf seine Oberschenkel und Alexander erklärte ihr geduldig die einzelnen Worte und Sätze. Die Passagen, die Leah besonders interessierten, übersetzte er für sie und zählte ihr auf, welche der beschriebenen Kräuter hierzulande in der Natur zu finden waren. Leah hatte schon bemerkt, dass das kühlere Klima hier nur einen Teil ihrer geliebten Kräuter gedeihen ließ.

Heute lernte sie viel Neues über die Wirkungen der Kräuter, deren Texte er ihr übersetzt hatte. Sie war gespannt darauf, einige der Zubereitungen bald auszuprobieren.

Nach einiger Zeit schwand ihre Konzentration, aber sie wollte ihm unbedingt noch etwas Anderes zeigen. Nervös fingerte sie an ihrer Tasche herum, denn sie war nicht sicher, was er zu ihrer Idee sagen würde.

Dann sah sie ihn an und eröffnete schließlich: „Ich habe noch etwas gemacht." Sie zögerte. Würde ihre Mixtur wirklich die erwünschte Wirkung haben und hatte sie den Farbton gut getroffen? Es war das erste Mal, dass sie nicht bewährte Mittel nutzte, deren Zubereitung und Wirkung sie von Helena gelernt hatte. Dieses Mal hatte sie sich das ganz allein überlegt.

„Es wäre mir lieb, wenn du es zuerst am Arm probieren würdest. Eigentlich soll es für dein Gesicht sein." Sie zog den kleinen Tiegel aus der Tasche. „Es wird vielleicht mit der Zeit die Rötungen verblassen lassen, aber zuerst einmal wird es sie überdecken."

Er sah sie zweifelnd an, sagte aber nichts.

„Du musst deine Narben nicht verstecken, nicht für mich. Aber vielleicht hilft es dir selbst, wenn du weißt, dass man sie nicht mehr so sehr sieht."

Wortlos nickte er und hielt ihr seinen Arm hin, damit sie die Creme auftragen konnte. Sie nahm eine Fingerspitze voll und verteilte sie sorgfältig an einer Stelle, an der die Haut gerötet, aber nur wenig vernarbt war. Die Wirkung der Salbe war so verblüffend, dass sie beide gebannt auf die Stelle starrten. Sie sah aus wie die gesunde Haut daneben, nur ein wenig heller.

„Kannst du jetzt auch zaubern?", fragte er überrascht und nur halb im Scherz.

„Es wird natürlich wieder aussehen wie vorher, wenn man es abwäscht", dämpfte sie seinen Enthusiasmus.

Er grinste sie übermütig an. „Ich werde es niemals abwaschen."

„Ich bitte dich! Du willst dich nie wieder waschen? Puh!" Dann fügte sie ernster hinzu: „Warte bitte bis morgen, ob es brennt oder sonst irgendeine unangenehme Wirkung zeigt. Wenn nicht, kannst du es im Gesicht probieren."

Alexander nahm ihr Gesicht in beide Hände, sah tief in ihre Augen. Sie hatte das Gefühl, darin zu versinken.

„Leah, du bist ein unglaubliches Wunder für mich."

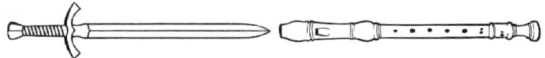

Jakob kam abends erst spät wieder nach Hause. Hannah wartete mit dem Abendessen und ihr Sohn schlief schon friedlich nebenan in der Kammer. Der Tisch war gedeckt und der Dinkelbrei mit Rüben und ein wenig Speck war noch warm.

„Und?", fragte sie, als sie beide am Tisch saßen.

„Und was?" Jakob versuchte, unschuldig zu wirken.

„Komm schon, du warst den ganzen Tag fort. Ich kann mir denken, dass du bei Alexander warst. Immerhin bist du ja lebendig zurückgekehrt. Ich habe mir Sorgen gemacht, aber vielleicht war das unbegründet. Nun erzähl schon!"

Jakob seufzte erleichtert. Er hatte ein größeres Donnerwetter erwartet und so war er wieder einmal überrascht von seiner Hannah. Lange saßen sie am Tisch und er erzählte von seiner Begegnung mit Alexander.

Schließlich lehnte Hannah sich zurück und nickte. „Ich kenne ihn ja auch noch ein wenig, von vor dem Feuer. Nicht so gut wie du natürlich, aber ich erinnere mich, dass er ein sehr feiner Mensch war. Er hat damals dein Leben gerettet, daher muss ich ihm dankbar sein. Sonst hätte ich jetzt nicht so einen wunderbaren, lieben Ehemann."

Jakob nahm ihre beiden Hände. „Ach Hannah, du bist die beste Frau der Welt. Ich glaube inzwischen nicht mehr an den Fluch. Die Gräfin ist ja keine Hexe. Sie hat überhaupt nicht die Macht, jemanden zu verfluchen. Es ist nur ein böses Gerücht, das einfach dadurch wahr wird, dass alle daran glauben."

Ein wenig musste er sich noch selbst davon überzeugen, aber Leahs Erklärung für die Wirkung des Fluchs erschien ihm vernünftig und das Wiedersehen mit Alexander hatte Jakob keineswegs unglücklich gemacht, ganz im Gegenteil. All die Jahre hatte er Schuldgefühle mit sich herumgetragen, weil er sich nicht mehr um den Mann gekümmert hatte, dem er sein Leben verdankte und der sein bester Freund gewesen war. Nun konnte er das endlich wieder gutmachen.

„Hm, wenn du meinst." Hannah runzelte die Stirn. „Aber dann kann man so einen Fluch ja nicht brechen, wie es in den alten Geschichten und Kindermärchen immer geht. Der Kuss einer Prinzessin erlöst den Prinzen." Sie lachte laut auf. „Wir haben außerdem gerade keine Prinzessin zur Hand."

„Hannah, du bist die Beste", stellte Jakob fest.

„Wie meinst du das jetzt? Ich bin jedenfalls eine einfache Müllerstochter", antwortete sie immer noch lachend.

„Natürlich bist du das, aber du gehörst ja auch zu mir und nicht zu Alexander. Hannah, vielleicht geht das genau so, wie du sagst, mit dem Brechen des Fluchs."

KAPUZENMANN

Leah kam in den Innenhof des Reitpferdestalles und sah sofort Bruno von Hohenstein mit seinen Knappen und ein paar anderen Rittern. Sie hatten sich auf einigen Bänken und Schemeln vor dem Stall versammelt und offenbar bereits einige Krüge Met genossen. Der Alkoholdunst war im ganzen Hof zu riechen.

„Ach, meine hübsche Turnierdame kommt mich besuchen", rief er ihr entgegen.

Da sie ungerührt weiter ging, stand er auf und baute sich vor der Stalltür auf. Leah drehte sich schnell weg und versuchte, an ihm vorbei durch die Tür zu schlüpfen.

„Und immer so geschäftig und in Eile. Sie wird wohl noch Zeit für ein Küsschen haben, oder?" Er lachte zu seinen Saufkumpanen hinüber. Einige weitere Stallburschen schauten dem Spektakel interessiert zu.

Leahs Atem stockte. Das konnte unmöglich sein Ernst sein! Sie starrte den Ritter an, unfähig einen klaren Gedanken zu fassen.

„Danke für Euer Kommen, meine Dame, hier entlang bitte", ertönte eine Stimme hinter ihr. Sie spürte eine Hand auf ihrer Schulter und zuckte zusammen. Mit einem schnellen Schritt wich sie zur Seite aus und wandte sich um. Es war Friedolf von Gehlen, der sich jetzt zwischen sie und von Hohenstein schob. Erleichtert stieß sie den Atem aus und zwang ein Lächeln auf ihre Lippen. Von Gehlen wies mit der anderen Hand in Richtung Stall und schob sie dann zum Gebäude hinüber, fort von dem Saufgelage.

„Ach, Ihr wollt mir mein Mädchen abspenstig machen, von Gehlen? Ihr werdet schon sehen, was Ihr davon habt", tönte es hinter ihnen her.

Leah folgte dem weichen Druck seiner Hand zur nächsten Tür. Unter dem niedrigen Türstock musste sich Friedolf ein wenig bücken und ließ ihre Schulter los. Leah trat in die staubige Futterkammer und drehte sich um. Er verbeugte sich und trotz der schwachen Beleuchtung sah sie, dass er sehr verlegen dreinschaute.

„Es tut mir leid, dass ich Euch erschreckt habe, ich wollte Euch auch nicht ungebührlich berühren. Ich bitte um Verzeihung."

Leah sah ihn an und musste ein wenig lächeln. „Vielen Dank, Ihr habt mich vor einer sehr peinlichen Situation gerettet."

Friedolf sah auf und sie konnte Zorn in seinen Augen aufblitzen sehen. „Dieser Hohenstein ist ein Ärgernis. Er sollte sich nicht Ritter nennen dürfen, es ist kein Funken Ritterlichkeit in ihm. Leider ist er aus sehr einflussreichem Hause und ein guter Kämpfer."

„Und Ihr habt Euch jetzt wegen mir einen solchen Mann zum Feind gemacht", setzte sie hinzu.

„Ach, macht Euch keine Gedanken. Er war ohnehin nicht mehr ganz nüchtern. Morgen hat er das vergessen."

Sie gingen zusammen zu seinem Pferd, das entspannt in seinem Abteil stand und zufrieden kaute. Leah löste vorsichtig den Verband. Das Blut hatte sich mit dem Stoff verklebt und beim Abziehen begann die Wunde wieder zu bluten.

Friedolf seufzte. „Ach je, das sieht nicht so gut aus."

„Doch, doch, das sieht ganz zufriedenstellend aus", korrigierte Leah. „Es ist kein Eiter da und es sind auch keine Holzsplitter aus der Tiefe herausgekommen, die wir gestern übersehen hätten. Dass es etwas blutet, ist nicht weiter schlimm. Ich wasche die Wunde noch einmal mit Kamille und trage eine dicke Schicht Heilerde auf. Der Verband kann dann wegbleiben, denn die Heilerde muss gut antrocknen."

Ungläubig starrte Friedolf sie an. „Eine dicke Schicht Erde wollt Ihr auftragen?"

„Nein, es ist eher eine Art Ton, gebrannte Erde", versuchte Leah zu erklären.

Friedolf schüttelte den Kopf und war anscheinend nicht überzeugt.

Es half nichts, man kannte das hier vielleicht gar nicht. Gut, dass Leah noch eine ordentliche Menge Heilerde in ihrem Vorrat hatte. Möglicherweise kannte sie nur das richtige Wort nicht und hatte falsch übersetzt.

„Ich habe es mitgebracht. Seht hier, es ist ein sehr wirksames Wundpulver. Wo ich herkomme, klingt sein Name nur so ähnlich wie Erde: Terra Armena."

Er nickte und sah das Beutelchen, das sie mitgebracht hatte, mit zusammengezogenen Brauen an. „Ich habe dergleichen noch nie gehört, aber ich vertraue darauf, dass Ihr wisst, was zu tun ist." Sie musste lächeln. Manchmal war es eben nötig, die Dinge ein wenig anders zu erklären.

Sie hatte auch schon den fertigen Kamillensud mitgebracht und wusch die Wunde aus. Dann rührte sie das Wundpulver mit Lilientinktur zu einer Paste und strich es über die

Verletzung. Offensichtlich war die Verletzung nicht mehr schmerzhaft und auch in der Tiefe versteckte sich keine Entzündung. Das Pferd war von der ganzen Behandlung völlig unbeeindruckt geblieben und hatte weiter bedächtig an seinem Heu gekaut.

Friedolf besah sich das Ergebnis von Leahs Bemühungen kritisch. „Wird es denn bis zum Turnier ausreichend heilen?"

Leah zuckte mit den Schultern. „Im Augenblick sieht es wirklich gut aus, aber eine Entzündung kann sich immer noch entwickeln. Wir müssen es abwarten."

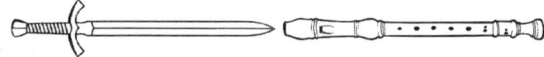

Die kleine Schmiede in der Bergfestung hatte ursprünglich nur zur Reparatur von allerlei Metallgegenständen gedient. Die Esse war nicht groß und die Auswahl an Werkzeug war bescheiden. Allein der Antrieb des Blasebalgs durch den nahen Wasserfall machte die Schmiede zu einer Besonderheit. Alexander bearbeitete den Balg heute allerdings per Hand. Die Wasserrinnen waren noch nicht fertig repariert, aber dafür hatte er jetzt keine Zeit. Die Sonne stand schon hoch und nur der leichte Wind brachte ein wenig Kühlung bei der schweißtreibenden Arbeit am Feuer. Fauchend heizte der Luftstrom die Holzkohle an, die rot glühte. Noch war sie nicht heiß genug.

Alexander hatte den Gedanken, das Symbol vom Einband ihres Buches als Vorlage für Leahs Gewandnadel zu verwenden. Wenn er Ast und Schlange gemeinsam in eine gleichmäßige Rundung brachte, hätte er den Hauptteil der Fibel. Dann musste nur noch eine Nadel eingefügt werden, um Kleid oder Umhang zu halten.

Sehnsüchtig dachte er an Leahs zarte Gestalt, ihr wunderbares Flötenspiel, ihre Zauberhände. Bei diesen Gedanken schlug sein Herz wieder schneller, und er seufzte. Zumindest eine Kleinigkeit wollte er ihr zurückgeben. Etwas, das er mit seinen Händen gemacht hatte. Die Fibel musste wunderschön werden, um würdig zu sein, von ihr getragen zu werden.

Heute früh war Alexander durch die ganze Ruine gelaufen, um etwas zu finden, das sich als Spiegel eignete. Er hatte nach dem Feuer nie den Wunsch gehabt, in einen Spiegel zu schauen. Als Agnes sich beim Anblick seines Gesichts abgewendet hatte und für immer verschwunden war, hatte das einen so tiefen Schmerz ausgelöst, dass er sein Gesicht selbst nie angesehen hatte. Jetzt musste er Leahs Salbe probieren, die auf seinem Arm so erstaunlich gewirkt hatte.

Endlich hatte er einen kleinen Handspiegel gefunden. Die Wirkung der Salbe auf seinem Gesicht war noch verblüffender als am Arm. Nachdem er alle roten Flecken und Narbenlinien dünn mit der Creme bedeckt hatte, wirkte die verbrannte Gesichtshälfte gar nicht so viel anders als die andere Seite. Immer wieder hatte er den Spiegel zur Hand genommen, um sich die Wirkung anzusehen. Es war erstaunlich. Die Wülste und Rinnen der Narben waren natürlich noch da, aber durch die gleichmäßige Farbe sah sein Gesicht nicht mehr so schrecklich verzerrt aus.

Während Alexander am Blasebalg arbeitete, wanderten

seine Gedanken zurück zu der Unterhaltung mit Jakob. Er hatte nicht daran gedacht, was im Dorf und in der Grafschaft geschah, seit Otilia die Macht an sich gerissen hatte. Sein Vater war zwar offiziell der Herrscher, doch offenbar trafen Otilia und ihr Sohn die Entscheidungen über die Grafschaft, sagte Jakob. Wendel war ein unverträglicher und hitziger Kerl, der mit jedem einen Streit beginnen konnte, der ihm zufällig vor die Füße lief. Alexander sorgte sich um seinen Vater. Er war immer ein starker und gerechter Mann gewesen. Um seine eiserne Gesundheit und seine Kraft hatte ihn jeder beneidet. Nach dem Tode seiner geliebten Frau war er einfach nicht mehr derselbe gewesen.

Alexander hatte nie verstanden, warum Graf Ulrich die spitzzüngige und herrische Otilia zur Frau genommen hatte. Sein Vater hatte erklärt, die Heirat sei eine vorteilhafte Verbindung der beiden Adelshäuser. Vom Tag der Hochzeit an war das Leben in der Burg für Alexander immer unerträglicher geworden. Die rätselhafte Geistesverwirrung, die seinen Vater einige Zeit nach der Heirat befallen hatte, hatte sich niemand erklären können.

In Leahs Buch hatte Alexander einiges über die Wirkung von Kräutern auf den Gemütszustand gelesen. Nicht jedes Kraut war wohltuend, manches wirkte auch verderblich. Der Gedanke traf ihn unvermittelt. Alexander ließ sich mit einem entsetzten Keuchen auf die Steinbank fallen und starrte in die Glut des Schmiedefeuers. War so etwas denkbar? Konnte Otilia mit unheilbringenden Kräutern die Krankheit seines Vaters bewirkt haben? Diese Vorstellung war zu abscheulich. Er musste Leah fragen, sie kannte sich mit diesen Dingen aus und wüsste vielleicht, wie man helfen könnte.

Energisch sprang Alexander auf und ging vor der Schmiede auf und ab. Das konnte nicht bis zum Abend warten, er musste es wissen.

Jetzt.

Er griff nach seinem weiten Kapuzenumhang und verließ die Bergfeste. Wieder ärgerte er sich darüber, dass er humpelte. Durch Leahs Behandlungen hatte die Beweglichkeit seines Fußes sich allerdings schon verbessert, und er lief schneller als sonst den Berg hinunter.

Außer Atem hielt Alexander am Rand des Dorfes inne. Jeden Winkel und jeden Pfad kannte er in- und auswendig. Er hatte immer viel mehr Zeit im Dorf als in der Burg verbracht. Otilia und Wendel hatten ihm das Leben schwer gemacht und er hatte sich oft fort von hier in ferne Länder und zu großartigen Abenteuern geträumt. Jetzt würde er alles dafür geben, noch einmal durch diese Straßen gehen zu können. Am Brunnen sitzen, die vorbeigehenden Leute grüßen oder zur Schmiede gehen, um Verzierungen für Rüstungen zu schmieden. Doch jetzt war er ausgeschlossen von diesem Leben, das so friedlich und unbeschwert gewesen war. Alexander senkte den Kopf und atmete tief aus. Er musste Leah finden. Ob sie wohl bei den Reitpferden an der Burg zu finden war oder im Hof des Stallmeisters, wo die Arbeitspferde untergebracht waren?

Der Stallmeisterhof lag am Rand des Dorfes in der Nähe der Felder und Wiesen. Er entschied sich, zuerst dorthin zu gehen, denn das war ja zugleich ihr Zuhause. Er zog die Kapuze weit nach vorn und umrundete das Dorf, statt quer hindurch zu gehen. Vorsichtig schlich er durch das Gestrüpp, das entlang der Mauer wuchs. So gelangte er ungesehen bis zum Wiesentor. Wohin nun? Einen Moment stand er unschlüssig da, dann folgte er seinem Gefühl, dass ihn in eine bestimmte Richtung zog. Er schlüpfte zwischen die Gebäude und glitt leise an der Wand entlang, um einen Blick um die Ecke zu werfen.

Da saß sie, im Innenhof in der Frühlingssonne, mit lauter Lederriemen und Schnallen vor sich auf einem kleinen Tisch. Er hatte sie gefunden. Alexander wollte rufen, doch wie gebannt blieb er einfach nur stehen und sah sie an. Wie wunderbar ihr Haar in der Sonne glänzte, während ihre zarten Hände geschickt die Lederstränge nähten. Sein Herz hämmerte und die Freude, sie zu sehen, stieg ihm zu Kopf wie heißer Honigmet.

Eine Magd mit einer Schüssel voller Erdbeeren trat aus der Küchentür. Sie blickte auf und mit einem lauten Klirren fiel die Schüssel zu Boden. Die roten Früchte rollten durch den Staub. „Der Kapuzenmann! Leah, lauf weg!", schrie sie voller Entsetzen und verschwand im Haus.

Nein! Alexander wich zurück in den Schatten der Mauer. Dieser verhasste Name stieß scharf wie ein Schwert in seine Brust. Er hatte gewusst, dass sie ihn so nannten, aber bisher hatte es ihm noch niemand ins Gesicht geschrien. Seine Hände zitterten und kalter Schweiß trat auf seine Stirn. Mit schnellem Blick suchte er einen Ausweg, drehte sich um und huschte durch die nahe Tür ins Innere des Stalls. Keuchend drückte er den Rücken an die raue Holzwand und schluckte schwer.

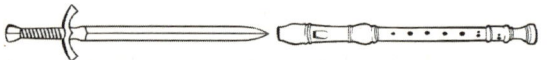

Leah sprang auf und sah sich suchend um. Im Hof war niemand zu sehen. Wo war er? Vor der Küche lagen die Scherben der Schüssel zusammen mit den Erdbeeren. Elsa war von dort gekommen und hatte in die Lücke zwischen Stall und Scheune sehen können. Der Stall hatte an dieser Wand eine kleine Seitentür. Hastig rannte Leah um das Gebäude herum, öffnete die hintere Tür und schlüpfte hinein. Im Stall war es dunkel und stickig. Nur wenig Licht fiel durch die kleinen Fenster und ihre Augen waren noch vom Sonnenlicht geblendet. Sie tastete sich einige Schritte ins Innere vor und flüsterte: „Alexander, bist du hier?"

„Ja", hörte sie ein leises Keuchen aus der Ecke.

Ihr Herz tat einen kleinen Freudensprung und sofort lief sie zu ihm hinüber. „Du bist hierher gekommen", stellte sie erstaunt fest.

Mit gesenktem Kopf und bebenden Schultern stand er an der Wand. Sie ging auf ihn zu und legte ihre Hand auf seinen Arm. Mit einem Seufzer, der wie ein Aufschrei klang, sank er vor ihr auf die Knie.

„Leah, ich bin das nicht, der Kapuzenmann. Ich war das viel zu lange, ich will nie wieder so etwas sein."

„Alexander, bitte steh auf", bat sie zärtlich und griff nach seinen beiden Händen. „Bitte, knie nicht vor mir. Ich weiß, dass du das nicht bist. Das ist nur ein Wort, das sie dir angehängt haben. Es hat nichts damit zu tun, wer du wirklich bist." Natürlich wusste sie nur zu gut, dass dies nur ein Teil der Wahrheit war, aber das wollte sie jetzt nicht sagen.

Von draußen drangen Stimmen herein.

„Wo hast du ihn denn gesehen?", wollte Georg wissen.

„Er stand hier an der Ecke und er hat Leah mit

genommen." Elsa klang atemlos.

„Was? Wir müssen sie suchen! Sag Leahs Vater Bescheid, schnell!"

Leah seufzte und drehte sich zur Tür. „Warte bitte einen Augenblick", bat sie Alexander im Flüsterton. Schnell nahm sie einen Schleifstein aus der Gerätekiste und schlüpfte hinaus. „Was ist denn hier für ein Tumult?", fragte sie und trat um die Ecke.

„Leah, Gott sei Dank! Der Kapuzenmann war hier, hast du ihn denn nicht gesehen?" Georg kam auf sie zu und machte den Eindruck, als wolle er sie in seine Arme ziehen.

Schnell trat sie einen Schritt zurück. „Nein, ich habe gerade den Schleifstein für mein Messer geholt. Außerdem gibt es den Kapuzenmann doch gar nicht. Die Geschichte erzählt man nur den Kindern, damit sie nicht allein in den Wald gehen."

„Ich hab ihn genau gesehen, hier wo wir jetzt stehen. Du bist ja nicht von hier, du hast keine Ahnung", giftete Elsa.

Leah holte tief Luft und kniff die Augen zu Schlitzen zusammen. „Du hast deine Schüssel fallen lassen. Gib jetzt nicht irgendwelchen Erscheinungen die Schuld." Das war wirklich gemein, aber sie musste dieses Gespräch irgendwie abbrechen.

Georg runzelte die Stirn. „So ein Aufruhr um Garnichts. Ich muss jetzt wieder arbeiten.", stellte er schließlich in gereiztem Ton fest. Mit einem Schulterzucken stapfte er davon.

Elsa warf Leah einen wütenden Blick zu und drehte sich zur Küche um. „Und ich habe mir Sorgen um dich gemacht", warf sie noch über die Schulter zurück.

„Warte, ich helfe dir, die Erdbeeren aufzuheben." Leah lief ihr einige Schritte nach.

„Nein, danke", zischte Elsa beleidigt.

Leah legte den Schleifstein auf ihren Arbeitstisch und vergewisserte sich, dass Elsa die Küchentür hinter sich geschlossen hatte. Dann schlüpfte sie in den Stall zurück.

„Sie sind weg. Alexander, wo bist du?", flüsterte sie.

„Hier", kam es leise aus der Futterkammer.

Alexander saß zusammengesunken neben der Futterkiste und hielt den Kopf gesenkt. „Es tut mir leid, dass ich dich in solch eine Situation gebracht habe. Damit hatte ich nicht gerechnet."

Sie hockte sich neben ihn, nahm seine Hände und sah ihn an. „Du bist hier hergekommen. Es muss etwas Wichtiges sein, dass du diese Gefahr auf dich genommen hast."

„Ja, ich habe einige sehr dringende Fragen, die Kräuter betreffend." Seine Stimme zitterte noch immer.

Leah nickte. „Hier können wir nicht in Ruhe reden, komm."

„Ich will dir nicht noch mehr Unannehmlichkeiten bereiten." Alexander schüttelte den Kopf. „Ich werde gehen, es tut mir leid." Er erhob sich, blieb jedoch mit gesenktem Kopf stehen. Die weite Kapuze verbarg sein Gesicht. Langsam schob Leah den Stoff zurück und spürte, wie ein Zittern durch ihn hindurch fuhr, als ihre Hand seine Haut berührte. Schließlich hob er den Blick und sah sie an. In seinen Augen lag so viel Schmerz und zugleich verzweifelte Hoffnung, dass es ihr den Atem raubte. Er griff nach ihrer Hand und presste sie an seine Wange. Leah spürte, dass diese Geste mehr ausdrückte, als er im Augenblick mit Worten sagen könnte.

„Komm", flüsterte sie und nickte zur Tür. Gemeinsam schlüpften sie nach draußen und liefen durch das Wiesentor hinaus zum Wald.

Schweigend liefen sie neben einander den Weg zum Brückenbogen hoch. Leah waren außer Atem und verschwitzt. Sie legte ihren Umhang zu Seite und setzte sich auf das kurze, warme Gras.

Alexander nahm ebenfalls Platz, die Beine überkreuzt und das Gesicht zu ihr gewandt. „Ach Leah, wenn ich bei dir bin, fühle ich mich fast wie ein ganz normaler Mensch. Aber dann ..." Er stockte, dann schüttelte er den Kopf und schwieg.

Für den Weg aus dem Dorf hatte er die Kapuze wieder nach von gezogen. Jetzt schob Leahs sie sacht wieder zurück. „Alexander, das ist unglaublich."

„Was?", fragte er in verwirrtem Tonfall.

„Du hast die Salbe verwendet, die Wirkung ist verblüffend. Im dunklen Stall habe ich das gar nicht erkannt."

Alexander senkte den Blick und lächelte verlegen. „Und, wie findest du es?"

„Du siehst ganz ausgezeichnet aus, wirklich außerordentlich ... ansehnlich."

Ein Lachen brach aus ihm heraus. „Das hat noch nie eine Dame zu mir gesagt und es ist sicher auch haltlos übertrieben."

Leah konnte ihn nur anstarren. Noch nie hatte sie Alexander wirklich befreit lachen gehört. Es war wundervoll. Die Anspannung und die Traurigkeit, die ihn stets zu begleiten schienen, waren wie fortgewischt. Sie nahm sich vor, alles zu unternehmen, um dieses Lachen öfter zu hören.

Er nahm ihre Hände in seine und sah in ihre Augen. „Leah, ich bin so unendlich glücklich, dass es dich gibt."

PLAN

Es klopfte an der Tür. Jakob war schon seit einiger Zeit auf den Beinen, aber um diese frühe Stunde kamen eigentlich noch keine Auftraggeber zum Schmiedehaus. Er stand auf und öffnete. Zu seiner Überraschung stand Leah vor der Tür.

„Verzeiht die Störung zu so früher Stunde. Es gibt etwas Wichtiges, und später habe ich keine Zeit und ..." Sie brach ihre umständlichen Erklärungen ab und trat von einem Fuß auf den Anderen.

„Bitte kommt herein, Hannah schürt gerade das Feuer, wir können gleich Tee trinken." Er winkte Leah in die Stube und nahm neben ihr am Küchentisch Platz.

„Ich habe das Wasser schon aufgesetzt. Dann erzähl mal, was ist los", verlangte Hannah.

„Also es geht um Alexander", begann Leah und sah unsicher zwischen Hannah und Jakob hin und her. Er verstand, was sie meinte und beruhigte sie: „Ich war bereits bei Alexander in der Bergfeste. Meine Frau weiß über alles Bescheid."

Leah sah skeptisch zu Hanna.

Diese schüttelte energisch den Kopf. „Es ist eine Schande, wie alles gekommen ist. Alexander ist ein guter Mensch, wir müssen ihm helfen."

Hannahs scharfer Ausbruch überraschte Jakob, aber gerade, als er antworten wollte, begann Leah zu sprechen.

„Ja, darüber wollte ich mit euch reden. Ich bin hier ja fremd und kenne die Dorfleute noch nicht gut." Sie knetete ihre Finger und seufzte, dann sprach sie weiter. „Dort wo wir vorher lebten, gab es angesehene Persönlichkeiten des Ortes, auf die jeder hörte. Wenn man die erst einmal von etwas überzeugt hatte, glaubte es bald das ganze Dorf. Wir müssen etwas gegen diesen Fluch unternehmen. So kann ja kein Mensch leben."

„Ja, du hast völlig recht," bekräftigte Hannah. „Aber die Menschen mögen es nicht, wenn man ihre Wahrheiten einfach zu Aberglauben erklärt. Einfach wird das nicht sein."

Jakob hatte zusammen mit seiner Frau ja bereits einige Überlegungen angestellt. Er erklärte: „Alexander muss als gefeierter Sieger wieder im Dorf auftauchen. Wie ein Märchenprinz muss er dastehen, heldenhaft und triumphierend. Es ist unbedingt nötig, dass er das Turnier gewinnt. Mit einer Niederlage wird es nicht gelingen, die Meinung der Leute umzudrehen."

„Aber er hat ja gar keine Gelegenheit richtig zu üben", wandte Leah ein. „Er kann doch unmöglich gegen all die Ritter gewinnen, die hier schon seit Wochen trainieren."

Jakob schüttelte den Kopf. „Alexander war früher ein ungewöhnlich guter Kämpfer. Nur wenige der in diesem Jahr antretenden Ritter konnten ihm das Wasser reichen."

„Er könnte verletzt werden. Er könnte ..." Leah schüttelte den Kopf. „Ich bin ja ganz für den Plan, aber ich mache mir einfach Sorgen um ihn."

Jakob schnaubte. „Verletzungen sind immer ein Risiko, aber Alexander ist kein Feigling. Ich weiß, wie er kämpft, und er kann siegen. Einzig Bruno von Hohenstein oder

Friedolf von Gelen werden Schwierigkeiten machen. Das sind besonders starke Gegner. Bruno gewinnt durch rohe Kraft und Brutalität. Friedolf ist ein exzellenter Lanzenkämpfer mit guter Technik und einem sehr kraftvollen und gehorsamen Pferd. Ja, diese beiden können unseren Plan noch gefährden."

„Ausgerechnet diese zwei", murmelte Leah. Dann lachte sie plötzlich. „Das hört sich ja wirklich an wie im Märchen, nur dass dann am Ende noch die Prinzessin den Prinzen freiküssen muss." Sie sluckte.

Jakob und Hannah versuchten vergeblich, ihr Schmunzeln zu verbergen.

Plötzlich wurden Leahs Wangen rot. „Oh, das habt ihr auch eingeplant."

Alle drei lachten so laut, dass Jakobs kleiner Sohn nebenan wach wurde und krähte. Hannah stand auf und auch Jakob und Leah erhoben sich.

„Ich muss meine liegengebliebene Arbeit erledigen." Leah ging rasch zur Tür. Jakob begleitete sie nach draußen. Ehe er in seine offene Schmiede trat, drehte er sich noch einmal zu Leah um. „Er ist wirklich ein sehr feiner Kerl."

„Ich weiß", antwortete Leah.

Die Glut war heiß genug, um das Eisenstück hineinzulegen. Dieses Mal wollte Alexander die Fibel für Leah zu Ende bringen. Seine Gedanken schweiften trotz dieses Entschlusses wieder ab.

Er erinnerte sich an den vergangenen Abend. Beinahe hatte er vergessen, Leah nach der Wirkung der Kräuter zu fragen, aber dann war es ihm noch eingefallen. Leah hatte also von ihrer Amme Helena gelernt, dass der regelmäßige Verzehr bestimmter Kräuter allerlei Veränderungen der Persönlichkeit bis hin zu Geisteskrankheit bewirken konnte. Wenn er alles in Betracht zog, erschien es ihm sicher, dass Otilia die Krankheit seines Vaters verursachte oder zumindest eine vorhandene Krankheit auf diesem Wege verschlimmerte.

Er hatte sich von seinem Vater zurückgestoßen gefühlt, als dieser damals nach dem Tod seiner Mutter in tiefe Trauer verfallen war, und sich kaum noch um Alexander gekümmert hatte. Dass sein Vater kurz danach schon eine neue Frau genommen hatte, war ihm wie Verrat vorgekommen. Dann hatte diese unerklärliche geistige Umnachtung des Grafen begonnen und Alexander hatte sich vollends vor ihm zurückgezogen.

Erst jetzt erkannte er, dass er völlig falsch gehandelt hatte. Schuldgefühle breiteten sich in ihm aus, und seine Knie wurden weich. Matt ließ Alexander sich auf den Schemel fallen. Was hatte er getan? Der Graf hätte seine Hilfe gebraucht, sowohl in seiner Trauerzeit, als auch bei der Krankheit. Aber er hatte nur an seine eigene Trauer gedacht und an seine eigenen verletzten Gefühle. Er schlug die Hände vor das Gesicht. Konnte er jetzt überhaupt noch helfen. Was konnte er schon tun?

Die Glut in der Esse kühlte bereits wieder ab und Alexander erhob sich schwerfällig. Er fachte das Feuer wieder an und brachte schließlich das kleine Eisenstück zum

146

Glühen. Mit der Zange nahm er es aus dem Feuer und begann zu arbeiten.

Solange alle Menschen im Dorf Angst vor ihm hatten, konnte er nicht einfach zur Burg gehen, um seinen Vater zu sehen. Sein Auftauchen war ja gestern schon sehr unglücklich ausgegangen.

Nach einer Weile hatte Alexander das Eisen zu einem fast perfekt runden Stab geformt. Nun musste er es noch länger und sehr dünn ausschmieden, damit es später wie eine Schlange um den anderen Stab gewunden werden konnte. Die zweite Stange, die an einem Ende in einem Blatt auslaufen sollte, lag schon bereit.

Als er sich zum Feuer umdrehte, stand jemand im Hof. Erschrocken zuckte er zusammen und griff zum Umhang, doch dann erkannte er, dass es sein Freund war.

Jakob kam näher und fixierte Alexanders Gesicht. „Wie hast du das denn gemacht?" Er starrte ihn mit großen Augen an.

„Was meinst du?"

„Dein Gesicht, das Verbrannte, es ist weg!"

Alexanders Herz machte einen Freudensprung und er musste sich das Grinsen verkneifen. „Ach so das", gab er scheinbar gleichgültig zurück. Dann brach seine Fassade jedoch und er lachte. „Ist das nicht erstaunlich? Leah hat mir eine Salbe gemischt, aber die verdeckt das Rote nur, es ist nicht wirklich weg."

„Das ist ja eine verblüffende Medizin, die sie da gemacht hat. Sieht fast wie Zauberei aus."

Alexanders Brust füllte sich mit Wärme. „Ja, mir kommt es immerzu so vor, als könnte sie zaubern."

„Und in welch wichtige Schmiedearbeit bist du hier so vertieft, dass du mich gar nicht gehört hast?", fragte Jakob lachend. Er trat näher und sah sich die beiden kleinen Eisenstäbe an. „Na, ein Schwert wird das aber nicht."

„Das wird eine Überraschung für Leah und dir werde ich es auch nicht verraten. Komm, setz dich, ich hole einen Krug Wasser."

Jakob setzte sich auf die Steinbank und grinste immer noch. „Du willst ihr selbst geschmiedeten Schmuck schenken? Sie hat wohl dein Herz erobert."

Alexander nickte und seine Hand schloss sich fest um den Wasserkrug. „Du kannst dir überhaupt nicht vorstellen, wie viel sie mir bedeutet", sagte er leise.

Jakob nickte mit einem wissenden Lächeln. Beide nahmen einen großen Becher vom frischen, kühlen Brunnenwasser.

„Du hast doch sicher einen Grund, den weiten Weg hier heraufzukommen", stellte Alexander fest.

„Ja, das habe ich", begann Jakob und erzählte dann von einem Plan, wie der Fluch zu brechen wäre. Als er geendet hatte, breitete sich Schweigen aus.

Schließlich seufzte Alexander. „Der Gedanke klingt nicht schlecht, aber ich kann mir nicht vorstellen, bei einem Turnier zu kämpfen wie früher."

„Du warst mit Abstand der beste Kämpfer, warum sollte das nicht mehr so sein?"

„Ich weiß nicht, ob das gelingen kann." Alexander schüttelte den Kopf. „Die vielen Jahre allein hier oben haben mich verändert. Und überhaupt, wir haben keine Waffen, keine Rüstung, kein Pferd."

Jakob winkte ab. „Das lässt sich alles besorgen. Ich kann dir das Schwert schmieden, aber kämpfen musst du schon selbst."

Alexander starrte auf den Boden. Ja, früher war er ein guter Lanzenreiter gewesen. Schon als Knappe im Buhurt hatte er sich immer behauptet und seiner Mannschaft oft zum Sieg verholfen. Er war größer als viele andere Männer und weil er schon als Kind mit dem Schmieden begonnen hatte, war er auch kräftiger als die meisten gewesen. Es war drei Jahre vor dem Feuer gewesen, dass er seinen Ritterschlag erhalten hatte und von seiner Knappenzeit aus Frankreich zurückgekehrt war. In dieser Zeit hatte kein Turnierkämpfer ihm das Wasser reichen können. Verwegen, und mutig, manchmal bis zur Unvernunft, hatte er sie alle bezwungen. Er hatte es damals genossen, bei den Turnieren im Mittelpunkt zu stehen und sich feiern zu lassen. Es war eine willkommene Abwechslung gewesen, wenn alle ihn bewunderten, da er sich in seinem eigenen Zuhause stets unerwünscht und nutzlos gefühlt hatte.

Das Feuer und der Fluch hatten alles verändert. Sich zu verbergen und zu verstecken, ja, ganz unsichtbar zu werden, war in den letzten Jahren zu Alexanders zweiter Natur geworden. Mit der Lanze in der Hand unter dem Gejohle der Menge am Tilt entlang zu preschen, um den Gegner vom Pferd zu stoßen, konnte er das überhaupt noch? Sie würden ihm nicht mehr zujubeln, sie würden Angst vor ihm haben, ihn anstarren, sein verbranntes Gesicht anstarren und ihn auspfeifen. Das könnte er nicht ertragen.

Jakob legte eine Hand auf seine Schulter und riss Alexander damit aus seinen dunklen Gedanken. „Die Zuschauer dürfen natürlich dein Gesicht nicht sehen. Sie sollen gespannt sein, wer der fremde Ritter ist. Erst am Ende darfst du dich zeigen."

„Ja, das könnte gehen", antwortete Alexander, obwohl er sich noch nicht vorstellen konnte, der Menge sein Gesicht zu zeigen. „Ich würde ohne Wappen antreten und erst zum Schluss meine Identität preisgeben."

Jakob nickte. „Den Herold müssen wir natürlich einweihen, weil er ja dafür bürgen muss, dass du turnierberechtigt bist."

Alexander dachte an den alten Haushofmeister, der beim Turnier stets diese Aufgabe übernahm und Erinnerungen an seine Kindheit stiegen auf. „Das wird kein Problem sein, der alte Gilbert kennt mich ja schon lange genug."

„Ja, das dachte ich auch", gab Jakob zurück. „Ich werde mich um die Ausrüstung kümmern. Das ist kein Leben hier oben auf die Dauer, außerdem braucht die Grafschaft dich. Lass nicht diesen Wendel alles an sich reißen. Du bist der nächste Graf von Gehrenburg."

Alexander nickte und starrte auf seine Schuhe. „Ich muss darüber nachdenken."

Der leichte Wind hatte keinen Regen mitgebracht. Die Saat war fast auf allen Feldern im Boden. Regen wäre jetzt wirklich eine gute Sache. Leah war allerdings froh, dass sie heute nicht nass wurde auf dem Weg zur Brücke. Sie saß auf der Mauer, hielt die Flöte in der Hand und wusste nicht, was sie spielen sollte. Das war schon lange nicht mehr vorgekommen. Selbst das plätschernde Wasser und die rauschenden Blätter konnten ihr keine Melodien geben.

Etwas fehlte.

Jemand fehlte.

Leah lehnte sich zurück und ließ die Flöte sinken. War es tatsächlich so, dass Alexander ihr fehlte? Sie musste sich eingestehen, dass er ihr sehr wichtig geworden war, nein das war nur die halbe Wahrheit. Er hatte ihr Herz erobert und ihre ganze Gefühlswelt durcheinandergewirbelt. Noch nie hatte sie sich auf diese Art zu einem Mann hingezogen gefühlt. Sie wollte sich nicht nur mit ihm unterhalten und von ihm das Lateinische lernen. Sie wollte sich auch in seine Arme schmiegen und – sie zitterte ein wenig bei dem Gedanken – sie wollte ihn küssen.

Mit geschlossenen Augen saß sie da und versuchte, sich vorzustellen, wie es sich anfühlen würde. Ihr Herz raste. Dann riss sie die Augen wieder auf. Er würde jeden Augenblick kommen, und er sollte sie nicht dabei antreffen, dass sie sich solchen Vorstellungen hingab. Sie musste wieder lächeln. Vielleicht konnte sie ihn mit einer Melodie anlocken. Das war eine gute Aufgabe für die Flöte.

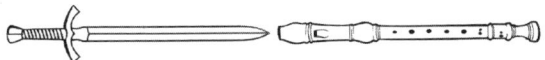

Die kleine Schlange, die sich um den Stab winden sollte, war fertig. Nun musste er die Schmiede aufräumen und die Arbeit für heute beenden. Der Abend würde bald dämmrig werden. Vielleicht würde Leah schon bald kommen. Mit

Jakobs Besuch und der Schmiedearbeit war der Tag heute schnell vorbei gegangen.

Beschwingt machte er sich auf den Weg. Es fühlte sich ungewohnt an. Solche Vorfreude hatte er sehr lange nicht empfunden. Wenn er ehrlich war, hatte ihn schon vor vielen Jahren jede Hoffnung verlassen, und er war seiner sinnlosen, finsteren Existenz müde geworden. Noch vor Kurzem hatte er an der Klippe gestanden und sich gefragt, ob der Stein, auf dem er stand, ihn mit in den Abgrund nehmen würde. Jetzt war sein Hunger nach Leben stärker als je zuvor. Leah abends an der alten Brücke zu treffen, erschien ihm immer noch ein wenig unwirklich und wunderbar.

Flötentöne perlten durch den Wald. Sie spielte bereits! Er rannte die Lichtung hinunter und unter den großen Buchen hindurch. Atemlos erreichte er den Bogen und stand vor ihr.

Sie setzte die Flöte ab und lachte. „Ich habe auf dich gewartet, aber so sehr hättest du dich nicht beeilen müssen."

„Leah, du bist da", brachte er keuchend hervor.

Sie hatte die Tasche mit dem Buch am Ufer abgelegt und hielt die Flöte in der Rechten. Eine vorwitzige Strähne, die sich aus dem Zopf gelöst hatte, streichelte ihre Wange.

„Komm, wir setzen uns ans Wasser", schlug sie vor und sprang von der Mauer.

Sie stolperte einen Schritt nach vorn.

Mit einer raschen Bewegung fing Alexander sie auf, hielt sie fest und zog sie von der Uferkante zurück. Ihr duftendes Haar und ihr zarter Nacken waren einen Augenblick ganz nah an seinem Gesicht. Sein Arm umschloss ihre Mitte und ihre Schulter drückte sich gegen seine. Sein Herz brannte und er schloss die Augen. Einen Atemzug lang drückte er sie an sich.

„Huch, jetzt hätte ich fast ein kühles Bad genommen." Sie lachte. „Vielen Dank, dass du mich aufgefangen hast." Ihre Hand lag noch immer auf seiner Schulter und es fühlte sich an, als schmiegte sie sich in seine Arme.

Nein, das erschien ihm sicher nur so, weil er es sich so sehr wünschte. Langsam löste er seinen Arm und trat einen Schritt zurück. Sie setzten sich ans Ufer und schauten schweigend in das fließende Wasser. Die kleinen Kiesel glitzerten in der Abendsonne und hin und wieder huschte ein Stichling vorbei. Nach einer Weile zog Leah den Tiegel mit der Arnikasalbe aus ihrem Umhang und nahm Alexanders Arm, um ihn zu massieren.

Kopfschüttelnd schaute er seine vernarbte Hand an. „Damit kann ich ja gar keine Lanze halten."

„Hat Jakob schon mit dir über das Turnier gesprochen?"

„Ja, hat er, aber ich habe mir nur über das Reiten den Kopf zerbrochen, an die Hand habe ich gar nicht gedacht. Die Beweglichkeit wird durch deine Behandlung immer besser, aber ich werde nicht genug Kraft haben für die lange Tjoststange. Für das Schwert kann ich die linke Hand nehmen. Ich konnte schon immer mit beiden Händen das Schwert führen. Aber die Lanze muss in der Rechten getragen werden, da gibt es keine Ausnahme."

Leah sah mit gerunzelter Stirn auf seinen Arm. „Wir müssen mit Jakob sprechen. Vielleicht kann er den Handschuh verstärken und etwas so Festes schmieden, dass es die Finger und das Handgelenk in der richtigen Haltung unterstützt. Die Lanze muss ohne Kraftanstrengung in der Hand liegen."

Er sah auf „Was für eine außerordentliche Idee."

Nachdem sie mit der Behandlung des Arms fertig war, sah er sie entschuldigend an. „Es wäre so schön, wenn du von der Tribüne aus das Turnier verfolgen könntest, aber da ich ja ohne Wappen antrete, kann ich dir keine Einladung geben."

„Das macht nichts", antwortete sie in einem neckenden Tonfall und zwinkerte. „Ich habe sogar schon zwei Einladungen.".

Sein Atem stockte und sein Magen zog sich zusammen. Er konnte nicht antworten und schluckte hart. Zwei Ritter schon.

Leah fuhr fort. „Dieser Bruno von Hohenstein ist ja ein ungehobelter Rüpel, aber Friedolf von Gelen ist ein sehr netter und höflicher Ritter. Wenn sein Pferd bis zum Turnier wieder gesund ist, werde ich seine Einladung wohl annehmen."

Alexander verkrampfte sich und hatte das Gefühl, keine Luft zu bekommen. Natürlich, jetzt vor dem Turnier waren so viele Ritter im Dorf. Leah war so eine wundervolle und schöne Dame, selbstverständlich würde sie mehrere Einladungen erhalten. Friedolf, er kannte ihn von früher, ein guter Kämpfer und ein Ehrenmann. Er war ein geschätztes Mitglied der Ritterschaft und alle Mädchen und Damen schwärmten von ihm. Er war auch ein sehr gutaussehender Kerl. Ein tiefer Seufzer bahnte sich seinen Weg, ohne das er es verhindern konnte. Dann würde Friedolf beim Turnier wohl auch ihre Farbe tragen. Wie hatte er hoffen können, sie würde ihm ihr Tuch geben, sie würde ihm Glück bringen, er dürfte für sie kämpfen, für sie gewinnen?

Ihn war kalt und sein Innerstes schien leer zu sein. Er konnte nicht mehr denken. Mühsam stand er auf und wandte sich zum Weg.

„Ich muss gehen", stieß er mit kratziger Stimme hervor.

Überrascht sah Leah zu ihm auf. „Alexander!" Sie sprang auf die Füße und trat ihm in den Weg. „Alexander, du wirst mein Ritter sein!" Sie legte beide Hände auf seine Brust und sah ihn an.

Er atmete tief ein und hob zögerlich seinen Blick. „Ich darf deine Farbe tragen?"

Leah nickte stumm.

Alexanders Herz schlug hart gegen seine Rippen und er konnte schon wieder kaum atmen. „Oh Leah! Du weißt nicht, wie viel das für mich bedeutet. Ich werde das Turnier nur für dich gewinnen." Er ergriff ihre beiden Hände und presste einen Kuss in jede Handfläche.

FIBEL

Früh am nächsten Morgen stand Jakob schon in der Schmiede. Er hatte mehrere Rüstungsteile vom Waffenmeister des Grafen geschickt bekommen, die vor dem Turnier noch in Ordnung gebracht werden sollten. Der größte Teil war schon fertig. Eilig reparierte er noch eine Schwertscheide und packte alles ein.

Im Innenhof der Burg waren Händler und Hofbedienstete emsig beschäftigt mit dem Austausch von Waren und Kupfermünzen. So kurz vor dem Turnier kamen mehr Händler und Kaufleute zur Burg als sonst im ganzen Jahr. Für das Festessen mussten vielerlei verschiedene Speisen und möglichst exotische Gewürze beschafft werden. Ein reichliches und ausgefallenes Bankett zeugte von Reichtum und guten Handelsverbindungen. Das war wichtig für das Ansehen und die Autorität des Fürstenhauses. Auch die Damen und Mädchen würden sich alle Mühe geben, sich besonders hübsch zurechtzumachen und der Handel mit Stoffen, Farben und Schmuck florierte. Jakob war sicher, das auch Hannah noch an ihrem guten Kleid arbeiten, und vielleicht noch eine neue Borte anbringen würde. Er war froh, dass er in den vergangenen Monaten reichlich Aufträge bekommen hatte, und daher für solche Ausgaben etwas zur Seite gelegt hatte. In den ersten Jahren hatten Hannah und er sehr sparsam leben müssen, da sie Haus und Schmiede erst wieder aufbauen mussten. Inzwischen ging es ihnen gut und es freute Jakob sehr, dass er Hannah nun einen gewissen Wohlstand bieten konnte.

Er brachte seine Arbeiten direkt zur Waffenkammer. Die höhlenartigen, dunklen Lagerräume, in denen die Waffen und Rüstungen aufbewahrt wurden, waren eng und kalt. Aus diesem Grund hatten Knechte und Pagen einige Teile in den Hof getragen, um sie dort zu reinigen und zu polieren. Jakob wurde von allen mit einem freundlichen Nicken begrüßt. Im Inneren der Waffenkammer fand er schließlich Ruther. Der Mann stand vor einem großen Tisch, der mit den verschiedensten Waffen und Schilden beladen war. Außer normalen Schwertern gab es Dolche aller Art, Streitäxte, Morgensterne und sogar einen römischen Gladius. Die Rennspieße genannten Lanzen, die bald im Tjost verwendet werden sollten, standen aufgereiht in Ständern an der Wand.

„Hallo, mein Freund, du kommst selbst. Du hättest doch den Burschen schicken können, oder hast du Sorge, er würde dein Geld gleich ins Wirtshaus tragen?" Lachend schlug Ruther Jakob auf die Schulter.

„Nein, nein, meinem Emmo kann ich vertrauen, aber ich habe heute noch eine ungewöhnliche Bitte, die ich dir selbst vortragen wollte."

Der Kämmerer, der bereits den vereinbarten Lohn abzählte, sah auf und Jakob wandte sich vom Zahltisch ab. Nicht jeder in der Burg musste von seinen Plänen wissen.

Er zog Ruther etwas tiefer in das Gewölbe hinein und erklärte: „Ein junger Ritter hat seine Rüstung im Spiel verloren. Er bat mich, ihm eine Neue zu fertigen, aber das schaffe ich vor dem Turnier nicht mehr. Könnte ich eine

Rüstung, die nicht mehr benötigt wird, als Bezahlung für die Reparaturen erhalten?"

„Haha, eine schlaue Idee. Du müssest die Rüstungsplatten für den neuen Besitzer dann nur noch passend zurichten", gab Ruther zurück.

„Das hatte ich so gedacht. Es wäre natürlich hilfreich, wenn sie bereits annähernd auf die Körpermaße passte. Der besagte Kerl ist recht groß und kräftig."

Ruther nickte. „Hinten, wo wir die alten Sachen aufbewahren. Sieh dich um und zeig mir dann, was du ausgewählt hast."

Jakob nahm zwei Fackeln und ging mit einem erwartungsvollen Grinsen in den dunklen Lagerraum. Ganz hinten, auf einem niedrigen Tisch war etwas mit einem Tuch abgedeckt, als wäre es ein besonderes Stück. Jakob zog den Stoff zur Seite und sah im Licht der Fackel, was er gesucht hatte, Alexanders alte Rüstung. Nur das Schwert konnte er leider nirgendwo entdecken. Er nahm die Teile und ging wieder nach vorn zu Ruther.

„Dies hier sollte annähernd passen." Er zeigte dem Waffenmeister die kunstvoll verzierte Rüstung mit dem „A" auf der Brustplatte, als ob es irgendwelche beliebigen Teile wären.

„Oha, da hast du die Rüstung von Alexander herausgegriffen. Ich bin nicht sicher, ob ich sie dir geben will. Erkennst du sie denn nicht, du warst doch sein bester Freund?" Ruther sah sich die Teile stirnrunzelnd an und strich mit der Hand über die Verzierungen. „Nein, Jakob, bitte, suche dir doch etwas anderes heraus. Ich träume manchmal noch davon, dass Alexander zurückkehrt und seinen rechtmäßigen Platz einnimmt." Er seufzte und bewegte die Brustplatte hin und her, sodass die Verzierungen im Licht der Fackeln glänzte. „Es ist eine Schande, wie alles gekommen ist. Er war ein guter Mensch und ein hervorragender Ritter. Wenn dieser Wendel hier das Sagen hat, sind wir alle verloren." Er schüttelte den Kopf und schien mit den Gedanken weit weg zu sein. Dann richtete er seinen Blick wieder auf Jakob.

„Ich kann diese Rüstung nicht abgeben. So kann ich wenigstens noch Hoffnung haben, auch wenn es dafür wahrscheinlich ein Wunder bräuchte." Er ließ sich auf den erstbesten Schemel fallen.

Der Waffenmeister war eher ein wortkarger Mann. Dass er gerade in diesen wahren Redeschwall ausgebrochen war, verriet sehr viel über seine Gefühle. Jakob sah ihn eindringlich an, zögerte jedoch. Es durften nicht zu viele Bescheid wissen, das könnte den ganzen Plan gefährden. Ruther war seit vielen Jahren sein Freund, aber dass er so über Alexander dachte, hatte Jakob nicht gewusst. Darüber hatten sie nie gesprochen.

„Ruther, lass uns mal in deine Stube gehen, ich muss dir etwas erzählen."

Als sie bei einem Becher Met in seiner Verwaltungsstube saßen, hörte sich der Waffenmeister schweigend an, was Jakob, Hannah und Leah geplant hatten. Schließlich nickte er bedächtig. „Das ist ja ein ausgewachsenes Wunder, was ihr euch da überlegt habt. Wenn er tatsächlich beim Turnier gewinnt, bekommt Alexander sogar sein Schwert zurück."

„Das Schwert? Das habe ich in der ganzen Waffenkammer

gesucht, wo ist es denn hin?", wollte Jakob wissen.

„Ich habe es hier in meiner Stube zur Seite gelegt." Ruther ging zu einer Truhe und legte das Schwert mit einem Seufzer auf den Tisch. Er fuhr mit einem Finger über das verschnörkelte A, das die Schwertscheide zierte. „Es ist sehr schade. So eine ausgefallene Arbeit macht niemand mehr, seit Simon tot ist."

Obwohl die Erinnerung an seinen Vater schmerzte, musste Jakob lächeln. „Mein Vater war ein guter Waffenschmied und ich habe für solche feinen Arbeiten kein Talent, aber der Mann, der das geschmiedet hat, ist nicht tot."

Überrascht sah Ruther auf. Dann zog er die Brauen hoch und ihm wurde offenbar klar, wen Jakob meinte. „Was? Sag nicht, all diese Verzierungen auf den Waffen und Rüstungen hat Alexander selbst gemacht?" Er nickte anerkennend. „Die Gräfin hat dieses Schwert als Preis für den Sieger des Turniers ausgewählt."

Jakob schnappte nach Luft. „Indem sie öffentlich sein Schwert verschenkt, will sie wohl unterstreichen, dass er für immer fort ist. Aber diesen Plan werden wir ihr vereiteln." Er presste grimmig die Zähne aufeinander und stand auf.

„Warte!" Ruther griff nach seinem Arm. „Du wirst noch ein paar mehr Dinge brauchen. Die Ausrüstung für das Pferd, ein Zelt, Waffenständer, Lanzen."

Ja, Jakob hatte sich schon den Kopf zerbrochen, wie er all dies mit seinen bescheidenen Mitteln noch beschaffen sollte.

„Schick deinen Burschen einen Tag vor dem Turnier hier vorbei. Ich werde meinen Gehilfen einen Karren packen lassen mit allem, was ihr benötigt."

Jakob fiel ein Stein vom Herzen. Mit solcher Hilfe hatte er nicht gerechnet. „Ich danke dir vielmals, Ruther."

„Wenn ich dazu beitragen kann, dass Ulrichs rechtmäßiger Nachfolger seinen Platz wieder einnimmt, dann will ich alles tun, was ich kann." Ruther sah Jakob eindringlich an. „Sieh zu, dass unser Traum wahr wird, mein Freund." Er klopfte ihm auf die Schulter und gemeinsam gingen sie zur Waffenkammer zurück.

Vor dem großen Tor der Burganlage war bereits der Tilt für das Lanzenstechen abgesperrt und die Zimmerleute arbeiteten emsig an der Tribüne. Die Ritterpferde standen gesattelt für das Training bereit und die Knappen wuselten aufgeregt herum. Eilig ging Leah an all dem Trubel vorbei, um nicht wieder dem Ritter von Hohenstein zu begegnen. Sie wollte sich die Wunde von Friedolfs Pferd ansehen und hoffte, dass sie gut verheilte. Eigentlich sollte sie sich wünschen, dass Friedolf nicht antreten würde, denn er war ein starker Gegner für Alexander. Andererseits war Friedolf von Gehlen ein anständiger Mensch und Leah brachte es nicht über sich, ihm und dem verletzten Pferd etwas Schlechtes zu wünschen.

Im Hof bei den Pferden sah sie Jakob, der sich die Passform der neuen Rossstirn an Brunos Pferd anschaute. Diese passend für den Pferdekopf angefertigte Metallplatte wurde mit mehreren Riemen befestigt und diente gleichermaßen dem Schutz wie auch dem Schmuck des Pferdekopfes.

Neuerdings war es in Mode gekommen, bei Turnieren eine breite Rossstirn zu benutzen, die die Augen des Pferdes verdeckte. So wollte man verhindern, dass das Pferd vor dem herannahenden Gegner scheute. Allerdings musste der Reiter sich dann auch sehr auf das korrekte Lenken des Tieres konzentrieren, da es ja nicht sah, wohin es lief. Eine solche neuartige Rossstirn hatte Jakob für Bruno fertigen müssen.

Viele Ritter waren skeptisch, was die Sicherheit dieser neuartigen Mode betraf. Wenn der Reiter schwer getroffen wurde und sein Tier nicht mehr richtig kontrollieren konnte, konnte das beinahe blinde Pferd Reiter und auch Zuschauer in große Gefahr bringen. Anscheinend wollte Bruno diese moderne Rossstirn trotz der Nachteile unbedingt ausprobieren.

Hastig verschwand Leah im Stall, als Bruno zu seinem Schimmel trat.

Jakob blieb stehen und sah Bruno zu. Er wollte sichergehen, dass die neu angefertigte Platte sich auch in der Bewegung nicht lockerte. Er verfolgte, wie das Pferd lospreschte, Bruno die Lanze senkte und sich wie zum Stoß nach vorn beugte. Plötzlich stolperte das Pferd und Bruno stürzte kopfüber aus dem Sattel. Die Lanze bohrte sich in den Boden und zerbarst, während das Pferd weiter lief. Mit der Schulter durchbrach Bruno die Mittelplanke, überschlug sich und blieb regungslos am Boden liegen. Jakob erschrak und rannte sofort zu ihm hinüber. Auch Brunos Knappe war augenblicklich da, doch als sie den Verletzten erreichten, richtete sich dieser bereits wieder auf. Wütend versuchte er aufzustehen, doch sein rechter Arm hing schlaff herunter. Mit einem Stöhnen fasste Bruno sich an die Schulter und sackte in den Staub zurück.

„Dieser Klepper muss sofort erschlagen werden. Bring mir mein Schwert!", schrie er seinen Knappen an.

„Was ist mit Eurem Arm?", fragten Jakob und der Knappe zugleich.

„Kaputt ist er, seht ihr das nicht? Und dieses Vieh ist schuld!", wütete der Ritter, während er mühsam aufstand. „Mein Schwert! Sofort! Sonst kannst du dir gleich einen neuen Herrn suchen. Ich werde dem Gaul hier an Ort und Stelle ein Ende machen."

„Gebt mir das Pferd", schlug Jakob einer Eingebung folgend vor. „Es soll seine Strafe im Geschirr auf dem Acker ableisten. So ist es wenigstens noch nützlich."

„Das ist viel zu gut für das Vieh!", schimpfte Bruno. Dann wich alle Farbe aus seinem Gesicht und Jakob musste ihn auffangen, damit er nicht wieder zu Boden sackte. Die Folgen des Sturzes hatten seine Wut offensichtlich abgekühlt und inzwischen konnte er sich kaum noch auf den Beinen halten.

„Nimm es mit, Schmied, es gehört dir. Schaff es mir aus den Augen. Es ist mir ganz gleich, was du damit machst, Hauptsache ich sehe es nie mehr wieder, " presste Bruno hervor. Er war sehr blass und Schweißperlen standen auf seiner Stirn.

Mehrere Knappen und Ritter waren inzwischen herbei geeilt. Jakob half mit, Bruno in sein Zelt zu bringen und auf die Pritsche zu legen. Der Arm war äußerlich unverletzt, hing jedoch verdreht und kraftlos wie ein Fremdkörper von der Schulter herab. Der Ritter presste die Kiefer aufeinander, hielt den Arm mit der anderen Hand krampfhaft fest, und als er schließlich auf der Pritsche lag, verlangte er, dass der Knappe die Heilerin holen sollte.

Jakob zog sich schweigend zurück und nahm draußen sein neues Pferd mit, das jemand inzwischen neben dem Zelt angebunden hatte.

Der Platz, auf dem die Ritter für den Schwertkampf übten, lag auf der Rückseite des Stalles. Das hintere Tor stand weit offen, sodass Leah auf dem Weg zu Friedolfs Pferd direkt auf den Übungsplatz schaute. Da die meisten Ritter heute für das Lanzenstechen trainierten, war es hier relativ still. Nur zwei Ritter standen sich gegenüber. Sie hatten bereits einige Zeit gekämpft, und waren beide schweißgebadet. Außer Atem umkreisten sie sich und jeder lauerte auf eine Lücke in der Verteidigung des Gegners.

Leah erkannte Friedolf und blieb stehen, um das Ende des Kampfes anzusehen. Mit einem schnellen Schritt griff Friedolf an, aber sein Gegner parierte gekonnt. Dann sah Friedolf auf und sein Blick traf Leahs. Ein Lächeln zog über sein angespanntes Gesicht. Den kurzen Augenblick der Ablenkung nutzte sein Gegner, hart schlug er mit dem stumpfen Trainingsschwert in Friedolfs Rücken. Der stürzte nach vorn.

Leah schrie erschrocken auf und lief, ohne nachzudenken, auf den Kampfplatz. Als sie sich neben ihn kniete, drehte er sich mit einem Stöhnen herum und setzte sich auf.

„Wie geht es Euch? Seid Ihr verletzt?", fragte Leah.

Er schüttelte den Kopf, obwohl seine ganze Körperhaltung das Gegenteil sagte. „Leah", flüsterte er mit schmerzverzerrtem Gesicht. „Wie schön, dass Ihr da seid."

Sie schüttelte den Kopf und stand wieder auf.

Friedolfs Gegner verbeugte sich mit einer übertriebenen Handbewegung vor ihr und sagte mit einem Lachen: „Vielen Dank für die Ablenkung, meine Dame, so konnte ich meine Wette gewinnen."

Jetzt lachte auch Friedolf heiser und etwas gezwungen und erhob sich umständlich. „Du hättest mich sonst nicht besiegen können, Heinrich."

Heinrich klopfte seinem Trainingspartner auf den Rücken, dass dieser mit einem unterdrückten Stöhnen zusammenzuckte.

Leah sah Friedolf besorgt an, sagte aber nichts weiter dazu.

„Ihr seid sicherlich gekommen, um mein Pferd zu behandeln", sagte Friedolf.

„Ja, es war jedenfalls nicht meine Absicht, dass Ihr wegen mir Eure Wette verliert. Ich hoffe, der Einsatz war nicht zu hoch." Leah zog einen Mundwinkel hoch. Sie hielt wenig von dem Wetteifer der Ritter.

„Oh nein, es ging nur um einen Krug Met, das werde ich verkraften können. Ich freue mich sehr, Euch zu sehen."

Friedolf lächelte jetzt etwas befreiter und klopfte den Staub von seiner Tunika. Dann begleitete er sie zum Stall.

Drinnen angekommen, wandte Leah sich zu ihm um. „Ich verstehe, dass Ihr es nicht zugeben wollt, aber der Schlag hat Euch schon recht heftig erwischt. Ich könnte Euch eine Salbe gegen die Schmerzen geben, aber ich würde mir lieber erst anschauen, ob keine Rippe gebrochen ist."

Friedolfs Lächeln erstarb, verlegen blickte er zu Boden.

„Ihr müsstet bitte die Tunika ablegen, damit ich mir den Rücken anschauen kann."

Mit gerunzelter Stirn sah Friedolf starr an ihr vorbei. „Nein, ich denke, so schlimm ist das nicht. Morgen werde ich es schon gar nicht mehr merken."

Leah musste schmunzeln. „Gut, zieht die Tunika nur ein wenig hoch, damit ich die Rippen kontrollieren kann, dann lasse ich Euch in Ruhe."

Friedolf nickte widerwillig und wandte ihr den Rücken zu.

Vorsichtig fuhr Leah mit der Hand unter den Stoff und fühlte nach den Knochen. Seine Muskeln spannten sich und er hielt die Luft an. Außerdem fühlte sie Rillen in seiner Haut, quer und längs verlaufende Striemen. Leah musste schlucken. Das waren die typischen Narben von Peitschenhieben, kein Wunder, dass er ihr seinen Rücken nicht zeigen wollte.

Als sie die Tunika wieder herunter zog, atmete er langsam aus, rot im Gesicht. Leah beeilte sich, mit lockerer Stimme zu versichern: „Es ist nichts gebrochen. Ich denke, in einigen Tagen wird der Schmerz nachlassen und Ihr werdet zum Turnier wieder in Ordnung sein. Ich schicke Euch später einen Burschen mit der Salbe."

Er hielt den Blick immer noch zu Boden gesenkt und

166

trat einen Schritt zurück. „Ich danke Euch, für Eure Freundlichkeit", sagte er sehr leise. „Und für die zarte Berührung. Ich fürchte, ich muss jetzt gehen." Eilig drehte er sich um und verließ den Stall.

Leah nickte nachdenklich und wandte sich zu seinem Pferd.

Als sie später aus dem Stall trat, stand Jakob mit einem Schimmel an der Hand vor ihr.

„Wo hast du das denn jetzt her und was willst du damit? Für ein Reitpferd hast du doch gar keine Verwendung. Willst du es vor einen Wagen spannen?"

„Nein, das hab ich gar nicht vor" sagte Jakob mit einem verschmitzten Grinsen. „Nimm es bitte erst mal mit zu den Arbeitspferden und sieh dir seine Vorderbeine an, es stolpert. Ich komme später noch vorbei und prüfe die Hufeisen."

Leah wunderte sich, nahm aber die Zügel des Pferdes und führte es durchs Dorf zum Stallmeisterhof. Unterwegs dachte sie noch über Friedolfs überraschende Schüchternheit nach. Die meisten jungen Ritter zeigten sich gern mit nacktem Oberkörper und prahlten mit ihren Muskeln. Außerdem legten viele Männer bei großer Hitze und anstrengender Arbeit die Oberbekleidung ab, sodass es kein ungewöhnlicher Anblick war, wenn ein Mann nur mit einer Hose bekleidet war. Narben von alten Verletzungen waren ebenfalls kein ungewöhnlicher Anblick. Daher kannte Leah auch die Spuren einer Peitschenstrafe. Die Narben, die sie unter der Tunika gespürt hatte, waren allerdings Zeugen von mehr als nur ein paar Schlägen. Friedolf hatte auf jeden Fall nicht nur eine einzelne Peitschenstrafe erhalten. Dass er seine Tunika nicht ablegen wollte, sagte ihr, dass diese Hiebe mehr als nur die Haut verletzt hatten.

Als sie mit dem Pferd zum Stall kam, traf sie Sebastian im Hof. „Was soll das Streitross denn hier?", verlangte ihr Vater zu wissen.

„Es hat ein Problem mit den Beinen, ich soll mich darum kümmern", gab Leah zurück.

„Aber dann kann es doch drüben bleiben, du kannst ja regelmäßig hingehen", beharrte Sebastian.

„Es gehört jetzt Jakob und er hat ja keinen Stall bei seiner Schmiede. Ach Vater, lass es mich erst mal hineinbringen, ich muss dir später einiges erklären."

Es war ihr bereits auf dem Weg aufgefallen, dass das Pferd mit dem linken Fuß nicht richtig fest auftrat. Im Stall angekommen, sah sie sich sorgfältig seine Beine an. Der linke Huf war deutlich wärmer und wenn sie fest auf das Horn klopfte, zog es sogleich das Bein weg. Sie hatte bereits einen Verdacht, aber um den Huf genauer zu untersuchen, musste Jakob zuerst das Eisen abnehmen. Bis dahin wollte sie das Hufhorn aber schon mit einem Sauerkrautwickel aufweichen.

Als sie in die Küche kam, stand Elsa am Herdfeuer und bereitete das Essen vor. Leah seufzte. Sie wollte keinen Streit mit Elsa, aber seit einiger Zeit war sie immer gereizt und giftig gewesen, wenn Leah sie ansprach. War es das, was sie bei Alexanders Auftauchen über ihre fallen gelassene Schüssel gesagt hatte? Oder ging es vielleicht in Wirklichkeit um Georg?

„Hallo, Elsa, ich habe da eine Bitte." Leah versuchte, besonders freundlich und höflich zu sein.

„Was willst du denn schon wieder?", giftete Elsa sie an.

Oh je, das war kein guter Start. „Ein Pferd hat eine Hufentzündung. Ich brauche etwas Sauerkraut für einen Wickel."

„Jetzt wird das gute Essen schon für die Tiere verschwendet. Na, wollen wir hoffen, dass es wenigstens hilft", grummelte Elsa, rührte intensiv im Topf und drehte sich nicht einmal zu Leah um.

Leah nahm sich zusammen und holte tief Luft. „Ich brauch auch nicht viel, nur eine Tasse ungefähr. Vielen Dank für deine Hilfe."

Verwundert sah Elsa sie einen Augenblick lang an, atmete mit einem tiefen Seufzer aus und starrte wieder in den Topf. Leah wollte gerade das Sauerkraut holen, als Elsa leise fragte: „Magst du Georg überhaupt?"

Das war es also. Leah trat einen Schritt vor und legte ihr die Hand auf die Schulter. „Elsa, ich habe schon bemerkt, dass er dir viel bedeutet. Für mich ist er ein guter Freund. Er hat mir sehr geholfen, mich zurechtzufinden, als wir neu hier ankamen. Mehr wird er aber nie für mich sein."

Elsa schaute auf. Ihre Augen waren feucht. Schluchzend warf sie sich in Leahs Arme. „Oh, ich bin so froh. Ich liebe ihn so sehr, aber er sieht mich gar nicht."

„Was ist denn hier los?", polterte Berta hinter ihnen.

Erschrocken wich Elsa zurück, schniefte und wischte mit einem Ärmel die Tränen fort.

„Zwiebeldunst." Leah grinste verschwörerisch.

„Na denn. Jetzt wird aber weiter gearbeitet", antwortete die Köchin versöhnlicher.

„Jawohl, Bertha." Elsa machte einen Knicks. „Ich muss nur noch schnell etwas für Leah aus der Vorratskammer holen."

Die Kohlen glühten weiß und die Hitze des Feuers wett-
eiferte mit der Wärme der Sonne. Schweißperlen standen auf
Alexanders Stirn und sein helles Leinenhemd war nass, als
ob er unter dem Wasserfall gestanden hätte.

Fast war die Fibel fertig. Die Schlange wand sich auf der
einen Seite um den Ast, der an seinem anderen Ende in
einem einzelnen Blatt auslief. Jetzt musste das Metall noch
zu einer gleichmäßigen Rundung gebogen werden, sodass
ein oben offener Kreis entstand. Dann würde das Blatt einen
Fingerbreit neben dem Schlangenkopf liegen. Zum Schluss
musste Alexander den Dorn einfügen, der den Umhang
zusammenhielt, dabei aber selbst im Stoff verschwand.

Alexander hatte in der Burgschmiede einen kleinen
Wappenstempel gefunden. Damit wurden normalerweise die
Rüstungen und Waffen gekennzeichnet, die der Graf den
Fußsoldaten für die Dauer ihres Dienstes zu Verfügung stellte. Das Wappen seines Hauses. Wenn Alexander den Stempel
auf der Rückseite der Fibel einschlug, würde Leah sein Zeichen immer an ihrem Herzen tragen.

Er lächelte wehmütig und schloss die Augen. Immer,
wenn er an sie dachte, war da dieses schmerzhafte Verlangen
nach ihrer Nähe. Er wollte nicht mehr jeden Tag hier oben
darauf warten, dass es Abend wurde. Er wollte jeden Tag
seines ganzen Lebens mit ihr verbringen.

Nein. Er schüttelte den Kopf, um diese Vorstellung los-
zuwerden. Das Feuer hatte zu viel von ihm zerstört, äußerlich und auch in seiner Seele. Keine Frau konnte das, was

übriggeblieben war, begehrenswert finden. Das war nur ein hoffnungsloser Traum.

Entschlossen wandte Alexander sich wieder der Fibel zu. Er würde sie polieren, bis sie glänzte wie Silber. Sie musste heute fertig werden. Heute Abend wollte er sie Leah überreichen.

Das Pferd stand kauend vor seinem Heu und stellte den verbundenen Huf vorsichtig auf der Spitze ab. Leah lief besorgt im Stall auf und ab. Sie nahm einen Besen und begann zu fegen, aber auch die Beschäftigung beruhigte sie nicht.

Dieses Pferd könnte ein wunderbares Streitross für Alexander sein. Es war ein kräftiges und gut ausgebildetes Tier im besten Alter. Aber wenn der Huf so schlimm schmerzte, würde es womöglich bis dahin gar nicht mehr gesund werden.

Endlich kam Jakob herein. Er hatte Zange, Hammer und Hufmesser mitgebracht und Leah entfernte schnell den Verband. Sie hielt das Bein und als das Eisen abgenommen war, sahen beide den Anlass für die Schmerzen: Am hinteren Ende des Eisens hatte sich offenbar ein kleiner Stein unter den Rand gedrückt und in den Huf hinein gearbeitet. Als Jakob mit einem scharfen Messer das verfärbte Horn rund um die Druckstelle entfernte, trat ein dicker Eitertropfen hervor. Er wischte den Tropfen ab, vergrößerte die Öffnung noch ein wenig und Leah ließ das Pferd den Huf wieder abstellen.

„Wir haben den Grund für das Stolpern gefunden. Kein Wunder, dass er damit nicht mehr richtig laufen konnte", sagte Leah.

Jakob nickte. „Ja, Gott sei Dank. Jetzt kannst du den Verband wieder anlegen. Der Huf muss heilen, morgen wird es ihm sicher schon viel besser gehen."

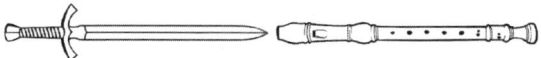

Sebastian besprach mit dem Zimmermann einige Änderungen am Stallgebäude, die er gerade mit dem Burgvogt zusammen beschlossen hatte. Er hatte sich eine lange Rede zurechtgelegt, um gut zu begründen, warum größere Fenster und mehr Licht und Luft im Stall gut für die Tiere waren. Dass er so leicht die Zustimmung des hohen Herrn bekommen hatte, verblüffte Sebastian. Im Gegensatz zu allen übrigen Menschen, mit denen er täglich zu tun hatte, schien der Burgvogt Veränderungen gegenüber aufgeschlossen.

Als er mit dem Zimmermann fertig war, stellte er fest, dass die Köchin Bertha hinter ihm stand und das Ende des Gesprächs abgewartet hatte.

„Mein Herr, ich brauche Eure Hilfe", brachte sie mühsam beherrscht hervor.

Sebastian war überrascht. Er mochte Bertha recht gern, aber sie gab sich immer sehr abweisend. Dass sie ihn je um etwas bitten würde, hatte er nicht erwartet. Sie war etwas blass und das Beben in ihrer Stimme verriet, dass es sich um etwas Ernstes handelte. Er nickte ihr zu und sie holte tief Luft.

„Eure Leah kennt sich doch mit Wunden aus, weiß sie vielleicht einen Rat? Meine kleine Tochter hat sich an einem Ast verletzt, schon letzte Woche." Berta rang die Hände und schnappte nach Luft. „Ich bin sogleich mit ihr zur Heilerin gegangen und sie hat etwas auf die Wunde gerieben und sie verbunden. Aber dann bekam Anna Fieber und jetzt sagt die Heilerin, man könnte nichts mehr machen, die Wunde hätte den Körper vergiftet."

Sie hatte all die Worte in einem Schwall hervorgebracht und war nun außer Atem. Sie schüttelte den Kopf und sah Sebastian flehend an. „Herr, ich weiß nicht, was ich tun soll! Sie ist mein einziges Kind, sie ist doch noch so klein. Ich hab doch schon meinen Mann verloren. Ich kann nicht auch noch meine Anna verlieren." Tränen traten in ihre Augen und sie schlug die Hände vors Gesicht.

„Bertha, nun beruhige dich erst einmal." Sebastian versuchte sie zu trösten. „Leah behandelt Pferde, keine Menschen. Sie weiß allerdings einiges über Kräuter. Es kann nicht schaden, wenn sie sich das Kind mal ansieht."

„Danke, mein Herr." Bertha sah erleichtert auf und schöpfte Atem.

Gemeinsam gingen sie in den Stall, um Leah zu suchen. Durch die schmalen Fenster fiel das Licht in staubgeschwängerten Streifen auf den Lehmboden. Dort fanden sie Leah und Jakob bei der Behandlung des Streitrosses. Als Leah mit dem Hufverband fertig war, drehte sie sich zu Bertha und Sebastian um.

Aufgelöst berichtete Bertha noch einmal von der Verletzung ihrer Tochter. Leah nickte. „Ich gehe schnell in meine Kammer und hole einige Kräuter. Ich bin gleich wieder da."

Berthas kleines Häuschen lag direkt außerhalb des Stallmeisterhofes an der Dorfmauer. Leah musste sich ein wenig bücken, um unter dem niedrigen Türstock in die Stube zu treten. In einem schmalen Alkoven in der hinteren Kammer lag die kleine Anna. Blanker Schweiß stand auf ihrer Stirn und sie war blass wie eine Wand. Die Hand war angeschwollen, rot und heiß und die Haut spannte sich, als ob sie aufplatzen wollte. Leah musste schlucken. Sie drehte sich mit sorgenvollem Gesicht zu Bertha um. „Ich werde tun, was ich kann, aber ich weiß nicht, ob es reichen wird."

Weinend ließ Bertha sich auf einen Stuhl fallen und Sebastian nahm ihre Hand. „Wir sind bei dir, Bertha, es wird schon gutgehen."

Leahs warf ihm einen harten Blick zu, denn sie war sich keineswegs so sicher. Sorgfältig wusch sie Annas Wunde mit Kamillensud aus. Als alle Krusten und aller Eiter entfernt waren, konnte sie einen kleinen Splitter tief unten in der Wunde entdecken.

Bis jetzt hatte das Mädchen mit geschlossenen Augen dagelegen und sich nicht gerührt. Als Leah jedoch versuchte, den Splitter zu entfernen, schrie sie auf und versuchte mit aller Kraft, die Hand wegzuziehen. Sebastian und Bertha mussten sie gemeinsam festhalten. Angestrengt blinzelte Leah ihre eigenen Tränen fort, um den kleinen Splitter sehen und mit der Pinzette fassen zu können.

Mit zitternder Stimme gab sie Sebastian und Bertha auf, dem Kind kalte Wadenwickel gegen das Fieber anzulegen,

174

einen Tee aus Lindenblüten und Weidenblättern zu kochen und Anna diesen zu trinken zu geben. Auch einen Brei aus gestampften rohen Zwiebeln sollten sie vorbereiten, aber noch nicht auf die Wunde geben. Zuerst brauchte Leah noch etwas anderes. Sie eilte hinaus und rannte wie gehetzt zum Weiher.

Warum musste das arme Mädchen so leiden? Das Schmerzgeschrei der Kleinen ging ihr noch immer durch Mark und Bein. Sie hatte sich zusammenreißen müssen, jetzt ließ Leah ihren Tränen freien Lauf. Würde sie Anna überhaupt noch helfen können? Waren die Kräuter stark genug, um die Hand und den ganzen Körper von dem Gift zu befreien? Warum konnte ihre Heilkunst nie die Leben retten, die ihr am Herzen lagen?

Jetzt brauchte Leah Hilfe, um Blutegel zu finden. Sie kannte sich hier nicht aus, wo konnte sie suchen? Schließlich beschloss sie, die Heilerin des Dorfes zu fragen. Das kleine Häuschen, in dem die alte Frau wohnte, lag gleich auf der anderen Seite des Wiesentors direkt an der Dorfmauer. Leah klopfte, und sofort wurde ihr die Tür geöffnet. Hastig erklärte sie, was sie suchte.

„Annas Hand willst du behandeln, mit den Blutwürmern aus dem Teich?", fragte die alte Frau entsetzt. „Du musst verrückt sein, bleib lieber bei deinen Pferden. Das böse Feuer ist in die Hand gefahren, das bekommt man nicht mehr heraus. Das Feuer wird ihren ganzen Körper ergreifen und sie innerlich verbrennen, da kann man nichts machen."

„Nein! Das darf nicht sein, ich kann nicht so einfach aufgeben!" Wütend warf Leah die Tür des gedrungenen Häuschens hinter sich zu und rannte zurück zum Weiher.

Immerhin wusste sie nun, dass es die Egel hier gab. Die genaue Stelle musste sie nun selber finden, leider würde das deutlich länger dauern.

Es begann schon zu dämmern, als Leah zum Haus der Köchin zurückkehrte. Durch den Tee und die Wickel hatte das Fieber bereits ein wenig nachgelassen. Anna öffnete ein wenig die Augen und sah Leah an. „Oh, die Flötenspielerin. Bist du gekommen, um ein Lied für mich zu spielen?", fragte sie matt.

Leah war erstaunt. „Woher weißt du von meiner Flöte?"

„Ich gehe gerne am Bach entlang bis zum Wald, da habe ich dich oft gehört. Manchmal spielst du laut und manchmal leise. In der Nacht, als das Fohlen gestorben ist, hab ich dich bis zu meinem Zimmer gehört."

Ein Kloß drückte Leahs Kehle zu und sie musste hart schlucken, als sie daran zurückdachte. „Gut, ich werde für dich spielen, während meine zwei kleinen Gehilfen ihre Arbeit an deiner Hand tun."

„Igitt, solche ekeligen Würmer will ich nicht auf meiner Hand! Ich hab Angst!" Anna begann zu weinen und Bertha strich ihr beruhigend über die nassgeschwitzten Haare.

„Oh nein, das sind keine Würmer, das sind verwunschene Heilkundige", begann Leah mit der Geschichte, die ihre Ziehmutter immer erzählt hatte. Sie erinnerte sich an die erste Behandlung eines Kindes, bei der sie dabei gewesen war. Sie fuhr fort. „Ich werde dir von ihrem Schicksal erzählen, aber du musst ganz stillhalten. Weißt du, einmal sind ganz viele Heiler zu einem großen Treffen gegangen, um sich gegen die böse Fee zu verbünden, aber die böse Fee hat das herausgefunden und sie alle in kleine Würmer verwandelt, die im Wasser leben müssen. Das war natürlich eine sehr schlimme Sache für die armen Heiler, aber für uns ist das jetzt ein Glück. Denn wenn wir sie ganz dringend brauchen, können wir sie im Wasser finden, und weil sie immer noch ihre Heilkraft haben, können sie bei vielen Krankheiten Gutes tun."

Anna starrte fasziniert auf ihre Hand, während die Egel sich sorgfältig den passenden Platz für ihre Arbeit suchten. Leah spielte zuerst ganz leise ein altes Kinderlied. Dann versank sie in ihren Gedanken und spielte ihre eigenen Weisen, so, wie sie es im Wald gern tat. Als Anna eingeschlafen war, hatten auch die Egel ihre Arbeit bereits getan. Sie nahm die beiden kleinen Tiere, um sie wieder in den Weiher zurückzubringen. Dann wickelte sie Annas Hand noch mit dem Zwiebelbrei ein.

Bertha hatte am Kopfende des Bettes gesessen, Annas Stirn mit feuchten Tüchern gekühlt und ihr den Kopf gestreichelt. Jetzt sah sie Leah fragend an. „Was wird jetzt? Wird meine Kleine das überstehen?"

Leah presste die Lippen zusammen. Es war noch zu früh, dazu etwas zu sagen, aber sie wollte Bertha auch nicht im Ungewissen lassen. „Wir müssen die Nacht abwarten. Morgen sollte das Fieber schon etwas niedriger sein, ich komme ganz früh noch einmal vorbei." Dann ging sie mit Sebastian nach draußen.

Vor Annas Fenster saßen einige Kinder des Dorfes. „Spielst du morgen wieder für Anna?", fragte ein kleines Mädchen schüchtern. „Deine Musik ist so schön."

Leah war überrascht, fühlte sich aber auch geschmeichelt. „Wir werden sehen."

Als sie sich zum Hof umwandte, fiel ihr plötzlich die Brücke ein. Alexander hatte sicherlich auf sie gewartet. Mit fliegenden Schritten lief sie zum Hoftor.

„Wo willst du denn jetzt noch hin? Es ist schon viel zu dunkel!", rief Sebastian hinter ihr her.

„Vater, das muss ich dir morgen erklären", warf sie über die Schulter zurück und rannte, so schnell ihre Beine sie tragen wollten.

Die Fibel war immer noch nicht glänzend genug. Er musste den Kopf der Schlange und das Blatt noch einmal polieren. Das Schmuckstück musste perfekt werden, um würdig zu sein, von Leah getragen zu werden. Er sah auf. Es dämmerte schon. Wenn er zu spät kam, würde sie vielleicht zum Dorf zurückgehen. Eilig packte er die Schmiedewerkzeuge zusammen, steckte die Fibel in seinen Umhang und lief los. Atemlos erreichte er den alten Steinbogen.

Der Platz war verlassen.

War sie schon fort, oder war sie noch gar nicht hier gewesen? Konnte ihr etwas passiert sein? Aufgewühlt lief Alexander unter der Brücke hin und her. Er konnte nicht einfach so ins Dorf gehen und nachsehen, ob alles in Ordnung war. Er zwang sich zur Ruhe und setzte sich auf den Mauervorsprung. Er musste Geduld haben, vielleicht hatte sie noch eine wichtige Aufgabe zu erledigen und kam heute später.

Lange hielt er es nicht auf der Mauer aus. Er stand auf und lief erneut auf und ab wie ein Wolf im Käfig. Schließlich beschloss er, dass er Leah zumindest entgegengehen konnte, wenn nötig, bis zum Waldrand hinunter. Vielleicht war sie ja schon unterwegs.

Mühsam beherrschte Alexander seine Schritte, um nicht wie ein Wilder den Weg hinab zu rennen. Er war beinahe am Waldrand angekommen, als er hörte, dass schnelle Schritte ihm entgegenkamen. Es war schon recht dunkel, aber ihre schmale Gestalt würde er auch in stockfinsterer Nacht erkennen. Als er sie fast erreicht hatte, stolperte sie und fiel direkt vor ihm zu Boden.

„Leah!" Er kniete nieder, um ihr aufzuhelfen. Fest nahm er ihre Arme und zog sie hoch.

„Alexander, es tut mir leid!", brachte sie atemlos hervor.

„Was tut dir leid? Was ist geschehen?"

„Ich komme spät, du hast sicher schon gewartet. Die Tochter der Köchin ist krank. Ich weiß nicht, ob sie es schaffen wird. Die Heilerin sagt, man kann nichts mehr tun", sprudelte es aus ihr hervor. Dann verbarg sie ihr tränennasses Gesicht an seiner Schulter und weinte hemmungslos.

Alexander wagte kaum zu atmen. Hitze stieg ihm ins Gesicht und das Herz klopfte in seinem Hals, als Leah sich an ihn drückte. Er hatte sich solche Sorgen um sie gemacht. Jetzt war sie da. Unversehrt.

„Ich bin ja so froh, dass du trotzdem noch gekommen bist", seufzte er und schloss seine Arme um ihre bebenden Schultern. Ihre weichen Haare berührten seine Wange und ihr Atem streichelte seinen Hals. Er schloss die Augen, hielt sie fest in seinem Arm und wünschte sich, die Zeit würde einfach stehenbleiben. Ihre Trauer und ihre Sorge um das

Mädchen machten sein Herz schwer, während ihre Umarmung es zugleich leicht machte. Der Widerstreit der Gefühle ließ seine Kehle eng werden, sodass er außerstande war, sie mit Worten zu trösten. So stand er nur da und wünschte sich, dass seine Umarmung ihr zumindest ein wenig Trost schenken würde.

Nach einer Weile löste sich Leah von ihm und trat einen Schritt zurück. „Ach, Alexander, warum kann meine Heilkunst nicht alles heilen? Warum muss ein Kind so leiden? Ich weiß nicht genug. Alexander, ich muss beide Bücher von vorn bis hinten auswendig lernen."

„Leah, du bist so einfühlsam. Ich verstehe, dass dir der Schmerz der Kleinen weh tut, aber selbst wenn du alle Bücher der Welt auswendig lernen könntest, würde es noch vieles geben, was du nicht heilen kannst."

Sie nickte, ließ sich auf einen Baumstamm sinken und starrte vor sich auf den Boden. „Natürlich, aber ich muss es wenigstens immer wieder versuchen, so gut ich kann."

Alexander kniete sich vor ihr hin und nahm ihre Hände. „Das tust du doch auch. Deine Arbeit hilft jedem, der deine Kräuter und dein Wissen braucht. Deine Heilkunst kann so viel nützen. Du darfst dich nicht entmutigen lassen, weil du nicht alles Leid der Welt tilgen kannst."

„Du hast recht, das wäre wohl ein bisschen viel verlangt, oder?" Leah lächelte zaghaft. Eine Weile sahen sie gemeinsam schweigend nach oben. Der wolkenlose Himmel öffnete sich weit über ihnen und der letzte rote Streifen der Dämmerung verblich hinter den Bäumen. Der Mond war nur schwach am Rand des Horizonts zu erkennen und so strahlten die Sterne umso kräftiger in der samtigen Schwärze.

„Leah, ich habe da etwas für dich", unterbrach Alexander die Stille. Plötzlich war er sich nicht mehr sicher, ob es ihr gefallen würde. Vielleicht sagte ihr das Symbol nicht zu oder sie mochte so einen einfachen Eisenschmuck nicht. Eigentlich müsste sie eine Spange aus Gold bekommen, das wäre viel angemessener. Trotzdem zog Alexander das Schmuckstück aus seinem Umhang und präsentierte es ihr auf seiner ausgestreckten, bebenden Hand. Hoffnung und Beklemmung ließen sein Herz rasen.

„Oh, die Schlange und der Ast, das Symbol von Gut und Böse in der Natur. Es ist zugleich auch das Zeichen für Heilkundige."

„Ja, das ist es. Deshalb war es auf dem Einband deines Kräuterbuches."

„Es ist ungewöhnlich. Der Ast ist eigentlich immer gerade, zu einer Fibel gebogen habe ich ihn noch nie gesehen. Sie ist so wunderschön, wo hast du sie her?"

„Ich habe sie für dich geschmiedet", gab er mit zitternder Stimme zu.

Sie schaute ihn mit großen, ungläubigen Augen an. „Du hast das selbst gemacht? So etwas kannst du?"

Er schluckte hart und nickte. „Darf ich sie dir anstecken?", flüsterte er schließlich.

„Ja, natürlich." Lea schien die Luft anzuhalten, während er es an den Stoff steckte. „Und du hast das für mich gemacht?"

Vorsichtig berührte sie die Fibel mit den Fingerspitzen. „So etwas Wunderbares habe ich noch nie besessen. Wie könnte ich ein solch wertvolles Geschenk jemals verdienen?"

„Leah, Geschenke muss man nicht verdienen. Außerdem ist das nur eine unbedeutende Gabe im Vergleich zu dem, was du mir jeden Tag schenkst." Verlegen schlug Alexander die Augen nieder.

„Sie ist wunderschön, ich danke dir!" Sie schlang die Arme um seinen Hals und küsste ihn auf die Wange.

Sein Herz blieb einen Augenblick stehen und er konnte nicht mehr atmen.

Sie schaute mit einem ernsten Blick tief in seine Augen. „Ich werde sie von jetzt an jeden Tag tragen."

Alexander holte angestrengt Luft. „Ich bin sehr froh, dass sie dir gefällt. Ich wollte sie dir unbedingt vor dem Turnier schenken."

„Oh ja, das Turnier", begann Leah. „Wir waren fleißig mit den Vorbereitungen. Eigentlich vor allem Jakob. Er hat deine alte Rüstung, ein Schwert und beinahe ein Pferd."

Alexander schüttelte den Kopf. Jakob bereitete seine Ausrüstung für das Turnier vor, obwohl er ihm ja noch nicht einmal fest zugesagt hatte, dass er antreten würde. Er konnte das alles kaum glauben. Andererseits würde das zu Jakob passen, ihn auf diese Weise zum Mitmachen zu drängen. „Wie seid ihr an meine Rüstung gekommen und wie kann man beinahe ein Pferd haben?"

Er sah sie an und Leah erzählte. „Das Pferd ist noch nicht wieder ganz gesund, aber diese Art Verletzung heilt normalerweise in wenigen Tagen. Bis zum Turnier wird es reitbar sein. Jakob muss den Handschuh noch verstärken und es fehlt noch ein Schild. Sonst ist alles vorbereitet." Sie lachte. „Wenn Jakobs Bursche die Rüstung noch ordentlich poliert, kannst du der silberne Ritter sein."

„Ha, der silberne Ritter. Na, wenn ich schon nicht als ich selbst antreten kann, dann ist das doch immerhin ein wohl klingender Name."

ÜBUNGEN

Früh am Morgen traf Jakob Leah im Stall der Arbeitspferde. Sie wollten sich noch einmal zusammen den Huf des Ritterpferdes ansehen. Das große hellgraue Tier war muskulös und, bis auf den Huf, gesund und kräftig. Aber auch das würde er gemeinsam mit Leah wieder hinbekommen.

Als er sich wieder verabschieden wollte, stand plötzlich ein hochgewachsener, junger Kerl in der Kleidung eines Knappen im Stall. Er kam Jakob irgendwie bekannt vor, aber er konnte sich nicht genau erinnern.

„Verzeiht, dass ich störe mein Herr, meine Dame." Er verbeugte sich und kam näher heran. „Wie geht es dem Pferd? Er heißt übrigens Giso."

„Schon wieder besser, er wird wohl bald normal laufen können", entgegnete Leah.

„Ich bin Bruno von Hohensteins ältester Knappe – war Brunos Knappe, bis gestern. Ich war für das Pferd verantwortlich. Wird Giso wieder ganz gesund?"

Jakob antwortete, ehe Leah etwas sagen konnte. „Ja, wird er wohl. Ihr seid also einer von den Knappen, die am Ende des Turniers zum Ritter geschlagen werden?"

„Wohl nicht." Mutlos setzte der junge Mann sich auf die Holzabtrennung, die die Pferdeplätze voneinander abteilte. „Ich habe jetzt keinen Ritter mehr, dem ich diene, da Bruno mich wegen der Sache mit dem Sturz aus seinem Dienst entlassen hat. Ohne einen Herrn, der für mich Zeugnis ablegt, kann ich nicht zum Ritter geschlagen werden."

„Du kommst mir bekannt vor, wer bist du?", fragte Jakob.

„Ich bin Julian von Arrenberg, der Neffe des Grafen von Gehren."

„Oh, Julian, natürlich! Ich habe dich nicht gleich erkannt." Jakob wandte sich an Leah. „Er ist doch der Sohn von Clementina, der Schwester unserer früheren Gräfin. Schon als Page war er hier in der Burg und später Alexanders Knappe."

„Ja, aber als mein Herr damals nach dem Feuer verschwunden ist, musste ich mir einen neuen Herrn suchen. Bruno von Hohenstein hat mich dann genommen, bis gestern. Mit der Wahl meiner Ritter habe ich bisher nur Pech gehabt." Traurig starrte er auf den Boden. „So lange habe ich mich auf diesen Tag vorbereitet. Ich kann gut mit allen Arten von Waffen umgehen und ich bin ein guter Reiter." Stolz hob er das Kinn, dann sackte er wieder in sich zusammen. „Mein Vater kommt als Gast zum Turnier und erwartet, dass er seinem Sohn am Schluss den Waffenrock unseres Hauses überreichen kann. Ich kann ihn doch nicht enttäuschen. Wenn nur Herr Alexander da wäre, der wüsste schon, was zu tun wäre!"

Leah und Jakob sahen sich an. Beide nickten.

„Komm mal mit mir in die Schmiede, wir müssen etwas besprechen", sagte Jakob und trat zur Tür.

„Ja gut, ich komme. Oh, beinahe hätte ich etwas vergessen. Leah, wenn Ihr Zeit hättet, würde Ritter von Hohenstein Euch gerne sehen." Als er ihren erschrockenen

Gesichtsausdruck sah, setzte er grinsend hinzu: „Keine Sorge, es geht nur um seinen verletzten Arm."

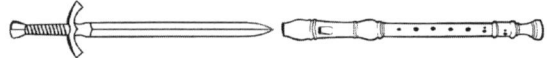

Die meisten der Ritter, die zum Turnier eingeladen waren, lagerten entlang der Außenmauer der Burg, in der Nähe der Pferdeställe. Die Pferde hatten sie in den Ställen des Grafen unterbringen können. Nur die direkten Verwandten der gräflichen Familie hatten Räume im Burgfried oder im Palas zugewiesen bekommen.

Leah musste sich zu Ritter von Hohenstein durchfragen und so drückten sich einige neugierige Knappen in der Nähe herum, noch ehe sie sein Zelt erreichte. Sein Lagerplatz stach in Größe und Ausstattung deutlich aus den Übrigen hervor. Auch hier ließ er erkennen, dass er aus wohlhabendem Hause stammte. Die Zeltklappe war zurückgeschlagen und der junge Bursche, der die Kochstelle aufräumte, trat mit einer Verbeugung zur Seite. Als Leah eintrat, versuchte Hohenstein, sich von seinem Stuhl zu erheben.

„Nein, nein, bitte bleibt sitzen!", sagte Leah sogleich.

Mit einem Seufzer der Erleichterung lehnte er sich zurück. „Danke, dass Ihr gekommen seid." Seine Stimme zitterte und er blickte zu Boden. Seine kurzen, roten Haare standen verschwitzt und wirr in alle Richtungen vom Kopf ab. Der Schmerz hatte viele kleine Falten um Augen und Mund gegraben und er hielt den rechten Arm mit der linken Hand fest an den Körper gepresst. „Es tut mir leid, das ich Euch respektlos behandelt habe. Könnt Ihr mir verzeihen und Euch meine Schulter ansehen? Bitte!"

Leah zog die Brauen hoch. Natürlich war sie gekommen, um seine Schulter zu behandeln. Dass er sich entschuldigte, sogar so weit ging, sie höflich zu bitten, damit hatte sie nicht gerechnet. Wortlos trat sie zu ihm und sah sich Arm und Schulter an.

„Die Heilerin hat mich zur Ader gelassen und sagt, ich werde den Arm nicht mehr gebrauchen können." Das Zittern in seiner Stimme wurde stärker. Leise fügte er hinzu: „Und ich kann die Schmerzen bald nicht mehr aushalten."

Leah nickte und stellte sich vor seinen Stuhl. „Könnt Ihr mir beide Arme nach vorn halten?", bat sie den Knappen. Es war offensichtlich, dass der Ritter selbst ohne Unterstützung dazu nicht imstande war. Leah umfasste jeweils ein Handgelenk. Der verletzte Arm war deutlich kälter, aber nicht blau und nur wenig angeschwollen. In beiden Handgelenken konnte sie den Herzschlag gleich stark fühlen.

„Ihr seht so ernst aus, bitte sagt etwas." Brunos Gesicht war bleich, kleine Schweißperlen standen auf seiner Stirn und er sah sie verzweifelt an.

„Bitte zieht ihm das Hemd aus.", bat Leah den Knappen.

Bei der Prozedur stöhnte Bruno mehrmals laut auf und wurde noch blasser. Leah betastete vorsichtig, aber gründlich Brunos Schulter und bewegte leicht den Oberarm. Er biss die Zähne so hart aufeinander, dass Leah die angespannten Kiefermuskeln sehen konnte.

„Es scheint nichts gebrochen zu sein, aber die Schulter ist ausgekugelt. Ich muss sie wieder richten."

Hoffnungsvoll sah Bruno auf. „Das bedeutet, man kann

etwas tun? Werde ich den Arm wieder gebrauchen können?"

Leah wiegte den Kopf. Sie wollte nicht zu viel versprechen. „Das Richten wird sehr schmerzhaft sein, aber danach wird es besser. Ihr müsst den Arm eine Woche an den Körper gebunden tragen. Dann könnt Ihr vorsichtig beginnen, ihn zu bewegen. Ob er je wieder so stark sein wird wie früher, kann ich nicht sagen, aber Ihr werdet ihn wohl benutzen können."

„Vielen Dank", seufzte Bruno und atmete sichtlich auf.

„Oh, dankt mir noch nicht, bevor ich ihn gerichtet habe. Wir werden ein Beißholz brauchen und einen kräftigen Kerl oder zwei, um Euch festzuhalten."

Bruno schluckte, nickte aber.

Einer der Knappen lief sogleich nach einem Beißholz.

Leah verrührte etwas Weidenrindenpulver mit Wasser. „Trinkt das hier zuerst. Es ist bitter, hilft aber gegen den Schmerz. Und Euer Knappe soll diese Wurzel fein zerstoßen, sodass sie einen Brei ergibt." Leah gab dem Burschen die Beinwellwurzel.

Zwei Ritter aus den benachbarten Zelten traten ein. Leah begrüßte die beiden und wandte sich zu Hohenstein um. „Jetzt legt Euch bitte flach auf die Liege."

Mühsam stand er auf, ging zur Liege und legte sich dort hin. Er nahm das Beißholz in den Mund. Einer der Ritter hielt den heilen Arm an seinen Körper gepresst und drückte die Schulter herunter, damit Bruno sich nicht herumdrehen konnte. Der andere Ritter stützte sich auf die Beine.

Leah nahm den verletzten Arm, streckte ihn langsam aus, drehte die Handfläche nach oben und spreizte ihn auf Schulterhöhe vom Körper ab. Dann umfasste sie das Handgelenk mit beiden Händen, stützte ihren Fuß gegen das

Bettgestell und begann langsam, den Arm vom Körper wegzuziehen. Bruno biss so hart auf das Holz, dass es knirschte.

Die Schulter wollte einfach nicht zurückgleiten. Der
Unfall war schon zu lange her. Eigentlich musste man das
unverzüglich richten, um Erfolg zu haben. Leah schüttelte
den Kopf, packte das Handgelenk fester und ließ sich nach
hinten kippen, sodass sie mit ihrem ganzen Körpergewicht
an Brunos Arm hing. Dann drehte sie die Handfläche noch
ein wenig weiter nach oben. Plötzlich erklang ein Schnappen, Hohenstein stieß einen markerschütternden Schrei aus
und sein Kopf kippte zur Seite.

Mit einem Seufzer der Erleichterung ließ Leah nach.
Geschafft. „Herr im Himmel, das war schlimmer als
gedacht", murmelte sie mehr zu sich selbst als zu den
Umstehenden. Mit einer langsamen Drehung positionierte
sie den Arm am Körper, sodass die Handfläche auf dem
Bauch lag. Dann nahm sie die zerstoßene Beinwellwurzel
und legte damit einen Umschlag auf der Schulter an.

Sie wandte sich an die beiden Ritter. „Habt Dank für
Eure Hilfe. Er muss sich jetzt ausruhen." Dann drehte sie
sich zu dem Knappen um, der leichenblass in der Ecke stand.
„Deck ihn zu und lass ihn sich erholen. Wenn er aufwacht,
sag mir Bescheid. Wir müssen ihn aufrichten, damit ich den
Verband anlegen kann, aber das hat Zeit, bis er wieder zu
sich kommt."

Der Junge nickte und machte sich sofort an die Arbeit.

Als Leah aus dem Zelt trat, standen drei Ritter und mehrere Knappen draußen. Alle schauten sie ehrfurchtsvoll an.

Einer der Ritter, der vorhin geholfen hatte, sagte laut:
„Ich habe ihm gesagt, er soll einen Bader rufen lassen, der

ihm den Arm abnimmt, aber es scheint, die Pferdeheilerin hat ihn retten können."

Die Umstehenden nickten und nahmen ihre Unterhaltung wieder auf. Friedolf kam zu ihr herüber und sagte mit einem verschmitzten Grinsen: „Dem Geschrei nach war das aber wohl eine Behandlung für Pferde, oder?"

Leah lachte auf und die Anspannung fiel von ihr ab. „Ja natürlich, was könnte ich schon anderes tun?"

Die Umstehenden fielen in ihr Gelächter ein.

„Da ich schon da bin, kann ich auch gleich noch einmal nach Eurem Pferd sehen", bot sie Friedolf an.

„Ja, sehr gern, ich werde Euch begleiten", antwortete er mit einem Lächeln und einer kleinen Verbeugung.

Im Stall untersuchte Leah die Wunde und stellte fest, dass das Pferd wohl bis zum Turnier wieder reitfähig sein würde.

Friedolf atmete auf und verbeugte sich tief vor ihr. „Meine Dame, ich danke Euch sehr. Es kommt mir wie ein Wunder vor. Ich habe es schon gesehen, dass Pferde und auch Menschen an einer solchen Wunde gestorben sind."

„Ja, das kann vorkommen, wenn man nicht alle Holzsplitter findet, oder aus einem anderen Grund das Feuer in die Wunde fährt und das Wundfieber entfacht", bestätigte Leah und schüttelte traurig den Kopf. „Oder wenn Mensch oder Tier von der Krampfwut erfasst werden. Dann kann man tatsächlich nichts mehr tun." Auch sie hatte sowohl Menschen als auch Tiere an geringeren Wunden sterben sehen. So war es für sie immer wieder eine Freude, wenn alles gut verheilte.

„Meine Dame, dieses Wunder kann ich niemals

abgelten, aber kann ich Euch wenigstens für Eure Kräuter und Eure Zeit angemessen entlohnen?"

Leah zuckte zurück. Für ihre Heilkünste hatte sie noch nie Geld verlangt. Irgendwie kam ihr das falsch vor. Andererseits mussten Heiler ja auch ihren Lebensunterhalt bestreiten. Sie überlegte einen Augenblick, wie sie antworten könnte. „Ich möchte keine Entlohnung dafür annehmen. Wenn Ihr die Zeit, die ich nicht als Hilfe im Stall meines Vaters zur Verfügung stand, abgelten wollt, könnt Ihr mit ihm darüber sprechen." So hatte sie die Frage, was ihre Arbeit wert war, an Sebastian übergeben. Er war in solchen Dingen wesentlich erfahrener.

„Ja meine Dame, das werde ich gerne tun", antwortete Friedolf ernst. „Meinem Rücken geht es schon wieder gut. Die Salbe, die Ihr geschickt habt, hat sehr geholfen. Ich danke Euch auch dafür."

„Ach nein, für Euren Rücken war ich ja sozusagen verantwortlich. Ich war immerhin schuld daran, dass Ihr den Schlag einstecken musstet", stellte Leah mit einem reumütigen Lächeln fest. Dann wandte sie sich um, um den Stall zu verlassen.

„Leah."

Überrascht drehte sie sich noch einmal um. Friedolfs Blick schien sie festhalten zu wollen. Er trat einen Schritt vor und sah sie so eindringlich und voller Sehnsucht an, dass ihr Herz unwillkürlich schneller schlug.

„Wenn Ihr jetzt nicht mehr zu meinem Pferd kommen müsst, werde ich Euch wohl bis zum Turniertag nicht wiedersehen. Ich hoffe doch sehr, dass Ihr meine Einladung annehmen werdet."

Verlegen schlug Leah die Augen nieder. „Wir werden sehen."

Unbedingt musste Leah heute Vormittag noch nach der kleinen Anna sehen. Sie lief zum Haus der Köchin und klopfte. Sebastian öffnete ihr. Überrascht zog sie die Augenbrauen hoch.

„Hallo, mein Kind, ich habe dich schon erwartet. Anna geht es besser."

„Das freut mich. Lass uns zusammen nach der Hand sehen."

Bertha stand auf, als sie in die Stube kamen. „Leah, wie gut, dass du da bist. Sieh nur!"

Anna saß in ihrem Bett und spielte mit ihrer Puppe. Die Strohpuppe hatte ein kleines Stöckchen mitten im Gesicht und tanzte fröhlich hin und her.

„Hallo, Flötenspielerin. Schau mal hier, das bist du mit deiner Flöte. Du machst die Leute mit deiner Musik wieder gesund." Anna strahlte.

Leah hielt einen Moment inne, sie war sprachlos. Dann setzte sie sich auf die Bettkante. „Wie schön, dass es dir besser geht. Darf ich einmal deine Hand ansehen?"

Vorsichtig streckte Anna die verbundene Hand aus. Der Zwiebelbrei war angetrocknet, die Hand weniger stark geschwollen als gestern Abend und auch nicht mehr so heiß.

„Hatte sie noch Fieber?", fragte sie Bertha.

„Nein, heute früh war das Fieber weg. Sie hat ihren Tee getrunken."

„Das ist gut. Den Tee soll sie die ganze Woche über trinken. Die Hitze in der Hand wird einige Tage brauchen, ehe

192

sie ganz verschwindet. Jetzt brauche ich noch einmal Kamillensud und Zwiebelbrei." Leah drehte sich zu Bertha um und sah sie mit Sebastian eng zusammenstehen.

„Siehst du, Leah weiß, was sie tut. Deine Anna wird wieder gesund, wie ich dir gesagt habe", sagte Sebastian und nahm Bertha fest in den Arm.

Leah lächelte, als sie ihren Ziehvater so fürsorglich sah.

Bertha machte sich brüsk aus der Umarmung los. „Ich muss Kamillensud kochen." Damit verschwand sie in der Küche.

Leah grinste Sebastian verschmitzt zu und flüsterte: „Noch ein bisschen spröde?"

Sebastian wirkte verlegen, dann zuckten seine Mundwinkel nach oben und er nickte.

Zerrissene Wolkenfetzen zogen eilig über den hellblauen Himmel. Der Wind zerzauste Alexanders langes, dunkles Haar, ungeduldig band er es im Nacken zusammen. Tief in Gedanken versunken wanderte er vor seiner Tür auf und ab. Wie konnte er sich auf das Turnier vorbereiten? Er hatte kein Pferd und nur wenige Waffen hier oben in der Ruine. Seine bevorzugte Jagdwaffe war die Armbrust. Natürlich hatte er auch ausgediente Schwerter und Schilde gefunden, die man hier zurückgelassen hatte. Ein Schwert und ein Schild hatte er sich zuerst repariert und neben dem Eingang seines Hauses aufgestellt, nur für den Fall, dass er es einmal brauchen sollte. Zur Jagd hatte ihm das allerdings nicht dienen können und bisher ungenutzt herumgestanden.

Alexander legte den Umhang ab, nahm das Schwert und begann mit den Bewegungen, die er schon als Junge gelernt hatte. Die lange eingeübten Abfolgen fühlten sich seltsam vertraut an, auch wenn es lange her war, dass er ein Schwert auf diese Weise geführt hatte. All die Anweisungen seines Schwertmeisters und des Ritters, dessen Knappe er vor langer Zeit gewesen war, tauchten wieder in seinem Kopf auf. Er übte die verschiedenen Huten und Haue, bis er schweißgebadet und völlig außer Atem war.

Früher hatte Alexander einen Vorteil daraus gezogen, dass er das Schwert mit beiden Händen gleich gut führen konnte. Wenn der Schwertarm ermüdete, wechselte er einfach in die Linke und brachte damit den Gegner aus dem Gleichgewicht. Jetzt war seine Schwerthand dafür nicht mehr zu gebrauchen. Leahs Behandlung hatte die Beweglichkeit des Handgelenks und der Finger schon sehr verbessert. Dadurch, dass er den Arm aber so lange Zeit nicht hatte benutzen können, fehlten einfach Stärke und Ausdauer. Er konnte das Schwert halten, aber nach wenigen Schlägen gab die Hand kraftlos nach. Er musste sich also ausschließlich auf seine Linke verlassen und damit noch weiter üben.

Wenn Jakob nur eine Lösung für das Lanzenstechen finden würde. Natürlich könnte man die Lanze mit Lederriemen am Arm befestigen. Das hatte Alexander schon einmal gesehen, als ein Ritter sich verletzt hatte, aber unbedingt weiterkämpfen wollte. Man konnte dann aber die Lanze nicht mehr loslassen, was alle Sorten von Verletzungen nach sich ziehen konnte.

Das Tjosten konnte Alexander hier oben natürlich überhaupt nicht üben. Es fehlten nicht nur das Pferd, sondern auch der Platz und die Gegner. Wenn er schon nicht reiten konnte, wollte er wenigstens laufen. Es hatte ihn früher sehr angestrengt, längere Wege in schnellem Tempo zurückzulegen. Der vernarbte Fuß hatte gebrannt und die Muskeln im Bein hatten sich verkrampft. So hatte er sich ein leichtes Hinken angewöhnt, das wiederum in seinem Rücken einen dumpfen Schmerz auslöste. Nach Leahs Behandlungen konnte er jetzt die ganze Fußsohle aufsetzen. Das Laufen schmerzte nach einiger Zeit immer noch, aber er versuchte so lange wie irgendwie möglich, gerade zu gehen, ohne zu hinken. Also lief er los, um seiner Beweglichkeit und Ausdauer den nötigen Schliff zu geben.

Hinter den Weiden am Waldrand wuchsen viele von den Kräutern, die Leah sammeln und trocknen wollte. Brennnesseln gab es so viele, dass sie sich erlauben konnte, nur die zarten Triebspitzen zu ernten. Die hellen Rehlederhandschuhe reichten ihr nur knapp über das Handgelenk und ihre Unterarme hatten einige Bekanntschaft mit den Brennnesseln gemacht. Um das Brennen ein wenig zu lindern, lief sie zum Bach hinunter und wusch ihre Arme gründlich ab. Als Nächstes wollte sie Bärlauch suchen und einen Walnussbaum, um junge Blätter zu pflücken.

Plötzlich sah sie eine Bewegung zwischen den Bäumen. Es war ein Pferd. Bei näherem Hinsehen erkannte sie die helle Fuchsstute, die jetzt als Letzte immer noch tragend war.

Das Pferd musste durch den Zaun geschlüpft sein. Leah stellte den Kräuterkorb unter die große Birke und ging langsam zu der Stute hinüber. Die feinen Ohren zuckten kurz in ihre Richtung, sonst schien die Stute keine Notiz von ihr zu nehmen und fuhr fort, den Boden mit den Nüstern zu untersuchen. Als Leah neben ihr stand, bemerkte sie die schweißnassen dunklen Flecken an Flanke und Hals und die leichten Krämpfe, mit denen der Bauch der Stute sich zusammenzog.

Oh je, sie hatte Wehen.

Sie war von den anderen Pferden weggegangen, um sich in die Stille des Waldes zurückzuziehen und ihr Fohlen allein zu bekommen.

Es war zu spät, das Tier zum Stall zurückzubringen. Schon stülpte sich die Eihaut nach draußen. Leah blieb stehen und beobachtete das Verhalten des Tieres. Unruhig drehte sich die Stute mehrmals auf der Stelle und ging einige Schritte hin und her. Schließlich schien sie den geeigneten Platz gefunden zu haben und legte sich hin.

Normalerweise liefen Fohlengeburten ohne Hilfe ganz unproblematisch ab. Leah setzte sich also in einigem Abstand auf einen umgestürzten Baumstamm, um die Stute nicht zu stören. Sie fühlte sich, trotz aller Vernunft, immer noch unwohl bei allem, was mit Schwangerschaft und Geburt zusammenhing. Hoffentlich schaffte die Stute es allein und sie könnte einfach nur hier sitzen bleiben und alles beobachten.

Nach einigen Wehen versuchte die Stute, wieder aufzustehen, schaffte es aber nicht. Irgendetwas war ganz und gar nicht in Ordnung. Zögerlich trat Leah einige Schritte näher. In der Eihaut konnte sie bereits einen Huf und den unteren

Teil des Beins erkennen.

Nur ein Bein! Wo war das andere? Nicht schon wieder!

Alexander hatte nicht weiter darüber nachgedacht, in welche Richtung er sich wenden wollte. Seine Füße hatten von allein den Weg zur alten Brücke eingeschlagen und dort legte er eine kurze Pause ein, bevor er weiter in Richtung Dorf den Berg hinunter lief. Am Waldrand angekommen, wusste er nicht genau, wohin er sich wenden sollte. Auf dem Weg konnte er nicht weiter gehen, denn dort konnte man ihn vom Dorf aus sehen. So entschied er, quer durch den Wald in einem großen Bogen zum Weiher zu laufen. Nach einer Weile stoppte er und sah sich um.

Er hatte so viele Jahre hauptsächlich von der Jagd gelebt, dass die normalen Geräusche und Bewegungen im Wald ihm auf eine unbewusste Art vertraut waren. Sobald etwas ungewöhnlich war, zog es seine Aufmerksamkeit auf sich. Dort vorne, nahe der Wiese, war etwas. Alexander ging langsam und aufmerksam lauschend in die Richtung. Dann hörte er eine Stimme. Leahs Stimme! Sein Herzschlag beschleunigte sich und eilig lief er weiter.

Auf einer kleinen, sonnenbeschienenen Lichtung hockte Leah im hohen Gras neben einer Stute. Das Fell war an einigen Stellen dunkel vom Schweiß und die Stute wirkte erschöpft und matt.

„Alexander, wo kommst du denn her?" Leah starrte ihn an.

„Ich bin nur durch den Wald gelaufen." Er konnte nicht erklären, was ihn ausgerechnet hierher gebracht hatte, aber das war jetzt auch nicht wichtig. „Was ist mit der Stute, gibt es ein Problem?"

„Ja, ein Fuß ist nicht mit nach vorn gekommen, wie es sein muss. So kann das Fohlen nicht geboren werden, das Bein blockiert den Geburtsweg, ich muss den Fuß nach vorne ziehen. Alexander, das ist fast so wie bei dem anderen, ich hab solche Angst!", sprudelte es aus ihr heraus.

Er hockte sich neben sie und legte seine Hand auf ihre Schulter. „Ich habe keine Ahnung von diesen Dingen, aber ich will alles tun, was ich kann."

Sie seufzte. „Ich bin so froh, dass du da bist. Es hilft mir schon, einfach nicht allein zu sein mit allem." Sie erklärte ihm, was genau das Problem war und wie es eigentlich sein sollte. Während sie sprach, gewann sie ihre Ruhe und Sicherheit zurück. Alexander war sicher, dass Leah genau wusste, was getan werden musste.

Auf ihre Anweisung hin hockte er sich zum Kopf der Stute und strich über ihre Nüstern, um sie zu beruhigen. Leahs Hand verschwand im Geburtsweg und Alexander sah, wie sie den Arm langsam bewegte. Sie biss auf ihre Unterlippe, während sie den Arm mit einer Drehung zurückzog. „Endlich liegen beide Beine so, wie es sich gehört", murmelte sie.

Die Stute presste und kämpfte. Leah schüttelte den Kopf. „Bis auf Füße und Nüstern kommt das Fohlen nicht weiter voran", erklärte sie mit gepresster Stimme. „Ich bin nicht stark genug, du musst mir helfen." Sie winkte ihn nach hinten. „Hier um den Fesselkopf herum musst du anfassen.

Ein Bein in jede Hand, aber halte die Fäuste dicht zusammen."

Alexander zögerte, die vernarbte Hand an die zarten Beine zu legen. Würde er in seinen verbrannten Fingern genug Kraft haben. Er presste die Lippen zusammen und fasste mit der Rechten zu. Mit der anderen Hand umschloss er das andere Bein. Er war bereit.

„Warte noch, ich sage dir, wenn du ziehen musst."

Alexander nickte und als Leah das Kommando gab, begann er, vorsichtig zu ziehen.

„Gut, kräftiger, fester." Leahs Stimme klang aufgewühlt und die Stute stöhnte.

Alexander spannte sich an und fürchtete schon, mit den Händen abzurutschen. Plötzlich glitt das Fohlen vor und er ließ los. Kopf und Hals des Jungtieres lagen auf seinen Beinen und hektisch rutschte er nach hinten. Bei der nächsten Wehe glitt der Körper des Fohlens ganz hinaus. Müde seufzte die Stute auf. Das Fohlen begann sogleich mit den ersten Versuchen, den Kopf zu heben.

Tränen rollten über Leahs Wangen. „Schau nur, wieder ein Fuchs, dieses Mal aber nur mit zwei weißen Füßen."

Alexander strich vorsichtig über den kleinen Kopf. „Er ist wunderbar." Noch nie war er so direkt bei einer Geburt beteiligt gewesen und es erfüllte ihn mit Staunen, das neue Leben vor sich zu sehen. Er konnte den Blick gar nicht von dem kleinen Pferd abwenden und immer wieder strichen seine Finger über dessen Stirn. Erschöpft und verschwitzt hockte er neben Leah im Gras und sah zu, wie das Fohlen begann, die Beine zu bewegen. Als auch die Stute sich aufrichtete, stand Alexander auf und half Leah auf die Beine.

Gemeinsam traten sie ein wenig zurück, um Stute und Fohlen in Ruhe einander kennenlernen zu lassen.

„Alexander, du hast ihn gerettet, du musst ihm einen Namen geben."

„Was, ich? Du hast doch die ganze Arbeit getan, ich hab nur etwas gezogen."

„Ach ja, nur etwas gezogen?" Leah kicherte und Alexander musste ebenfalls grinsen. Er probierte den Klang verschiedener Namen aus, aber nichts schien so richtig zu passen. „Ich werde in Ruhe darüber nachdenken, das ist ja schließlich eine wichtige Entscheidung."

Leah nickte, dann wandte sie sich ganz zu ihm um. „Alexander, ich weiß nicht, welche Fügung dich heute hierher gebracht hat, aber ich danke dir. Allein hätte ich das nicht geschafft." Sie umarmte ihn und legte ihren Kopf an seine Brust.

Er schloss die Augen und wagte kaum zu atmen. Sein Herz trommelte hart gegen seine Rippen und sein Mund war trocken. Sacht legte er seine Arme um ihre schmalen Schultern und strich zärtlich über ihren Rücken. Mit rauer Stimme sagte er: „Ich bin so froh, dass ich dich hier gefunden habe." Er presste sie fester an seine Brust und wieder wünschte er sich, sie nie mehr loslassen zu müssen.

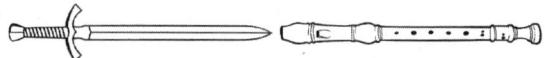

Hinten am Waldrand hörte Leah plötzlich Stimmen. Sebastian und Georg unterhielten sich und offenbar suchten sie die Stute.

„Ich muss gehen", stellte Alexander mit Bedauern in der Stimme fest.

„Ja, wie schade." Leah fühlte sich so geborgen in seinen Armen. Warum mussten die beiden ausgerechnet jetzt auftauchen? Sie drückte noch einmal ihre Wange an seine Schulter.

Er löste sich von ihr und trat einen Schritt zurück. Dann wandte er sich um und war im nächsten Moment verschwunden. Leah sah ihm nach und vermisste seine Umarmung bereits. Sie stand noch immer wie angewurzelt da, als die beiden Männer sie erreichten.

„Leah, du hast sie gefunden. Was für ein Glück. Und das Fohlen ist auch schon da." Sebastian seufzte erleichtert auf.

Georg stand nur betreten dabei und sagte nichts. Leah vermutete, dass er wegen der verschwundenen Stute bereits gehörige Schelte bekommen hatte.

„Du bist ja ganz zerzaust und schmutzig, was ist den geschehen?", wollte Sebastian wissen.

„Es war keine ganz leichte Geburt, aber es ist ja alles gut gegangen." Leah lehnte sich seufzend gegen Sebastians Schulter.

„Geh nach Hause, mein Kind und ruh dich aus. Wir werden warten, bis das Fohlen aufsteht, dann bringen wir die beiden zurück zum Hof."

„Ja, Vater." Leah war erleichtert, dass sie nichts von Alexander sagen musste. Natürlich wollte sie Sebastian nicht belügen, aber was hier geschehen war, fühlte sich so vertraulich und persönlich an, dass sie es lieber für sich behalten wollte. Sie nahm ihren Kräuterkorb und ging mit langsamen Schritten zum Hof zurück.

Nachdem sie sich gewaschen und die Kleider gewechselt hatte, schaute sie in die Küche, um zu sehen, ob es etwas zu Essen gab.

Bertha erwartete sie schon. „Hier, meine Liebe, ich habe extra etwas vom Eintopf und vom Brot für dich zur Seite gestellt. Und ich habe auch noch frische Erdbeeren."

Leah lächelte. Sonst war Bertha immer verärgert, wenn Leah nicht zu den Mahlzeiten erschien und später noch etwas haben wollte.

„Wenn du gegessen und dich ausgeruht hast, könntest du noch mal zu Ritter Bruno gehen. Sein Knappe war hier und hat nach dir gefragt."

„Oh, das erledige ich lieber zuerst." Leah stand auf.

„Nein, nein, du isst jetzt erstmal, Ritter Bruno wird warten können", bestimmte Bertha energisch. „Du musst auch an dich selbst denken, nicht nur an andere, mein Kind."

Leah nickte erschöpft und setzte sich wieder. Dann aß sie ganz in Ruhe den Eintopf und die köstlichen Erdbeeren.

Das Lager der Ritter war jetzt am Nachmittag eigentümlich still. Nur wenige Knappen und Laufburschen waren mit Aufräumarbeiten beschäftigt oder standen einfach zusammen und gaben mit den Kampfkünsten ihrer Herren an. Auf den Wegen zwischen den Zelten war das Gras von den vielen Füßen schon völlig zertrampelt, aber der Boden inzwischen fast getrocknet. Der leichte Wind ließ die Wimpel und Wappenfahnen der verschiedenen Adelshäuser fröhlich tanzen.

Leah klopfte mit der flachen Hand an die Zeltklappe. Der Knappe öffnete und Erleichterung zog über sein Gesicht.

Als Leah eintrat, schlug ihr sofort der Geruch von Met entgegen. Bruno war auf dem Stuhl in sich zusammengesunken. Sein Gesicht war nicht mehr ganz so bleich wie bei ihrem ersten Besuch, aber der Schmerz hatte tiefe Linien hinein gegraben. Noch immer hielt er den Oberarm mit der anderen Hand an den Körper gepresst. Er blickte auf und versuchte, sich gerade hinzusetzen. Offenbar schmerzte ihn die Bewegung immer noch sehr. Seine Augen waren glasig, aber er sah sie ernst und respektvoll an.

„Meine Dame, ich bedanke mich." Er stockte und schien nicht genau zu wissen, was er noch hatte sagen wollen.

„Ich muss Euch noch den Verband anlegen", kam ihm Leah zuvor. Sie nahm die Wickel und eine neue Portion gestoßene Beifußwurzel aus ihrer Tasche. Schweigend sah der Ritter sie an, nickte und ließ sich ohne ein weiteres Wort verbinden.

Leah fragte den Knappen: „Wie viel hat er schon getrunken?"

„Oh, so einiges." Der Bursche verdrehte die Augen und Leah musste grinsen.

„Ist der Met mit Mädesüß gewürzt?"

„Ja, das ist er, warum?"

Jetzt konnte sie ein Lachen nicht mehr unterdrücken. „Dann könnt Ihr es als Medizin gelten lassen. Mädesüß hilft gegen die Schmerzen und die Schwellung. Wenn er mal etwas anderes trinken möchte, habe ich hier noch Weidenblättertee mitgebracht, ebenfalls gegen die Schmerzen."

Der Knappe grinste inzwischen auch.

Bruno hatte schweigend zugehört und setzte sich wieder etwas gerader auf. „Meine Dame, ich muss mich noch einmal entschuldigen. Es war ungebührlich, wie ich Euch zuvor behandelt habe. Und ich muss mich außerdem noch einmal bedanken. Ihr habt meinen Arm gerettet. Ich möchte Euch für Eure Zeit und Eure Kräuter entlohnen." Er winkte seinem Knappen, der ein Säckchen mit Münzen aus einer Truhe nahm und ihr reichte. „Eine Kleinigkeit als ...", murmelte Bruno, aber die zweite Hälfte des Satzes blieb unverständlich. Er sackte nach hinten gegen die Stuhllehne und schloss die Augen.

Leah starrte auf das Säckchen, als wäre es eine Schlange.

„Nehmt es an. Bitte, meine Dame", sagte der Knappe schnell. „Er stammt aus vornehmem Hause, er hat reichlich davon. Wenn man bedenkt, was ohne Eure Hilfe aus ihm und seinem Arm geworden wäre, ist das nur eine Kleinigkeit."

Leah seufzte schließlich und steckte das Säckchen ein. Sie würde es Sebastian geben, er wüsste schon, was er damit tun sollte.

„Richtet ihm meinen Dank aus, wenn er aufwacht", bat sie den Knappen und trat aus dem Zelt in die warme Frühlingssonne.

Der Wind zupfte an ihrem Kleid und die Luft roch wunderbar nach der warmen Erde des frisch umgepflügten Ackers und dem nahen Wald. Sie liebte diesen Duft und obwohl sie recht müde war, ging sie zufrieden durch das Dorf zurück zum Stallmeisterhof.

Nachdem sie das Säckchen bei ihrem Vater gelassen hatte, steckte Leah die Flöte und die Arnikasalbe in ihren Umhang. Das Buch wollte sie heute nicht mitnehmen. Zum Lernen war sie viel zu erschöpft. Doch sie freute sich darauf,

Alexander zu sehen und mit ihm am Wasser zu sitzen. Seine Ruhe und Freundlichkeit gaben ihr Kraft und sie fühlte sich bei ihm sicher und geborgen. Sie war noch nicht so recht heimisch an diesem Ort. Die Menschen waren ihr oft fremd mit ihrer Sprache und ihren Ansichten. Bei Alexander fühlte sie sich zu Hause.

Alexander war nur ein kleines Stück in den Wald zurückgegangen, gerade so weit, dass die Männer ihn nicht sehen konnten. Er wollte Leah noch nicht verlassen, er wollte sie überhaupt nie mehr verlassen. Er sehnte sich schon nach ihr, kaum dass er wenige Schritte fortgegangen war.

Die beiden Männer kamen heran und einer sprach mit Leah. Der jüngere Mann stand nur da und machte ein betretenes Gesicht. Er sah Leah dabei die ganze Zeit aus dem Augenwinkel an, als ob er ihr etwas Wichtiges zu sagen hätte. Sie schien das nicht zu bemerken. Schließlich ging sie mit ihrem Kräuterkorb über die Wiese zum Dorf. Alexander wäre ihr am liebsten nachgelaufen, aber er lenkte seine Schritte zurück zu seiner Burg.

Er fühlte sich erschöpft und staubig, also ging er direkt zu dem kleinen Wasserfall hinter der Burg und entledigte sich seiner Kleidung. Das eiskalte Wasser peitschte auf seine Schultern und seinen Rücken. Nachdem der eisige Guss allen Schmutz abgewaschen hatte, war Alexander durchgefroren, aber erfrischt und voller neuer Energie. Schnell ging er ins Haus, um saubere Kleider anzuziehen. Dann nahm er eine Schale Dinkelbrei und ein Stück Fleisch und setzte sich in die Sonne, um sich wieder aufzuwärmen.

Leah. Seit er sie zum ersten Mal gesehen hatte, hatte sich alles verändert. Fast wäre er hier vor lauter Einsamkeit gestorben. Einen weiteren Winter hätte er sicher nicht durchgestanden. Sie hatte sein Herz von dieser Dunkelheit befreit. Ihre Nähe und Wärme gab ihm Tag für Tag ein Stück von seinem verlorenen Leben zurück. Er war glücklich, wenn er nur an sie dachte.

Würde das Turnier ihm wirklich helfen können, sein altes Leben zurückzubekommen? Könnte er danach mit unbedecktem Gesicht und erhobenem Kopf durchs Dorf laufen, um sie oder Jakob zu besuchen? Wäre er der gleiche Alexander, der er vor dem Feuer gewesen war? Nein, zu viel war geschehen, zu sehr hatten die Ereignisse ihn verändert.

Aber wenn der Fluch gebrochen und er als Sohn des Grafen zurückgekehrt war, wie sollte es weitergehen? Otilia und Wendel würden ihren Platz nicht kampflos aufgeben. Was war mit seinem Vater? Das war die erste Aufgabe nach dem Turnier: Alexander musste seinen Vater sprechen und sehen, wie es um dessen Gesundheit bestellt war.

An den länger werdenden Schatten konnte Alexander das Herannahen der Abenddämmerung erahnen. Es war Zeit, zum Bogen hinunter zu gehen und dort auf Leah zu warten. Sie zu sehen und mit ihr zu sprechen, würde seine turbulenten Gedanken ordnen.

Als er ankam, saß Leah am Ufer und ließ die Füße ins Wasser baumeln. Sie sprang auf. „Hallo Alexander, da bist du ja schon wieder", sagte sie lachend.

Sein Herz machte einen kleinen Freudensprung, wie

jedes Mal, wenn sie seinen Namen mit ihrem weichen Akzent aussprach. „Ja, heute ist ein besonderer Tag, an dem wir uns zweimal sehen."

„Komm, setz dich zu mir. Hast du schon einen Namen für unser Fohlen gefunden?"

„Nein noch nicht, das hat ja auch noch Zeit, bis es etwas größer ist."

Während sie seinen Arm massierte, sprachen sie über die Dinge, die ihn am Nachmittag bewegt hatten. Was würden die Tage nach dem Turnier bringen. Würde er danach zu seiner Bergfeste zurückkehren? Was würden Wendel und Otilia unternehmen? Das alles war so unwägbar, dass sich seine Gedanken nur noch im Kreis drehten.

„Alexander, du musst einfach einen Schritt nach dem anderen machen", sagte Leah bestimmt. „Zuerst kommt das Turnier. Wir haben noch viel vorzubereiten, dann musst du die Kämpfe gewinnen. Wenn es so weit ist, wird der nächste Schritt klar und deutlich vor dir liegen. Dann wirst du tun, was richtig ist."

„Ach, wenn du das so sagst, hört sich alles leicht an", gab er zurück. Er lehnte sich ein wenig in ihre Richtung, sodass sie Schulter an Schulter dasaßen.

„Nein, es wird sicher nicht leicht. Es wird schwer sein, aber du bist stark. Wenn du an dich glaubst, wirst du es schaffen. Du musst nur einen Schritt nach dem anderen tun."

Er senkte den Kopf. Ohne sie würde ihm nichts von alldem gelingen. „Leah, ich werde dich brauchen."

„Ich werde da sein." Sie lächelte ihn an und er hatte das Gefühl, unter ihrem Blick zu schmelzen. Er hoffte so sehr, dass sie für alle Zeit bei ihm sein würde.

BESUCH

Mit seinem kleinen Handbeil war Alexander schon früh in den Wald aufgebrochen. Er suchte eine Stange, die in etwa die Länge und das Gewicht einer Tjostlanze hatte. Die Sonne stieg langsam über den Bergrücken und das helle Orangerot mischte sich mit dem strahlenden Blau des wolkenlosen Himmels.

Er musste lange suchen, bis er einen jungen Baum gefunden hatte, der annähernd lang und gerade genug war. Er fällte den Stecken und schlug die kleinen Äste ab, an denen sich das junge Laub gerade erst entfaltete. Dann machte er sich auf den Weg nach Hause. Er gab sich besondere Mühe, gerade und in einen gleichmäßigen Takt zu laufen, den dünnen Stamm locker in der Hand balancierend. Inzwischen hatte die Sonne schon einige Kraft gewonnen. Schon bald waren seine Schultern nass geschwitzt und seine Haare klebten im Nacken.

Nachdem er angekommen war, machte er sich sogleich an die Arbeit, aus dem kleinen Baum einen Stab zu machen, der in etwa einer Lanze entsprach.

Als die Übungslanze bereit war, versuchte er, sie mit der Rechten zu halten. Allein durch ihr Gewicht glitt sie ihm schon nach wenigen Augenblicken aus der Hand und fiel zu Boden, an ein Zielen und Stoßen war gar nicht zu denken. Entmutigt starrte er die Trainingslanze an. Er musste den verstärkten Handschuh unbedingt schon vor dem Turnier bekommen, damit er üben konnte.

Natürlich hatte er hier kein Pferd, aber zum Balancieren und Stoßen konnte er ebenso gut zu Fuß rennen. Also legte er den Stecken erst einmal beiseite und übte wieder mit dem Schwert, bis seine Muskeln brannten.

Leah hatte nach der kleinen Anna gesehen und trat gerade aus der Tür des Hauses, als sie in Sebastian hineinlief.

„Hallo Leah, das ist ja schön. Wie geht es Anna?", fragte er.

„Oh, das musst du selbst sehen, ich verrate nichts." Leah zögerte einen Moment. War dies der geeignete Augenblick, mit ihrem Vater zu sprechen? Sie holte tief Luft und sprach sich Mut zu. Ein besserer Augenblick würde wahrscheinlich nicht kommen. „Vater, ich muss mit dir sprechen."

Sebastian zog die Brauen hoch. Immer wenn es etwas Ernstes gab, nannte Leah ihn so. Sie hatte die Anrede absichtlich benutzt, um die Dringlichkeit ihres Anliegens zu unterstreichen.

„Gut meine Tochter, setzen wir uns dort vorn hin."

Leah nickte und zusammen gingen sie zu dem Stapel Brennholz, das neben dem Weg gelagert war. Nachdem sie sich beide auf die frischen Stämme gesetzt hatten, begann sie, von Alexander zu erzählen. Sie sprach von ihrer ersten Begegnung, den vorgeblich zerrissenen Hosen und von all den anderen Gelegenheiten, bei denen sie sich begegnet waren. Dann sprach sie von dem Plan für das Turnier.

Sebastian hörte zu, ohne sie zu unterbrechen, und zum Schluss ihres Berichtes schwieg er eine Weile. Dann schüttelte er den Kopf. „Leah, es gefällt mir gar nicht und ich halte es für sehr gefährlich, sich in die herrschaftlichen Angelegenheiten dieses Ortes einzumischen." Er sah sie auf seine eigene und ganz besondere Art an. Natürlich hatte er auch das verstanden, was sie nicht gesagt hatte. „Es ist nicht deine Art, halbe Sachen zu machen", stellte er fest. „Wenn du ihm hilfst, kann das ungeahnte Probleme für uns alle bringen. Wenn du dich heraushalten willst, solltest du ihn besser überhaupt nicht wiedersehen."

Leah blickte zu Boden. Mit zusammengepressten Lippen schüttelte sie den Kopf. Diese Frage hatte sie sich gar nicht gestellt, denn ihr Herz hatte sich schon lange entschieden.

„Ich fürchte, du hast an diesen geheimnisvollen Grafensohn bereits dein Herz verloren", sagte Sebastian und strich sich mit der Hand über das Kinn. Er sah Leah in die Augen und nickte. „Es wird dir gar nichts anderes übrigbleiben, als ihm zu helfen."

Leah presste die Lippen zusammen. Ihr Vater hatte sie natürlich sofort durchschaut. Er wusste immer, was sie dachte und fühlte. Deshalb war es ihr auch so schwer gefallen, das alles geheim zu halten. „Ja, Vater. Ich kann mir nicht mehr vorstellen, ohne Alexander zu sein, und ich glaube fest daran, dass er es schaffen kann."

Sebastian sah ihr in die Augen und nickte. „Dann musst du tun, was du kannst, um ihm zu helfen."

„Danke Vater, das werde ich." Leah war sehr erleichtert, dass es nun zwischen ihnen keine Geheimnisse mehr gab.

Sie stand auf, als Sebastian sie festhielt. „Warte, jetzt brauche ich einmal einen Rat von dir, mein Kind."

Überrascht ließ sie sich wieder auf das Holz fallen und sah ihn an. „Du, von mir? Das ist ja mal etwas ganz Besonderes."

„Ja, in Frauenangelegenheiten", gab Sebastian in verschwörerischem Ton zurück. „Es geht um Bertha. Ich weiß, sie erscheint nach außen recht streng und abweisend, aber sie hatt ein gutes Herz. Ich mag sie wirklich sehr gern und möchte sie überraschen."

Leah grinste, wandte sich aber ab, um Sebastian das nicht sehen zu lassen. Es war bereits bei Annas Behandlung offensichtlich gewesen, dass sich zwischen den beiden etwas anbahnte. Nun war Leah gespannt, wie es weitergehen würde. „Was für eine Überraschung hast du denn geplant?", fragte sie.

„Also, es ist ja so, dass ich als Stallmeister das Recht habe, das Turnier auf der unteren Tribüne anzuschauen", begann er zu erklären. „Ich darf ja eine Dame mitnehmen, und das wärst natürlich du gewesen, mein Kind. Aber du hast ja schon erzählt, dass du eine eigene Einladung hast, nein zwei sogar." Sebastian lächelte und Leah sah Stolz in seinen Augen, als er sie ansah.

Sie hatte schon eine Ahnung, wohin dieser Weg führen würde. „Du hast vor Bertha zu fragen?"

„Genau, du hast es erraten. Bertha ist ja eine Freie Frau. Als Leibeigene dürfte sie ja nicht einmal mit Einladung auf die Tribüne, aber so ist es möglich. Ich denke, sie würde sich freuen. Was meinst du?"

„Das ist eine ganz wunderbare Idee. Aber du darfst es

ihr nicht zu kurz vorher sagen. Sie wird sich vorbereiten wollen, ein neues Kleid nähen und so weiter. Am besten du sagst es ihr noch heute." Leah sprang auf und hüpfte fast vor Begeisterung.

„Gut, dann will ich mal zu ihr gehen. Drück mir die Daumen, dass sie die Einladung annimmt." Sebastian streckte seinen Rücken, atmete tief durch und wandte sich zum Haus der Köchin.

Lange hatte Jakob über den Handschuh nachgedacht. Eigentlich war so ein Rüstungshandschuh aus Leder, außen mit kleinen Metallplatten verstärkt. Die einzelnen Platten waren auf das Leder genäht, hatten aber untereinander keine Verbindung. Wie konnte man nun daraus etwas Festes machen, das die Stärke hatte, eine Lanze fast allein zu halten?

Er steckte die Hand hinein und öffnete und schloss die Finger. Dann drehte er seine Faust hin und her. Nein, so konnte das nicht bleiben, er musste zunächst die kleinen Fingerplatten vom Leder entfernen. Ein dünnes, aber festes Metallstück musste sich an die Hand, die die Lanze hielt, perfekt anschmiegen, dann könnte man die Fingerplättchen wieder aufsetzen. Allerdings hätten sie nur noch den Zweck, die Platte zu verdecken. Ein Handschuh würde nur lose darunter getragen werden, um die Haut vor dem Metall zu schützen. So blieb auch die Beweglichkeit der Finger erhalten. Jakob nahm eine Lanze und einen Lederhandschuh, um Maß nehmen zu können.

Er arbeitete den ganzen Vormittag daran, aber es gefiel ihm gar nicht, dass er ihn nicht an Alexanders Hand direkt anpassen konnte. Dann kam ihm die rettende Idee. Alexander musste die Platte selbst passend zurichten!

Kaum hatte er das zu Ende geplant, kam Leah in die Schmiede.

„Jakob, ich denke, Giso ist wieder gesund genug für eine erste Übungsrunde. Ich hatte überlegt, ihn zur Bergfeste zu reiten und ihn Alexander vorzustellen."

„Das ist eine fabelhafte Idee und ich habe hier noch ein Päckchen, das du ihm mitbringen musst." Jakob erklärte Leah die Idee des Handschuhs und packte das vorbereitete Metallstück ein.

„Ich war noch nie auf der Burg. Das einzige Mal, das ich über den Steinbogen hinaus nach oben gewandert bin, kam ich an einer Klippe heraus." Der Vorfall mit dem Wolf im stockfinsteren Wald stand ihr wieder deutlich vor Augen.

„Du musst neben dem Steinbogen ganz gerade hoch durch den Wald gehen, bis du auf den Weg triffst, der früher über die alte Brücke führte. Diesem folgst du dann einfach bis zur Burg. Die Brücke wurde damals gebaut, weil die schweren Karren nicht so steil den Berg hochfahren konnten. So machte man einen Schlenker über das Bachtal und kam etwas unterhalb des Dorfes auf die Straße, die von dort weiter zum Gut von Bruch und schließlich nach Eissenburg führt. Mit einem Reitpferd dürfte das steile Stück kein Problem sein."

„Jakob, ich danke dir, ich werde mich gleich auf den Weg machen."

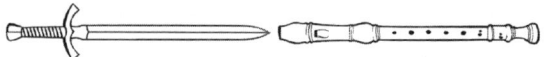

Nachdem Alexander die Schwertübungen beendet hatte, versuchte er noch einmal, sich ganz auf einen geraden Gang zu konzentrieren. Eigentlich sollte das Hinken jetzt verschwinden, es funktionierte aber nicht zu seiner Zufriedenheit. Irgendwie fühlte es sich an, als ob das Bein jetzt zu kurz wäre und er sich im Rücken verdrehen musste, damit die Ferse ganz zum Boden reichte.

Mit einem frustrierten Grollen gab Alexander auf und ging zum Wasserfall, um Schweiß und Staub abzuwaschen und sich zu erfrischen. Die Kälte des Wassers biss in seine Haut und er beeilte sich.

Seltsame Geräusche drangen durch das Tosen des Wasserfalls an sein Ohr. Es hörte sich an wie der Hufschlag eines Pferdes. Außer Jakob war noch nie jemand den langen Weg hier zu ihm hochgekommen. War er heute mit diesem Ritterpferd hergeritten? Jakob war ihm wie ein Bruder, trotzdem scheute Alexander sich, ihm nackt entgegen zu treten. Seine Kleidung lag aber im Hof, und es gab keinen Weg, ungesehen dorthin zu kommen. Vorsichtig spähte Alexander um die Ecke. Da stand Leah neben einem großen, grauen Pferd. Sein Herz machte einen Freudensprung.

„Alexander, bist du hier?", rief sie in den Hof hinein.

Was sollte er tun? Er kam sich unglaublich lächerlich vor. „Leah ich bin hier, aber bitte, komm nicht näher."

Leah drehte sich in seine Richtung und grinste. „Was ist los? Schon wieder Hosen zerrissen?"

Alexander musste laut lachen. Es fühlte sich rau an und wie eingerostet. Er fragte sich, wie lange es her war, dass er zuletzt so frei und entspannt gelacht hatte. Es mussten Jahre sein.

Er sah, dass Leahs Blick auf seine Bruke und Tunika fiel, die auf der Bank vor dem Haus lagen.

Sie lachte ebenfalls auf. „Ja, wenn das so ist, werter Herr, bleibt besser, wo Ihr seid. Ich werde mit Giso wieder hinaus gehen und das Hereinreiten noch einmal üben." Sie nahm das Pferd am Zügel und verschwand durch das Hoftor. Schnell schlüpfte Alexander mit seiner Kleidung ins Haus und streifte sie über. Noch einmal ritt Leah in den Hof und sprang vom Pferd.

„Oh, Alexander, da bist du ja, und sogar ganz bekleidet!", stieß sie hervor und prustete los.

Er lief zu ihr herüber, und es dauerte eine Weile, bis sie sich beide wieder beruhigt hatten.

„Leah, dass du jemals hier hinauf kommst zu meiner Burg, habe ich mir in meinen wildesten Träumen nicht vorgestellt."

Sie lächelte ihn an. „Du siehst auch ziemlich wild aus mit deinen nassen Haaren."

Plötzlich wurde ihm heiß. Er hatte heute ihre Creme noch nicht aufgetragen. All seine Brandnarben mussten rot und deutlich hervortreten. Hastig schlug er eine Hand vor sein Gesicht und senkte den Kopf.

„Oh Himmel! Ich hatte es ganz vergessen."

Sie fasste seine Hand und zog sie fort. Dann schüttelte sie den Kopf. „Vor mir musst du das nicht verstecken, aber es ist gut, dass du es ganz vergessen hattest." Sie strich eine nasse Strähne von seiner Wange. „Es sieht gut aus. Ich finde, die Rötungen werden schon ein wenig blasser."

Die Berührung auf der vernarbten Seite ließ Alexanders Herz rasen. Er schloss für einen Moment die Augen und hielt die Luft an.

Das Pferd stupste mit der Nüster gegen seine Schulter.

„Oh, natürlich. Alexander, ich möchte dir dein Ritterpferd Giso vorstellen. Giso, dies ist Alexander, dein neuer Ritter."

Er sah auf und drehte sich zu Giso um. Der Schimmel war groß und kräftig. „Da hat Jakob ja ein Prachtexemplar gefunden", sagte er anerkennend. „Hallo, Giso, ich bin erfreut, dich kennen zu lernen." Mit beiden Händen strich er über das graue Fell und atmete den Duft des Pferdes ein. Der Geruch versetzte ihn in die Vergangenheit und zu seinem geliebten Reitpferd, das auch ein Opfer der grausamen Flammen geworden war. Es würde wunderbar sein, nach all der Zeit wieder im Sattel zu sitzen.

Alexander hatte es schon als Kind geliebt, zu reiten, und sich oft in den Stall geflüchtet, wenn er Trost brauchte. Im Stroh zu sitzen und seinem Pferd beim Fressen zuzusehen oder auf seinem Rücken durch die Wälder zu streifen – das waren die Dinge, die ihn glücklich gemacht hatten. Erst jetzt fiel ihm auf, wie sehr er auch das vermisste. Mit einem Seufzer drehte er sich zu Leah um.

„Komm, setz dich erstmal und ruh dich aus", schlug er vor. Sie banden Giso bei der alten Pferdetränke an und Alexander führte Leah zum Haus.

„Entschuldige, ich hatte keinen Damenbesuch erwartet." Alexander wies auf die herumliegenden Gerätschaften und

Werkzeuge, die im Augenblick noch die Bank belegten. Wieder mussten beide lachen. „Ich würde dir auch gern mehr als einen Becher Bachwasser anbieten, aber hier gibt es sonst nichts."

„Ein Schluck Wasser ist wunderbar und völlig ausreichend."

Als er ihr den Becher gab, sah er in ihre Augen und seine Hand zitterte. Es war ihm immer noch ein Rätsel, wie sie ihn trotz dieser furchtbaren Narben so offen und freundlich anschauen konnte.

„Ich habe dir auch etwas von Jakob mitgebracht." Leah holte ein Eisenstück aus der Satteltasche und erklärte ihm Jakobs Plan. Es passte schon erstaunlich gut an seine Hand.

„Gut, ich werde das Schmiedefeuer anheizen und die Platte bearbeiten. Dann kannst du sie nachher direkt wieder zurückbringen."

„Während du mit dem Feuer beschäftigt bist, werde ich ein paar Kräuter sammeln. Scharbockskraut hab ich schon überall gesucht und hier bei dir wächst es in jeder Ecke."

Während er sich der Schmiede zuwandte, ging sie mit einer Stofftasche auf die Suche nach ihren Kräutern. Sorge stieg in ihm auf, sobald sie aus seiner Nähe verschwunden war. Sie kannte sich hier oben nicht aus. Was, wenn ihr etwas passierte? Er schüttelte den Kopf. Sie war es gewohnt, auf sich aufzupassen, und er konnte ihr schließlich nicht überallhin folgen. Er konzentrierte sich auf die Schmiedearbeit und das Zurichten der Platte ging ihm gut von der Hand.

Leah kam schließlich mit vielen Büscheln zurück. „Ich habe hier oben auf dem Berg so viele gute Kräuter gefunden, dass ich gar nicht aufhören wollte, zu sammeln. Hier habe ich außer dem Scharbockskraut noch Kamille, Beifuß und sogar wilden Fenchel gefunden."

Sie legte einen Teil ihrer Ausbeute auf die Bank, behielt aber den Rest in der Hand. „Ich werde dir von jeder Sorte einen dicken Strauß zum Trocknen aufhängen, dann kannst du deinen zukünftigen Gästen immer wohlschmeckenden und gesunden Tee anbieten." Sie lachte und wandte sich zur Tür.

Alexander zog die fertige Platte mit der Zange aus dem Wasser. Mitten in der Bewegung hielt er inne und fasste sich an den Rücken.

„Alexander, was ist denn los", fragte Leah besorgt.

„Ach, nichts Besonderes. Ich kann mich noch nicht daran gewöhnen, dass ich jetzt gerade gehen kann. Es fühlt sich an, als ob das rechte Bein jetzt zu kurz wäre, und manchmal sticht es im Rücken."

Leah trat zu ihm. „Lass mich mal sehen." Sie hob ohne Umschweife sein Hemd an und fuhr mit einer Hand an seiner Wirbelsäule hinauf und wieder herunter.

Alexanders Atem stockte, er verkrampfte sich. Ihre zarte Berührung löste ungebetene körperliche Reaktionen aus. Sie schien sich dessen überhaupt nicht bewusst zu sein.

„Dein Rücken ist nicht gerade", stellte sie fest.

„Wie meinst du das, nicht gerade?", fragte Alexander verwirrt und vergaß die Hitze in seinen Lenden fast wieder.

„Du hast dich an das Hinken gewöhnt und damit deinen Rücken schief gemacht, jetzt ist der Fuß wieder besser, aber der Rücken weiß das noch nicht." Er hörte das Lächeln in ihrer Stimme. „Würdest du dich einmal auf die Bank legen, bitte?"

Mit einem knappen Nicken packte er zuerst die Platte in ihre Satteltasche und legte sich dann hin. Sie drückte an seinem Rücken herum und zog die Knie in verschiedene Richtungen, wobei es einige Male ein seltsames Geräusch und einen kurzen Schmerz gab.

„Jetzt sollte es besser sein", sagte sie nach kurzer Zeit mit zufriedenem Lächeln.

Alexander stand auf und versuchte, gerade und ohne Hinken zu gehen. Es klappte erstaunlich gut. Das ungleiche Gefühl in seinen Beinen war vollständig verschwunden. Erstaunt lief er einige Male hin und her, dann setzte er sich zu ihr.

„Komm, lass mich jetzt deine Hand und deinen Fuß massieren. Danach muss ich mich wieder auf den Weg machen. In der Dunkelheit ist mir der Wald hier oben etwas unheimlich."

Während sie seinen Arm knetete, sprachen sie noch über Anna, über Leahs Ziehvater und das Fohlen. Schließlich erhob sie sich „Ich muss jetzt zurückkreiten, es beginnt, dunkel zu werden."

Alexander sprang ebenfalls auf. Er griff nach ihrer Hand und legte sie auf sein Herz. „Leah, ich wünschte, du könntest immer bei mir sein. Wenn du da bist, ist alles so ... so hell, so viel besser."

Sie schlug die Augen nieder. „Bald ist das Turnier, danach wird sich vieles verändern. Wer weiß, was dann möglich sein wird."

„Ich werde für dich siegen." Alexander hob ihre Hand an seine Lippen und küsste sie.

„Ja, das wirst du." Leah lächelte zuversichtlich. Dann

nahm sie Giso, stieg auf und verschwand mit einem letzten Winken durch das Tor. Alexander setzte sich auf die Bank vor seiner Tür und sah ihr nach. Schon nach wenigen Augenblicken zog die Sehnsucht schmerzhaft durch seine Brust.

VORBEREITUNGEN

Als Leah in die Küche kam, gab Bertha gerade das Huhn in den Kessel. „Lass uns kurz nach draußen gehen", sagte sie und winkte zur Tür. Draußen angekommen gingen sie einige Schritte zur Seite und Bertha wandte sich zu ihr um. „Leah, ich möchte dich etwas fragen", begann sie vorsichtig. „Du hast doch so viel Geschick mit der Ahle und mit Lederarbeiten. Kannst du vielleicht auch mit Stoff umgehen?"

„Ja, Nähen ist kein Problem. Das Spinnen und Weben habe ich nie gelernt, aber aus einem Stoff eine Schürze oder ein Kleid nähen, das bekomme ich schon hin."

„Das ist wunderbar. Ich möchte dich um einen Gefallen bitten." Bertha erzählte ihr begeistert von Sebastians Einladung. „Gestern habe ich mein bestes Kleid hervorgeholt und würde es für den besonderen Anlass gern noch mit einer hübschen Borte verzieren. Allerdings kann ich in letzter Zeit in der Nähe nicht mehr gut sehen, daher kann ich auch nicht mehr ordentlich genug nähen. Nachher will ich bei den Händlern vor der Burg eine passende Borte besorgen."

„Das mache ich doch sehr gern für dich." Leah war begeistert, dass Bertha sich so sehr über Sebastians Einladung freute. Gerne würde sie ihr bei den Vorbereitungen helfen.

„Und was wirst du anziehen, Leah? Ich habe gehört, du hast sogar zwei Einladungen von Rittern erhalten."

Oh je, darüber hatte sie sich noch gar keine Gedanken gemacht. „Hm, ich weiß nicht, ich denke, ich muss mir auch noch etwas nähen", stotterte Leah.

„Ach, komm, ein ganzes Kleid selbst zu nähen, ist doch sehr viel Arbeit", sagte Bertha. „So viel Zeit hast du ja gar nicht mehr. Da ist ein Gewandschneider extra für das Fest zur Burg gekommen. Lass uns nachher zusammen bei ihm vorbeigehen. Er hat bestimmt etwas Passendes für dich dabei. Komm mit und sieh dich um."

Leah sträubte sich noch ein wenig. Sie hatte eine ungefähre Vorstellung, was ein fertiges Gewand kostete. Auf keinen Fall wollte sie Sebastians Ersparnisse für so etwas opfern. Gegen Berthas Überredungskünste hatte sie allerdings keine Chance. Sie müsse ja nichts kaufen, nur mitgehen und beim Aussuchen der Borte helfen.

Am Nachmittag gingen die beiden Frauen also vom Stallmeisterhof zur Burg. Im Innenhof waren die Stände mit Stoffen, Gewürzen, Schmuck und Lederwaren in einer großen Runde aufgestellt. Viele Leute aus dem Dorf und auch einige Edelleute schlenderten von einem Händler zum Anderen. Es war wie ein Markttag, nur mit ganz anderen Waren und vornehmeren Besuchern. Es duftete nach Zimt, Kardamom und Nelken und sofort dachte Leah darüber nach, wie viel von den jeweiligen exotischen Gewürzen sie noch in ihrem Vorrat hatte. Auch Bertha steuerte sofort auf den Gewürzstand zu und erstand einige kleine Beutelchen. Dann sahen sie sich weiter um und fanden schnell den Händler, der fertige Gewänder, Umhänge und Kleider anbot. So sehr Bertha Leah auch drängte, das schöne sandfarbene Kleid mit den weiten

Ärmeln und dem himmelblauen Zierband wollte sie nicht anprobieren. Allerdings gefiel dieses Leah am besten von allen, das war wahrscheinlich auch Bertha schon aufgefallen. Für ihr eigenes Kleid hatte Leah eine schöne passende Borte ausgesucht und die würde sie morgen aufnähen.

Für Leah vergingen die letzten Tage vor dem Turnier wie im Fluge. Jeden Abend besuchte sie Alexander und seine Hand verbesserte sich mit ihren Massagen und seinen Übungen immer weiter. Trotzdem war sie sehr besorgt, weil er nicht wie die übrigen Ritter mit Lanze und Pferd üben konnte.

Diese Turniere waren gefährlich. Fast immer kam es zu schweren Verletzungen, manchmal starben die Kämpfer sogar daran. Jakob versuchte, ihre Bedenken zu zerstreuen. Alexander sei früher schließlich einer der Besten gewesen und habe sich bisher nie ernsthaft verletzt. Nun waren alle Vorbereitungen getroffen und es gab kein Zurück mehr.

In der letzten Nacht vor dem Turnier konnte Leah vor Aufregung kaum schlafen. Sehr früh am Morgen war sie schon auf den Beinen und wusste nicht recht, was sie mit sich anfangen sollte. Wie gern hätte sie sich jetzt in Alexanders starke Arme geschmiegt. Seine Kraft und Ruhe gaben ihr immer wieder die Zuversicht und Sicherheit, die sie jetzt gut hätte gebrauchen können.

Ruhe, Zuversicht – Melissentee.

Lächelnd dachte sie an Helena und ging in ihre Kammer, um Melisse zu holen und Tee zu kochen. In der Küche fand Leah Bertha und Elsa beim Anheizen des Feuers. Eine aufgeregte Spannung lag in der Luft. Da sie vor dem Frühstück keine anderen Aufgaben hatte, half Leah den beiden Frauen mit den Essensvorbereitungen.

Als sie die Schalen auf den Tisch stellte, flüsterte Elsa ihr ins Ohr: „Georg hat mich gefragt, ob ich ihn zum Turnier begleiten möchte."

Erfreut drehte Leah sich um und sah in Elsas strahlendes Gesicht. „Das ist ja eine schöne Nachricht." Fantastisch

„Ach, Leah, ich bin so aufgeregt!"

Leah musste kichern. „Am besten wir trinken heute zum Frühstück alle Melissentee."

Bertha hatte das Brot auf den Tisch gestellt und seufzte mit einem verschmitzten Grinsen. „Ja, ich könnte heute auch welchen gebrauchen."

Die drei Frauen lachten und die Anspannung löste sich ein wenig.

Als Oberhaupt des Hofes stand Sebastian der Platz am Kopfende des Tisches zu. Leah, als seine Tochter besetzte den zweithöchsten Rang des Hofes und saß damit rechts von ihm, sein Gehilfe Georg hatte den linken Platz neben Sebastian. Bertha, als Freie, hatte das andere Ende des Tisches, an ihrer rechten Seite natürlich ihre Tochter Anna. Elsa war inzwischen, obwohl eine Leibeigene, zur Vertreterin von Bertha aufgestiegen und hatte sich damit den Platz links von Bertha gesichert. Alle übrigen Arbeiter und Stallknechte waren leibeigen und saßen an der Längsseite der Tafel. So war die Sitzordnung nach Arbeitsstellung und Freiheitsrang streng geregelt. Als sich alle zum Frühstück setzten, zog Leah Bertha auf ihren Stuhl rechts neben Sebastians Platz.

„So, heute setzt du dich mal hier hin und ich nehme deinen Platz, dann kann ich noch etwas mit Elsa bespre-chen", sagte Leah und schob Bertha zu ihrem Stuhl. Diese wollte gerade widersprechen, da kam Sebastian herein.

Halb scherzhaft versetzte er: „Oh meine Turnierdame schenkt mir heute die Ehre, an meiner Seite zu speisen."

Alle lachten und Bertha musste sich wohl oder übel an die zugewiesene Stelle setzen.

Über dem Bergrücken jenseits des Tals zeigten sich zart die ersten Schleier der Morgenröte. Die Vögel kündigten mit lautem Gesang den Sonnenaufgang an, obwohl das Tal noch in tiefer Finsternis lag. Alexander stand an der Klippe und fragte sich, was der heutige Tag wohl bringen würde.

Dieser Platz erinnerte ihn auf eine besondere Weise an die vergangenen Jahre. So weit weg und lange vorbei schienen die Einsamkeit und die Verzweiflung, die ihn an diesem Ort oft überwältigt hatten. Heute würde sich sein Leben für immer verändern.

Nein, nicht erst heute. Eigentlich hatte die Veränderung an dem Tag begonnen, als er zum ersten Mal Leahs Flötenmelodie gehört hatte. Sie hatte ihn aus der Einsamkeit und Trauer befreit und ihn daran erinnert, wie schön und kostbar das Leben war. Heute würde sich also die Zukunft entscheiden, seine eigene und vielleicht auch die der Grafschaft. Hatte er wirklich noch die Kraft und Geschicklichkeit, die nötig waren, um die Kämpfe zu gewinnen? Würde das zum Sieg notwendige Glück auf seiner Seite sein? Leah war sein Glück und sein Lebenselixier. Würde sie heute seine Lanze mit ihrem Tuch umwinden und am Ende an seiner Seite stehen? Er sehnte sich so sehr danach, ihre schmalen Schultern in den Armen zu halten.

Mit einem tiefen Seufzer wandte er sich vom Farbenspiel des Sonnenaufgangs ab, um zu seinem kleinen Haus im Bergfried zurückzukehren und sich auf diesen wichtigen und schweren Tag vorzubereiten.

Sorgenvoll lief Leah in ihrer Kammer hin und her, um etwas zu finden, das sie beruhigen konnte. Nach wie vor fand sie, dass dieses ausgefallene Kleid mit der edlen Borte und den weiten Ärmeln viel zu prunkvoll für sie war, aber Sebastian hatte es einfach gekauft, ohne sie zu fragen. Er hatte in den höchsten Tönen gelobt, wie gut es an ihr aussehe. Vorn hatte sie den hellen Stoff mit Alexanders Fibel verschlossen.

Zärtlich strich sie über das Schmuckstück. So etwas Wunderbares hatte ihr noch nie jemand geschenkt. Alexander hatte es poliert, bis das Eisen in der Sonne glänzte wie Silber. Die Fibel war neben der Flöte ihr wertvollster Besitz. Ja, die Flöte wollte sie in die breite Gürteltasche stecken. Allein, sie bei sich zu tragen, würde ihr ein wenig die Unruhe nehmen. Leah griff nach Umhang und Tasche und trat aus der Tür.

Sebastian stand im Hof. Auch er hatte sich für das Fest zurechtgemacht. Gestern Abend hatte Leah seine Haare geschnitten und er hatte sorgfältig den dunklen Bart gestutzt. Darin waren schon einige silberne Fäden zu entdecken, was ihm Leahs Ansicht nach ein sehr vornehmes und stolzes

Aussehen verlieh. Seine rostbraune Tunika und der dunkelbraune Umhang mit den dezenten Verzierungen ließen ihn wie einen Edelmann wirken.

„Leah, da bist du ja."

Sie lief zu ihm herüber und schmiegte sich in seine Arme. „Ach, Vater, ich bin so aufgeregt. Wird wohl heute alles gutgehen? Ich darf mir gar nicht vorstellen, was alles passieren kann."

„Du musst Vertrauen haben mein Kind."

Sie seufzte und legte ihren Kopf an Sebastians Schulter. „Ich habe Angst um Alexander. Was, wenn er verletzt wird? Er konnte mit seinem Pferd gar nicht richtig trainieren. Was, wenn es ihm nicht gehorcht?" Tränen stiegen ihr in die Augen und sie blinzelte hastig.

„Sei unbesorgt, er wird das schon schaffen", gab ihr Vater in beruhigendem Ton zurück und strich über ihren Rücken. Sie nickte, dann holte sie tief Luft und löste sich von ihm. Sie ließ den Blick über das Turniergelände schweifen, und stellte sich vor, was nachher hier geschehen würde.

Auf der weitläufigen Wiese vor dem Burgtor war der Turnierplatz angelegt. In der Mitte lag der Bereich, in dem die Wettkämpfe stattfanden. Mit dem Rücken zur Burgmauer und daran festgemacht stand die Tribüne, auf der gegenüberliegenden Seite war ein weiterer Platz mit Seilen abgegrenzt. Hier waren die Turnierzelte der Ritter, Pferdeverschläge und Waffenständer aufgebaut. Vor den Zelten, die in einer doppelten Reihe standen, wehte das Banner mit dem Wappen des jeweiligen Ritters. Die Pferde trugen bereits die langen, prächtig verzierten Decken und auch Ritter und Knappen waren in den Farben ihrer Adelshäuser gekleidet und mit den aufgenähten Wappen geschmückt. Die Zuschauer flanierten zwischen den eng zusammenstehenden Zelten hindurch, um Pferde, Waffen und Rüstungen vor dem Kampf in Augenschein zu nehmen. Es war ein schlimmeres Gedränge als auf einem Marktplatz.

Bertha und Sebastian begrüßten sich, und Leah ging voraus auf den Turnierplatz. Als sie um das letzte Zelt der Reihe herum auf den Platz trat, stand sie direkt vor Gräfin Otilia. Sie hatte die hohe Dame bisher nur aus der Ferne gesehen, aber aus der Nähe schien sie nun deutlich kleiner zu sein als erwartet. Die üppige Garderobe ließ keinen Schluss auf ihre Figur zu, aber ihr Gesicht war hager, die Nase wirkte spitz und der Mund war missbilligend zusammengekniffen. Ihre dunkelbraunen Haare wurden bereits von deutlichen Silbersträhnen durchzogen, aber die aufwändig mit Perlen bestickte Haube verdeckte das meiste davon. Sicher war sie eine schöne junge Frau gewesen, allerdings lag jetzt eine Härte und Kälte in ihrer Miene, die jede Schönheit zu Eis gefrieren ließ.

Leah trat hastig zur Seite, um Platz zu machen, aber sie war wohl nicht schnell genug ausgewichen. Die Gräfin schüttelte irritiert den Kopf und neigte sich dann zu dem Lakaien, der sie begleitete. Der flüsterte ihr etwas zu und der Blick der Gräfin durchbohrte Leah.

„Was will die fremde Pferdemagd denn hier und dazu in so einem eleganten Kleid? Das ist ja für ihren Stand viel zu hell. Was für eine Anmaßung. Oh, und sie trägt das Symbol einer Heilkundigen, wenn das Hedwig wüsste", zischte sie.

Erschrocken taumelte Leah zurück, drehte sich schnell um, um in die entgegengesetzte Richtung zu verschwinden.

Sie lief hinter einem Zelt hindurch und stieß dort versehentlich gegen Friedolfs Knappen.

„Seht nur, die Pferdeheilerin ist da, sie hat die Einladung meines Herrn angenommen", verkündete er mit stolzgeschwellter Brust und verbeugte sich feierlich vor ihr. „Edle Dame, es ist mir eine Freude."

„Aber nur, weil mein Herr nicht antreten kann", fuhr Brunos Knappe dazwischen. „Er hatte sie zuerst eingeladen." Sofort entbrannte ein Streit zwischen den Burschen. Leah versuchte, sich vor den Streithähnen zwischen die Zelte zu flüchten. Der kleine Tumult hatte allerdings schon einige Kinder angelockt und Leah fand sich von ihnen umringt.

„Die Flötenspielerin!", rief ein blondes Mädchen entzückt. „Spiel was für uns!"

„Ja, spiel was für uns!", fielen die anderen Kinder auf der Stelle ein und zupften an ihrem Umhang. Leah versuchte, die Kinder abzuschütteln und wieder zwischen den Zelten zu verschwinden. So viel Aufmerksamkeit war ihr gar nicht recht. Fremde Pferdemagd, Pferdeheilerin, Flötenspielerin. Ja, all das war sie, doch es machte nur einen Teil von ihr aus. Niemand kannte sie wirklich. Nur Sebastian wusste, wer sie in Wahrheit war, und auch Alexander hatte sie davon erzählt.

„Spiel für uns!" Wieder zupfte ein Kind an ihrem Kleid. Sie wurde die Kleinen einfach nicht mehr los.

„Na gut", lenkte Leah ein. „Wir verstecken uns alle hinter dem Zelt dort, und ich spiele ein Lied für euch."

Die Kinder jubelten begeistert und redeten alle durcheinander. Leah lehnte sich mit dem Rücken an die kühle Außenmauer. Sie zog die Flöte aus der Tasche und spielte eine kleine, wohlbekannte Kinderweise.

„Weiter, weiter!", baten die Kinder, nachdem sie geendet hatte. Da ihr kein weiteres Kinderlied einfallen wollte, spielte Leah einfach nach Gefühl, so, wie sie es im Wald immer am liebsten tat. Die Augen zu Boden gerichtet, konzentrierte sie sich ganz auf die Melodie und vergaß für einen Moment den Trubel des Turniers und die Aufregung und Sorge, die in ihr brodelten.

Als sie die Flöte absetzte und aufsah, schaute sie direkt in Friedolfs Augen.

„Meine Dame, Ihr spielt so wunderschön", sagte er mit bewegter Stimme. „Ich wäre sehr geehrt, wenn ich später Eure Farben tragen dürfte." Er verbeugte sich tief vor ihr.

Leah wurde ein wenig rot, schlug die Augen nieder und wusste nicht, was sie antworten sollte.

„Wie romantisch!", rief eine Dame sichtlich entzückt. „Antwortet ihm nicht! Er darf Eure Absichten noch nicht erfahren."schlug eine Andere vor.

Die Damen kicherten aufgeregt.

Erst jetzt bemerkte Leah, wie viele Menschen ihrem Flötenspiel zugehört hatten.

Friedolf lächelte verlegen, nickte noch einmal und ging zurück zu seinem Zelt.

Leah fühlte sich schäbig. Natürlich stand fest, dass sie Alexander ihr Tuch geben würde, aber das konnte sie jetzt noch nicht sagen. Friedolf meinte seine Worte wohl ernst, das war ihr bewusst, und sie brachte es nicht über sich, ihn zu enttäuschen. Aber ihm Hoffnung zu machen, war einfach schändlich.

Sebastian stand plötzlich neben ihr und bot ihr galant

seinen Arm an. Er grinste. „Ich hatte schon erwartet, dass sie dir zu Füßen liegen."

„Oh, Vater, gut das du da bist, lass uns irgendwohin verschwinden, wo nicht so viele Leute sind.", flüsterte Leah.

Er zwinkerte. „Wir können ja mal das Zelt ohne Wappen anschauen gehen. Ich bin gespannt auf den Ritter, dem das gehört."

Der Platz an der alten Brücke bedeutete Freude und Glück für Alexander. Wenn er die Augen schloss, glaubte er, Leahs Flöte zu hören und ihre Anwesenheit zu spüren. Es erschien ihm passend, sich hier für das Turnier zu rüsten. Es würde ihm Glück bringen und Glück würde er brauchen. Die Sonne malte ein goldenes Muster durch die Blätter auf den Waldboden und die Vögel sangen, als ob sie die Turnierfanfaren übertönen wollten. Alexander war voller Zweifel und Sorge, ob der Plan, den sie geschmiedet hatten, überhaupt gelingen konnte.

Da kam Jakob endlich. Er hatte Rüstung und Schwert auf das mit einer hellgrauen Decke geschmückte Pferd geladen. Alles Weitere war hoffentlich im Zelt auf dem Turniergelände aufgebaut.

„So mein silberner Ritter, jetzt geht's los." Jakob wirkte fröhlich und guter Dinge. Er schien ganz sicher zu sein, dass heute alles nach Plan laufen würde. „Meine Burschen haben alles für dich vorbereitet. Was machst du für ein Gesicht? Dies wird ein Freudentag!"

„Jakob, was, wenn es nicht klappt, wenn ich nicht gewinne, wenn die Leute nicht glauben wollen, dass der Fluch gebrochen ist?" Und was, wenn Leah mir ihre Farbe nicht schenkt?, dachte er still.

„Ach, Alexander, du bist so ein guter Kämpfer, das wirst du schon schaffen. Ein bisschen Glück gehört immer dazu, aber heute wird dir das Glück ganz bestimmt hold sein."

Alexander war nicht wirklich überzeugt, aber es war Zeit, sich bereit zu machen. Jakob lud Kleidung und Rüstung vom Pferd. Alexander legte den Brustharnisch und die Schulterstücke an. Den langen, hellgrauen Waffenrock zog er dann ausnahmsweise über die Rüstung und verbarg so die kunstvollen Ornamente auf der Brustplatte. Zu viele würden ihn sonst bereits an seiner Rüstung erkennen. Wo der Waffenrock normalerweise das Wappen trug, prangte eine glatte, weiße Fläche. Auch der farbige Helmschmuck war durch weiße Federn ersetzt und der Schild mit einer schmucklosen, silberglänzenden Eisenplatte beschlagen. Als Alexander fertig angekleidet war, half ihm Jakob beim Aufsteigen. Auf dem Pferd zu sitzen, war seltsam fremd und zugleich vertraut.

„Ich bin lange nicht mehr in voller Rüstung geritten."

„Reite doch mal ein wenig den Weg hinauf und herunter, um ein Gefühl zu bekommen", schlug Jakob vor.

Alexander nickte und preschte los, galoppierte ein Stück Richtung Dorf, wendete scharf und kam zurück. Er grinste breit. „Ein ausgezeichnetes Pferd hast du da für mich gefunden. Es fühlt sich gut an, wieder im Sattel zu sitzen."

„Na, dann können wir ja los."

Während er neben seinem Freund her ritt, spürte Alexander, wie er wieder ein wenig in seine Rolle als Ritter hineinfand. Kraft und Technik waren nicht alles, das wusste er wohl. Auch Selbstvertrauen und der unbedingte Wille zum Sieg waren vonnöten. Leahs Unterstützung war dabei ein wichtiger Teil. Nur sie konnte ihm die innere Kraft und Sicherheit geben, die nötig waren. Für sie würde er alles geben und bis zum Letzten kämpfen. Er hoffte sehr, dass Leah wusste, wie viel ihre Unterstützung ihm bedeutete.

Als sie an der Burg angekommen waren, warteten sie auf das vereinbarte Zeichen. Alexander konnte nicht durch das Tor schauen, da die Zuschauer ihn dann bemerkt hätten. Jakob trat einige Schritte vor, um sich das Geschehen anzusehen.

Alexander wusste von seinen vergangenen Turnieren, was jetzt dort auf dem Platz geschah.

Alle Ritter würden auf ihren Streitrössern sitzen, neben ihren Zelten aufgereiht. Die Fanfaren erklangen und Alexander hörte dann die Stimme des Herolds. Er rief die Namen und teilweise ellenlangen Adelsbezeichnungen aus. Applaus brandete auf und Alexander stellte sich vor, wie der erste Ritter nach vorn preschte und sich vor der Tribüne aufstellte. Dann musste er den Helm absetzen, um sich dem Publikum zu zeigen.

Das war einer der Momente, in denen Alexander nicht der Tradition folgen würde. Seinen Helm musste er aufbehalten, und er war froh darum. Noch war er nicht bereit, sein Gesicht den Leuten zu zeigen.

Der Herold rief nach und nach die Kämpfer auf und Alexander fand viele Namen darunter, die er kannte. Auch Wendel, der Sohn der Gräfin, trat heute an. Er war anscheinend der Favorit, denn die Menge jubelte, als er seinen Platz vor der Tribüne einnahm.

Zu guter Letzt verlangte der Herold zu wissen, ob noch jemand antreten wolle. Alexander war klar, dass alle Anwesenden das Zelt ohne Wappen gesehen hatten und jetzt gespannt warteten, wer nun auftreten würde.

Jakob gab vom Tor her das Zeichen. Er winkte mit beiden Händen, aber Alexander hatte den Helm bereits aufgesetzt. Mit rasendem Herzen galoppierte er unter den Rufen der Menge auf den Turnierplatz. Die Zuschauer und die anderen Ritter starrten ihn an und versuchten wohl zu erraten, um wen es sich handelte.

Alexander war heiß unter dem geschlossenen Helm mit den schmalen Sehschlitzen. Die Vorstellung, sich später der Menge zeigen zu müssen, bereitete ihm schon jetzt Übelkeit, obwohl er sein Gesicht heute früh sorgfältig mit Leahs Creme behandelt hatte. Er versuchte, die johlenden Zuschauer zu ignorieren und sich ganz auf sein gehorsames Pferd zu konzentrieren.

„Der silberne Ritter!", verkündete der Herold feierlich.

In solchen Fällen war es üblich, dass der ranghöchste männliche Adelige nach der Turnierfähigkeit des Ritters fragen musste. Nur Männer mit adeliger Abstammung, die von ihrem Herrn den Ritterschlag erhalten hatten, durften sich im Turnier dem Kampf stellen. Wendel beließ es natürlich nicht bei der üblichen förmlichen Ausdrucksweise.

„Wer soll denn dieser seltsame Ritter sein, der sein Gesicht verstecken muss und sich nicht traut, sich vor allem Volke zu zeigen?"

Alexander zuckte zusammen und sein Hals wurde eng.

Ja, wer war er eigentlich und was machte er hier? Der Kapuzenmann? Er atmete schwer und der Drang, im gestreckten Galopp aus dem Tor zu preschen, breitete sich in ihm aus. Hilfesuchend schweifte sein Blick über die Tribüne.

Da stand Leah. Sie war unbeschreiblich schön mit ihrem hellen Kleid und dem offenen Haar, das in weichen Wellen über ihre Schultern floss. Sie schaute direkt zu ihm herüber. Es fühlte sich an, als könnte sie durch seine Rüstung bis tief in ihn hineinsehen. Nein, er würde sie nicht enttäuschen. Er würde heute für sie kämpfen, wie er es ihr versprochen hatte.

„Er ist mir persönlich bekannt und ich verbürge mich für seine Turnierfähigkeit.", antwortete der Herold protokollgemäß, jedoch mit ein wenig mehr Stolz in der Stimme als zuvor.

Nun waren alle Kämpfer anwesend und jetzt durfte jeder Ritter zur Tribüne reiten und eine der anwesenden Damen um ihre Gunst bitten. Fast alle Ritter taten dies und baten mit höflichen und wohlgesetzten Worten um die Ehre, die Farben ihrer Auserwählten tragen zu dürfen. Sie senkten ihre Lanze nieder, damit die Dame ihr Tuch daran binden sollte.

Alexander galoppierte direkt auf Leah zu, aber er bemerkte einen anderen Ritter neben sich. Er drehte den Kopf so weit, dass er seinen Konkurrenten durch den Sehschlitz erkennen konnte. Friedolf. Hatten sie beide das gleiche Ziel? Alexander wurde noch heißer. Würde Leah den ehrenhaften und gutaussehenden Friedolf vorziehen?

Alexander parierte Giso und senkte die Lanze. Friedolfs Lanzenspitze schwebte neben seiner in der Luft, direkt vor Leah.

Friedolf sprach zuerst. „Meine Dame, wie bereits vorhin nach Eurem wunderbaren Flötenspiel, möchte ich erneut um die große Ehre bitten, Eure Farbe im Kampf zu tragen, damit sie mir Glück bringt."

Die umstehenden Mädchen und Damen kicherten.

„Was für schöne Worte."

„Was für ein edler Ritter!"

In Alexanders Kopf drehte sich alles. Hatte sie für Friedolf Flöte gespielt? Er versuchte, tief zu atmen, aber eine bleischwere Last presste seinen Brustkorb zusammen. Tagelang hatte er sich überlegt, was er sagen sollte, und beschlossen, noch einmal das Gedicht zu zitieren, das er ihr im Wald vorgelesen hatte, aber er brachte kein Wort heraus.

Alexander senkte nur den Kopf und sagte nichts. Durch den schmalen Sehschlitz des Helms konnte er Friedolfs Gesicht nicht sehen, nur die beiden Lanzenspitzen, die zitternd vor Leah in der Luft hingen.

Seine Augen fixierten die Gewandnadel an ihrem Kleid. Sein Wappen, das er auf der Rückseite eingeschlagen hatte, lag an ihrem Herzen. Die Fibel glänzte in der Sonne wie Silber. Würde sie ihn erwählen? Sein Hals wurde immer enger.

Feierlich zog Leah ihr sandfarbenes Tuch mit hellblauer Borte aus dem Ärmel und band es an Alexanders Lanze.

Friedolf neigte seinen Kopf, ließ sein Pferd einige Tritte rückwärts gehen, um scharf zu wenden und davon zu galoppieren.

Alexander reckte seine Lanze mit dem Tuch hoch in den Himmel. Er konnte es kaum glauben. Sein Herz raste, als wäre er bereits im Kampf.

„Danke", sagte er mit bebender Stimme. Dann wendete er das Pferd und galoppierte zu seinem Zelt. Er ließ den Schildjungen das Tuch abnehmen und band es vorn an das linke Schulterstück seines Brustpanzers. Hier wollte er es tragen und es würde sein Herz beschützen. Er drehte sich, die rechte Hand auf dem Tuch, noch einmal zur Tribüne um und verbeugte sich feierlich in Leahs Richtung, bevor er im Zelt verschwand.

Die Zeltklappe neben Alexander wurde zurückgeschlagen. Er zuckte zusammen und griff hastig nach dem Helm. Es durfte ihn noch niemand sehen.

Jakob trat ein.

Erleichtert umarmte Alexander seinen Freund. „Ich trage Leahs Farbe in den Kampf. Ich werde für sie siegen!"

„Ja, das hatte ich gehofft", erwiderte Jakob. „Ich freue mich für dich. Allerdings habe ich noch eine Bitte, bevor der Wettstreit beginnt."

„Alles kannst du mich heute fragen, Jakob, und alles von mir haben." Alexander strahlte voll innerer Glut.

Jakob drehte sich zum Zelteingang und zog einen jungen Mann herein.

Alexander trat erschrocken einen Schritt zurück. Kein Fremder durfte das Zelt betreten, was hatte Jakob sich nur gedacht?

Der Bursche beugte den Kopf und kniete nieder. „Ritter Alexander, ich möchte Euch höflich ersuchen, mich als Euren Knappen anzunehmen."

Alexander traute seinen Augen kaum, aber die Stimme erkannte er sofort. „Julian?" Sein ehemaliger Knappe hatte sich sehr verändert. Er war zu einem großen, kräftigen Kerl herangewachsen. „Steh auf, Julian, lass dich anschauen."

Zögerlich und mit gesenktem Kopf erhob Julian sich und stand schließlich mit geballten Fäusten da.

Alexander musterte ihn. „Du wirst bald selbst ein Ritter sein", stellte er fest.

„Nur wenn ich einen Herrn habe, der morgen meine Ritterwürde bezeugen kann. Bruno hat mich in der vorigen Woche entlassen. Darf ich wieder Euer Knappe sein, und sei es nur für diesen einen Tag? Bitte!" Er sank wieder auf ein Knie.

Alexander nickte und trat einen Schritt vor. „Dann erhebe dich, mein Knappe, und lass dich umarmen."

Mit einem Satz sprang Julian auf und fiel ihm in die Arme. „Ich habe Euch so vermisst, Herr Alexander!"

KAMPF

Alexander saß mit Jakob an einem kleinen Tisch in seinem Zelt. Julian bereitete sich auf den Kampf im Buhurt vor und ließ sich dabei von Jakobs Burschen Emmo helfen, der heute Schildknappe war.

„Hannah hat fest damit gerechnet, dass du Julian wieder annimmst, und direkt einen passenden Waffenrock genäht", erzählte Jakob und zog ein Bündel aus seiner Tasche. Alexander nahm den Stoff mit einem Nicken, dann erhob er sich.

Emmo schnürte die Leserstulpen an Julians Unterarmen. Als er fertig war, wandte Julian sich zu Alexander um und stellte sich vor ihm in der Mitte des Zeltes auf.

„Ich gebe dir für deinen Kampf also den Waffenrock, auch wenn es nicht die Farben des Hauses Gehrenburg sind, so hoffe ich, du wirst sie mit Stolz tragen."

Julian schluckte, dann nickte er. Erst nach einem Augenblick gab er mit erstickter Stimme zurück: „Herr Alexander, ich werde Eure Farben immer mit Stolz tragen. Von Euch habe ich gelernt, was es bedeutet, ein Ritter zu sein. Ob als Knappe oder als Ritter, ich werde Euch stets mit Freude dienen."

Alexander gab Julian das Kleidungsstück und nun musste er selbst hart schlucken. Er erinnerte sich an seine eigene Knappenzeit. Was einen Ritter ausmachte, hatte auch er bei seinem Herrn gelernt. Ehre, Loyalität, Wahrhaftigkeit, Güte, Selbstlosigkeit, es waren viele Worte, die man dem Stand eines Ritters zuweisen konnte, doch am Ende war es ein Gefühl, das man im Herzen trug, und für das es keine Worte gab.

Alexander nahm wieder neben Jakob Platz. Noch hatte er Zeit, bis sein Wettkampf beginnen würde. Jetzt waren zuerst die Knappen an der Reihe. Bereits gestern hatten die jüngeren Knappen und die Kämpfer, die nicht dem Adelsstand angehörten, in verschiedenen Wettkämpfen ihre Geschicklichkeit und Kraft bewiesen. Am Haupttag des Turniers fand immer zuerst der Buhurt statt. Hier mussten sich die älteren Knappen beweisen, die morgen zum Ritter geschlagen wurden. Darüber hinaus war der Buhurt für jeden Freien und Unfreien offen, der noch keine eigene Familie gegründet hatte und sich die Ausrüstung leisten oder ausleihen konnte.

In jedem seiner Knappenjahre hatte Alexander am Buhurt teilgenommen und es drängte ihn, sich Julians Kampf anzusehen. Zwei Gruppen von Kämpfern würden gegeneinander antreten und die Teilnehmer der Siegergruppe durften abends, ohne Ansehen ihres Standes, an dem langen Tisch direkt vor der Grafenfamilie speisen.

Von draußen hörte Alexander schon den Herold die Namen der jungen Teilnehmer ausrufen. Julian stand vor ihm in der hellgrauen Tunika nur mit dem Umriss eines Wappens und weißer Wappenfläche. Alexander nahm das stumpfe Schwert des Buhurts und das wappenlose Schild vom Waffenständer und überreichte beides Julian.

„Bringe dem Haus Ehre, aber pass auch gut auf dich auf,

mein Junge, ich brauche dich später." Alexander schlug Julian freundschaftlich auf die Schulter. „Geh jetzt, kämpfe für uns."

Die Zeltklappe schloss sich hinter ihm und Alexander blieb in der Mitte des Zeltes stehen. Er würde hier auf die Rückkehr seines Knappen warten, und sich in der Zeit selbst auf den Kampf vorbereiten. Stimmen drangen durch den dünnen Stoff.

„Oh, seht, der Knappe, den Bruno entlassen hat. Na, für den Ritter ohne Namen scheint er ja gut genug zu sein."

„Ja, früher war er doch Alexanders Knappe, mit der Wahl seiner Ritter scheint er ja kein Glück zu haben."

Die Geräusche des Kampfes und das Geschrei der Menge drangen durch den Stoff des Zeltes. Alexander hörte, wie zum Schluss Julian, als der beste Kämpfer des Buhurt ausgerufen wurde.

Als der Junge das Zelt betrat, war sein Lächeln gezwungen und seine Haltung wirkte nicht wie die eines Siegers.

„Komm, setz dich." Jakob schob einen Schemel heran, und Julian ließ sich vorsichtig nieder.

„Julian, ich bin stolz auf dich." Alexander und die anderen gratulierten ihm überschwänglich. Dann setzte Alexander sich jedoch ihm gegenüber hin und sah ihn ernst an. „Was ist es? Bist du verletzt?"

Julian atmete flach und verzog den Mund zu einem gequälten Grinsen. „Nicht schlimm. Ich bekomme nicht gut Luft, aber es geht gleich wieder."

Sein blasses Gesicht und die Schweißperlen auf seiner Stirn sagten das Gegenteil. Alexander schüttelte den Kopf und schickte Emmo, um Leah um Rat zu fragen. Vor dem Tjost musste erst die mittlere Abgrenzung aufgebaut werden, daher entstand zwischen den Kämpfen eine Pause. Diese Zeit konnten sie nutzen, denn in den Pausen durften auch die Zuschauer wieder zwischen den Zelten der Ritter flanieren.

Leah hatte gesehen, wie Julian aus Alexanders Zelt trat und sich an der Linie aufstellte. Auch auf der Tribüne war getuschelt worden und es waren abfällige Bemerkungen gefallen, über Julian als Knappe des namenlosen Ritters. Dann mussten die Damen jedoch zugeben, dass er im Kampf die meisten Schläge einsteckte und trotzdem immer wieder den Überblick behielt. Teilweise hatte er sogar seine Kampfgenossen hier- und dorthin dirigiert, um die Schlacht besser in den Griff zu bekommen. Dass die blaue Gruppe siegte und Julian zum besten Kämpfer ausgerufen wurde, war nur gerecht.

Leah diskutierte noch lebhaft mit Sebastian über den Schlachtverlauf, als plötzlich Jakobs Bursche vor ihr stand.

„Meine Dame, ich bitte um Verzeihung. Julian ist verletzt, er hat Schwierigkeiten beim Atmen. Mein Herr schickt mich, um zu fragen, was wir tun sollen."

Leah war sofort bereit, mit ihm zu gehen. „Ich muss mir das ansehen, ehe ich etwas sagen kann. Bring mich hin."

Die Mädchen und Damen wichen zur Seite und das Getuschel begann sogleich wieder. Leah wollte gar nicht wissen, was sie redeten. Sie fragte sich vielmehr, was mit dem jungen Mann passiert war. War er schwer verletzt? Was bedeutete das für Alexander?

Am Zelt angekommen, trat sie ohne Zögern ein.

Julian saß auf einem Stuhl und hielt sich die Seite. „Es ist nichts, nur einen kräftigen Stoß habe ich abbekommen. Es wird schon gleich wieder gehen", keuchte er und verzog das Gesicht.

„Jakob, zieh ihm mal den Waffenrock und das Kettenhemd aus", ordnete Leah an. Julian bekam sofort einen roten Kopf, als er mit unbekleidetem Oberkörper vor Leah saß. Sie ignorierte das und untersuchte sorgfältig seine Rippen. Ein heftiges Stöhnen entfuhr Julian.

„Zwei sind gebrochen", stellte Leah fest. „Ich brauche Myrtenblätter für einen Aufguss, außerdem machen wir einen festen Verband um den Brustkorb, dann wird es schon besser gehen. Du solltest aber für einige Zeit nichts Schweres tragen."

„Danke vielmals, meine Dame", gab er mit gesenktem Kopf zurück. Dann hob er das Kinn und sah Alexander an. „Ich werde aber auf jeden Fall meiner Aufgaben als Knappe nachkommen." Er richtete sich auf, ein leises Japsen entwich ihm allerdings.

Leah schüttelte den Kopf, dann lachte sie leise. „Natürlich wirst du das, pass aber auf dich auf und übertreibe es nicht."

Jakob bot an, dass sein Bursche Emmo die Kräuter und Wickel holen könnte. „Du kannst jetzt hier nicht weggehen Leah. Alexander und Friedolf treten gleich gegeneinander an."

„Oh, Gott, ausgerechnet die beiden. Gut, ich werde ihm erklären, wo er alles findet."

Leah beschrieb möglichst genau, wo alles zu finden war, dann wandte sie sich zu Alexander um. „Bitte pass gut auf dich auf. Ich habe ein wenig Angst um dich."

Alexander trat einen Schritt vor und fasste ihre Hand. „Du musst dir keine Sorgen machen, ich werde für dich gewinnen." Dann küsste er zart ihre Fingerspitzen.

„Ja, das wirst du, ich glaube fest daran", antwortete sie.

Sie ging mit Herzklopfen zur Tribüne zurück und wartete auf den Beginn des Tjosts. Zwei Ritter, die sie nicht kannte, rasten im Galopp aufeinander los. Eine Lanze brach, aber beide blieben im Sattel. Damit gab es nur für den Kämpfer einen Punkt, dessen Lanze zerbrochen war. Beim zweiten Durchgang dasselbe Ergebnis. Beim dritten Durchgang wurde der Ritter, dessen Lanzen zuvor gebrochen waren, aus dem Sattel geworfen. Damit war wieder Gleichstand hergestellt, denn wer den Gegner vom Pferd stieß, erhielt dafür zwei Punkte. Mühsam richtete der gestürzte Mann sich auf, während der andere vom Pferd abstieg. Beide nahmen die Helme ab, da diese im Schwertkampf die Sicht zu sehr behinderten. Die Knappen rannten mit den Schwertern los.

Der rote Ritter hatte sein Schwert zuerst und ließ es auf seinen Gegner niedersausen, bevor dessen Knappe ihn erreicht hatte. Der Gegner konnte ausweichen, stürzte aber dann und rollte über das Gras. Der rote Ritter stellte sich über ihn und zeigte mit der Schwertspitze auf seine Kehle. Damit war die erste Runde entschieden.

Leah zitterte vor Aufregung. Dieser Kampf war nicht durch Können oder Kraft des Ritters, sondern durch die schnelle Reaktion des Knappen entschieden worden. Erst jetzt verstand sie, wie wichtig die jungen Burschen für den Erfolg ihrer Herren waren. Würde Julian trotz seiner Verletzung Alexander helfen können?

Noch ein weiteres Paar Kämpfer traten gegeneinander an, dann war Alexander an der Reihe. Er und Friedolf brachten an den Enden der Bahn ihre Pferde in Stellung. Leahs Herz wollte stehen bleiben. Warum hatte sie diesem furchtbaren Plan nur zugestimmt? Alexander könnte sich verletzen, sogar sterben. Wenn auch die wenigsten gleich auf dem Turnierplatz den Tod fanden, erlagen sie später ihren Verletzungen.

Leah stand dicht neben Sebastian und krallte ihre Finger in seine Hand.

„Sei ganz ruhig, mein Mädchen, er wird das schon machen." Sebastian legte seinen Arm um ihre Schultern.

„Vater, ich habe Angst."

Der Herold gab das Zeichen. Als sein Pferd angaloppierte, schaffte Alexander es nur mit Mühe, die Lanze halbwegs nach vorn gerichtet zu halten. Die Spitze schwang wild herum, während er versuchte, mit dem verstärkten Handschuh die Richtung zu bestimmen. Er verfluchte seine unbewegliche, verbrannte Hand und den viel zu schwachen Arm. Die Lanze war viel länger und schwerer, als er sie in Erinnerung gehabt hatte. So würde er Friedolf niemals treffen können. Sich unter dessen Lanze wegzuducken, war Alexanders einzige Möglichkeit. Das gab zwar keinen Punkt, aber so hätte er wenigstens eine Gelegenheit, es noch einmal zu versuchen.

Friedolfs Lanzenspitze schwebte ruhig und gerade seinem Brustpanzer entgegen. Im letzten Augenblick beugte Alexander sich zur Seite und gab Giso das Signal, auszuweichen. Knapp zischte die Lanze an seinem Arm vorbei, ohne ihn zu berühren.

Die Zuschauer ließen laute Buhrufe und Pfiffe hören.

Beide nahmen wieder Aufstellung. Das Signal ertönte und wieder galoppierten sie los. Dieses Mal hatte Alexander seine Lanze besser im Griff, aber sein rechter Arm zitterte bereits vor Anstrengung. Als sie aufeinandertrafen, brachen beide Lanzen zugleich. Die Wucht des Aufpralls schüttelte Alexander durch. Er schwankte im Sattel und sank nach vorn. Die Lanze hatte eine Delle in seinen Brustpanzer gedrückt und er bekam kaum Luft. Dass er selbst getroffen hatte und auch seine Lanze gebrochen war, erschien ihm wie ein Wunder. Er versuchte, sich irgendwie im Sattel zu halten, während Giso zum Ende des Tilt galoppierte. Erst als Julian das Pferd stoppte, konnte Alexander sich wieder aufrichten und mühsam nach Luft ringen.

Die Zuschauer johlten jetzt und feuerten die Reiter an. Schon drückte Julian Alexander eine neue Lanze in die Hand und es kam das Signal für den nächsten Angriff. Pfeifend atmete Alexander ein und presste die Lanze mit dem Unterarm fest gegen seine Seite, um sie zu stabilisieren. Die untrainierten Muskeln brannten, aber er schaffte es, die Spitze gerade nach vorn zu richten.

Der Stoß schlug Alexander mit aller Wucht aus dem Sattel und das Johlen der Menge schien ihn zu verhöhnen.

Dann erkannte er, dass auch auf Friedolfs Seite ein hartes Scheppern erklang, als der einen Wimpernschlag nach ihm mit seiner Rüstung auf den Sandplatz prallte. Alexander lag auf dem Rücken und der Sturz hatte alle Luft aus seiner Lunge hinausgepresst. Die wenigen Momente, bis er es schaffte wieder Atem einzusaugen, fühlten sich an wie eine Ewigkeit. Keuchend lag er im Sand und als er versuchte, sich zu bewegen, stach ein heißer Schmerz in seine Schulter.

Alexander sah Friedolfs Knappe heraneilen. Er war zuerst mit dem Schwert bei seinem Herren. Friedolf nahm seinen Helm ab, stand schwerfällig auf und wankte herüber. Alexander konnte Julian nicht sehen, denn der Helm behinderte ihn. Auf allen vieren kniete er immer noch im Gras und rang nach Luft. Er musste aufstehen. Sofort. Der Schwertgriff wurde in seine Hand gepresst und Julian versuchte, ihn am Arm hochzuziehen. Alexander sah auf. Friedolf hob das Schwert über seinen Kopf und ließ es niedersausen. Alexander rollte sich zur Seite und sah aus dem Augenwinkel, wie Julian sich zur Seite duckte. So schnell es ihm mit der Schulter möglich war, stand er auf. Sein linker Arm hing schlaff herab. Die Hand war kraftlos und der Schmerz in der Schulter überwältigend. Er konnte den Schwertgriff mit letzter Kraft halten, den Arm aber nicht heben. Die rechte Hand war ja für den Schwertkampf ohnehin nicht zu gebrauchen.

Was konnte er jetzt noch tun? War schon alles verloren? Nein, er musste siegen. Für Leah!

Ein Bild schoss ihm durch den Kopf: sein Vater im Turnier, am Schwertarm verletzt. Er hatte den Gegner mit der anderen Hand aus dem Gleichgewicht gebracht und zu Boden geworfen.

Friedolf umkreiste Alexander in geduckter Haltung. Der versuchte, sich zu konzentrieren und gleichmäßig zu atmen. Die Schwertspitze zog eine Spur durch den Sand, obwohl er die Waffe jetzt mit beiden Händen hielt.

Er musste Friedolfs Angriff abwarten.

Friedolf hob das Schwert hoch über den Kopf, um es wie zuvor auf ihn niedersausen zu lassen. Knapp schaffte Alexander es, sich unter dem mächtigen Schlag wegzuducken. Da war sie, die Gelegenheit! Er hakte die Finger seiner rechten Hand seitlich in Friedolfs Rüstung, nutzte dessen Schwung, um ihn zu sich heranzuziehen, und schleuderte ihn mit einer Drehung an seinem eigenen Körper vorbei. Sein Gegner ging zu Boden. Noch ehe er sich herum rollen konnte, war Alexander über ihm und hielt das Schwert mit beiden Händen an Friedolfs Kehle.

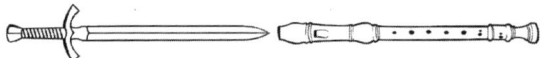

„Vater, hast du das gesehen, etwas ist mit seinem Schwertarm nicht in Ordnung! Ich muss sofort runter."

„Ja, mein Kind. Komm, wir gehen zusammen zum Zelt."

Leah und Sebastian liefen, so schnell es möglich war, durch die Menge und waren am Zelt, noch bevor Julian und Jakob Alexander hereingebracht hatten.

„Leah, meine Schulter", presste Alexander, mit zusammengebissenen Zähnen hervor.

„Sofort ausziehen!", befahl Leah, und Jakob und Julian machten sich sogleich an die Arbeit. Als Alexander mit nacktem Oberkörper vor ihr saß, schluckte sie heftig. Der ausgekugelte Arm hing schlaff nach vorn. Das hatte sie erwartet. Was ihren Atem stocken ließ, war die Menge der Brandnarben an seiner ganzen rechten Körperseite. Mit Tränen in den Augen starrte sie seinen Rücken an und wunderte sich einmal mehr, wie er solche Verbrennungen hatte überleben können.

Doch jetzt war keine Zeit für die Vergangenheit. Die Schulter war das einzig Wichtige. Sie war ausgekugelt, wie zuvor bei Bruno.

Schnell untersuchte Leah Arm und Schulter auf Knochenbrüche, aber dem Himmel sei Dank, alles war heil geblieben. Alexander musste sich hinlegen und sie gab Jakob Anweisungen, wie er ihn festhalten sollte. Sie fasste Alexanders Hand und Unterarm. Dieses Mal musste sie den Arm nur langsam und mit leichtem Zug in die richtige Position drehen, um das Gelenk wieder zu richten. Das charakteristische Ploppen ertönte und Alexander stöhnte auf, aber es war schon geschafft.

Er setzte sich auf und bewegte vorsichtig den Arm.

Ungläubig starrte Julian Leah an. „So leicht? Ich hörte davon, dass es bei Bruno sehr schlimm gewesen sein soll."

„Bei ihm war zu viel Zeit vergangen. Man muss es sofort nach der Verletzung tun, dann gleitet der Knochen noch leicht in das Gelenk zurück", erklärte Leah. Sie trat hinter Alexander, lockerte mit einer kräftigen Massage die Muskeln im Nacken, legte dann eine Myrtenkompresse an und befestigte sie mit einigen Wickeln.

„Leah, du tust Unglaubliches mit deinen Händen", sagte Alexander mit rauer Stimme und drehte sich halb zu ihr herum. Er fasste mit seiner Rechten nach ihrer Hand und presste sie an sein Herz.

Ihre Blicke trafen sich, und sie sah so viele unausgesprochene Gefühle in seinen Augen, dass ihr beinahe schwindelig wurde. Hastig senkte sie den Kopf und zog das Weidenrindenpulver aus ihrem Umhang.

„Dies hier ist gegen die Schmerzen", erklärte sie. Als sie ihm das Pulver in einen Becher Wasser rührte und zu trinken gab, zitterte seine Hand.

„Alexander, bist du sonst noch irgendwo verletzt? Du zitterst, das ist kein gutes Zeichen."

Er lächelte. „Doch, das ist ein gutes Zeichen. Es ist deine Berührung, die mich zittern lässt. Du kannst zaubern."

Sie schüttelte den Kopf. „Nein, leider kann ich das noch immer nicht, aber manchmal kann ich helfen."

„Der Arm fühlt sich sehr viel besser an. Werde ich noch einen Durchgang kämpfen können?", fragte er skeptisch.

„Wenn das Pulver wirkt, wirst du die Schmerzen aushalten können, aber sie werden nicht verschwinden. Dazu brauchte der Arm mehrere Tage Ruhe."

Jakob kam mit der Brustplatte ins Zelt zurück. Offenbar hatte er sie inzwischen gerichtet und die Delle herausgeschlagen. „Leah, draußen steht Friedolfs Knappe und fragt nach dir."

Sie strich noch einmal über Alexanders Verband. „Ich komme gleich zurück."

Sie trat vor das Zelt und Friedolfs Knappe wartete schon ganz händeringend.

„Meine Dame!" Er sank auf ein Knie. „Ich bitte Euch inständig, meinem Ritter zu helfen. Er ist im Zelt zusammengebrochen und öffnet die Augen nicht mehr."

Leah erschrak und eilte mit schnellen Schritten hinter dem Knappen her zu Friedolfs Zelt.

Ein zweiter Knappe kniete völlig aufgelöst vor seinem Herrn, Tränenspuren auf dem Gesicht. „Die Heilerin war gerade da. Sie hat gesagt, man kann nichts mehr tun. Aber er atmet doch noch", presste er hervor.

Friedolf lag in voller Rüstung auf dem Bauch und bewegte sich nicht.

Ärger wallte in Leah auf. Wie hatte die Heilerin ein solches Urteil fällen können, ohne ihn auch nur richtig anzusehen?

Sie kniete sich neben den reglosen Körper. „Vorsichtig auf den Rücken drehen und die Rüstung ausziehen."

Die beiden Knappen beeilten sich, ihren Anweisungen zu folgen. Leah sah in Friedolfs blasses Gesicht. Seine Atmung war sehr flach. Rasch prüfte sie seinen Herzschlag an der Ader, die an seinem Hals verlief. Stark, aber zu schnell. Vorsichtig legte sie beide Hände um Friedolfs Hinterkopf und hob ihn sacht an. Sie fühlte nach den Schädelknochen und tastete seinen Nacken hinunter. Äußerlich schien er unverletzt. Sie musste ihn aufwecken.

„Einen Becher Wasser, bitte."

Der Junge reichte ihr den Becher und sie kippte es mit Schwung in sein Gesicht.

Sofort schlug Friedolf die Augen auf und Leah seufzte erleichtert.

„Da seid Ihr ja wieder."

Sein Blick irrte orientierungslos umher. Dann stöhnte er und bewegte die Lippen.

Leah fasste seine Hand. „Ihr seid in Eurem Zelt, der Kampf ist vorbei."

Sein Blick fand ihr Gesicht und seine Hand schloss sich um ihre. „Leah, Ihr seid gekommen. Bitte bleibt bei mir, lasst mich nicht allein sterben."

Ihr Herz stolperte. Sie zwang sich zu einem zuversichtlichen Lächeln und erwiderte: „Ich denke, Euer Tag zum Sterben ist noch nicht gekommen. Ihr müsst stark sein und das Leben festhalten." Sie stand auf und bat die Knappen, Friedolf auf die Pritsche zu legen. „Er braucht viel Ruhe und jede Stunde kalte Umschläge um seinen Kopf und auf den Nacken. Er hat einen schweren Schlag abbekommen und darf sich nicht bewegen. Ich werde Euch einen Burschen mit Kräutern schicken. Melisse als Tee zum Trinken und zerstoßene Minze für die kalten Umschläge."

Sie trat zu Friedolf und legte ihre Hand auf seine Brust. „Ihr dürft Euch bitte den restlichen Tag nicht mehr von der Pritsche erheben, das ist sehr wichtig. Ich werde später noch einmal kommen, um nach Euch zu sehen."

Mit zitternden Fingern berührte er ihre Hand. „Wenn ich Euch noch einmal sehen darf, werde ich glücklich sein." Plötzlich packte er fest zu und seufzte. „Ich wünsche Eurem silbernen Ritter viel Glück." Dann schloss er die Augen und ließ sie los.

Leah holte tief Luft. „Das ist sehr freundlich von Euch, ich danke Euch sehr."

Draußen blieb sie einen Moment lang stehen, um sich zu sammeln. Dann suchte sie Emmo. Er war bei Alexander und half dabei, die Einzelteile der Rüstung zu reinigen und wieder in Ordnung zu bringen. Sie beschrieb ihm genau die benötigten Kräuter und schickte ihn los.

„Wie geht es Friedolf?", fragte Alexander mit zusammengezogenen Brauen.

„Er ist wieder bei Bewusstsein. Wenn alles gutgeht, wird er wieder ganz in Ordnung kommen. Er wünscht dir viel Glück."

Alexander seufzte. „Ja, so kenne ich ihn von früher. Er ist ritterlich, wie immer. Ich habe ihn besiegt und er wünscht mir Glück." Er schüttelte den Kopf. „Wenn du später noch einmal nach ihm siehst, richte ihm ebenfalls meine besten Wünsche aus. Er ist wirklich ein guter Kerl."

„Wie geht es deiner Schulter inzwischen?", fragte Leah.

„Der Schmerz ist schon deutlich weniger geworden, aber es fühlt sich noch seltsam an, wenn ich sie bewege. Alle anderen schmerzenden Stellen spüre ich kaum noch. Dein Pulver ist ein wahres Wundermittel."

„Ja, das ist es, man darf es nur in dieser Menge nicht zu oft verwenden."

In der Zwischenzeit waren weitere Kämpfe ausgetragen worden. Wendel hatte gesiegt, wie Leah den Rufen des Herolds entnommen hatte.

Jemand schlug mit der Hand an die Zeltklappe und Jakob steckte den Kopf nach draußen, ohne den Stoff zurückzuschlagen. „Was gibt es?"

„Der Silberne Ritter muss noch einmal antreten oder aufgeben. Ich muss dem Herold die Entscheidung mitteilen."

Jakob wandte sich an Alexander. „Der Bursche sagt ..."

„Ja, ich habe es gehört." Alexanders Stimme klang fest und bestimmt. „Ich werde antreten."

„Jawohl Herr", ertönte die Stimme des Burschen. „Euer

Gegner ist Wendel von Gehrenburg, Herr."

Alexander nickte nur und auch Leah hatte das nach dem Verlauf der Kämpfe bereits erwartet.

Schnell halfen Jakob und Julian ihm beim Anlegen der Rüstung. Er knotete Leahs Tuch wieder an seinen Brustpanzer. Dann sah er auf und lächelte. „Es hat mein Herz heute schon einmal beschützt."

Leah legte ihre Hand auf die Brustplatte. „Es soll dich für immer beschützen." Tränen standen in ihren Augen und ihre Hand zitterte, als Alexander sie ergriff und zart ihre Fingerspitzen küsste.

Leise flüsterte er: „Sorge dich nicht, ich werde es schaffen." Damit wandte er sich um, setzte den Helm auf und trat aus dem Zelt.

Eilig lief Leah zur Tribüne und warf sich in Sebastians Arme. „Vater, ausgerechnet gegen Wendel und er ist verletzt." Die Tränen liefen über ihr Gesicht.

Sebastian hielt sie fest und strich mit der flachen Hand über ihren Rücken, als das Signal erschallte und die beiden Reiter Aufstellung nahmen.

ENTSCHEIDUNG

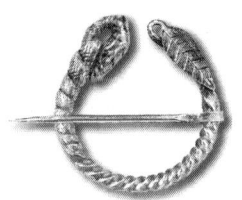

Giso scharrte ungeduldig mit den Hufen. Er war stark und gehorsam und es fühlte sich gut an, im Sattel zu sitzen. Zwar spürte Alexander die Verletzung in der Schulter bei jeder Bewegung, doch immerhin hatte Leahs Behandlung ihn wieder kampffähig gemacht. Was sie mit ihrem Wissen und ihren zierlichen Händen vollbrachte, war einfach erstaunlich.

Alexander suchte sie auf der Tribüne und fand sie neben Sebastian. Das Herz sprang in seiner Brust. Für sie würde er heute siegen. Für sie würde er alles tun, sie war sein Leben.

Nun stand er Wendel gegenüber. Als sie noch Kinder waren, hatte Alexander stets versucht, in ihm den Bruder zu sehen, den er nicht hatte. Wendel hatte ihn allerdings vom ersten Tag an abgelehnt und Alexander hatte in Jakob den wahren Bruder seines Herzens gefunden. Nach dem Brand hatte Wendel sich nicht ein einziges Mal in der Krankenstube blicken lassen. Nicht als er gegen das Wundfieber um sein Leben gekämpft hatte und auch nicht, nachdem seine Wunden zu Narben geworden waren. Alexander war sicher, dass Wendel einen großen Anteil an dem angeblichen Fluch hatte. Vielleicht war er sogar gemeinsam mit seiner Mutter für die Krankheit des Grafen verantwortlich. Wut baute sich in Alexander auf. Er spannte sich an und seine Zügelhand wurde zu einer harten Faust. Giso tänzelte und stieg.

Nein, er musste sich beruhigen, klar und kalt musste sein

Geist sein, wenn er Wendel besiegen wollte. So atmete er tief und gleichmäßig und zwang den Zorn in den Hintergrund seiner Gedanken, wie er es in seiner Ausbildung zum Ritter gelernt hatte. Er beruhigte seinen Herzschlag und fixierte Wendel.

Beim Ruf des Herolds stoben beide Pferde mit voller Geschwindigkeit los. Alexander hielt die Lanze ruhig und konzentriert mitten auf Wendels Brustplatte gerichtet. Der Stoß von Wendels Lanze erwischte ihn einen Wimpernschlag früher als erwartet. Schmerz schoss durch seinen Brustkorb. Nach Luft ringend, hielt er sich am Sattel fest und war froh, als das Pferd ganz von allein am Ende des Weges zum Stehen kam.

Wendels Lanze war zersplittert, Alexander hatte ihn nicht einmal berührt. Wie konnte das sein? Es gab nur eine Möglichkeit. Wendels Lanze war länger als seine. Das war gegen die Regeln, aber diese Art, sich einen unfairen Vorteil zu verschaffen, war nicht ungewöhnlich. Alexanders Gedanken rasten. Was sollte er tun? Konnte er es schaffen, Wendels Lanze wegzustoßen und ihn zugleich mit seiner eigenen zu treffen? Er musste es versuchen.

Er wies Julian an, die Zügel zusammen zu knoten, denn für diese hatte er bei diesem Manöver keine freie Hand.

Die Pferde galoppierten los. Dieses Mal konzentrierte Alexander sich auf die gegnerische Lanzenspitze. Seine eigene konnte er durch den schmalen Sehschlitz des Helms nicht sehen, sie musste nach Gefühl ihr Ziel finden. Jetzt war Wendels Lanze in Reichweite. Alexander wehrte sie mit der Linken ab. Der Schlag jagte einen heißen Schmerz durch seine verletzte Schulter. Wendels Spitze war dort an der

Platte abgeglitten. Alexander stemmte sich mit dem ganzen Körper in seinen eigenen Stoß, um nicht aus dem Sattel geworfen zu werden. Das Holz brach und er kippte nach vorn. Atemlos versuchte er, wieder ins Gleichgewicht zu kommen, während Giso zum Ende des Tilts galoppierte. Julian stand bereit, um das Pferd zu stoppen und zu wenden.

Alexander drehte sich um, sah Wendel am Boden. Er hatte ihn tatsächlich aus dem Sattel gehoben!

Nach Punkten lag er jetzt vorn, aber Wendel war noch nicht bereit, sich geschlagen zu geben. Er riss seinen Helm vom Kopf und warf ihn achtlos zu Boden. „Mein Schwert!", schrie er wütend. „Komm her, du Feigling ohne Gesicht, ich bin mit dir noch nicht fertig!"

Alexander ließ sich vom Pferd gleiten und griff ganz selbstverständlich mit der Rechten nach seinem Schwert. Sofort erkannte er seinen Fehler und wechselte die Hand. Wild schreiend und mit hoch erhobener Waffe kam Wendel auf ihn zu gerannt. Alexander lief ihm entgegen, wich dem ersten Schlag aus. Durch den Schwung seines eigenen unkontrollierten Hiebs stürzte Wendel zu Boden, erhob sich aber erstaunlich schnell wieder. Alexander führte in der Drehung einen flachen Hieb von unten gegen Wedels Körper. Wieder fuhr ein stechender Schmerz in die Schulter und er musste den Arm kurz sinken lassen.

„So, du denkst, du bist ein besonderer Schwertkämpfer? Kämpfst mit Helm und musst noch nicht einmal dein Schwert in eine Verteidigungsposition hochbringen?"

Ein harter Schlag knallte auf Alexanders rechte Schulter nieder. Er hatte ihn nicht kommen sehen, taumelte zurück, fing sich wieder. Die beiden umkreisten sich lauernd.

Alexander schoss vor und führte sein Schwert gegen Wendels Kopf, doch der duckte sich weg und rammte seine Schulter von unten mit voller Wucht gegen ihn. Alexander krachte rückwärts zu Boden, sein Gegner lag auf ihm.

Wendel zog einen Kurzdolch, offenbar so in Rage, dass er jegliche Regeln ignorierte. Wieso hatte er überhaupt einen verbotenen Kurzdolch in seiner Rüstung versteckt, schoss durch Alexanders Gedanken.

„Ich werde dir hier auf der Stelle ein Ende machen, du Bauer ohne Gesicht", zischte Wendel zwischen zusammengebissenen Zähnen hervor. Er hob seinen Dolch, um ihn in Alexanders Kehle zu stoßen.

Schnell wand er sich zur Seite und brachte den Angreifer aus dem Gleichgewicht. Der Dolch fuhr neben seinem Hals in den Sand. Er starrte Wendel ungläubig durch seinen Sehschlitz an. Sein Stiefbruder wollte ihn wirklich ermorden, hier im Turnier!

Es ging nicht mehr um Punkte oder Sieg.

Leben oder Tod.

Nein! Alexander würde jetzt hier nicht sterben.

Er musste siegen, er hatte es versprochen. Er musste leben, für Leah. Diese Gedanken gaben ihm ungeahnte Kraft. Er ignorierte den stechenden Schmerz in seiner Schulter, bäumte sich auf. Er schaffte es, Wendel von sich herunter zu stoßen und kämpfte sich auf die Füße. Julian war sofort da, und obwohl Alexander es nicht sehen konnte, spürte er den Griff seines Schwertes in der Hand. Mühsam hob er es mit beiden Händen und richtete es auf Wendel, der noch immer im Sand lag.

Zitternd schwebte die Schwertspitze an Wendels Kehle.

„Stoß doch zu, wenn du dich traust. Du Angsthase kannst noch nicht einmal das", keuchte sein Stiefbruder.

„Es ist entschieden", rief der Herold in den Moment. „Sieg für den Silbernen Ritter!"

Alexander stand wie betäubt mit dem erhobenen Schwert da. Dann trat er zwei Schritte zurück, damit Wendel aufstehen konnte.

„Das wird dir noch leidtun, ich krieg dich schon noch", knurrte der, rappelte sich hoch und spuckte vor ihm auf den Boden.

Alexander keuchte, seine Knie zitterten vor Anstrengung. Er konnte nicht glauben, dass es tatsächlich vorbei sein sollte, doch das Geschrei der Menge war deutlich genug.

Sein Blick suchte Leah auf der Tribüne. Er hob die rechte Faust in ihre Richtung und führte sie dann zu dem Tuch an seiner Brust. Die Zuschauer jubelten noch einmal auf, Leah strahlte und fiel lachend ihrem Stiefvater in die Arme.

Der Herold rief zur Ehrung und alle Ritter, soweit sie noch dazu imstande waren, nahmen mit ihren Knappen und Burschen vor der Tribüne Aufstellung. Julian, Jakob und die beiden Schmiedeburschen standen neben Alexander, der für den Augenblick den Schmerz und die Erschöpfung völlig vergaß. Die Trompeten erklangen und es folgte eine kurze Rede des Dankes an das Fürstenhaus und alle Teilnehmer. Dann erklangen wieder die Trompeten und die Knappen wurden nach vorn gerufen, die morgen zum Ritter geschlagen werden sollten. Auch Julian durfte sich einreihen und Alexander sah ihm die Freude darüber deutlich an. Mit dem

Siegerkranz aus dem Buhurt stand er hoch erhobenen Hauptes in der Reihe.

Zum dritten Mal wurden die Trompeten geblasen und der Herold erhob seine Stimme. „Die Kämpfe zu Ehren von Gräfin Otilia von Gehrenburg und Fürst Wendel von Gehrenburg sind nun beendet."

Ein Stich fuhr in Alexanders Herz. Der Name seines Vaters wurde gar nicht mehr genannt! So weit war es also schon gekommen.

„Hiermit soll der Sieger des Turniers ausgerufen werden. Nach Punkten siegt am heutigen Turniertag der silberne Ritter!", rief der Herold.

Alexander zitterte am ganzen Körper. Die Anstrengung des letzten Kampfes und der Schmerz in der Schulter hatten ihn völlig ausgelaugt und das bewegungslose Stehen während der Ansprache raubte ihm die letzte Kraft. Jetzt stand ihm die eigentliche Prüfung bevor, jetzt musste er sich der Menge zeigen. Sein Hals wurde eng, und der Herzschlag dröhnte in seinen Ohren. Er schloss die Augen und wünschte sich an den Bach unter der Brücke. Er suchte nach guten, kraftspendenden Erinnerungen und fand Leahs Flötenmelodie. Das Gefühl, wenn er sie in seinen Armen hielt und sein Gesicht in ihrem Haar versenkte, beruhigte seinen Herzschlag. Er durfte sie jetzt nicht enttäuschen. Dies war der wichtigste Augenblick des ganzen Turniers, vielleicht sogar seines ganzen Lebens.

Langsam öffnete er die Augen, stieg auf die obere Empore, die den Mitgliedern des Herrscherhauses vorbehalten war, und trat vor Otilia.

Sie musterte ihn abschätzig von oben bis unten und

wartete, bis in der Menge Ruhe einkehrte, ehe sie sprach.

„Nun denn, silberner Ritter, erwählt Euch die Dame, die Euch den Preis überreichen soll."

Üblicherweise ließ man sich den Preis natürlich von der Fürstin selbst überreichen. Alexander traute seiner Stimme nicht und wollte sich ausgerechnet vor Otilia noch nicht verraten. So zog er nur Leahs Tuch von seiner Rüstung und streckte es in seiner Faust hoch in die Luft. Ein Raunen ging durch die Zuschauer. Natürlich hatten sie alle gesehen, welche Dame dem silbernen Ritter ihre Farbe gegeben hatte. Alexander konnte sich gut vorstellen, was sie alle dachten. Dass eine Gemeine den Preis überreichen sollte, hatte es noch nie gegeben. Es entstand eine bedeutungsvolle Stille, während die Menge offenbar auf Otilias Reaktion wartete.

„Nun, Euer Wunsch sei Euch gewährt", sagte die Gräfin frostig, wedelte mit der Hand, dass er sich entfernen sollte, und nahm wieder Platz.

Alexander trat einige Schritte zurück und wandte sich um. Er sah, wie seine Schildburschen Leah in die Mitte nahmen und durch die Menge führten. Die Zuschauer wichen zur Seite.

Als sie auf der Tribüne ankam, sah Otilia von ihrem erhöhten Sitzplatz verächtlich auf sie herab. „Ach *Ihr* nun wieder."

Aufrecht und mit selbstbewusstem Blick stand Leah vor der Gräfin. Otilia deutete nur mit einem weiteren Handwedeln, an wen Leah sich wenden sollte. Alexander erkannte Ruther, den Waffenmeister der Burg, der nun von hinten auf die Tribüne trat. Der verneigte sich tief und überreichte Leah den Preis des heutigen Turniers. Dann drehte Leah sich mit einem Schwert in der Hand zu ihm um.

„Nun müsst Ihr aber endlich Euren Helm abnehmen und Euch zeigen", forderte die Gräfin in einem höhnischen Ton.

Alexander ließ sich vor Leah auf ein Knie sinken und zog den Helm ab. Rasch beugte er sich tief nach vorn, um auch die Kettenhaube von seinem Kopf gleiten zu lassen.

Als er sich wieder aufrichtete, lag plötzlich gespannte Stille über dem Turniergelände.

„Mein Fürst, Euer Schwert!", sagte Leah laut, so dass alle Anwesenden es hören mussten.

Fassungslos starrte Alexander auf sein altes Schwert. Er strich mit den Fingern über die Verzierungen, ehe er es mit festem Griff nahm. Dann hob er den Blick zu Leah. Sie sah ihn erwartungsvoll und mit einem glücklichen Strahlen an. Er hatte so weiche Knie, das er fürchtete, umzufallen, wenn er sich jetzt erhob. Leah musste ihn eben festhalten, schoss ihm durch den Kopf, und bei dem verwegenen Gedanken musste er fast laut lachen.

„Steh auf!", flüsterte sie.

Als er sich erhob, schlang sie ihre Arme um seinen Nacken, hob den Kopf und sah ihm in die Augen. Mit angehaltenem Atem sah er sie an. Leahs Gesicht kam näher, ihre Wimpern flatterten und schließlich berührten ihre Lippen sacht wie eine Feder seinen Mund.

Alexander stand wie vom Donner gerührt und starrte Leah an. Sie hatte ihn geküsst! Er hob den rechten Arm und legte ihn um ihre Schultern. Dann presste er sie an sich. Dies war der eigentliche Preis des Turniers. Niemals, niemals wollte er sie wieder loslassen.

Sie lehnte ihren Kopf an seine Brust und so standen sie

einen Augenblick da, ehe er den Tumult um sich herum wieder zur Kenntnis nahm.

Alexander hörte die Stimmen von Jakob, Hannah, Julian und den Schmiedeburschen. „Alexander! Der junge Graf ist zurückgekehrt! Der Fluch ist gebrochen!"

Immer mehr Menschen begannen, zu jubeln und die Worte zu wiederholen. „Er ist zurückgekehrt! Alexander ist wieder da!" Die Menschen jubelten und klatschten.

Alexanders Blick fiel auf Otilia. Sie saß kreidebleich auf ihrem Stuhl. Dann beugte sie sich zu Wendel hinüber und begann mit ihn zu tuscheln. Alexander hätte zu gern gewusst, was die beiden sagten, doch er wurde zusammen mit Leah von der Tribüne hinunter geleitet. Dann drängte die jubelnde Menge ihn und Leah in die Burg zum Festbankett.

Leah fühlte sich, als würde sie schweben, während sie neben Alexander zum Bankett schritt. Es war tatsächlich gelungen. Die Menge hatte sich davon überzeugen lassen, dass der Fluch gebrochen war. Das war der Punkt, an dem sie bis zum letzten Augenblick noch Zweifel gehegt hatte.

In dem weiträumigen Saal im unteren Geschoss des Palas standen mehrere lange Tische, überreich beladen mit Speisen und Getränken. Es sah aus, als hätte das Fürstenhaus keine Kosten und Mühen gescheut, um die Feierlichkeiten prunkvoll und üppig auszustatten. Die Wände waren mit Teppichen geschmückt und überall hingen die Banner der am Turnier teilnehmenden Adelshäuser.

Alexander und Leah nahmen an einer der langen Tafeln Platz und Diener eilten herbei, um Met oder Bier einzuschenken. Sie wollten gerade ihre Becher erheben, als der Herold plötzlich hinter ihnen stand und Alexander ansprach.

„Hoher Herr, der Euch zustehende Platz ist gewiss dort oben, links vom Stuhl des Grafen, nicht hier unten an dieser Tafel."

Leah sah den Herold erstaunt an. Es stand ihm eigentlich nicht zu, dem Sohn des Grafen zu erklären, wo er zu sitzen hatte. Das war Ranghöheren vorbehalten. Leah war es nur recht, dass Sie nicht mit Alexander oben sitzen musste, denn sie hätte dort die Nähe der Gräfin ertragen müssen und wäre sich vollkommen deplatziert vorgekommen.

Alexander nickte, ohne Ärger über die Anmaßung des Herolds zu zeigen. „Danke, Gilbert, aber ich möchte gern mit meiner Dame speisen und sie wird nicht an der hohen Tafel Platz nehmen können."

Der Herold richtete sich auf und holte tief Luft. Dann sagte er in gedämpftem Ton: „Die Herkunft Eurer edlen Dame berechtigt sie sehr wohl zu einem Ehrenplatz an der hohen Tafel." Er machte eine kurze Pause und Leah fuhr erschrocken zu ihm herum. Woher wusste dieser Mann davon?

Er fuhr fort: „Ebenso wie es bei Beginn des Turniers Euer Wunsch war, unerkannt zu bleiben, möchte der Ziehvater der Dame, dass ihre Herkunft noch nicht preisgegeben wird."

Leah wurde bei seinen Worten schwindelig und kalt. Sie sprang auf und starrte den Herold mit schreckgeweiteten Augen an. „Woher wisst Ihr das?"

Er beugte den Kopf und sagte feierlich: „Es ist die Aufgabe eines Herolds und Haushofmeisters, sich mit diesen Dingen zu befassen, meine Dame." Er sah ein wenig blasiert auf sie herunter, als habe sie seine Berufsehre in Frage gestellt. „Zufällig sah ich das Empfehlungsschreiben Eures Ziehvaters. Die Geschichte Eurer Familie ist mir von Erzählungen anderer Herolde bekannt."

Leah starrte ihn immer noch an. „Wer weiß noch davon?"

„Niemand", antwortete der Herold knapp.

„Dann möchte ich es auch dabei belassen!"

Er verbeugte sich tief. „Jawohl, hohe Dame. Ich habe es bereits wieder vergessen."

Alexander sah sie lange und durchdringend an. „Ich glaube, Gilbert weiß mehr über dich als ich. Vielleicht möchtest du mir eines Tages die ganze Geschichte erzählen."

„Ach, Alexander, es gibt eine wirklich wichtige Sache über mich, die wissen nur du und Sebastian. Das Übrige sind nur Namen und Titel, die nicht wirklich einen Unterschied machen."

Alexander nickte und ihr Gespräch wurde unterbrochen. Immer wieder kamen Leute an den Tisch, um Alexander zum Sieg zu gratulieren. Leah fiel auf, dass manche es kaum schafften, ihm ins Gesicht zu sehen, während andere ihn offen anstarrten. Er reagierte äußerlich ungerührt, aber Leah spürte deutlich, dass er sich unwohl fühlte.

Erst eine Weile nach Beginn des Festbanketts erschienen auch Otilia und Wendel. Beide sagten kein Wort und ließen sich erhobenen Hauptes auf ihren Plätzen nieder. Die Gräfin durchbohrte Leah mit Blicken, und sie versuchte krampfhaft, nicht hinzusehen. Sie bekam keinen Bissen mehr herunter und überlegte verzweifelt, wie sie möglichst schnell von hier verschwinden könnte.

Der Stuhl von Fürst Ulrich blieb leer.

Alexander hatte keinen Appetit. So gern er seinen Sieg genossen und gefeiert hätte, zuerst hatte er noch eine andere dringliche Aufgabe. Er erhob sich und trat an den Tisch des Grafen. „Warum ist mein Vater nicht da?", fragte er Otilia mit schneidender Stimme.

„Dein Vater ist zu krank", erwiderte sie knapp.

Er hatte diese Antwort bereits erwartet, aber die Kälte in der Stimme der Gräfin jagte ihm einen Schauer über den Rücken. Er wandte sich zu Leah um und nickte in Richtung Wohnturm. „Ich muss meinen Vater sehen, würdest du mich begleiten?"

Leah stand auf und trat an seine Seite. „Ja, natürlich, ich halte es hier sowieso nicht aus", flüsterte sie mit einem Seitenblick zur Gräfin. Sie verbeugten sich knapp und gingen zur Treppe, die in die Kemenate führte.

Auf dem Weg durch die Gänge begegneten ihnen nur wenige Bedienstete. Alle schlugen sofort die Augen nieder und huschten mit einem gemurmelten Gruß zur Seite. Alexander hätte nichts anderes erwarten dürfen, und doch schmerzte es ihn, denn all diese Menschen kannte er bereits seit seiner Kindheit. In einem schwachen Moment wünschte er sich wieder in seine Bergfeste zurück, wo es still war und niemand ihn ängstlich oder abschätzend ansah.

Vor den Räumen des Grafen stand nur eine einzelne Wache. Der Soldat verbeugte sich und grüßte leise. „Herr Alexander, es ist gut, Euch zu sehen."

Alexander nickte. „Danke Friedrich, es ist gut, wieder da zu sein." Er seufzte und war sich bewusst, dass er nicht ganz die Wahrheit gesagt hatte. Diese Gefühle musste er nun beiseite schieben. Er öffnete die Tür und betrat mit Leah die großzügige Kammer. Sein Vater saß mit seltsam gerötetem Gesicht am Tisch. Vor ihm stand ein Tablett mit Speisen von der Festtafel, in denen er sichtlich lustlos herumstocherte.

Alexander erstarrte, als sein Vater nicht einmal aufsah. In all den Jahren hatte er sich so oft vorgestellt, wie ein Wiedersehen sich anfühlen würde, was er sagen würde, wie sein Vater reagieren könnte. Dies hier hatte er sich nicht vorstellen können.

Er kniete vor ihm nieder und nahm seine Hand. „Vater, ich bin so froh, dich wiederzusehen. Wie geht es dir?"

Ulrich schaute ihn unverwandt an und fuhr schweigend fort, in seinem Essen herumzustochern.

Lambert, der alte Leibdiener des Fürsten, kam herbei und fiel mit gebeugtem Haupt vor Alexander auf die Knie. „Hoher Herr, ich bin ja so froh, dass Ihr wieder da seid. Der Graf ist verwirrt und erkennt niemanden mehr. Er sitzt Tag für Tag nur noch da und starrt aus dem Fenster. Er spricht nicht, ich bin schon froh, wenn er genügend isst, er will immer nur trinken, sodass ich schon das Wasser wegstellen musste. Ich weiß nicht, was man tun kann, es ist so schrecklich. Die Heilerin hat einen Tee geschickt, aber der hilft auch nicht."

Mitten in dem hastigen Redeschwall brach er ab und wandte sich zur Seite.

Alexander kniete vor seinem Vater und sah verzweifelt in die dunklen, glasigen Augen, die ihn nicht mehr erkannten.

„Was für einen Tee? Zeigt ihn mir!", hörte er Leah neben sich sagen.

„Jawohl, meine Dame." Sichtlich erleichtert, etwas tun zu können, erhob sich der Diener und eilte aus dem Raum.

Alexander spürte Leahs Hand auf seiner Schulter, und er fasste danach. Er hatte das Gefühl, sich an ihr festhalten zu müssen, um im Strudel seiner Trauer nicht unterzugehen. Im gleichen Moment kam Lambert mit einem Beutelchen Tee wieder herein.

„Hiervon soll der Graf morgens und abends eine Tasse trinken", berichtete er.

Alexander sah sich die trockenen Kräuter an, konnte aber nichts Besonderes erkennen. Leah nahm eine Portion aus dem Beutel, zerkrümelte sie und schob alles auf ihrer Handfläche hin und her.

„Wie ich vermutet hatte", murmelte sie. „Bilsenkraut, eingemischt in Minze und Salbeiblätter, sogar noch ein paar Bilsenkrautsamen."

Alexander stand auf und sah sich die Krümel in Leahs Hand an.

„Diesen Tee sollte er auf keinen Fall mehr trinken", bestimmte Leah energisch und presste die Lippen aufeinander.

Hilflos schaute Lampert zu Alexander. Der nickte nur und sah Leah fragend an.

„Bilsenkraut, man nennt es auch Teufelsauge, gemischt in aromatische Kräuter, um den bitteren Geschmack zu überdecken. Auch die Wirkung passt genau.", erklärte Leah leise.

Unbezähmbare Wut stieg in Alexander auf. Diese Schlange vergiftete seinen Vater! Er drehte sich auf dem Absatz herum und wollte aus der Tür stürmen. „Ich werde diese Otilia zur Rede stellen!"

Leah packte seinen Arm. „Nein, Alexander! Das ist nicht der richtige Zeitpunkt. Sie wird nur alles abstreiten und vielleicht noch viel Schlimmeres tun, wenn sie sich ertappt fühlt."

Alexander konnte seinen Zorn kaum noch unterdrücken. „Ja, aber wir müssen doch etwas tun gegen diese Schlange, wir können doch nicht einfach zusehen, wie sie meinen Vater umbringt!", fuhr Alexander Leah an. Dann schüttelte er den Kopf und zwang sich zur Ruhe. Das alles war nicht ihre Schuld, er durfte sich nicht derart vergessen, dass er sie deswegen anschrie.

Sie fasste seinen Arm fester, von seinem Ausbruch offenbar unbeeindruckt. „Bitte, Alexander. Wir müssen vorsichtig sein und dürfen das Leben deines Vaters nicht in Gefahr bringen. Sie darf nicht erfahren, dass wir Verdacht geschöpft haben, sonst fühlt sie sich in die Enge getrieben und wer weiß, zu was sie dann fähig ist."

Er schüttelte den Kopf, ließ sich aber auf einen Stuhl sinken und sah starr zu Boden. Aller Kampfgeist hatte ihn mit einem Schlag verlassen „Du hast ja recht, aber so kann es nicht weitergehen."

Lambert verbeugte sich tief und erklärte in grimmigem Ton: „Wenn der Tee schuld ist an der Krankheit von Fürst

Ullrich, werde ich ihn sofort im Küchenfeuer verbrennen."

Leah lachte plötzlich. „Nur das nicht, dann wird das ganze Küchengesinde in unsittlichen Wahn verfallen. Die Wirkung des Rauches von Bilsenkraut möchtet Ihr nicht erleben. Nein, vergrabt ihn draußen." Dann fuhr sie ernster fort: „Weiht niemanden ein und tut es selbst. Ihr müsst ihn durch ganz normalen Kräutertee ersetzen und die Gräfin darf nichts bemerken. Es wird einige Tage dauern, bis es dem Grafen besser geht."

„Bis dahin können wir einen Plan schmieden, was weiter zu tun ist", setzte Alexander ihren Gedankengang fort. Er hockte vornübergebeugt auf dem Schemel. Wieder spürte er Leahs Hand auf seiner Schulter und richtete sich auf. Dann lehnte er sich gegen ihre Seite und schlang einen Arm um ihre Hüfte. Wenn er nicht mehr weiter konnte, wusste sie, was zu tun war. Noch nie war er so dankbar gewesen, sie an seiner Seite zu haben. „Ach, Leah, denkst du, mein Vater kann wieder ganz gesund werden?"

„Das werden wir erst wissen, wenn die Wirkung abgeklungen ist, aber ich bin zuversichtlich."

Alexander legte seine Hand auf die Schulter seines Vaters. „Uns wird schon etwas einfallen", sagte er mehr zu sich selbst als zu ihm. In bedrücktem Schweigen verließen sie dann die Kammer des Grafen. Leah nahm Alexanders Hand. Dankbar drückte er ihre Finger, dann gingen sie gemeinsam wieder nach unten in den großen Saal. Alle Teilnehmer und Besucher des Turniers und das ganze Dorf feierte ausgelassen, nur die Knappen, die am nächsten Tag zum Ritter geschlagen wurden, mussten die Nacht fastend und betend in der Kapelle verbringen. Alexander wurde von einigen Rittern, die er aus seiner Jugendzeit kannte bereits am Fuß der Treppe erwartet. Auch Bruno war unter den Feiernden und wollte ihm gratulieren. Mit einem Seufzen stellte er sich den Leuten, obwohl er lieber mit Leah und den Gedanken an seinen Vater allein gewesen wäre.

Leah machte sich auf die Suche nach ihrem Ziehvater, während Alexander mit dem Mann sprach, der ihr bei der Zeremonie das Schwert übergeben hatte. Es musste sich um den Waffenmeister der Grafschaft handeln.

Leah fand Jakob und Hannah an dem Tisch, an dem sie auch zuvor mit Alexander gesessen hatte, und gesellte sich zu ihnen. Sie waren ebenso ausgelassen und fröhlich wie die übrigen Gäste.

„Ach Leah, was für ein wundervoller Tag. Und fühl mal, unser zweiter Sohn freut sich auch schon." Hannah nahm unvermittelt Leahs Hand und legte sie auf ihren leicht gerundeten Bauch. Unter dem Kleid spürte Leah eine feine Bewegung.

Ihr Atem stockte, mit großen Augen starrte sie auf Hannas Bauch, dann riss sie blitzschnell ihre Hand weg. Hastig sprang sie auf, stieß dabei ihren Stuhl um und wollte nur noch ganz schnell verschwinden.

Ohne sich weiter umzusehen, rannte sie durch den Saal und hinaus aus der Burg, fort von all den Menschen. Die Bewegung des ungeborenen Kindes hatte Leah einen furchtbaren Schreck eingejagt. Seit so langer Zeit hatte sie sich von schwangeren Frauen ferngehalten und sogar vermieden, sie nur anzusehen. Es war vollkommen befremdlich mit der Hand auf dem Bauch das sich bewegende Kind darin zu spüren.

Natürlich wusste ihr Verstand, dass ihr Blick oder ihre Berührung dem ungeborenen Leben nicht schaden würden, aber ihr Gefühl hatte sich noch nicht von dem alten Fluch lösen können.

So wanderte sie ziellos im Ritterlager vor der Burg umher und war ein wenig froh, dem wilden Treiben entkommen zu sein. Als sie aufsah, erkannte sie Friedolfs Wappen auf einem der Zelte und erinnerte sich an ihr Versprechen, noch einmal nach ihm zu sehen.

Der Knappe kam heraus und verbeugte sich tief vor ihr. „Meine Dame, gut, dass Ihr gekommen seid. Mein Herr hat große Schmerzen in Kopf und Nacken und er will nicht essen." Er hielt ihr die Zeltklappe zur Seite und sie trat ein.

Friedolf lag ausgestreckt auf seiner Liege und starrte an das Zeltdach. Ein nasses Tuch war wie ein Turban um seinen Kopf geschlungen, Essen und Met standen unangetastet auf dem Tisch neben ihm. Vorsichtig drehte er sich herum und versuchte, den Kopf zu heben.

Leah trat zu seiner Liege und sah ihn besorgt an. „Wie geht es Euch inzwischen?", fragte sie mit einem aufmunternden Lächeln.

Seine Stimme war leise und zögerlich antwortete er: „Ich lebe noch und das habe ich nur Euch zu verdanken."

Leah sah in seine Augen und fühlte an seinem Nacken entlang. Die Muskeln waren hart und verkrampft und er zuckte bei ihrer Berührung unwillkürlich zurück.

„Ich habe nicht wirklich viel getan, um diese Worte zu verdienen, aber vielleicht kann meine Medizin Eure Schmerzen ein wenig lindern. Ich werde Eurem Knappen eine Kampfersalbe geben und er soll heiße Umschläge auf Euren Nacken und die Schultern legen."

„Meine Dame, Ihr seid so freundlich." Zögerlich fasste Friedolf nach ihrer Hand und drückte sie an seine Brust, wie um sich daran festzuhalten. Er schloss die Augen wieder und flüsterte: „Ich stehe für immer in Eurer Schuld. Mein Schwert und mein Herz werden stets Euch gehören."

Leah senkte verlegen den Blick und wusste nicht, was sie antworten sollte.

Er ließ ihre Hand los, sah sie mit tiefer Trauer an und sagte schließlich mit einem langen Seufzer: „Wenn ich je wieder kämpfen kann, werde ich bis zu meinem Tode treu an Fürst Alexanders Seite stehen." Dann schloss er die Augen und drehte sein Gesicht zur Wand.

„Danke", antwortete Leah leise und wandte sich dem Ausgang zu.

Noch immer fühlte Alexander sich unwohl unter so vielen Menschen und er spürte die neugierigen, die ängstlichen und die feindseligen Blicke immer stärker, je länger er sich im Saal aufhielt. Nachdem er einige Zeit damit verbracht hatte, seinen gesellschaftlichen Pflichten nachzukommen, wollte er Leah suchen. Er hatte sie seit der Rückkehr aus dem Wohnturm in der Menge verloren und machte sich auf die Suche.

Bald fand er Jakob und dieser berichtete ihm von Leahs seltsamer Reaktion. Besorgt lief Alexander aus dem Palas in den Innenhof und sah sich um.

Die kühle Frühlingsnacht ließ ihn frösteln und überrascht bemerkte er, dass er seinen Umhang schon seit Stunden nicht mehr trug. Sich unter der weiten Kapuze zu verbergen, war viel zu lange seine Gewohnheit gewesen, als dass er sie so einfach ablegen könnte, aber die Ereignisse des Tages hatten ihn derart überrollt, dass er es tatsächlich für einige Zeit vergessen hatte. Nun, da es ihm wieder eingefallen war, und er zwischen' all den Menschen herumging, fühlte er sich entblößt. Jetzt war allerdings nicht die Zeit, hineinzugehen und das Kleidungsstück zu holen, er musste Leah finden.

Einige Betrunkene torkelten über den Hof, in einer Ecke stand ein Haufen junger Burschen und flachste lautstark herum. Nein, hier würde Leah nicht bleiben. Sie würde außerhalb der Mauern Ruhe suchen. Und richtig: Als er durch das Tor trat, sah er sie an der Außenmauer stehen, an die Steine gelehnt, den Blick zu den Sternen gerichtet.

„Leah, da bist du ja." Alexander trat zu ihr, um ihre Hand zu nehmen, aber sie schlang ihre Arme um ihn und legte ihren Kopf an seine Brust. Sein Herz hüpfte und mit einem Aufseufzen schloss er seine Arme um ihre Schultern.

Nach einer Weile sah sie auf und schaute ihm tief in die Augen. Er verlor sich in ihrem Blick und die Zeit blieb einen Augenblick stehen.

„Alexander, ich liebe dich."

„Leah." Seine Stimme versagte und das Glühen in seinem Inneren verschlug ihm den Atem. Damit hätte er niemals gerechnet. Er wusste, dass sie ihn gern mochte, und hatte gehofft, dass sie an seiner Seite bleiben würde. Aber dass sie ihn liebte, und das, obwohl sie von seiner Schuld und seinen Fehlern wusste, obwohl sie seine Narben gesehen hatte und all seine körperlichen Unzulänglichkeiten kannte.

Er konnte es kaum glauben, aber ihr Blick, der tief in seine Seele drang, bewies es. Er drückte sie fest an sich und atmete ganz langsam wieder ein.

„Leah ich danke dir für dieses Geschenk. Ich bin nicht sicher, ob ich das verdient habe, aber ich werde alles tun, um deiner Liebe würdig zu sein. Ich liebe dich so sehr. Du bist mein Leben. Ich werde dich nie wieder loslassen."

VERRAT

Alexander erinnerte sich an seinen eigenen Ritterschlag und die Aufregung, die damit verbunden gewesen war. Er freute sich für Julian, den er schon so lange kannte, und der immer ein treuer und ehrenhafter Bursche gewesen war.

Die Knappen, die die ganze Nacht betend und fastend in der Kapelle verbracht hatten, wurden am Morgen gebadet und mit Büßerhemden bekleidet. Es wurde die Beichte abgenommen und so waren sie schließlich bereit für die Zeremonie. Die Gäste waren vor der großen Tribüne versammelt. Alexander hatte sich an seinen angestammten Platz neben dem Stuhl seines Vaters gesetzt. So war zwischen ihm und Otilia und Wendel ein leerer Platz, und Alexander war froh darüber. Noch immer konnte er den Zorn über das, was die Gräfin seinem Vater angetan hatte, kaum bezähmen. Er spürte die Blicke der Anwesenden fast körperlich. Während alle auf das Erscheinen des Priesters und der Knappen warteten, saß er stockstell, mit eingefrorener Miene und erhobenem Haupt da.

Mit einem Fanfarenstoß traten die sechs weißgewandeten Burschen vor und knieten in einer Reihe nieder. Ruther ging mit gesenktem Kopf hinüber zu dem Geistlichen, beugte sein Knie und hielt ihm das Schwert zur Segnung hin. Dieser brachte halb sprechend und halb singend eine lange lateinische Litanei hervor, die nur die gebildeten unter den

Gästen verstehen konnten. Dann schlug er über dem Schwert das Kreuzzeichen. Nachdem das Schwert gesegnet war, erhob sich Wendel, um es in Empfang zu nehmen. Wortlos, mit erhobenem Kinn und starr geradeaus gerichtetem Blick, ging Ruther an ihm vorbei und kniete vor Alexander nieder. „Mein Fürst", sagte Ruther laut genug, dass alle es hören konnten.

Alexander erhob sich und nickte Ruther zu, ehe er das Schwert nahm. Sein Waffenmeister hatte bereits am Vorabend deutlich gemacht, was er dachte. „Ich werde niemand anderem, als dem rechtmäßigen Fürsten das Schwert übergeben, Herr. Versucht gar nicht erst, mich umzustimmen." Wieder war Alexander dankbar für die Loyalität einiger seiner Untergebenen, die es ihm möglich machte, seinen Platz wieder einzunehmen.

Wendel wurde zuerst kreidebleich und dann tiefrot. „Wachen!", schrie er.

Im nächsten Augenblick stand seine Mutter hinter ihm und legte die Hand auf seine Schulter. Mit schneidender Stimme zischte sie: „Du wirst jetzt Ruhe bewahren und keine Szene vor all den Gästen machen. Wir werden nach der Zeremonie das Nötige tun."

Alexander war nahe genug, um Otilias Worte zu verstehen, und fragte sich, was wohl *das Nötige* sein würde.

Wendel klappte mehrmals den Mund auf und zu, schließlich drehte er sich mit geballten Fäusten zu seiner Mutter herum. Für einen Augenblick wirkte es, als wollte er sie mit blanker Faust niederstrecken. Schließlich hob er das Kinn und stolzierte zu seinem Platz.

Alexander nahm das Schwert und trat vor die Reihe der

Knappen. An erster Stelle stand wie abgesprochen Julian, hinter diesem wie üblich sein Vater, aber neben jenem natürlich kein Ritter. Da Julian im Moment Alexanders Knappe war, musste ein anderer Julians Ritterwürde bestätigen. Alexander hatte dies gestern Abend mit einem alten Freund abgesprochen und nickte diesem jetzt zu. Überrascht wandte er sich um, als Bruno stattdessen auf die Tribüne trat. Auch Julian starrte seinen ehemaligen Herrn mit großen Augen an, der mit dem an den Körper gebundenen Arm nun neben seinem Vater stand.

„Ich, Bruno von Hohenstein bezeuge vor Gott und allen Anwesenden, dass dieser Knappe die Handhabung der Waffen, das Reiten und die Kriegskunst wohl studieret hat, sowie auch alle anderen Künste und Fertigkeiten, die einem Ritter wohlgefällig sind. Er ist aufrecht und ehrenhaft und hat in seiner Knappenzeit keinen Fehl begangen."

Alexander nickte nur, denn nun musste Julian den Eid schwören.

„Ich, Julian von Hirschburg, gelobe vor Gott und allen Anwesenden, stets demütig und tugendhaft, edelmütig und großherzig zu sein, Selbstbeherrschung und Bescheidenheit zu üben, dem Lehnsherrn von Gehren treu und wehrhaft zur Seite zu stehen und Gerechtigkeit und Aufrichtigkeit zu pflegen sowie all meinen Pflichten als christlicher Ritter stets nachzukommen."

Alexander sah Julian an. „Nun, da deine Künste mit den Waffen und zu Pferde und auch deine Ehrenhaftigkeit bezeugt wurden und du den Schwur eines Ritters der Grafschaft Gehrenburg abgelegt hast, bist du bereit, in den Ritterstand zu treten. Willst du das tun?"

„Ja, Herr, das will ich", antwortete Julian.

Er erhob sich und wandte sich zu seinem Vater um. Dieser zog ihm nun das Büßergewand aus und den Waffenrock mit dem Wappen seines Hauses an.

Bruno überreichte ihm seinen Schild und Alexander legte ihm die Sporen an und gab ihm schließlich mit feierlichen Worten sein Schwert. Damit war die Verwandlung vom Knappen zum Ritter beinahe abgeschlossen.

Schließlich sagte Alexander: „Nun knie nieder, Knappe Julian, und empfange von deinem Herrn den letzten unerwiderten Schlag." Er schlug ihm mit der flachen Schwertseite in den Nacken und schloss: „Erhebe dich nun, Ritter Julian von Hirschburg, Ritter der Grafschaft Gehrenburg, und führe dein Wappen und dein Schwert zum Ruhm deines Geschlechts und der Grafschaft."

„Das werde ich", erwiderte Julian und stand auf. Mit stolz erhobenem Kopf sah er Alexander an, und wiederholte: „Das werde ich, danke Herr."

Nachdem der offizielle Teil der Feierlichkeiten vorüber war, erwarteten alle das nächste Festmahl. Leah hatte gemeinsam mit Sebastian die Zeremonie verfolgt. Alexander stand mit ernstem Gesicht auf der Tribüne und sah sich suchend um. Als sein Blick ihren traf, brach ein Lächeln hervor und er kam direkt auf sie zu.

Als er sie erreicht hatte, seufzte er. „Da bist du, meine Sonne. Ich möchte heute noch einmal zu meinem Vater.

Wirst du mich wieder begleiten?" Leah stimmte zu und sie gingen gemeinsam die steilen Treppen zu den Schlafgemächern hinauf. Plötzlich versperrten zwei Wachen den Weg.

„Fürst Alexander", stotterte der eine mit unsicher vorgehaltener Hellebarde. „Wir haben den Auftrag, Euch in den Kerker zu werfen."

Leah erschrak bis ins Mark und wich mehrere Stufen zurück.

Alexander trat einen Schritt nach hinten und zog gleichzeitig sein Schwert. Der Wachmann seufzte auf und wirkte erleichtert. Sofort hob er seine Waffe zur Seite.

Eine harte Hand packte Leahs Schultern von hinten. Sie japste auf und wollte sich aus dem harten Griff winden, doch im nächsten Moment spürte sie kaltes Metall an ihrer Kehle.

Alexander fuhr herum und riss die Augen auf.

„Das hatte ich mir gedacht, ihr Feiglinge", zischte es an ihrem Ohr und Leah erkannte Wendels Stimme.

Er schlang einen Arm um ihre Taille und zog sie mehrere Schritte mit sich rückwärts die Treppe hinunter. Alexander hob sein Schwert.

„Wenn du dich nicht ergibst, wird ihr Blut an deinen Händen kleben", rief Wendel. Während er seinen Dolch ein wenig fester gegen Leahs Hals drückte.

Leah spürte ein feines Brennen, wo die scharfe Schneide ihre Haut ritzte, und einen warmen Tropfen, der am Hals herunter lief.

Alexander wurde kreidebleich, legte das Schwert auf die Stufen und sank auf ein Knie nieder. „Lass sie gehen. Ich ergebe mich und du kannst mit mir tun, was du willst, aber lass sie gehen, sie hat nichts mit dem zu tun, was zwischen uns steht." Sein Blick war starr auf ihren Hals und den Dolch gerichtet und Leah hörte, dass seine Stimme ein wenig zitterte. Sie starrte Alexander an. Nein! Er durfte sich nicht ergeben. Aber sie konnte kein Wort herausbringen, nicht einmal den Kopf schütteln. Ihr Herz raste ebenso wie ihre Gedanken. Die Angst um Alexander wuchs mit jedem Herzschlag und sie fühlte sich so hilflos wie nie zuvor. Wendel lachte höhnisch, dann schrie er die Wachen an: „Ergreift ihn endlich, ihr Nichtsnutze, sonst könnt ihr gleich mit ihm im Kerker schmoren!"

Die Wachen packten Alexander, zerrten ihn die Treppe hoch.

Wendel drehte Leah die Arme schmerzhaft auf den Rücken und schob sie vor sich her, offenbar zu den Schlafgemächern des Grafen und der übrigen Familie.

Lampert trat gerade aus Fürst Ulrichs Zimmer, wurde mit einem Schlag aschfahl und drückte sich mit dem Rücken gegen die geschlossene Tür. Wendel schien von dem Diener keinerlei Notiz zu nehmen und trieb Leah mit einem harten Stoß weiter. Sie stolperte hinter Alexander her, der mit durchgedrücktem Rücken zwischen den Wachen den Gang entlang schritt.

Schließlich führte ihr Weg zu einem unscheinbaren Abgang. Die Treppe war schmal und weiter unten roch es feucht und muffig. Am Fuße stand eine große Waffentruhe, dann folgte ein kurzer Gang. Der Raum, den sie zuletzt erreichten, war recht dunkel. Leah konnte im trüben Schein der Fackeln drei mit Gittern abgeteilte Zellen erkennen, davor einen Tisch, an dem zwei Wachen saßen.

Alexander trat ohne Gegenwehr in die mittlere Zelle und

drehte sich zu ihnen um. Die Wache schloss die Tür mit einem großen Schlüssel ab.

Wendel trat mit Leah im Arm dicht ans Gitter. „Sieh sie dir noch ein letztes Mal an, bevor du hier für immer verrottest", höhnte er.

Alexander fasste mit beiden Händen in die Gitterstäbe und fixierte Wendel. „Ich habe meinen Teil eingehalten, wenn nur ein Funken Ehre in dir steckt, lass sie jetzt gehen."

„Habe ich behauptet, dass ich sie gehen lasse? Es waren deine Worte, nicht meine." Wendel lachte dröhnend. „Sie ist so ein hübsches Ding, wir werden schon unseren Spaß haben." Er stieß Leah gegen die Wand und presste sich von hinten gegen ihre Hüfte, rieb sich an ihrem Körper auf und ab und warf lachend den Kopf nach hinten. „Oh ja, viel Spaß", stöhnte er beinahe atemlos.

Leah spürte seine lüsterne Härte an ihrem Oberschenkel. Wendel spitzte den Mund. Angewidert drehte sie sich zur Seite und seine feuchten Lippen landeten auf ihrem Hals.

„Nein!" Mit Panik in den Augen sprang Alexander gegen das Zellengitter. „Das wagst du nicht, du mieser Verräter, lass sie sofort gehen!"

„Sonst was?" Wendel grinste höhnisch. Er donnerte ein brüllendes Lachen an die niedrige Kerkerdecke, während er sich weiter lüstern an Leahs Körper drängte. Dann drehte er sich abrupt um und zerrte sie an den Haaren hinter sich her.

„Wendel! Komm zurück, du willst doch in Wahrheit nur mich. Komm her! Du kannst mich hier auf der Stelle töten, ich werde mich nicht wehren! Lass sie gehen!"

Wendel drehte sich noch einmal um. „Nein, mein lieber Bruder, dich zu töten, wäre zu einfach. Ich werde dich vorher quälen. Es wird dich in den Wahnsinn treiben, machtlos in der Zelle zu sitzen und zu wissen, dass ich mich mit deinem Liebchen vergnüge. Ich werde ihr zeigen, was ein richtiger Mann ist, du verkrüppelter Waldschrat."

Noch kurze Zeit konnte Leah Alexanders Toben und Schreien hören, dann schloss sich die schwere Tür des Kerkers und kein Laut drang mehr heraus.

Wendel zerrte Leah hinter sich her zu den Schlafgemächern. Sie gab keinen Laut von sich und überlegte fieberhaft, wie sie fliehen könnte.

Lambert stand im Flur und starrte ihnen mit weit aufgerissenen Augen entgegen.

In seinem Gemach schleuderte Wendel Leah mit einer kräftigen Ohrfeige aufs Bett. Ihr Kopf krachte gegen einen Bettpfosten und plötzlich drehte sich das ganze Zimmer. Ein Schrei löste sich aus ihrer Kehle.

„Dann wollen wir doch mal sehen, zu was du kleines Miststück nütze bist." Wendel nestelte an seiner Hose, während sie gegen die Ohnmacht ankämpfte.

Plötzlich krachte es an der Tür. Im Augenwinkel sah Leah so etwas wie ein Messer blitzen.

„Lauft!", schrie Fürst Ulrichs alter Leibdiener und stürzte zusammen mit Wendel zu Boden.

Leah stemmte sich hoch, torkelte benommen aus dem Zimmer, hörte hinter sich Wendels wilde Flüche und den Todesschrei des armen Dieners. Das brachte schlagartig wieder Klarheit in ihren Kopf. Sie rannte die nächstbesten Stufen hinunter, als ob der Teufel ihr auf den Fersen wäre. Sie musste irgendwie hinaus, aber sie kannte sich nicht aus und wusste nicht, wo sie sich hinwenden sollte. Panisch jagte sie einfach weiter und bog um mehrere Ecken, Wendels Schritte hinter sich. Oder war das nur Einbildung?

Völlig außer Atem stürzte sie schließlich durch irgendeine Tür. Ihr verzweifelter Blick schoss durch den großen Raum mit kleinen Fenstern, und dieses Mal war sie ganz sicher, Wendels Stampfen hinter sich zu hören. Rasch zog Leah den Schlüssel ab und verbarg sich hinter der offenen Tür.

Wendel raste herein und stürzte beinahe über den großen Tisch, der in der Mitte des Raumes stand. Unter wüsten Flüchen wandte er sich um, aber Leah schlüpfte hinaus, schlug die Tür hinter sich zu und schloss ab.

Zitternd rannte sie weiter. Wo war sie nur? Die obere Etage des Palas war menschenleer, alle feierten unten im Rittersaal. Spärlich beleuchtete, schmucklose Flure waren gesäumt von dunklen Holztüren mit schweren Schlössern. Jeder Gang hier sah gleich aus.

Keuchend blieb Leah stehen und lehnte sich gegen eine Wand. Ihre Lungen und Beine schmerzten und sie versuchte vergeblich, ihre Atmung und ihren Herzschlag zu beruhigen. Es hatte keinen Zweck. Mit dem Wissen, dass Wendel immer noch hinter ihr her war, konnte sie nicht klar denken. Sie musste erst mal hier raus, also musste sie eine Treppe finden, die nach unten führte. Vorhin war sie doch an einem Treppeneingang vorbeigekommen.

Sie fand die Stelle schnell wieder und machte sich eilig auf den Weg nach unten. Beinahe wäre sie über etwas Glänzendes gestolpert, strauchelte und hielt inne. Alexanders Schwert!

Mit der Waffe in der Hand fühlte Leah sich schon viel

stärker und sicherer. Tief holte sie Luft und versuchte noch einmal, ihre Gedanken zu ordnen. Wendel würde über kurz oder lang aus diesem Raum herauskommen. Was würde er dann tun, da sie ja weg war? Er würde in den Kerker hinuntergehen und seinen Jähzorn an Alexander auslassen. Ihr Herz sprang in ihre Kehle hinauf bei dem Gedanken, was er Alexander antun könnte. Wahrscheinlich würde er ihn sogar umbringen. Nein, sie durfte jetzt nicht fliehen und Alexander im Stich lassen. Sie musste hinunter in den Kerker.

Irgendwo in ihrem Hinterkopf zeterte eine Stimme, dass sie vollkommen verrückt geworden wäre. Trotzdem gingen ihre Füße die Stufen wieder hinauf, an den Wohnräumen vorbei und den anderen Treppenaufgang noch einmal hinunter. Diesen Weg hatte sie sich gut gemerkt. Die schwere Tür am Eingang des Kerkers würde bewacht sein. Sie hielt das Schwert vor sich wie zum Angriff.

Irgendwann vor vielen Jahren hatte ein Ritter ihres Vaters ihr die vier Huten und verschiedene Haue beigebracht, aber mit dem Schwert umgehen konnte sie deswegen noch lange nicht. Immerhin gab das damalige Training ihr die Sicherheit, es richtig halten zu können, um hoffentlich einen Hieb abzuwehren. Vielleicht konnte sie einen unvorsichtigen Wachmann überraschen.

Langsam schlich Leah voran, bis sie die Tür sehen konnte. Sie stand offen und es war keine Wache da. Ein Hinterhalt? Nein, niemand erwartete Leah, wahrscheinlich waren die Wachen einfach nachlässig.

Nachdem sie einige Atemzüge lang gewartet hatte, schlich sie sich vorsichtig weiter. Die Treppe nach unten war steil und nur wenige Fackeln erhellten sie. Leah war ängstlich darauf bedacht, kein Geräusch zu machen. Von unten drangen Stimmen herauf. Die Wachmänner lachten und grölten laut und Leah glaubte, Met zu riechen. Rasch verbarg sie sich hinter der Waffentruhe, nahe genug, um zu verstehen, was gesprochen wurde.

„Der Met ist alle, du holst neuen."

„Nein, du. Ich war vorhin dran."

„Wir gehen zusammen und lassen Hunold hier. Der schläft ja schon fast." Schwerfällig standen die beiden Wachen auf. Zitternd duckte sich Leah tiefer und hielt den Atem an. Die Männer stolperten an ihr vorbei, ohne sie zu bemerken, und keiner von beiden sah sich um. Erst als sie am Ende der Treppe verschwunden waren, erhob Leah sich leise und spähte um die Ecke.

Da saß der zurückgebliebene Wachmann in seiner halb aufgeknöpften, dunkelroten Uniform an dem roh zusammengezimmerten Tisch, sein Kopf lag auf den Armen. Der Helm hing schief auf seinem Kopf und sein Schwertgürtel lag am Boden. Auf dem Tisch, zwischen zwei Krügen und mehreren Bechern sah Leah den Schlüsselbund. Sie hob Alexanders Schwert und trat vor. Der Mann bewegte sich nicht. Sie atmete tief ein und glitt einige Schritte weiter. Langsam streckte sie eine Hand aus.

Als sie den Schlüssel berührte, hob der Wachmann den Kopf und starrte sie an.

Seine glasigen Augen fixierten sie und einen Moment lang war sie nicht sicher, ob er die Situation überhaupt erkannte.

Dann griff er nach dem Schlüsselbund, lachte laut und lallte: „Ein Mädchen mit einem Messer. Pass nur auf, du wirst dich noch verletzen." Schwankend erhob er sich, stieß dabei den Schemel um und versuchte mit einer unkontrollierten Bewegung, nach Leah zu greifen. Er überragte sie wie ein Turm und als er vorwärts torkelte, hatte sie das Gefühl, gleich unter seiner Masse zerquetscht zu werden.

Sie schloss die Augen und ließ das Schwert niedersausen. Als sie die Augen wieder öffnete, lief Blut aus einem langen Schnitt an seinem Arm herab und sammelte sich in seiner Handfläche. Wie versteinert stand der Mann da und starrte auf seinen Arm. Den Schlüsselbund hielt er immer noch in der Hand und sein Blut begann, an dem Metall herunter zu tropfen.

„Die Schlüssel!", forderte Leah mit heiserer Stimme.

Der Kerl sah sie erschrocken an und hielt ihr ohne Widerspruch den blutigen Schlüsselbund hin.

„In die Zelle!", befahl sie. Als er fluchend hinein getorkelt war, verschloss sie die Tür hinter ihm.

Hastig wandte sie sich zu Alexanders Zelle. Er lag bewegungslos in der Mitte auf dem Boden. Mit fliegenden Fingern suchte Leah nach dem passenden Schlüssel und schaffte es schließlich, das Schloss zu öffnen. Sie riss die Tür auf und lief zu ihm hinüber.

Er war bewusstlos, Gesicht und Hände waren blutverschmiert und eine frische Wunde zog sich über seinen rechten Wangenknochen. Leah kniete sich neben ihn, Tränen schossen in ihre Augen. Sie war kurz davor, zusammenzubrechen, doch sie konnte dem jetzt nicht nachgeben. Nein, sie mussten hier weg, bevor die beiden Wachen zurückkamen. Wie könnte sie Alexander nur aufwecken?

Dann erinnerte sie sich an die beiden Krüge auf dem

Tisch. Einer war leer, aber wider Erwarten fand sie in dem anderen Wasser. Sie nahm den Krug und goss einen Teil des Wassers über sein Gesicht.

Alexander riss die Augen auf, sprang hoch und hätte sie dabei fast umgestoßen. Er hielt die geballten Fäuste vor sich. Endlos lange Sekunden starrte er Leah ungläubig an.

Dann machte er einen Schritt auf sie zu und berührte mit zitternden Fingerspitzen ihr Gesicht, wo Wendels Schlag sie getroffen hatte. Tränen standen in seinen Augen und seine Stimme brach fast. „Leah! Was hat er dir angetan? Ich konnte dich nicht beschützen, es tut mir so leid."

„Es ist nichts, nur ein Schlag ins Gesicht, sonst nichts. Der Leibdiener deines Vaters hat Weiteres verhindert und mit seinem Leben bezahlt."

Alexander schloss die Augen und atmete tief ein. Fest zog er sie an sich und seine Tränen benetzten ihre Haare. „Oh, Gott! Leah, ich bin ja so froh, ich dachte, er würde ..."

Plötzlich erklangen Stimmen auf der Treppe. Schnell lösten sie sich von einander. Leah hob Alexanders Schwert auf und reichte es ihm. „Die beiden Wachen kommen zurück, den dritten habe ich in eine Zelle gesperrt."

„Was?"

Schon waren die Wachleute am Ende der Treppe angekommen. Alexander sprintete vor und bedrohte die Männer mit seinem Schwert.

„Ab in die Zelle!", befahl er.

Die beiden gehorchten sofort, offenbar völlig überrumpelt. Leah schloss ab.

„Komm, folge mir!" Alexander griff eine Fackel von der Wand und lief die Stufen hinauf. Mit schlafwandlerischer

Sicherheit bog er um mehrere Ecken, rannte Flure entlang und Treppen hinauf und hinab. Zuletzt kamen sie in einen niedrigen Gang, der offensichtlich in die Erde gegraben worden war und von Holzpfeilern gestützt wurde. Wurzeln hingen hier und da herab und Leah war froh, in der nur durch die Fackel spärlich erhellten Dunkelheit nicht genauer erkennen zu können, was hier alles auf dem Boden herum huschte.

Alexander öffnete eine letzte Tür und sie waren draußen, außerhalb der Burgmauern vor einem kleinen Häuschen ohne Fenster. Völlig außer Atem stand Leah im blendenden Sonnenlicht und lehnte sich an die warme Steinmauer.

Alexander drehte sich zu ihr um und sah tief in ihre Augen. Besorgnis lag in seiner Miene, aber auch Erleichterung. „Leah, ich hatte solche Angst um dich. Es tut mir so leid, dass ich dich nicht beschützen konnte." Er nahm sie fest in den Arm und drückte sie noch einmal an sich. „Dergleichen wird nie wieder geschehen, hab keine Angst. Ich werde immer auf dich aufpassen." Er schob sie ein wenig zurück, um sie anzusehen. „Dass du mich ganz allein aus dem Kerker befreit hast, kann ich immer noch nicht glauben."

Leah stellte sich auf die Zehenspitzen und gab ihm einen Kuss. „Wie hätte ich dich denn dort lassen können?" Sie schloss die Augen und legte ihren Kopf an seine breite, starke Brust. Trotz der Sonnenwärme zitterte sie, aber Alexanders Umarmung gab ihr wieder Kraft und Zuversicht.

Er strich sanft über ihren Rücken, dann ließ er sie los. „Was ist denn mit Wendel geschehen?"

„Den habe ich irgendwo im Wohnturm in einem Zimmer

eingesperrt. Wer weiß, wann da jemand vorbei kommt, um ihn rauszulassen."

Alexander nickte ernst. „Wir sind hier nicht mehr sicher. Wir müssen weg, aber vorher müssen wir noch Jakob und deinem Vater sagen, was passiert ist. Wenn Wendel wieder frei ist und meine Flucht bemerkt, wird er außer sich sein. Wer weiß, was ihm dann einfällt."

„Aber wir müssen zuerst zum Hof und die Wunde in deinem Gesicht versorgen. Auch weniger tiefe Verletzungen können sehr gefährlich werden."

„Ja gut, zuerst zum Stallmeisterhof, aber danach müssen wir hier weg."

Sie hasteten außen um das Dorf herum, schlüpften zum Wiesentor hinein und zum Wohnhaus des Stallmeisters. Als sie in Leahs Kammer traten, sah Alexander sich mit großen Augen um. Im ganzen Raum duftete es wie immer nach den Kräutern. Seitlich hinter der Tür stand ein deckenhohes Regal mit vielen großen und kleinen Tiegeln und Flaschen voller verschiedener Salben, Öle und Kräuter. Unter der Decke hingen die Trockensträuße der verschiedensten Art. Leah hatte früher ihre Medizin in einem getrennten Raum untergebracht, aber es waren immer wieder Vorräte verschwunden. Daher hatte sie jetzt ein größeres Zimmer und konnte alle Kräuter gleich hier aufbewahren und verarbeiten.

Alexander atmete tief ein und nickte. „Daher kommt also der wunderbare Duft deiner Haare und Kleider."

Leah nickte mit einem grinsen, dann ging sie zum Regal und nahm eine Karaffe mit Kamillensud. „Ich liebe den Geruch der Kräuter und wenn ich sie nicht hier aufbewahren würde, hätte Bertha sie alle schon zum Kochen verbraucht."

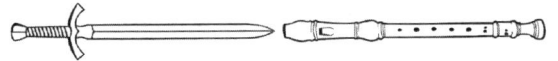

Jakob rannte zum Pferdehof, um Sebastian zu suchen. Kaum war er angekommen, traten Leah und Alexander aus dem Haus.

„Himmel, bin ich froh, euch lebendig zu sehen", brach aus ihm hervor. Atemlos stützte er die Hände auf die Oberschenkel. „Ihr glaubt nicht, was in der Burg los ist. Wendel hat seine Soldaten in der ganzen Burg nach Leah suchen lassen. Ich habe versucht, herauszufinden, was er von dir will, und habe von Ruther erfahren, dass er Alexander in den Kerker geworfen hat."

Nachdem er wieder zu Atem gekommen war, richtete er sich auf, und erst jetzt sah er Alexander richtig an. Er sah aus, als wäre er übel zusammengeschlagen worden, aber jetzt war nicht die Zeit für Fragen. „Kurz darauf ist Wendel in Richtung Kerker gerannt und kam wutschnaubend zurück in den Saal, weil Alexander geflohen war. Dann ist er Richtung Waffenkammer verschwunden, um sich zu rüsten und mit einigen Rittern nach dir zu suchen. Alexander, du musst schnell hier weg, Giso steht bereit."

Leah und Alexander sahen sich kurz an und die beiden verschwanden im Stall. Als sie mit dem Pferd wieder in den Hof traten, hörte Jakob schon den donnernden Hufschlag von Pferden.

Alexander sprang in den Sattel und reichte Leah seine Hand. „Komm, schnell!"

„Nein, mit zwei Reitern ist Giso nicht schnell genug. Reite los, ich werde mich verstecken", gab Leah zurück.

Alexander schüttelte vehement den Kopf. „Ich kann dich doch nicht hier lassen, wer weiß, was er tut, wenn er dich findet."

Jakob stimmte Leah zu. „Reite schnell zu deiner Bergfeste. Ich werde sie verstecken und werde Wendel sagen, du würdest nach Eissenburg reiten."

Alexander warf Leah einen finsteren Blick zu. „Wir sehen uns morgen. Pass gut auf sie auf, Jakob." Er wendete Giso und preschte in einer Staubwolke zum Wiesentor hinaus.

Jakob wandte sich zu Leah. „Komm, schleiche dich zur Hintertür hinaus und dann außen um den Hof herum. Sie werden Alexander verfolgen. Wenn sie fort sind, lauf zur Schmiede und warte dort auf mich."

Leah nickte und rannte zur Kellertreppe.

Die Reiter bogen in den Innenhof ein, sprangen von ihren Pferden und steuerten die Haustür an. Jakob lief hinter dem Gebäude entlang, durchquerte den Stall, trat von der anderen Seite in den Hof und stand direkt vor Wendel.

„Was ist denn hier los?", fragte er gespielt überrascht.

„Wir suchen den Verräter Alexander. Du bist doch sein Freund, hält er sich hier versteckt?", fragte Wendel und hob drohend seine Klinge.

Jakob beugte ein Knie und neigte den Kopf. „Verschont mein Leben, Herr. Ich habe ihn zum Tor hinausreiten sehen. Zuvor habe ich ihn sagen hören, dass er zum Grafen nach Eissenburg wollte."

„Und dieses Pferdemädchen?", zischte Wendel.

„Die hat er mitgenommen."

„Du bist nützlich, Schmied, daher werde ich dich gehen

lassen. Wenn deine Information falsch ist, wirst du wünschen, du hättest niemals ein Wort gesagt." Damit wandte Wendel sich um, rief seine Männer zusammen und stob mit ihnen durchs Wiesentor hinaus.

Jakob blieb mitten im Hof stehen, bis der letzte Reiter verschwunden war. Dann seufzte er auf und wandte sich in die entgegengesetzte Richtung. Er rannte hinüber zur Schmiede und suchte Leah. In der hinteren Kammer hinter der Truhe fand er sie, zitternd und mit tränenverschmiertem Gesicht.

Er kniete sich vor sie. „Leah, komm, es ist alles gut, du bist hier in Sicherheit."

Im nächsten Moment kamen Hannah, Sebastian und Bertha zugleich in die Schmiede. Sebastian nahm Leah in den Arm und sprach beruhigend auf sie ein. Bertha wollte wissen, was geschehen war und Jakob versuchte, es ihr zu erklären. Somit wurde es immer lauter, denn alle redeten zugleich.

Hannah übertönte das Stimmengewirr. „Wartet, setzt euch doch alle zuerst einmal an den Tisch, ich werde einen Tee kochen und dann werden wir besprechen, was passiert ist." Von ihrer resoluten Art überrascht, setzte Jakob sich an den Tisch und die Übrigen taten es ihm gleich.

Er ergriff das Wort. „Leah sollte uns am besten zuerst erzählen, wo Alexander ist und was genau in der Burg passiert ist."

KRANKHEIT

Als er auf dem Weg vom Palas zu seinem Zelt war, hörte Aribert aus einem der oberen Räume den Grafensohn schreien und toben. Er wollte sich abwenden, doch Wendel hatte ihn bereits gesehen und rief aus dem Fenster nach ihm. Seufzend drehte er sich zu den Gebäuden zurück.

Er war als Ritter der Grafschaft Gehrenburg seinem Lehnsherrn verpflichtet, ob er nun wollte oder nicht. Wendel war kein Herr, der seine Männer durch gutes Vorbild, Ehre und Gerechtigkeit leitete, wie Aribert es in seinen Jahren als Knappe vom alten Grafen kennengelernt hatte. Niemand wollte Wendel freiwillig dienen, doch alte Lehensverpflichtungen und familiäre Bande zwangen viele Ritter dazu, zähneknirschend zu gehorchen.

Aribert ging nach oben, um zu sehen, wo genau sein Lehensherr steckte. Das Wüten kam aus dem großen Ritterzimmer, in dem sich zu besonderen Gelegenheiten die hohen Herren mit dem Grafen trafen, um die Angelegenheiten des Fürstentums zu besprechen. Aribert sah den Schlüssel im Schloss stecken und öffnete die Tür.

Wendels Augen blitzten und sein Gesicht näherte sich Aribert bis auf wenige Zentimeter. „Wenn du auch nur einer Menschenseele erzählst, dass ich hier eingesperrt war, werde ich dich in den Kerker werfen lassen."

Aribert schluckte. So wenig er den despotischen

294

Herrscher mochte, so sehr fürchtete er seine hitzige und unberechenbare Art. Tief verbeugte er sich. „Jawohl, mein Herr." Nachzufragen, wie Wendel in diese seltsame Situation geraten war, erschien ihm angesichts des zornroten Gesichts kein guter Gedanke.

„Folge mir, wir müssen dieses Weibsbild finden", zischte Wendel und rannte die Treppe hinunter.

Widerwillig folgte Aribert ihm in den großen Saal. Wendel sprach mit seiner Mutter, um gleich darauf wieder in den Wohnturm zu stürzen. Aribert rannte hinter ihm her bis in den Kerker hinab.

Drei offensichtlich betrunkene Wachen waren in einer Zelle eingesperrt. Ängstlich drückten sie sich an die hintere Wand und wagten kaum, Wendel auf seine Fragen zu antworten. Die Zelle daneben war offen und leer.

Aribert erfuhr, dass Alexander in jener Zelle gesessen hatte, aber nun befreit worden war.

Als Wendel herausfand, dass sich die Wachen von einer Frau hatten überrumpeln lassen, zog er wutschnaubend seinen Dolch, stieß ihn dem ersten Wachmann in den Bauch und zog ihn in einem langen Schnitt nach oben. Blut lief über seine Hand, als er den Dolch zurückzog.

Aribert riss die Augen auf und wich zurück. Er wusste, dass Wendel impulsiv war und oft drakonische Strafe verhängte, aber dieses kaltblütige Töten schockierte ihn.

Der Mann presste beide Hände auf seinen Leib und brach mit einem Stöhnen zusammen. Die anderen Wachen fielen auf die Knie und flehten um ihr Leben. Blindwütig stieß Wendel der nächsten den Dolch in die Kehle.

Der dritte Wachmann versuchte zu fliehen. Wendel

machte einen Satz nach vorn und mit einem derben Fluch grub er die Waffe in den Rücken des Fliehenden. Beide Männer stürzten gemeinsam zu Boden und von dem Wachmann erklang ein seltsam pfeifendes Geräusch, eher er einen Schwall Blut hustete. Wendel sprang sofort wieder auf und stach noch einmal auf den Liegenden ein. Der Mann versuchte zu sprechen, brachte jedoch nur mehr Blut hervor. Schließlich rang er mit offenem Mund nach Luft.

Aribert drückte sich in eine Mauernische und starrte Wendel immer noch entsetzt an. Sein Blick flog über die sterbenden Männer und seine Knie wurden weich. War er der Nächste? Wie ein Sturmwind rauschte Wendel an ihm vorbei nach oben und Aribert blieb nichts anderes übrig, als ihm zu folgen. Hinter sich hörte er noch das Röcheln und Stöhnen der drei Wachleute und ein eiskalter Schauer lief ihm über den Rücken. Nicht einmal die Gnade eines schnellen Todes war den Dreien gewährt.

Im Rittersaal angekommen, rief Wendel vier weitere Ritter zu sich. Alle sollten sich rüsten und mit den Pferden vor das Burgtor kommen. Eilig machten die Aufgerufenen und Aribert sich daran, Wendels Befehlen nachzukommen, und so standen sie kurz darauf vor dem Burgtor bereit.

In wildem Galopp ritten sie durch das Dorf zum Stallmeisterhof. Kinder, Hunde und Hühner stoben zur Seite, um nicht von den Hufen der Pferde getroffen zu werden. Wendels Pferd strauchelte fast, als es in den Stallmeisterhof einbog. Im Innenhof angekommen, sprang Wendel ab und Aribert beeilte sich, ebenfalls abzusteigen und das Pferd zu halten. Von dem, was Wendel mit dem Schmied sprach, konnte er nur die Worte Alexander, Verräter und

Pferdemädchen verstehen. Er hatte sich allerdings schon zuvor denken können, wen sie suchten.

Als gestern der silberne Ritter gesiegt hatte und sich danach als Alexander zu erkennen gab, war Aribert sehr erleichtert gewesen. So gab es wieder Hoffnung, dass nicht Wendel die Zukunft der Grafschaft bestimmen würde. Jetzt schien sich das Blatt wiederum zu wenden.

Widerstrebend stieg Aribert auf sein Pferd, um Wendel durch das Weidetor zu folgen. Er musste eine Entscheidung treffen. Auf wessen Seite würde er stehen, sollten sie Alexander finden?

Zuerst ritten sie im wilden Galopp, dann mussten sie mehrmals anhalten, weil einige Ritter und auch Wendel von plötzlichen Bauchkrämpfen erfasst wurden und sich im Gebüsch erleichtern mussten. Danach ging es nur noch langsam weiter durch die aufziehende Dunkelheit.

Schließlich erreichten sie Eissenburg. Die schweren Burgtore waren bereits geschlossen und die Wache war wenig begeistert von den nächtlichen Besuchern. Sie mussten lange vor dem Burgtor warten, bis schließlich die kleine Tür im Torflügel geöffnet wurde und man sie einließ.

Die große, bestens befestigte Burganlage, auf dem Bergsporn über dem Fluss, lag dunkel und still da. Nur der Wachmann und zweiDiener standen im Innenhof und beäugten den seltsamen Zug von kranken Rittern und müden Pferden.

Sie hatten sich alle schon unterwegs mehrmals übergeben müssen und waren inzwischen sehr durstig. Beim Brunnen im Innenhof zogen sie den Eimer hoch und tranken das kalte Brunnenwasser. Aribert ging es noch deutlich besser als den anderen, aber auch bei ihm hatten inzwischen schmerzhafte Bauchkrämpfe eingesetzt. Vorsichtig nahm er einen Schluck, doch als er sah, wie die Übrigen das eiskalte Wasser sogleich wieder erbrachen, legte er die Schöpfkelle zur Seite.

Wendel war wütend, weil man sie nicht sofort zum Grafen von Eissenburg vorlassen wollte. Immerhin erfuhren sie von den Wachen, dass Alexander nicht hier angekommen war. Auch er wurde von Krämpfen geschüttelt, war aber nicht bereit, den Rest der Nacht hier zu verbringen. Wendel wollte sofort weiter nach Alexander und dem Mädchen suchen und drohte allen Rittern mit der Todesstrafe, wenn sie nicht sofort auf ihre Pferde stiegen und ihm folgten. Er zog sich mühsam wieder auf sein Pferd und trieb es in wildem Tempo zum Tor. Aribert und ein weiterer Ritter machten sich bereit, ihm zu folgen. Die Übrigen saßen entkräftet vor dem Brunnen. Aribert sah sie an und ihm wurde klar, dass auch er den langen Weg zurück wahrscheinlich nicht mehr schaffen würde.

Alexander ritt wie der Wind die Straße hinunter und achtete darauf, auf dem weichen Boden sichtbare Hufspuren zu hinterlassen. Die Abzweigung mit dem alten Weg zur Berg-feste passierte er in schnellem Galopp Richtung Eissenburg. Einige Zeit später ließ er den Schimmel über eine niedrige Wallhecke in das neben der Straße liegende Gesträuch sprin-gen. Im Schutz der Bäume schlug er einen weiten Bogen zur Bergfeste.

Übelkeit und Schmerz breitete sich in seinen Eingeweiden aus und er musste anhalten und absteigen, um sich zu erleichtern. Nach einigen Unterbrechungen kam er endlich auf dem Berg an, konnte aber kaum noch Giso versorgen, ehe er sich übergeben musste. Anschließend schleppte er sich in seine Stube, wo er entkräftet auf der Liege zusammenbrach. Er wollte nur kurz ausruhen, dann würde er noch das große Tor schließen und alle Waffen bereitlegen für den Fall, das Wendel noch hier oben nach ihm suchen würde.

Als Alexander wieder erwachte, war es bereits ganz dunkel, er fühlte sich heiß und war sehr durstig. Wie lange hatte er hier so gelegen? Er versuchte, von der Liege aufzustehen. Seine Arme und Beine waren kraftlos und es kostete ihn unendliche Mühe, sich hochzustemmen. Kaum hatte er das geschafft, stach krampfhafter Schmerz in seinen Bauch und er brach wieder zusammen.

Es dauerte eine Weile, ehe er imstande war, sich zu erheben. Ihm war schwindelig und er konnte kaum stehen. Brennender Durst bestimmte sein Denken, doch er hatte kein Wasser mehr im Haus, und die Pferdetränke war weiter von der Tür entfernt als der Wasserfall. Langsam, sich mit einer Hand immer an der Wand abstützend, schlurfte er hinaus, torkelte über den kleinen Platz und wäre fast ins Wasser gefallen.

Er trank in langen, gierigen Zügen und das eisige Wasser kühlte von innen seine Hitze, zumindest im ersten Augenblick. Erschöpft blieb Alexander am Wasserfall sitzen und schloss für einen Moment die Augen. Bald krampfte sich sein Magen wieder zusammen. Alles Wasser, das er gerade getrunken hatte, wollte wieder hinaus. Zusammengekauert kniete er auf den nassen Felsen und konnte nicht aufhören, zu würgen. Flach atmend legte er sich hin und presste sein Gesicht an den kühlen Stein. Wenn er sich gleich wieder besser fühlte, würde er ins Haus zurückgehen. Nur einen kurzen Moment ...

Die Sonne brannte auf sein Gesicht, als er aufwachte. Durst, Hitze, Schmerz. Wieder wollte sein Magen allen Inhalt loswerden, doch da war nichts mehr. Als das Würgen aufgehört hatte, rollte sich Alexander herum und trank, doch die Kälte des Wassers brachte dieses Mal keine Erleichterung. Und auch dieses Mal blieb das Wasser nur wenige Augenblicke in seinem Magen. Alexander ließ die Beine ins eiskalte Wasser gleiten, rutschte schließlich bis zur Hüfte hinein.

Langsam wurde sein Kopf klarer. Hatte er wirklich die ganze Nacht und den Morgen hier draußen gelegen? Es musste inzwischen fast Mittag sein. War er verfolgt worden? Was war inzwischen unten im Dorf wohl geschehen? Er fühlte sich ausgetrocknet und die schmerzhaften Krämpfe hatten ihn völlig erschöpft. Er musste Fieber haben.

Alleine würde er diese Krankheit nicht bezwingen.

Leah.

Wenn ihn jemand vor diesem Fieber retten konnte, dann sie. Er konnte nicht zum Dorf hinunter reiten, er konnte ja kaum stehen. Wenn er Giso frei ließ, würde er zum Stallmeisterhof, zu seinem neuen Zuhause laufen? Es war Alexanders einzige Hoffnung. Mühsam erhob er sich und schleppte sich an der Mauer entlang zum Stall.

Giso schnaubte schon ungeduldig. Er erwartete wohl

sein Frühstück. Alexander öffnete die Tür und Giso lief sogleich hinaus und zur Tränke. Dann kam er zurück und blieb abwartend vor Alexander stehen. Der saß schwer atmend auf dem Boden und schaute mit fiebrig glänzenden Augen zu dem Schimmel auf. Es dauerte eine ganze Weile, ehe Giso sich umwandte und aus dem Tor trabte.

Jetzt konnte Alexander nur noch abwarten. Er schob sich ein wenig unter das Vordach, um der glühenden Sonne zu entfliehen, und schloss die Augen.

Wildes Klopfen an der Tür weckte Leah. Schreckstarr saß sie im Bett und wagte nicht, zu antworten.

„Leah, ich bin Elsa, du musst helfen, Georg ist krank!"

Ihr fiel ein Stein vom Herzen. Halb hatte sie mit Wendels Schergen gerechnet.

„Ja, ich komme sofort, ich muss mich erst ankleiden." Sie beeilte sich und öffnete der aufgelösten Elsa die Tür.

„Er hat sich die ganze Nacht übergeben und ist immerzu zum Abort gegangen. Jetzt kann er gar nicht mehr aufstehen. Er hat großen Durst, aber immer, wenn er etwas trinkt, kommt es sogleich wieder heraus."

Leah zog einige Kräuter aus den Trockensträußen und eine kleine Dose aus ihrer Holzkiste, in der sie die teuren Gewürze aufbewahrte, die hier nicht wuchsen. Dann eilten sie zu Georgs Zimmer. Er lag ausgestreckt in seinem Alkoven. Schweißperlen glänzten auf seiner roten Stirn und er hatte die Augen geschlossen.

Leah fragte Elsa: „Welches Holz habt ihr in der Küche verbrannt?"

„Buchenholz, wir haben es zum Räuchern genutzt. Warum, hat das etwas mit der Krankheit zu tun?" Elsa sah sie erschrocken an.

„Nein, ich brauche die Holzkohle. Könntest du mir eine halbe Tasse davon im Mörser zerstoßen? Und setz einen großen Löffel hiervon mit einem Kessel Teewasser auf, bitte." Sie gab Elsa einen Beutel mit geschnittener Eichenrinde.

„Ja, natürlich. Ich beeile mich."

Als Elsa gegangen war, fasste Georg Leahs Hand. Er wollte ihr offenbar etwas sagen und holte tief Luft. Dann schüttelte er den Kopf und presste die Lippen zusammen.

Leah nickte. „Elsa ist ein sehr nettes Mädchen. Sie wird gut auf dich achten und dich wieder gesund pflegen."

„Ja", brachte Georg hervor und mit einem dankbaren Lächeln schloss er wieder die Augen.

Als Elsa mit der Holzkohle und dem Eichenrindentee zurückkam, gab Leah sofort Kamille und Fenchel in das heiße Wasser. Nachdem dies noch einige Minuten durchgezogen war, goss sie das Gebräu in einen Becher und verrührte es mit der Holzkohle zu einem dünnen Brei. Dann gab sie einen kleinen Löffel Ingwerpulver hinzu.

Konnte sie hier wohl Ingwer bekommen, wenn ihr Vorrat zur Neige ging? Als sie mit Helena in Breda gelebt hatte, waren sie ab und an nach Antwerpen gereist, um beim Gewürzhändler die Vorräte aufzufüllen. Ingwer, Zimt, Anis und Kümmel brauchten sie immer wieder, um verschiedenste Krankheiten zu lindern. Zusätzlich waren diese Pflanzen auch in der Küche beliebt, so dass Helena immer scherzhaft gesagt hatte: „Lass nie eine Köchin an deine Pulverkiste."

Leah seufzte bei dieser Erinnerung. Dann riss sie sich aus ihren traurigen Gedanken und wandte sich an Elsa.

„Das hier muss Georg ganz langsam austrinken."

„Es wird direkt wieder herauskommen", wandte Elsa ein. Ihr standen die Tränen in den Augen.

„Das wird es hoffentlich nicht, wir werden sehen. Der Ingwer sollte den Brechreiz vertreiben und die Kohle soll das Gift aus dem Körper holen, das das Erbrechen auslöst. Wenn er das getrunken hat, kannst du den Tee abseihen, etwas Salz und Honig hinzugeben und ihm in kleinen Schlucken zu trinken geben."

„Mit Salz und Honig? Wird das nicht furchtbar schmecken?", fragte Elsa ungläubig.

Leah schnaubte. „Es ist kein Festmahl, sondern eine Medizin. Sieh zu, dass er sich überwindet. Außerdem mach kalte Wadenwickel gegen das Fieber. Wenn er bis heute Abend alles bei sich behalten hat, kannst du ihm eine kleine Menge gekochter Möhren und Fenchel zu essen geben."

„Ich danke dir, Leah."

Leah verließ Georgs Kammer und huschte vorsichtig zwischen den Gebäuden her zur Schmiede. Sie hatte mit Jakob vieles zu besprechen.

Hannah öffnete die Tür und Leah war sofort klar, dass sie die gleiche Krankheit hatte wie Georg.

„Oh je, du auch?"

Hannah sah sie mit erschöpftem Blick an und sank auf den nächsten Stuhl. Ihre aufgesprungenen Lippen und die heiße Haut sprachen für Leah eine deutliche Sprache.

303

„Eicke hat es auch", sagte Hannah, lehnte sich zurück und schloss die Augen.

„Wo ist Jakob?", fragte Leah besorgt.

„Der ist losgelaufen, um dich zu holen."

In dem Augenblick kam Jakob schon wieder herein. Leah sah sich den kleinen Eicke an und versorgte ihn mit ihrer Medizin und kalten Wadenwickeln. Dann erklärte sie Jakob, wie er seine Frau behandeln musste. Sie ließ reichlich von den Kräutern und auch ein paar Löffel Ingwer bei ihnen.

„Den Ingwer aber zuerst nur einmal geben. Nur wenn es davon nicht besser wird, später noch eine zweite Portion", ermahnte sie Jakob. „Ich muss nach Sebastian sehen. Später komme ich noch einmal vorbei." Leah wandte sich eilig zum Gehen.

Jakob legte seine Hand auf ihre Schulter. „Sei vorsichtig, Wendel sollte bereits aus Eissenburg zurück sein. Lasse dich auf keinen Fall im Dorf sehen."

„Nein, ich gehe direkt zurück zum Hof."

Leah schlich zwischen den Häusern hindurch und sah sich immer wieder um. Als sie jedoch in den Stallmeisterhof einbiegen wollte, stand Bruno vor ihr. Erschrocken zuckte sie zurück, aber er beugte seinen Kopf und sprach sie höflich an.

„Meine Dame, ich möchte noch einmal um Eure Hilfe bitten. Meine Knappen sind beide krank. Ich habe kein Vertrauen mehr in die Dorfheilerin. Würdet Ihr bitte helfen?"

Leah schluckte und drückte sich mit dem Rücken an die Wand. War dies eine List, um sie in die Burg zu locken? Aber warum sollte er das nötig haben? Wenn Wendel Bruno geschickt hätte, um sie zu holen, dann hätte er sie einfach packen und dorthin bringen können.

„Ich habe keine Zeit, ich muss dringend ..."Leah stockte, weil ihr im Moment einfach nichts einfallen wollte. Sie hatte das Gefühl, vor lauter Angst nicht mehr klar denken zu können.

Bruno unterbrach sie. „Ich weiß, Ihr vertraut mir nicht, und ich habe Euer Misstrauen wahrscheinlich auch verdient, aber die beiden Burschen ... ich kann wirklich nicht Hedwig fragen."

„Was genau haben sie denn", fragte Leah, und beobachtete Brunos Miene genau. Er wirkte tatsächlich besorgt und nicht feindselig. Nachdem Bruno die Krankheitszeichen beschrieben hatte, willigte sie ein, ihm die nötige Medizin zu geben. Sie überwand sich schließlich, ihm zu erklären, warum sie nicht mit zur Burg gehen konnte.

Bruno wirkte überrascht und aufgebracht. „Das ist ja unglaublich, allerdings muss ich zugeben, dass ich Wendel dergleichen jederzeit zutrauen würde. Er ist ein Tyrann und schreckt vor nichts zurück, um seine Machtposition zu erhalten." Bruno straffte sich und legte in einer bedeutungsschweren Geste die Faust auf sein Herz. „Mein Schwert wird Euch und Alexander jederzeit verteidigen, auch gegen Wendel. Ich denke, es wird noch andere Ritter geben, die so denken."

Leah war verwundert, aber auch sehr erleichtert. Alexander konnte jede Hilfe gebrauchen, wenn er zurückkam. Dass ausgerechnet Bruno der Erste sein würde, der für Alexander kämpfen wollte, hatte sie allerdings nicht erwartet. „Seid bitte sehr vorsichtig, mit wem Ihr darüber sprecht.

Wenn Wendel erfährt, dass ich noch hier im Dorf bin, wird er mich schneller finden, als mir lieb ist."

Bruno berichtete: „Er ist seit gestern Abend nicht mehr gesehen worden. Seine Mutter sorgt sich bereits. Sie hat auch nach der Heilerin geschickt, vielleicht ist sie ebenfalls erkrankt."

„Er wird zurückkommen. Ich fühle mich in der Nähe der Burg nicht sicher. Nehmt bitte die Medizin mit und verabreicht sie, wie ich es gesagt habe. Wenn es nicht besser wird, lasst Eure Knappen zum Stallmeisterhof bringen."

„Das werde ich tun. Ich danke Euch sehr, meine Dame." Bruno verbeugte sich vor ihr, als wäre sie eine Edelfrau, dann wandte er sich um und verschwand.

Als Leah zurück auf den Hof kam, lief sie direkt in die Küche, um Bertha nach Sebastian zu fragen. Er saß neben der Kochstelle und beide unterhielten sich aufgeregt. Leah war froh, die zwei bei guter Gesundheit zu sehen, und erzählte ihnen von den Krankheitsfällen.

Sebastian war blass geworden. „Als du noch klein warst, hatten wir in unserer Stadt auch einmal so eine Krankheit. Schwarze Ruhr haben sie sie genannt. In jedem Haushalt ist mindestens einer daran gestorben."

Leah sank auf einen Stuhl und nickte. „Helena hat mir davon erzählt. Sehr viele wurden krank, aber nicht alle. Bei manchen war es nur eine kleine Übelkeit, aber die, die hohes Fieber hatten und zur Ader gelassen wurden, sind alle gestorben." Gerade wollte sie sich darüber auslassen, wie unnötig oft Leute zur Ader gelassen wurden, als ihr Blick aus dem Fenster fiel. Giso stand im Innenhof.

Alle drei starrten das Pferd entgeistert an.

Leahs Herz raste und Angst um Alexander drückte ihr die Kehle zu. „Er ist ungesattelt, das bedeutet hoffentlich, dass Alexander es zur Feste geschafft hat. Vielleicht ist er ausgebrochen. Ich muss hinreiten und Alexander suchen!"

Sebastian nickte und sprang auf. „Ich sollte wenigstens ein brauchbares Zaumzeug finden. Die Sättel sind ja alle für die schweren Arbeitspferde. Keiner davon wird Giso passen."

Leah rannte in ihre Kammer, um Medizin und ihre Tasche zu holen. Sie hatte eine Ahnung, dass Alexander auch an der Krankheit leiden könnte, und das steigerte ihre Angst um ihn weiter. Kohle, Kamille und Fenchel gab es oben in der Bergfeste. Die Kräuter hatte sie ja selbst dort zum Trocknen aufgehängt. Nur Eichenrinde und Ingwer musste sie mitnehmen.

Natürlich hatte sie Angst, die Sicherheit ihres Zuhauses zu verlassen. Irgendwo da draußen war Wendel und suchte sie. Mit bebenden Händen steckte sie die Flöte ein und verschloss ihren Umhang mit Alexanders Fibel. Sie glaubte fest daran, dass dieses schöne Schmuckstück ihr Glück bringen und sie sicher zu ihm führen würde. Die Tasche band sie sich mit einem Lederriemen auf den Rücken.

Sebastian hatte Giso einen Zaum angelegt und stand mit dem Pferd beim Brunnen. Leah kletterte auf den Rand und glitt von dort aufs sattellose Tier.

Sebastian hielt Giso noch am Zügel. „Mein Mädchen, sei vorsichtig. Geh kein Risiko ein, wir brauchen dich alle, und Alexander braucht dich am meisten."

„Ja, Vater. Wenn noch jemand krank wird, wissen Elsa und Jakob, was man tun muss. Wenn Alexander die Krankheit auch hat, kann es sein, dass ich mehrere Tage nicht zurückkommen kann. Mach dir keine Sorgen." Damit ritt sie eilig durch das Weidetor.

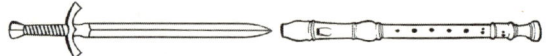

Alexander erwachte wieder vom Brennen der Sonnenstrahlen in seinem Gesicht. Sein Mund war wund und seine Lippen aufgesprungen. Die Hitze in seinem Körper und seinem Kopf machte das Denken schwer. Er wollte nur noch zum kalten Wasser.

Langsam schob er sich mit dem Rücken an der Wand hoch, hielt einen Moment inne und schleppte sich dann Schritt für Schritt an der Mauer entlang zum Wasserfall. Mehrmals musste er auf dem Weg innehalten und seine Kräfte sammeln. Als er endlich angekommen war, ließ er sich auf den Boden sinken und trank gierig. Nachdem das Würgen und die Krämpfe nachgelassen hatten, legte er den Kopf auf den nassen Stein, ließ seine Hände in das eisige Nass hängen und schloss die Augen. Immerhin kühlte hier der feine Sprühregen des Wasserfalls seinen erhitzten Körper.

Jemand hatte ihn auf den Rücken gedreht und sprach mit ihm. Mühsam öffnete er die Augen und blinzelte in die grelle Sonne.

„Alexander, wach auf, du musst aufstehen!"

Er konnte das Gesicht noch immer nicht erkennen, aber es war Leahs Stimme, die ihn aus seiner Ohnmacht riss.

Seine Hand fand ihre und er presste sie an seine Brust.

„Du bist gekommen", flüsterte er heiser und hielt sich krampfhaft an ihr fest.

Ein kalter Wasserguss brachte seine Lebensgeister langsam wieder zurück. Mehrmals übergoss Leah seinen ganzen Körper mit dem eiskalten Wasser. Schließlich hörte die Welt auf, sich um ihn zu drehen, und er war so weit wach, dass er sich aufsetzen konnte.

„Hör auf, ich werde noch erfrieren", brachte er matt hervor.

Sie hockte sich neben ihn und gab ihm einen Kuss auf die Wange. „Na, das würde wohl noch einige Kübel Wasser brauchen, bei deinem Fieber, aber jetzt bringe ich dich ins Haus, ich habe Medizin mitgebracht."

Leah schob ihre Schulter unter seinen Arm und half ihm beim Aufstehen. Schwankend gingen sie zum Haus und Alexander setzte sich entkräftet auf sein Bett.

„Leg dich erst einmal hin, ich muss Feuer machen und Tee kochen."

Mit bereits geschlossenen Augen nickte er und ließ sich nach hinten gegen die Wand sinken. Er hörte, wie sie an der Feuerstelle hantierte, traute jedoch dem kleinen Hoffnungsfunken in seinem Herzen noch nicht. Würde sie ihn wirklich heilen können oder war es zu spät? Immerhin war sie jetzt da und er müsste dem Unvermeidlichen nicht allein entgegensehen.

Ihre Hand strich über seine Stirn.

Er schlug die Augen auf und sah in ihr besorgtes Gesicht. „Leah, ich hatte Angst, allein zu sterben. Aber jetzt bist du da. Wirst du bis zum Ende bei mir bleiben?"

Er sah, dass seine Worte sie schockierten, sie aber um ein zuversichtliches Lächeln kämpfte. „So weit ist es noch nicht, du wirst kämpfen und ich werde hier bei dir sein."

Erleichtert nahm er ihre Hand und küsste ihre Finger mit seinen aufgesprungenen Lippen.

„Komm, setz dich auf, du musst das hier trinken."

„Ja, trinken", flüsterte er matt. Gierig griff er nach dem Becher. Doch sie hielt ihn fest, gab ihm das warme, breiige Getränk nur langsam und schluckweise zu trinken. Es lag wie Mehl auf seiner Zunge und ließ sich nur schwer schlucken, außerdem schmeckte es bitter und scharf.

Leahs Medizin, es würde ihm helfen, dachte er sich und schluckte es herunter.

Er ließ sich wieder zurücksinken und beobachtete Leah. Sie nahm zwei Tücher, legte sie in kaltes Wasser und wickelte sie um seine Beine. Anschließend ging sie zur Feuerstelle und gab noch etwas in den Kessel.

„Jetzt muss es ziehen und etwas abkühlen. Hast du Salz und Honig hier?", fragte sie.

„Ja, da drüben in der Kiste neben der Kochstelle."

Als Leah den Tee vorbereitet hatte, setzte sie sich wieder neben Alexanders Bett, strich ihm eine dunkle Strähne aus dem Gesicht und fühlte seine heiße Stirn. Mit verschwommenem Blick sah er sie an, fasste ihre Hand und drückte sie an seine Wange.

„Ich bin so glücklich, wenn du bei mir bist."

Tränen schimmerten in ihren Augen. Dabei hatte er doch nur ausdrücken wollen, wie viel sie ihm bedeutete. Was hatte er falsch gemacht?

Sie schluckte schwer, stand wieder auf und holte den

Tee. „Trink es ganz langsam, es ist noch sehr heiß."

Er nahm den Becher vorsichtig mit beiden Händen und atmete den mit dem Dampf aufsteigenden Fenchelduft tief ein. Als er das heiße Getränk probierte, zog er kurz die Stirn in Falten. Es roch nach Fenchel und Kamille mit einer etwas herben Note, aber es schmeckte wirklich merkwürdig. Etwas Heißes zu trinken, während sein Körper mit dem Fieber kämpfte, erschien ihm seltsam. Er sehnte sich nach riesigen Schlucken kühlen Wassers, obwohl er genau wusste, dass sie keine Linderung bringen würden.

Der heiße Tee entspannte seine Innereien und die Bauchkrämpfe ließen nach. Nachdem er den Becher geleert hatte, schloss er die Augen und fiel sofort in einen tiefen Schlaf.

Heilung

Jakob legte seine Hand auf die Stirn seines Sohnes, um dessen Temperatur zu prüfen. Eicke war eingeschlafen und auch Hannah musste sich nicht mehr ständig übergeben. Sie lag allerdings noch immer mit rotem, heißem Gesicht im Bett.

„Jakob, ich komm mit Eicke schon zurecht. Geh zu Ruther und finde heraus, was in der Burg los ist. Wendel ist gefährlich, wenn er Alexander in Eissenburg nicht findet, wird er darauf kommen, ihn in der Bergfeste zu suchen. Du musst treue Ritter zusammenrufen, um ihm zu helfen."

„Ja, Hannah, du hast völlig recht, aber da ist noch etwas." Jakob schüttelte den Kopf. „Wir kennen doch Otilia. Sie wird sicherlich Alexanders Auftauchen für die Krankheit verantwortlich machen und der alte Fluch wird wieder neue Kraft bekommen. Dann ist genau das Gegenteil von dem passiert, was wir erreichen wollten."

Hannah zog die Nase kraus und Jakob musste lächeln. Immer, wenn sie hart über etwas nachdachte, machte sie dieses Gesicht.

„Bei solchen Katastrophen brauchen die Leute einen Schuldigen. Wir müssen ihnen einen geben. Wendels verräterisches Verhalten wäre ebenso ein guter Grund. Wir müssen nur schneller sein und das Gerücht gründlicher verbreiten."

„Hannah, ich wusste, dass dir wieder etwas einfallen würde. Ich werde direkt zu Ruther gehen und anschließend mit Sebastian darüber sprechen." Er gab seiner geliebten Frau einen schnellen Kuss, ehe er hinaus eilte.

Auf dem Marktplatz traf er auf Hedwig, die alte Dorfheilerin, die sich schwer auf ihren knorrigen Stock stützte. Ihre grauen Haare waren stramm nach hinten gekämmt und die große Tasche mit allerlei Werkzeugen und Heilmitteln hatte sie sich auf den Rücken gebunden. Ihr langer Rock war zerschlissen und auf dem Tuch, das sie anstelle eines Umhangs trug, war das Muster kaum mehr erkennbar.

Jakob kam ein verwegener Gedanke. Er grüßte die alte Frau freundlich. „Hallo, liebe Hedwig. Ich habe gehört, eine schlimme Krankheit geht um. Da habt Ihr bestimmt kaum Zeit für die neuesten Ereignisse aus der Burg."

Sie bog den Kopf nach hinten, um ihn aus ihren kleinen, faltenumkränzten Augen anzusehen. „Ja, Schmied, viele Leute haben mich heute bestellt, aber was in der Burg vorgeht, ist natürlich immer von großer Wichtigkeit." Interessiert hob sie die Augenbrauen und all die kleinen Fältchen in ihrem Gesicht schienen mit nach oben zu gleiten.

Jakob erzählte ihr ausführlich von Wendels schrecklichem Verrat am rechtmäßigen Thronfolger und schloss seinen Bericht mit einer vorsichtigen Frage. „Und jetzt ist plötzlich diese schreckliche Krankheit ausgebrochen. Ihr denkt doch nicht vielleicht, dass der schändliche Verrat am Grafen das über uns gebracht haben könnte?"

Hedwig legte den Kopf ein wenig zur Seite, ohne ihren Blick von seinem Gesicht abzuwenden. Man konnte in ihrem Mienenspiel erkennen, wie die alte gebeugte Frau diesen neuen Gedanken in ihrem Kopf hin und her bewegte.

„Solche Dinge sind durchaus möglich. Ich werde mir die Krankheitszeichen daraufhin einmal genauer anschauen. Jaja, durchaus möglich." Sie wandte sich ab und humpelte geschäftig in den nächsten Hauseingang.

Jakob konnte sich ein Grinsen nicht verkneifen. Dann eilte er weiter zur Burg. Er fand Ruther in der Waffenkammer beim Aufräumen der Waffen und Rüstungen.

„Du machst das selbst? Wo sind die Burschen und Knechte?", fragte Jakob.

Ruther sah auf und als er Jakob erkannte, ließ er sofort alles liegen, und kam auf ihn zu. „Wie gut, dass du da bist. Ich wollte schon zur Schmiede kommen, aber das war nicht möglich. Es ist ein Grauen. Die eine Hälfte ist krank und die andere Hälfte hat kranke Familienmitglieder zu Hause zu pflegen."

Jakob war erstaunt. „Du wolltest zu mir kommen? Was ist hier los?"

„Lass uns in meine Stube gehen? Du glaubst nicht, welche Geschichte hier umgeht", gab Ruther zurück. Dann erzählte er, was er von den Dienern der Gräfin erfahren hatte. Otilia behauptete, Alexander hätte Wendel entführt und niemand wüsste, wo sie wären.

Jakob wunderte sich. „Dann ist Wendel aus Eissenburg noch nicht zurückgekehrt?"

„Eissenburg, was tut er denn dort? Otilia hat keine Ahnung, wo er ist. Auch keiner seiner Gefolgsleute ist zurückgekommen", entgegnete Ruther. Daraufhin musste Jakob zunächst erklären, was mit Alexander wirklich nach dem Festbankett geschehen war, und warum er Wendel in

Eissenburg glaubte. „Wenn die Krankheit sie alle dort oder auf dem Weg erwischt hat, kommen sie womöglich so bald nicht wieder. Das gibt uns Zeit, einige Ritter zu Alexanders Unterstützung zusammenzurufen."

„Jakob, ich glaube, damit hat Bruno bereits begonnen."

„Bruno? Ausgerechnet Bruno vom Hohenstein?", fragte Jakob und schüttelte den Kopf. Das alles wurde immer unglaublicher.

„Ja, was ich gehört habe, war er wegen seiner kranken Knappen bei Leah. Dann hat er jeden Ritter angesprochen, ob er bereit ist, Alexander zu verteidigen, sobald er wieder auftaucht."

„Oha, dann hat Leahs Behandlung seiner Schulter ihn offensichtlich tiefer beeindruckt, als er zugeben würde. Immerhin hatte die alte Hedwig den Arm für unheilbar erklärt."

Ruther nickte. „Das wird so sein, aber ich glaube, du hast dich von Anfang an in ihm getäuscht. Er ist zwar ein Saufbold und Angeber, aber er war stets dem Grafen treu und hat Wendel schon immer verachtet. Ich denke, er hat eine ganz ansehnliche Menge an Rittern zusammenbekommen."

Jakob atmete auf. Das Rittervolk war allesamt adelig und ließ sich eigentlich nur mit ihresgleichen ein. Er hatte sich schon gefragt, wie er den hohen Herren die ganze Geschichte erklären sollte.

„Ach, Ruther, eine Sache ist da noch." Jakob erklärte ihm Hannahs Plan und was er selbst gerade mit der Heilerin gesprochen hatte.

Der Waffenmeister warf den Kopf nach hinten und sein

Lachen dröhnte durch den kleinen Raum. „Das hast du gut gemacht. Da hättest du auch gleich einen Stadtausrufer bestellen können." Er beruhigte sich schnell und setzte ernster hinzu: „Ich glaube, Otilia ist ebenfalls krank. Hedwig war heute ganz früh hier und ich sah Otilias Kammerzofe mit ihr aus der Burg gehen."

Jakob nickte bedächtig. „Warum sollten solche Krankheiten auch nur das niedere Volk treffen? Und hast du irgendetwas von Graf Ulrich gehört? Um ihn mache ich mir ebenfalls ernste Sorgen."

„Nur dass sein Kammerdiener tot ist. Ein Dolchstoß direkt ins Herz, hieß es. Sonst habe ich nichts erfahren können."

Jakob nickte. Das passte zu der Geschichte, die er bereits von Leah gehört hatte. Er bat Ruther, Lamberts Familie ausfindig zu machen. Er wollte sie besuchen und sehen, ob er etwas für sie tun könnte. Immerhin hatte der Diener sein Leben für Leah geopfert.

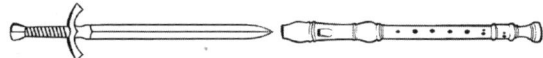

Leah saß neben Alexanders Bett. Ihre Gedanken rasten. Da gab es Wendel, Otilia, die Ritter. Wie würden sie alle sich jetzt Alexander gegenüber verhalten? Hätte er Verbündete? Wie stark waren seine Feinde? Und wo war ihr eigener Platz in diesem Machtkampf? Konnte sie ihm in irgendeiner Art helfen? Wie sollte das alles weitergehen?

Noch vor Kurzem hatte Leah selbst Alexander den Ratschlag gegeben, einen Schritt nach dem anderen zu tun und nicht zu versuchen, die Dinge zu überstürzen. Also gut. Zuerst musste Alexander wieder gesund werden, dann würden sie weitersehen.

Aus den Dingen, die Leah in der Küche fand, bereitete sie sich etwas zu Essen zu und setzte sich mit der Schale auf die Bank vor dem Fenster. Alexander hatte sich dieses kleine Haus mit viel Mühe und Sorgfalt zurechtgemacht. Seine Küche war gut sortiert und bis auf Brot hatte sie alles gefunden, was das Herz begehrte. Der kleine Innenhof war aufgeräumt und sogar gefegt und offensichtlich hatte Alexander Reparaturen an der Wasseranlage begonnen.

Trotz allem konnte Leah sich nicht vorstellen, länger als ein paar Tage allein hier oben zu verbringen. Jahre, das konnte sie sich kaum ausmalen. Wie tief musste die Einsamkeit werden, wenn man hier lebte, so weit weg von allen Menschen, vor allem im endlosen, dunklen Winter? Tränen rollten über ihr Gesicht bei der Vorstellung.

Ein leises Stöhnen kam von drinnen. Sie stand schnell auf, wischte die Tränen ab und versuchte, ein zuversichtliches Gesicht aufzusetzen. Alexander schlief noch immer und hatte wohl nur geträumt. Leah schöpfte Tee nach und setzte sich ans Bett. Die Krankheit hatte seinem Körper viel Flüssigkeit entzogen und er musste jetzt viel trinken.

Zärtlich betrachtete sie sein elegantes, von den dunklen Locken eingerahmtes Gesicht. An seiner unversehrten linken Gesichtshälfte erkannte man den ungewöhnlich gutaussehenden Fürstensohn. Leah konnte sich vorstellen, dass alle Damen und Mädchen der Burg ihn umschwärmt hatten. Im Moment allerdings war sein Gesicht viel zu schmal und ausgezehrt von Fieber und Wassermangel. Die kräftigen

Wangenknochen stachen scharf hervor, die Augen waren dunkel umrandet und lagen tief in den Höhlen. Zärtlich strich sie eine wilde Strähne von seiner Stirn, als er die Augen aufschlug.

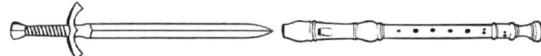

Eine zarte Berührung im Gesicht weckte ihn. „Leah", seufzte er.

In seinem Traum war er wieder im Kerker gewesen und Wendel hatte all die Dinge gesagt, die er Leah antun würde. Es hatte ihm das Herz aus der Brust gerissen, dass er sie nicht vor diesem Widerling beschützen konnte. Er hatte getobt und gebrüllt, bis die Wachen ihn zusammenschlugen, damit er endlich still wäre. Die Angst hielt sein Herz noch immer umklammert. Er wollte Leah fest in seine Arme schließen und nie wieder solch schrecklicher Gefahr aussetzen.

Sie hatte einen Becher Tee für ihn und durstig schluckte er das seltsame Getränk herunter. Es war nicht schmackhaft, aber sein Magen war damit einverstanden und es ging ihm mit jedem Becher besser.

Leah trat an die Kochstelle zurück und heizte das Feuer an. Seine Gedanken wanderten noch einmal zum gestrigen Tag. Er kannte einige gestandene Ritter, die nicht den Mut gehabt hätten, das zu tun, was Leah getan hatte. Sie war noch viel erstaunlicher, als er sich je vorgestellt hatte.

Dann fiel ihm die Geschichte aus ihrer Jugend wieder ein. Sebastian war ihr Ziehvater und Helena war ihre Amme gewesen. Wer waren ihre Eltern genau? Ammen waren nur in höheren Adelshäusern üblich und seines Vaters Herold hatte sich anscheinend Informationen zusammengesucht. Wer war sie wirklich?

Als sich Leah wieder zu ihm ans Bett setzte, sah er sie lange an. Sie sah auf betörende Art fremd und doch vertraut aus.

„Leah, erzähl mir von dir", bat er vorsichtig.

Sie sah ihn schweigend an, bevor sie antwortete. „Da gibt es nicht viel zu erzählen, meine Geschichte kennst du schon. Du bist außer Sebastian der Einzige, der sie kennt."

„Wo liegt der Ort, an dem du geboren wurdest?"

„Wo er genau liegt, daran kann ich mich nicht mehr wirklich erinnern. Wir wohnten in einem Palais, der in einer größeren Stadt namens Arras lag. Aber der Ort, an dem ich danach mit Helena und Sebastian gelebt habe, war wunderschön. Breda ist ein befestigtes Dorf wie dieses, mit einer starken Mauer. Es liegt nicht direkt am Meer, aber ist weniger als eine Tagesreise davon entfernt und man kann es riechen, vor allem nachts. Hast du schon einmal das Meer gesehen? Es ist so unglaublich weit und schön."

„Nein, ich habe es selbst noch nie gesehen, obwohl einige Tagesreisen nördlich von hier das Meer liegt. Ich kann mir nicht vorstellen, wonach es riecht, es ist doch nur Wasser."

„*Nur* Wasser?" Sie schwieg einen Augenblick, offenbar in Erinnerungen versunken. „Man kann es nicht beschreiben, es riecht salzig und nach Wind und Freiheit. Der Sand ist tief und weich, aber wenn man dicht ans Wasser kommt, ist er fest. Man kann unendlich weit geradeaus reiten. Ich war oft dort. Mit einem schnellen Pferd konnte ich an einem Vormittag hin reiten und noch am gleichen Abend wieder nach Hause. Das hat oft Ärger gegeben." Leah lächelte verträumt und ihre Augen glänzten feucht.

„Ich vermisse das Meer und die Weite so sehr", flüsterte sie und ihre Stimme zitterte ein wenig. „Ich kannte keine Berge. Die haben wir erst hier kennengelernt. Berge aus Steinen hatte ich mir ganz anders vorgestellt. Es gefällt mir, von oben auf die Welt zu sehen, wie hier von deiner Klippe, aber wenn ich im Tal bin, finde ich es oft eng und bedrückend." Sie schlug die Augen nieder und eine Träne rollte an ihrer Wange herunter.

Alexander setzte sich auf und wischte sie mit einem Finger fort. „Leah, es tut mir sehr leid, dass du deine Heimat verlassen musstest. Kannst du dir denn gar nicht vorstellen, auch hier in den Bergen glücklich zu sein?", fragte er mit belegter Stimme.

Sie seufzte und nach einer Weile antwortete sie: „Es ist irgendwie schwerer. Am Meer ist man ganz von allein glücklich. Hier muss man sich dafür viel mehr anstrengen." Noch eine Träne rollte an ihrer Wange herunter und Alexander zog sie fest in seine Arme.

Mit mühsam beherrschter Stimme flüsterte er in ihr Ohr, was er eigentlich schreien wollte: „Leah, bitte verlass mich nicht."

Sie beugte ihren Kopf und stille Tränen benetzten seine Schulter. „Ich kann nie wieder dorthin zurück. Ich werde mich also an die Berge gewöhnen müssen."

Nach einer Weile stand sie auf und füllte erneut den Becher mit Tee. Seine Hände zitterten, als er ihn von ihr nahm. Die Angst, sie zu verlieren, presste sein Herz zusammen wie ein riesiger Fels.

„Leah, ich liebe dich so sehr. Ich könnte nicht ertragen, ohne dich zu leben. Aber ich möchte auch, dass du glücklich bist."

„Bei dir werde ich glücklich sein, Alexander. Vielleicht reisen wir eines Tages nach Norden und ich zeige dir das Meer."

„Ja, das werden wir tun. Ich freue mich schon jetzt darauf. Dann musst du mir auch zeigen, was Sand ist. Ich habe keine Vorstellung, wie etwas weich sein kann und fester wird, wenn es näher am Wasser ist."

Sie lachte leise. „Nein, es gibt hier nichts Vergleichbares und man kann es wirklich schlecht beschreiben, du musst es selbst sehen."

Dann setzte sie sich wieder neben Alexander und als er ausgetrunken hatte, spielte sie auf ihrer Flöte. Die Melodie war anders als sonst. Er schloss die Augen und versuchte herauszuhören, wie das Meer klingen würde.

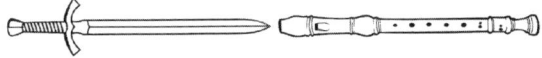

Als die Sonne auf sein Gesicht traf, schlug Graf Ulrich die Augen auf und sah sich in seinem Zimmer um. Es schien ihm, als hätte er sehr lange geschlafen und einen sehr schlechten Traum gehabt. Er wollte aufstehen, doch sein Körper gehorchte ihm nicht. Zittrig und vorsichtig streckte er die Beine aus dem Bett und blieb zunächst einfach sitzen. In seinem Kopf drehte sich alles. Das Hämmern hinter seiner

Stirn erinnerte ihn an den Morgen nach zügellosen Feiern mit viel zu viel Met. Er konnte sich aber an gar keine Feier erinnern. Wenn er recht überlegte, konnte er sich an fast gar nichts erinnern.

Ein ihm unbekannter Diener kam herein, eilte zu ihm, und griff nach seinen Schuhen.

„Lass das, das kann ich selbst. Wer bist du?" Ulrichs Stimme klang seltsam kratzig, so als ob er sie lange nicht benutzt hätte.

Entgeistert starrte der Diener ihn an, dann sprang er auf und rannte wortlos zur Tür hinaus.

Ulrich lehnte sich zurück und schloss für einen Moment die Augen. Warum fiel ihm jede Bewegung so schwer und warum war alles so verwirrend?

Die Tür wurde wieder geöffnet und zusammen mit dem Diener von vorhin trat Dimarus ein. Endlich jemand, an den Ulrich sich erinnerte. Aber wo war Lampert?

Sein zweiter Leibdiener verbeugte sich tief vor ihm. „Herr, Ihr seid aufgewacht."

„Ja, das bin ich. Warum ist Lampert nicht da?"

Auch Dimarus starrte ihn einen Augenblick lang entgeistert an. Dann fasste er sich und antwortete: „Herr, Ihr wart lange krank, sehr lange. Ihr solltet nichts überstürzen. Ich werde das Essen servieren lassen und wenn Ihr Euch danach gut genug fühlt, werde ich Euch eine Menge erklären müssen."

Ulrich nickte müde. Irgendwie fiel ihm sogar das Sprechen schwer. Vorsichtig stand er auf und ging zur Waschkommode herüber. Er erschrak. Das schmale, blasse und faltendurchzogene Gesicht, das ihn aus dem Spiegel anstarrte, hatte nur vage Ähnlichkeit mit dem, an das er sich erinnerte. Lange krank, hatte Dimarus gesagt. Ja, das sah danach aus. Grauenhaft.

Nachdem Ulrich sich gewaschen und angekleidet hatte, sank er erschöpft auf seinen hohen Lehnstuhl. Seine Glieder schmerzten und in seinem Kopf drehte sich immer noch alles. Dimarus musste die Heilerin rufen. Wie hieß sie noch gleich? Hedwig, ja, sie hatte bestimmt ein Kraut, das ihm helfen würde.

Als die Tür wieder geöffnet wurde, saß Ulrich mit geschlossenen Augen in dem hohen Lehnstuhl. Er war zu müde, um sich umzudrehen, und ging davon aus, dass es Dimarus mit dem Essen war. Das Tablett wurde abgestellt aber ehe sein Diener wieder verschwinden konnte, sprach Ulrich ihn an.

„Hol die Heilerin, ich brauche etwas gegen Schmerzen. Und hol mir meinen Sohn."

„Herr, ich möchte nicht ungehorsam erscheinen, aber bevor Ihr entscheidet, wen Ihr sehen wollt, sollte ich Euch berichten, was in letzter Zeit geschehen ist."

„Gut, nimm Platz und rede, während ich esse, ich habe einen Bärenhunger."

Schweigend hörte sich Ulrich die Geschichte von dem Tee mit Teufelsauge an. Danach erzählte Dimarus von Alexander, dem Turnier und zuletzt von Lamperts Tod und der Krankheit.

Als er geendet hatte, starrte Ulrich lange ins Leere. Nach einer ganzen Weile fragte er: „Wo ist mein Sohn jetzt?"

„Das wissen wir leider nicht. Er ist geflohen und Wendel hat ihn verfolgt. Dann kam die Krankheit. Viele Ritter sind krank und alle, die noch gesund sind, haben Angehörige zu versorgen. Von Alexander und Wendel haben wir noch nicht wieder gehört."

Ulrich seufzte. „Und Otilia?"

„Sie ist seit gestern krank. Die Heilerin war schon da und hat sie zur Ader gelassen. Es geht ihr nicht gut, habe ich von ihrer Zofe gehört. Wollt Ihr sie sehen?"

Ulrich schüttelte matt den Kopf. „Mein Gott, sie hat versucht, mich zu vergiften. Das hätte ich nicht von ihr gedacht." Er erinnerte sich an die erste Zeit nach der Vermählung. Er hatte Otilia nie geliebt und wusste sicher, dass es ihr ebenso erging. Es war eine Zweckehe, um aus politischen Gründen die Häuser zu verbinden. Ulrich schnaubte, als er daran dachte, dass das alles ohnehin nichts gebracht hatte, weil ihre Familie sie nach der Heirat aus irgendeinem fadenscheinigen Grund verstoßen hat. Natürlich hatte sie immer versucht, in Gehrenburg alles an sich zu reißen. Vielleicht wollte sie sich an ihrer Familie rächen, indem sie mehr Macht ansammelte als sie. Aber dass sie so weit gehen würde. Er schüttelte wieder den Kopf. „Ach, wie ich meine Margret vermisse! Obwohl wir von unseren Eltern verheiratet wurden, ohne uns zuvor zu kennen, haben wir uns doch aufrichtig geliebt. Warum müssen die guten Menschen immer zuerst gehen?"

Dimarus stand wie zur Säule erstarrt neben ihm und nur ein kleines Nicken verriet, dass er zugehört hatte.

Nach einer Weile riss Ulrich sich mühsam aus der Erinnerung. „Wie hieß noch das Mädchen, das die Sache mit dem Tee heraus gefunden hat?"

„Leah, mein Herr. Sie war Herr Alexanders Turnierdame. Sie ist wohl die Ziehtochter des neuen Stallmeisters."

„Ich möchte sie sprechen."

„Ja, Herr, ich werde einen Pagen zum Stallmeisterhof schicken."

„Gut, ich bin müde und mein Kopf schmerzt. Ich werde mich wieder hinlegen. Gebt mir Bescheid, wenn sie da ist."

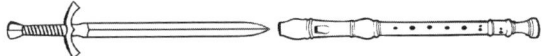

Noch vor Sonnenaufgang wurde Alexander wach. Der Vollmond schien durch das kleine Fenster auf Leahs helles Haar. Sie war auf dem Lehnstuhl neben seinem Bett eingeschlafen. Ihr Kopf und Arm lagen auf seiner Decke und in der Hand hielt sie die Flöte. Er hatte Durst, wollte sie aber auf keinen Fall wecken.

Mühsam zog er seine Beine unter der Decke hervor und stand auf. Er musste sich am Bettpfosten festhalten, so sehr zitterten seine Knie und ihm war schon wieder schwindelig. Langsam schlurfte er zur Kochstelle, nahm einen Becher von dem lauwarmen Kräutersud und ließ sich auf den Schemel sinken.

Mit ihren Kräutern hatte Leah ein kleines Wunder bewirkt. Die Hitze in seinem Körper hatte sich ein wenig gelegt und die schmerzhaften Bauchkrämpfe hatten ganz aufgehört. Obwohl er sich noch sehr schlapp und zittrig fühlte, hatte Alexander inzwischen die Gewissheit, an dieser Krankheit nicht sterben zu müssen. Abermals hatte sie ihm das Leben gerettet. Wie könnte er jemals ohne sie existieren?

Plötzlich stand sie hinter ihm und legte beide Hände auf

seine Schultern. „Alexander, du bist aufgestanden. Wie fühlst du dich?"

Mit einem Seufzer lehnte er den Kopf nach hinten an ihr Kleid und zog ihre Hände von seinen Schultern nach vorn auf seine Brust. „Leah, mein Leben gehört dir. Du machst mich zum glücklichsten Mann der Welt, wenn du bei mir bist."

Sie beugte sich herunter und küsste seine Stirn. „Du zitterst, komm, leg dich wieder hin. Ich bringe dir noch mehr zu trinken."

Nachdem er sich wieder hingelegt hatte, nahm sie auf der Bettkante Platz. „Wenn es hell geworden ist, möchte ich wieder zum Dorf hinunterreiten und nach Hannah und Eicke sehen."

„Ja, natürlich, ich bin nicht der Einzige, der deine Kräuter braucht. Leah, ich habe noch eine Bitte. Ich weiß, es ist gefährlich, aber würdest du versuchen, herauszufinden, ob es meinem Vater gutgeht?"

„Ich werde sehen, was ich tun kann. Sicherlich kann ich mich in der Burg nicht blicken lassen, aber vielleicht weiß Jakob einen Weg, etwas zu erfahren."

„Leah, ich habe Angst um dich. Ich weiß, dass du gehen musst, aber Wendel ist eine große Gefahr. Bitte sei vorsichtig."

„Jakob, ein Reiter, ein Ritter!" Emmos Stimme war schon zu hören, als er noch auf der Straße war. Der Busche stürmte in die Schmiede. „Aus Eissenburg, ganz krank, er ist neben dem Brunnen vom Pferd gestürzt und, und ,.."

„Jetzt hol erstmal Luft", unterbrach Jakob den Jungen. „Wer ist es denn, kennst du ihn?"

„Nein, aber er kann kaum stehen und die Winde vom Brunnen drehen kann er auch nicht. Leah hat doch Medizin, oder?"

„Leah ist nicht da, aber wir können ja mal schauen." Mit diesen Worten legte Jakob die schwere Schmiedeschürze ab und folgte den Jungen zum Dorfplatz.

Der Mann am Brunnen war voll gerüstet und trug sein Schwert an der Seite, Schild und Helm waren an den Sattel gebunden. Die dunklen Haare klebten schweißnass in seinem Gesicht und sein glasiger Blick irrte verloren umher. Mit verkrampften Händen stützte er sich auf den Brunnenrand und würgte, ohne etwas hervorzubringen.

Jakob lief zu ihm und sprach ihn an. „Ihr seid doch Aribert von Rote, der mit Wendel weggeritten ist."

Der Ritter stierte ihn aus trüben Augen an. „Wasser, bitte", keuchte er.

Jakob half beim Heraufziehen und hielt den Eimer fest, während der Ritter gierig in großen Schlucken trank. Als er abgesetzt hatte, stützte er sich schwer atmend auf den Brunnenrand und setzte an, etwas zu sagen. Plötzlich krümmte er sich zusammen, fiel auf die Knie und stöhnte laut auf. In einem großen Schwall würgte er alles Wasser wieder aus. Jakob starrte den Mann einen Moment lang an. Offenbar hatte es auch ihn erwischt.

Inzwischen hatten sich einige Dorfbewohner um den kranken Ritter geschart. Jemand hatte Hedwig gerufen und die alte Heilerin kam mit langsamen Schritten über den Dorfplatz.

Bedächtig sah sie den sich am Boden krümmenden Ritter an. „Jaja, der Wendel hat uns die Krankheit gebracht. Ist nur gerecht, dass seine Schergen sie auch bekommen."

„Bitte, habt Ihr Medizin für mich?", brachte der Mann hervor.

„Würde ich die Leute des Verräters behandeln, könnte ich dich zur Ader lassen, aber das rettet dich auch nicht mehr", gab Hedwig zurück, drehte sich gemächlich um und ging davon.

Alle Umstehenden waren einige Schritte zurückgewichen. Der Ritter senkte den Kopf, schloss die Augen und kauerte zitternd an der Brunnenwand.

Jakob schüttelte den Kopf. Natürlich hatte er selbst Hedwig diese Gedanken in den Kopf gesetzt, aber würde sie den Mann jetzt wirklich sterben lassen? Er kniete sich hin und Emmo sprang sofort dazu, als er versuchte, den Ritter aufzurichten.

Einer der Umstehenden erklärte eifrig: „Das hat keinen Zweck, Hedwig hat gesagt, der schafft es eh nicht mehr."

Der Ritter hob den Kopf und sah Jakob hilfesuchend an. Kaum hörbar flüsterte er: „Lass mich nicht hier auf der Straße verrecken, bitte."

„Wir bringen ihn erstmal zu uns", bestimmte Jakob und gemeinsam hievten sie den Mann auf das Pferd. Dann führte Emmo es zur Schmiede, während Jakob dafür sorgte, dass der Mann nicht herunterstürzte. Sie schafften Aribert ins Haus und setzten ihn neben der Feuerstelle auf die Bank. Jakob zog ihm die Rüstung und die Tunika aus und begann,

Leahs Medizin zuzubereiten.

„Wirf die Tunika in einen Eimer kaltes Wasser und leg sie ihm wie einen Umhang um die Schultern. Dann nimm ein nasses Tuch und wickel es wie ein Trockentuch um seinen Kopf", ordnete Jakob an. Emmo begann sofort die Tunika anzufeuchten, während Jakob dem Ritter den schwarzen Kohlenbrei reichte. Der Mann nahm den Becher mit zitternden Händen und trank gierig. Dann schloss er die Augen und lehnte sich erschöpft gegen die Wand.

Aribert kämpfte darum, nicht das Bewusstsein zu verlieren. Ihm war so heiß, dass er das Gefühl hatte, nicht mehr denken zu können. Er war nicht sicher, wo er hier gelandet war, aber dass der Mann und der Junge ihm offenbar helfen wollten, erfüllte ihm mit Dankbarkeit.

Die Ereignisse der letzten Nacht hatten ihn auf dem ganzen Weg hierher verfolgt. Nur die Angst vor der Macht und dem Jähzorn Wendels hatten ihn dazu bringen können, mit ihm nach Eissenburg zu reiten. Wäre Aribert seinem Herrn abtrünnig geworden, hätte man seiner Familie das Lehen weggenommen und sie womöglich alle ins Burgverlies gesperrt. Dergleichen war Wendel durchaus zuzutrauen, auch wenn es eine sehr harsche Strafe dafür war, dass ein Gefolgsmann abtrünnig wurde.

Aribert wurde wieder schwindelig und sein Bewusstsein verschwamm.

„Emmo, hol Stroh und Laken, wir bauen ihm hier unter

dem Fenster ein Lager", hörte er den Mann sagen.

„Er ist einer von Wendels Männern", erwiderte der Junge mit Abscheu in der Stimme.

Aribert erinnerte sich an den Namen. Emmo war der Schmiedebursche. Dann war der Mann Jakob, der Schmied. Er öffnete die Augen. „Nein, ich war ihm verpflichtet, aber jetzt nicht mehr", erklärte er mit schwacher Stimme. Flammender Schmerz stach wieder in seinen Leib. Er stöhnte auf, krümmte sich und wäre fast von der Bank gefallen.

Der Bursche stand vor ihm und starrte ihn finster an.

„Geh schon!", hörte Aribert Jakob sagen. Emmo maß ihn mit einem prüfenden Blick, rührte sich aber nicht.

Aribert verstand den Burschen sehr gut und setzte mit rauer Stimme hinzu: „Man kann sich als Ritter nicht aussuchen, wem man dient." Dann ließ er den Kopf auf den Tisch sinken. Er konnte nur hoffen, dass die beiden wussten, was er meinte.

Die Bauchkrämpfe ließen nach und Aribert richtete sich zögerlich auf. Der Topf auf dem Feuer kochte und verbreitete den Geruch von Holz und Harz, Jakob nahm ihn zur Seite und gab weitere Kräuter hinzu. Aribert beobachtete ihn und hielt den leeren Becher in den zittrigen Händen.

„Bitte, kann ich noch etwas Wasser bekommen?", fragte er.

Jakob schüttelte den Kopf. „Das würde nur gleich wieder herauskommen. Ihr müsst warten, bis der Tee durchgezogen ist, der wird helfen."

Er sah Jakob verwundert an. Stockend fragte er: „Hedwig hat mich schon abgeschrieben, aber das schwarze Zeug ist drin geblieben. Was für Medizin ist das?"

„Pferdemedizin", entgegnete Jakob knapp.

„Oh, von der Pferdeheilerin, die auch Brunos Arm gerettet hat? Das ist gut." Aribert schloss die Augen und lehnte den Kopf nach hinten an die Wand.

Nebenan in der Schlafstube regte sich jemand und eine weibliche Stimme ertönte. Aribert hörte, dass Jakob hinüberging, nahm aber nur Gemurmel und das Weinen eines Kindes wahr.

Der Schmied kam zurück in die Stube und reichte ihm einen Becher von dem soeben aufgebrühten Tee.

Aribert nickte matt. „Ihr habt Frau und Kind zu versorgen und dann kümmert Ihr Euch noch um mich. Ich danke Euch sehr." Vorsichtig schlürfte er den heißen Tee, während Emmo hereinkam und aus Stroh und Laken ein provisorisches Lager auf dem Boden bereitete. „Ich danke dir auch, Junge." Aribert nickte ihm zu und ließ sich mit einem Seufzer auf das Stroh sinken.

Emmo gab ihm einen weiteren Becher Tee, den er dankbar nahm und sogleich leerte.

Der junge Schmiedebursche baute sich vor ihm auf, stützte die Fäuste in die Hüften und sah ihn streng an. „Das ist Leahs Medizin, nur, dass Ihr es wisst. Sie ist die beste Heilerin. Wehe Euch, wenn Ihr jemals Euer Schwert gegen sie erhebt!"

„Das werde ich nicht, du hast mein Wort."

Damit war Emmo zufrieden und stapfte wieder hinaus. Ariberts Bauchkrämpfe hatten aufgehört und beinahe augenblicklich schlief er auf seinem Strohlager ein.

Am Morgen kam Sebastian zur Schmiede. Emmo heizte gerade unter dem Vordach das Schmiedefeuer an und Jakob war noch im Haus. Als Sebastian eintrat, sah er den Fremden auf dem Strohlager unter dem Fenster sitzen. Der Ritter war blass und hielt mit zitternden Händen einen Becher, in dem Sebastian Kräutersud vermutete. Neben ihm lagen Rüstung und Schwert, der Schild stand jedoch mit abgewandter Vorderseite an der Wand, sodass Sebastian das Wappen nicht sehen konnte. Nebenan hörte er Jakob mit seiner Frau sprechen und wartete in der Tür, bis der Schmied aus der Kammer trat. Sebastian maß den Ritter, der da so zusammengekrümmt hockte mit seinem Blick, und der starrte wortlos zurück.

„Ah, guten Morgen Sebastian. Gibt es Neuigkeiten?" Nach einem Seitenblick zu dem Fremden nickte er nach draußen. Sie gingen zur Schmiede hinüber.

„Wer ist das denn?", wollte Sebastian wissen.

Also erzählte Jakob ihm, wie er den Mann am Brunnen gefunden hatte und wer er war.

Überrascht sah er Jakob an. „Du nimmst einen von Wendels Leuten in deinem Haus auf?"

Jakob zuckte mit den Schultern. „Er sagt, er diene Wendel nicht mehr, was das genau bedeuten soll, ist mir nicht klar, aber ich konnte ihn ja schlecht da liegenlassen, nachdem Hedwig ihm schon das Todesurteil ausgesprochen hatte."

„Ja, da hast du auch wieder recht, das hätte Leah auch

332

nicht getan, wenn sie selbst hier wäre", gab Sebastian zu. Dann berichtete er Jakob von Giso, der plötzlich im Hof gestanden hatte, und Leahs Ritt zur Bergfeste. Später am Abend war der Page des Grafen im Stallmeisterhof aufgetaucht und hatte behauptet, Graf Ulrich wollte Leah sprechen. Sebastian hatte den Jungen wieder weggeschickt mit der Nachricht, Leah sei nicht da und werde zur Burg kommen, sobald sie zurückkäme.

„Wenn Wendel in Eissenburg geblieben ist, wäre es möglich, dass die Nachricht wirklich von Ulrich kommt und nicht eine List von Wendel ist", stellte Jakob fest und marschierte unruhig in der Schmiede auf und ab. „Aber was ist mit Otilia? Es scheint im Moment völlig unklar, wer in der Grafschaft und in der Burg das Sagen hat, wenn Wendel nicht da und Ulrich noch krank ist. Wir wissen auch nicht, was mit Alexander ist und wann Leah zurückkommen wird."

Auch Sebastian war besorgt über die verworrene Situation. „Ich komme ganz gut mit dem Burgvogt zurecht. Ich denke, ich werde ihm mal einen Besuch abstatten", schlug er vor.

„Das ist eine gute Idee und ich muss noch einmal mit Ruther sprechen, der weiß auch immer, was in der Burg vor sich geht", sagte Jakob.

Ein Klopfen weckte Aribert. Nur langsam erwachte sein Geist aus dem heißen Fiebertraum, in dem Wendel mit seinem blutigen Dolch in der Hand hinter ihm her galoppierte und immerzu schrie: „Töte ihn, töte ihn!"

Langsam kehrte sein Verstand in das Hier und Jetzt zurück und schwer atmend versuchte er, das bedrückende Gefühl der Angst zurückzudrängen. Seine Hände zitterten, sein ausgetrockneter Mund und die aufgesprungenen Lippen waren wund und heiß. Er versuchte, seine Augen auf den Fußboden vor sich zu richten, um den Schwindel zu unterdrücken und sich aufzusetzen.

Die Frau des Schmieds kam aus der Kammer nebenan, öffnete die Haustür und begrüßte eine junge Frau. Er erkannte Leah, die er als Pferdeheilerin im Ritterstall einmal gesehen hatte. Die beiden umarmten sich herzlich.

„Oh, Hannah, ich bin so froh, dass es dir wieder besser geht. Was ist mit Eicke?", fragte Leah besorgt. Sie trat ein und blieb sofort wie erstarrt stehen. Ihr Blick flog zu seiner Rüstung und dem Schild in der Ecke. Schließlich starrte sie ihn an, als fürchtete sie, er würde sie gleich angreifen.

Aribert stemmte die Arme auf den Boden und versuchte mit aller Kraft, sich von seinem Lager zu erheben. Die Frau wich bis zur Tür zurück.

Schließlich gelang es Aribert, sich am Tisch festzuhalten. Sein Kopf dröhnte und seine Beine drohten nachzugeben, aber dies war ihm wichtig.

Er beugte ein Knie und sagte feierlich: „Meine Dame, Eurer Medizin und Eurem Freund, dem Schmied, verdanke ich mein Leben. Wendel ist tot und ich habe keine Verpflichtung mehr ihm gegenüber. Mein Leben und mein Schwert gehören Euch." Sie sah ihn nur wortlos an, während er zitternd vor ihr kniete und sich wie die armseligste Erscheinung auf Gottes Erde vorkam.

„Wendel ist tot?", brachte sie schließlich hervor.

Aribert nickte mit zusammengepressten Lippen. Er konnte sich kaum noch aufrecht halten und seine Arme begannen zu zittern.

„Bitte legt Euch wieder hin", sagte sie endlich und mit einem Seufzer der Erleichterung sank Aribert wieder auf sein Lager. Sie reichte ihm einen Becher Kräutersud. Mit bebenden Händen nahm er ihn und trank ihn in einem Zug aus. Dann berichtete er von den Vorfällen des vorletzten Abends.

„Wir sind nach Eissenburg geritten, und unterwegs sind alle krank geworden. Erst mitten in der Nacht waren wir dort und erfuhren, dass der Weg umsonst gewesen war."

Aribert sah, dass Leah lächelte, und er nickte bestätigend. Auch er selbst war erleichtert, als sie Alexander in Eissenburg nicht getroffen hatten.

Er fuhr fort. „Wendel ist direkt wieder auf sein Pferd gestiegen und wild zum Burgtor galoppiert. Nur die kleine Nebentür hatten sie für uns geöffnet und wir hatten die Pferde hineingeführt. Er hat aber in vollem Galopp auf die Tür zu gehalten. Einen kurzen Moment hat es so ausgesehen, als ob er es durch die enge Tür schaffen würde, aber kurz davor hat sein Pferd gescheut. Er ist mit einem lauten Krachen gegen das Holztor gestürzt und regungslos liegengeblieben."

Leah riss die Augen auf. Auch die Frau des Schmieds hatte sich inzwischen an den Tisch gesetzt und schlug die Hand vor den Mund. „War er sofort tot?", flüsterte sie.

„Nein, nicht sofort", erwiderte Aribert. „Wir sind alle, so schnell wir konnten zum Tor gelaufen." Die Erinnerung überfiel ihn wie ein böser Traum. Alles stand wieder vor ihm: Wendel am Boden, der kalten Wind, der metallischen Geruch des Blutes. Ein Schauer lief über Ariberts Rücken.

„Wendel lag auf dem Rücken und hat stumpf in den Nachthimmel gestarrt. Zuerst dachte ich, er wäre tot. Blut lief aus Nase und Ohren, aber dann hat er versucht, noch etwas zu sagen. Er hat mich angesehen und nach meinem Kragen gegriffen. ‚Töte ihn!‘, hat er geflüstert, zwei Mal, dann war es vorbei." Aribert holte zitternd Luft und schüttelte den Kopf, als könne das die Erinnerung vertreiben. Er schwieg und starrte in seine Tasse. Auch die beiden Frauen sagten nichts. Schließlich nahm er einen Schluck von dem seltsam schmeckenden Gebräu und fuhr fort.

„Nach Wendels Tod hat Diderich von Eissenburg uns gestattet, dort zu bleiben, bis es uns wieder besser ginge. Da ich bisher von allen die geringsten Krankheitszeichen hatte, beschlossen wir, dass ich zurück reiten soll, um die Kunde von Wendels Tod zu Otilia zu bringen."

„Ich danke Euch für den Bericht", sagte Leah. Sie saß mit der Frau des Schmieds am Tisch, als die Tür aufging und Jakob mit dem Stallmeister hereinkam.

„Jetzt wird es aber eng in meiner Stube, ich lege mich lieber wieder hin." Die Frau verschwand in ihrer Kammer. Die beiden Männer waren offensichtlich erleichtert, Leah zu sehen. Der Schmied warf einen prüfenden Seitenblick zu Aribert herüber, aber inzwischen schien er ihn nicht mehr für einen Feind zu halten. So sprachen die drei ungezwungen darüber, was sie jeweils in der Burg erfahren hatten.

Nachdem Hedwig Otilia gestern zur Ader gelassen hatte, war sie bewusstlos geworden und heute früh gestorben. Graf Ulrich war wieder klarer im Kopf, hatte aber starke Kopfschmerzen und verlangte, Leah zu sprechen.

„Oh, Himmel, ich will mir gar nicht vorstellen, wie er sich fühlt, nach jahrelanger Vergiftung mit Teufelsauge. Bevor ich zu ihm gehe, werde ich Nelkenwurz und Johanniskraut aus meiner Kammer holen." Damit verabschiedete Leah sich wieder und verschwand aus dem Schmiedehaus.

Aribert fielen inzwischen wieder die Augen zu und im Einschlafen dankte er still noch einmal für seine Rettung vor dem Fieber. Er konnte nur hoffen, dass Graf Ulrich sein neues Treuegelübde annehmen würde, sonst waren er und seine Familie heimatlos.

VERGANGENHEIT

Leah wurde in der Burg sofort zu den privaten Zimmern des Grafen geführt, die sie von ihrem ersten Besuch mit Alexander bereits kannte. Der Diener kündigte sie an und zog sich dann zurück. Als sie eintrat, fand sie den Graf an seinem großen runden Tisch beim Essen vor. Zuvor hatte sie sich kaum Zeit genommen, den Raum in Ruhe zu betrachten, aber da der Graf zuerst noch mit einem Bediensteten sprach, blieb sie bei der Tür stehen und ließ den Blick schweifen.

Im Kamin brannte ein Feuer und strahlte eine angenehme Wärme aus. An einer Wand standen mehrere reich verzierte Truhen und der mächtige Tisch in der Mitte machte den Eindruck, als ob hier normalerweise mehr Menschen ihr Essen einnehmen sollten. Ein großer Wandteppich zeigte das Wappen des Grafen und den Umriss von vier verschiedenen Burgen in den Ecken. Mehrere andere Wandteppiche zeigten Darstellungen von der Jagd und von Rittern in der Schlacht.

Als Leah einen Schritt vortrat, nickte der Graf ihr zu und orderte sofort, dass ein weiterer Teller gebracht werden solle. Leah verbeugte sich tief.

Der Graf sah sie zuerst ein wenig verwundert an und winkte sie dann zu sich heran. „Es freut mich sehr, dass Ihr gekommen seid. Würdet Ihr mir bitte die Freude machen, mit mir zu speisen."

Leah war sprachlos, einerseits von der Verwandlung des

Fürsten, andererseits von seiner Höflichkeit. Sie hatte nicht die geringste Vorstellung, wie sie darauf reagieren sollte, daher blieb sie einfach stehen und sah ihn wortlos an.

„Ist etwas nicht in Ordnung?", fragte Ulrich.

„Oh, ja ... doch", stotterte sie. „Es ist alles in bester Ordnung. Ich fühle mich sehr geehrt, mit Euch zu speisen. Ihr habt Euch sehr verändert, seit ich Euch zuletzt gesehen habe."

„Es scheint so zu sein, dass Ihr an der Veränderung einen großen Anteil hattet. Nun kommt schon her und setzt Euch." Der Graf lachte herzlich und Leah erinnerte sich augenblicklich an Alexanders Lachen. Auch der warme Ausdruck in Ulrichs Augen erinnerte sie an seinen Sohn.

„Ich dachte, Ihr hättet nach mir geschickt, weil Ihr Probleme habt mit den Nachwirkungen des Teufelsauges. Ich habe Kräuter mitgebracht, die Euch gegen die Kopfschmerzen und die Mattigkeit helfen werden." Leah legte den Beutel mit der Medizin auf den Tisch und nahm auf dem ihr zugewiesenen Stuhl Platz.

„Das ist sehr umsichtig von Euch, aber das war nicht der wichtigste Grund. Ihr müsst mir von meinem Sohn erzählen. Wo ist er, wie geht es ihm? Ich habe den Eindruck, Ihr kennt ihn inzwischen besser als ich."

Leah fühlte sich inzwischen in der Gegenwart des Grafen gelöster als am Anfang, daher lehnte sie sich ein wenig zurück und antwortete ausführlich auf seine Fragen. „Das meiste wird er Euch sicherlich lieber selbst berichten wollen. Im Moment ist er noch oben in der Bergfeste dabei sich von der Krankheit zu erholen. Es wird ihn freuen, zu hören, dass das Teufelsauge keine ernsten Nachwirkungen hinterlassen hat. Er war sehr besorgt um Eure Gesundheit und hat mich ausdrücklich darum gebeten, nach Euch zu fragen."

„Gut, ich bin bereit, zu warten, bis er mir seine Geschichte selbst erzählt." Der Graf schwieg einen Moment und sah sie durchdringend an. „Ich hörte davon, dass Ihr mit Eurem Ziehvater von weither gekommen seid. Von Euch weiß man allerdings nichts außer dem Vornamen. Mein Herold scheint Eure Familie zu kennen, will mir aber nichts darüber sagen."

Was sollte sie nur antworten? Leahs Herz schlug schneller und ihr wurde auf einmal heiß. Alle Gelöstheit war wieder verschwunden. Sie musste hier weg!

Abrupt stand sie auf. „Hoher Herr, ich möchte nicht unhöflich erscheinen, aber ich bin aus einem wichtigen Grund aus meiner Heimat geflohen. Es ist unerlässlich, dass meine Herkunft nicht bekannt wird."

„Seid unbesorgt, meine Liebe. Was hier gesprochen wird, bleibt in diesem Raum. Niemand außer uns beiden wird davon erfahren, wenn Ihr es nicht wünscht."

Leah war keineswegs beruhigt und suchte noch immer einen Ausweg aus dieser Befragung.

Unbeirrt fuhr er fort. „Wenn ich Euch ansehe und Eure Stimme höre, kommt es mir vor, als ob der Geist einer guten Bekannten vor mir steht. Sie war eine Freundin meiner ersten Frau Margret. Beide waren Hofdamen am Hof von Burgund. Sie stammte aus Frankreich und hieß Amica de Cour."

Leah erstarrte.

Graf Ulrich hatte ihre Mutter gekannt.

War es am Ende kein Zufall, der sie nach so einer langen Reise ausgerechnet hierher geführt hatte? Mechanisch setzte sie sich wieder auf den Stuhl, sie konnte ihren Blick nicht von Ulrich abwenden.

„Ich sehe, ich liege nicht ganz falsch. Dann war Euer Vater Robert und Euer Bruder ist Philip von Artio?"

Leah schluckte wieder und wieder, aber der Kloß in ihrem Hals wollte nicht verschwinden. Schweißperlen kitzelten auf ihrer Stirn und ihr Herz schlug so hart gegen ihre Rippen, als ob es gleich aus ihrem Brustkorb springen wollte.

Sie würde wieder fliehen müssen und das, wo sie doch gerade hier ihre Liebe gefunden hatte. Tränen stiegen in ihre Augen und rollten die Wangen herunter, ohne dass sie etwas dagegen tun konnte.

Doch der Graf sprach einfach weiter. „Demoiselle Leah d´Artio, ich bin sehr erfreut, Euch kennenzulernen."

Das war zu viel.

Leah sprang auf und rannte, als ob der Teufel hinter ihr her wäre. Aus dem Raum, der Burg, dem Dorf und konnte nicht mehr aufhören zu rennen. Schließlich wurden ihre Schritte langsamer und sie stellte fest, dass sie auf der kleinen Lichtung war, wo die Fuchsstute mit ihrer und Alexanders Hilfe das Fohlen bekommen hatte. Sie ließ sich in das hohe Gras fallen und keuchte. Ihr Herz raste, ihre Lungen brannten und ihre Beine schmerzten, aber das alles war belanglos.

Sie würde Alexander verlieren.

Er hatte sie so oft getröstet, wenn sie nicht mehr weiter wusste, sie hatten zusammen gelacht und geträumt und er hatte für sie gekämpft und gesiegt. Sie schloss die Augen und stellte sich vor, wie er hier bei ihr gestanden und sie in seinen Armen gehalten hatte. Wenn er sie ansah, wusste sie, dass er immer für sie da sein würde. Bei ihm hatte sie sich zum ersten Mal in ihrem Leben wirklich geborgen und sicher gefühlt.

Nun war diese trügerische Sicherheit verflogen wie Rauch im Wind. Sie würde alles verlieren, aber es gab keine andere Möglichkeit. Sie musste wieder fliehen.

Der Abend senkte sich schon, aber Leah war noch immer nicht zum Hof zurückgekommen. Sebastians Sorge wuchs und er beschloss, zu versuchen, zum Graf vorgelassen zu werden. Mit energischen Schritten ging er durchs Dorf zur Burg.

Im Innenhof der Burg traf er auf Dimarus und erklärte sein Anliegen. Der Diener nahm ihn sogleich mit in den Wohnturm und bat ihn, vor den Räumen des Grafen einen Moment zu warten. Nach wenigen Augenblicken wurde Sebastian bereits hereingebeten und verbeugte sich tief vor dem Mann, der in einem hohen Lehnsessel am Kamin saß.

„Sebastian, mein neuer Stallmeister, kommt herein. Ich nehme an, Ihr wollt heute nicht mit mir über Pferde sprechen."

Sebastian trat einige Schritte in den Raum und wusste nicht recht, wie er beginnen sollte. „Herr, meine Ziehtochter Leah war heute bei Euch." Er zögerte. Auf keinen Fall wollte er durch eine direkte Frage unhöflich wirken.

Der Graf kam ihm zuvor. „Das war sie. Ich fürchte, ich habe sie erschreckt. Möchte sie jetzt nicht selbst zur Burg kommen, um mit mir über den Vorfall zu sprechen?"

Sebastian seufzte, erleichtert über die direkte Art des Grafen. „Sie ist noch immer nicht zurückgekommen. Ich verstehe nicht, was sie so aufgebracht hat, und wüsste gern, worüber Ihr gesprochen habt."

„Hm, ich habe ihr versprochen, dass unser Gespräch unter uns bleibt, aber Ihr seid da sicher eine Ausnahme. Ihr kennt Leahs Abstammung ja besser als ich."

Sebastian nickte. „Ihre Abstammung also. Darüber hat sie sich so aufgeregt. Ich hatte es mir gedacht."

„Ich kannte ihre Mutter und die Ähnlichkeit ist verblüffend, sogar die Stimme und der Akzent. Ich kam mir vor, als stände Amica vor mir, also habe ich einfach geraten. Als ich sie Demoiselle Leah d´Artio genannt habe, ist sie hinausgerannt. Ich verstehe nicht, was daran so schlimm ist. Das Haus d´Artio ist doch ein sehr angesehenes Geschlecht. Warum will sie nicht, dass es jemand erfährt?"

Nun hatte Sebastian keine Wahl mehr, er musste Ulrich alles erzählen. „Meine Frau Helena war mit der Duchesse Amica befreundet. Sie hatte uns geraten, falls wir je in Schwierigkeiten kommen, zu ihrer Freundin Margret von Gehren zu gehen. Als wir hier ankamen, erfuhren wir von ihrem Tod und ich habe beschlossen, lieber unerkannt zu bleiben. Leah wusste davon nichts. Man hat sie damals am Hof für den Tod ihrer Mutter verantwortlich gemacht und später wurde behauptet, sie wäre verflucht und ungeborene Kinder würden ihretwegen sterben. Deshalb sind wir mit ihr aus Arras weggegangen. Man wollte sie des Bundes mit dem Teufel anklagen."

„Verflucht? Das hört sich ja fast wie bei meinem Sohn an. Was für ein schrecklicher Unsinn! Wie kann man nur mit so einem bösen Gerücht das Leben eines Menschen zerstören?" Ulrich sprang auf und lief im Zimmer auf und ab. „Sebastian, Ihr wisst es vielleicht noch nicht, Robert ist im letzten Kreuzzug gefallen und Philipp ist jetzt Graf von Artio. Ich habe erfahren, dass er überall verzweifelt nach seiner Schwester suchen lässt."

Sebastian zuckte erschrocken zurück. „Bitte, Herr, es wäre nicht richtig, einen Boten zu schicken, ohne Leah zu fragen, ob sie ihre Einwilligung gibt."

„Ja, da habt Ihr sicher recht", lenkte der Graf ein. „Auf einige Tage wird es jetzt auch nicht ankommen. Werdet Ihr sie überreden, mich noch einmal aufzusuchen, sobald sie wieder da ist?"

Sebastian nickte erleichtert. „Ja, Herr, das werde ich auf jeden Fall tun. Ich danke für Euer Verständnis."

Nachdem Leah früh am Morgen weggeritten war, hatte Alexander noch mehr von dem Kräutersud getrunken und sich dann wieder auf das Bett gelegt. Er fühlte sich nach wie vor matt, aber das Fieber war gesunken und es ging ihm bereits deutlich besser, als er in den Schlaf glitt.

Als die Sonne schon hoch am Himmel stand, weckte ihn irgendetwas auf. Er leerte gleich zwei Becher von der

Kräutermischung. Es war wirklich erstaunlich, was diese bewirken konnten. Bevor Leah ihn gefunden hatte, war er fast neben dem Wasserfall verdurstet, weil sein Körper das Wasser nicht bei sich hatte behalten können. Kochte man es mit den richtigen Kräutern auf, blieb es nicht nur im Magen, es löste auch die Krämpfe und senkte das Fieber.

Alexander hoffte inständig, Leah würde bald zurückkommen. Ein wenig schmerzte bereits die Sehnsucht nach ihrer Nähe, aber vor allem machte er sich Sorgen, dass Wendel sie erwischen könnte. Es war eine verrückte Idee gewesen, sie allein ins Dorf zurückgehen zu lassen. Was würde Wendel tun, wenn er Leah fand? Alexander durfte gar nicht darüber nachdenken.

Erschöpft schlief er erneut ein und träumte von den schrecklichen Augenblicken im Kerker.

Schweißnass fuhr er im Bett hoch: Nein, nein, diesmal war es nur ein Traum. Draußen stürmte es, Regen klatschte an die Wände und der Boden vor dem Fenster war nass. Hastig stand Alexander auf und schloss die Fensterläden. Die Bewässerungsrinnen draußen klapperten und ächzten im Wind. Hoffentlich würde die nur halb reparierte Konstruktion dem Sturm standhalten.

Es war bereits stockdunkel und Kälte zog durch den Raum. Alexander fror in seiner dünnen Tunika, also legte er sich den schweren Umhang um und heizte das Feuer an.

Während er so zusammengesunken vor dem Feuer saß, und versuchte, sich zu wärmen, schlich sich Einsamkeit in sein Herz. In der Tasche seines Umhangs steckte das Tuch, das Leah an seine Lanze gebunden hatte. Er nahm den Stoff mit der himmelblauen Borte heraus und strich zärtlich darüber.

Sie hatte so atemberaubend ausgesehen in diesem Kleid. Dann hatte sie ihm sein Schwert gegeben und ihn geküsst. Mit einem tiefen Atemzug schloss Alexander die Augen und spürte noch einmal ihren Kuss auf seinen Lippen. Wenn er sie nur bald wieder in seine Arme schließen konnte. Die Sehnsucht brannte heller als das Kaminfeuer und er begann, unruhig auf und ab zu laufen.

Ein unbestimmtes Gefühl der Bedrohung presste sein Herz zusammen. War alles in Ordnung und sie schlief im Stallmeisterhof oder war ihr etwas geschehen?

Lautes Krachen und Splittern ließ ihn aufschrecken. Alexander rannte nach draußen. Die Wasserrinne war zusammengebrochen, hatte aber, soweit er sehen konnte, das Dach nicht beschädigt. In wenigen Augenblicken war Alexander bereits tropfnass. Sofort ging er wieder hinein und schloss die Tür energisch hinter sich. Bei diesem Sturm konnte er ohnehin nichts ausrichten. Die Reparatur würde warten müssen. Nachdem er sich abgetrocknet hatte, legte er noch zwei Holzscheite auf und zog den Schemel dicht ans Feuer. Durch das Heulen des Windes und Klappern der Fensterläden meinte er, den Klang von Pferdehufen zu hören.

Erschrocken sprang er wieder hoch. War Leah etwa durch dieses Unwetter hier heraufgeritten?

Er riss die Tür auf und starrte in den stockfinsteren Hof. Der kalte Regen prasselte in die großen Pfützen und der Wind trieb abgerissene Blätter und Äste über die Steine.

Plötzlich wurde der Hof von einem zuckenden Blitz erleuchtet. Die Stalltür war offen und schwang wild hin und her. Alexander warf die Tür des Hauses hinter sich zu und rannte quer über den Hof. Da stand Giso, und Leah versuchte mit bebenden Fingern, den Sattelgurt zu lösen.

Alexander stürzte zu ihr hinüber, nahm sie fest in die Arme und drückte sie an sich. Sie zitterte am ganzen Körper und ihre Haut war kalt wie Eis.

„Oh, Leah", seufzte er und legte seinen Umhang um ihre Schultern. Dann nahm er Sattel und Zaumzeug und legte es zur Seite. „Komm, wir müssen dich wieder aufwärmen."

Sie liefen hinüber und im Haus warf sie sich seufzend in seine Arme. „Halt mich ganz fest", flüsterte sie und presste ihren Kopf an seinen Hals.

Alexander schloss die Arme um ihre zitternden Schultern und presste ihren kalten Körper so fest an seine Brust, dass er befürchtete, ihr die Luft abzudrücken. Er war so unglaublich erleichtert, dass sie wieder bei ihm und in Sicherheit war.

Nach einer Weile hob Leah den Kopf und sah ihm tief in die Augen. „Alexander, ich liebe dich so sehr. Du musst mich für immer festhalten."

Er schloss die Augen und nickte wortlos. Sein Herz hämmerte gegen seine Rippen und ein warmes Glücksgefühl breitete sich in seinem Inneren aus. „Ich bin froh, dass du wieder da bist", flüsterte er in ihr Ohr.

Nach einer Weile nahm er ihre Hand und führte sie zum Feuer. „Komm, du musst dir trockene Sachen anziehen und dich aufwärmen." Mit einem Lächeln fügte er hinzu: „Ich habe leider keine Kleider hier, aber eine Tunika von mir wird an dir wahrscheinlich wie ein Kleid aussehen."

Leah lachte und nickte. „Danke, aber du darfst dich nicht lustig machen."

Er verschwand selbst zum Umziehen nach nebenan in

die Vorratskammer. Als er wieder hereinkam, hatte sie seine Tunika angelegt und mit einem Gürtel um ihre Taille zusammengerafft. Ihre Haare hatte sie zum Trocknen geöffnet und die nassen Strähnen fielen lang über ihre Schultern.

„Hohe Dame, Ihr seid überaus festlich gekleidet", sagte Alexander mit einem Grinsen und einer kleinen Verbeugung, aber sie ging nicht auf den kleinen Scherz ein, sondern sah ihn nur unglücklich an.

„Dein Vater hat alles herausgefunden", platzte es aus ihr heraus.

Sie setzte sich ans Feuer und erzählte ihm, wie sehr sie fürchtete, ihre Vergangenheit würde sie wieder einholen. Ihr Ziehvater und sie waren schon zweimal vor den bösen Gerüchten geflohen und jetzt schien sich alles zu wiederholen.

Als sie geendet hatte, schwieg Alexander einen Augenblick. Auf seiner Brust lag ein Fels, der ihn am Atmen hinderte. Eiskalte Angst packte nach ihm und er schluckte schwer.

Er fasste ihre Hand und sah sie an. „Leah, bitte bleib bei mir, ich könnte nicht leben ohne dich."

Sie legte ihre Arme um seinen Hals und presste ihre Lippen auf seine. „Ich werde nicht wieder weglaufen", murmelte sie. Dann lehnte sie sich etwas zurück und er sah grimmige Entschlossenheit in ihrem Blick. „Es muss eine andere Möglichkeit geben."

Er strich mit einem Finger eine feuchte Strähne aus ihrem Gesicht. „Wir werden gemeinsam einen Weg finden."

Sie starrten beide in die rote Glut des Feuers, während

Leah von den anderen Ereignissen im Dorf berichtete.

Alexander richtete sich auf. „Wir müssen morgen zusammen hinunter reiten. Ich werde mit meinem Vater sprechen und dann werden wir sehen, was zu tun ist. Einen Schritt nach dem anderen, wie du es mir geraten hast." Er lächelte sie zärtlich an und legte seinen Arm um ihre Schultern. „Komm, ruh dich aus, du musst vollkommen erschöpft sein."

Leah schlief in seinem Arm auf der Bank ein und er trug sie in sein Bett. Dann setzte er sich in den Lehnstuhl und betrachtete ihr wunderschönes, schlafendes Gesicht, bis auch ihn die Müdigkeit erfasste.

Langsam stieg die Morgenröte über den fernen Bergrücken und das Licht weckte Alexander.

Sein Kopf lag auf dem Bett und Leahs Hand ruhte auf seiner Schulter. Er wollte sie nicht wecken, legte vorsichtig ihre Hand zur Seite, dann ging er nach draußen.

Der Sonnenaufgang tauchte die nasse Welt in ein unwirkliches Licht. Abgerissene Äste und Blätter kündeten noch vom Sturm der Nacht. Die stille und klare Luft war kalt und Alexanders Atem formte kleine weiße Wolken.

Die Stalltür stand offen und Giso war fort.

Alexander rannte durch das Burgtor. Der große Schimmel rupfte wenige Meter weiter friedlich das grüne Gras. Er hob den Kopf und kam genüsslich kauend auf Alexander zu. Freundlich stupste er mit den Nüstern an seine Schulter und prustete ihm in den Nacken. Alexander strich ihm über den Kopf, fasste seine Mähne und führte ihn in den Stall zurück. Dort gab er Giso den letzten Dinkel, den er erst vor kurzem im Dorf gekauft hatte. Hier oben würde er ihn nicht mehr benötigen.

Als Alexander aus dem Stall trat, schweifte sein Blick über den Innenhof. Etwas Grundlegendes hatte sich verändert. Diese Burgmauern hatten ihm Zuflucht und ein Dach über dem Kopf geboten. Die eisigen Winter hätte er ohne den Schutz des Hauses nicht überlebt. Aber dies war stets ein Ort voller Einsamkeit und Trauer gewesen. Wie die Sonne ließ Leahs Gegenwart jetzt alles in einem hellen, freundlichen Licht erstrahlen. Selbst die Herausforderungen, die vor ihm lagen, erschienen jetzt leichter zu bewältigen. Er musste die Grafschaft aus Otilias Fängen befreien, sich mit seinem Vater aussprechen, die Ritter und Gefolgsleute auf seine Seite bringen. Nichts von all dem hätte er je zu träumen gewagt, aber mit Leah an seiner Seite erschien es ihm möglich. Alles davon.

Alexander trat mit einem Lächeln auf den Lippen wieder durch die Tür in sein kleines, vertrautes Haus. Leah hatte bereits Holzscheite in die Kochstelle gestapelt und das Feuer loderte hell. Er trat hinter sie und legte seine Arme um ihren Körper, hob sie ein wenig hoch und küsste ihren Nacken. Er war heute früh so glücklich, dass es ihn beinahe schwindelig machte.

„Ach, Leah, kann nicht jeder Morgen so wunderbar sein wie dieser?"

Als er sie losließ, drehte sie sich lachend herum und verbeugte sich mit einer ausholenden Geste vor ihm. „Hoheit, Euer heutiges Festmahl besteht aus gekochten Möhren und Fenchel. Ah, und frischem Kamillentee natürlich. Und wenn Ihr viel Glück habt, gibt es zum Mittag dazu ein Stückchen

Brot, ein kleines Stückchen."

Alexander lachte. „Edle Dame, Eure Medizin wirkt hervorragend, schmeckt aber furchtbar. Wenn Eure Küche besser ist, will ich zufrieden sein."

Sie tat erbost. „Wenn dem gnädigen Herrn meine Medizin nicht mundet, hätte ich ihn wohl einfach am Wasserfall liegen lassen sollen."

Alexander nahm sie in den Arm, flüsterte zärtlich in ihr Ohr: „Das hättest du niemals getan", und küsste ihren Hals.

Leah hielt ihn fest und so standen sie da und schauten in das Feuer, bis das Pfeifen des Teekessels sie ins Hier und Jetzt zurückholte.

Den steilen Hang hinab konnten sie nicht zusammen reiten, so führten sie Giso bis an den Fuß der alten Brücke. Dort hob Alexander Leah auf das sattellose Pferd und schwang sich vor sie. Bald kamen sie am Waldrand an.

Heute hatte er sich vorgenommen, ganz ohne Kapuze ins Dorf zu reiten, und Leah hatte sorgfältig ihre besondere Creme auf seinem Gesicht verteilt. Natürlich hatte er sich bei der Schwertleite und der Feier danach auch mit unbedecktem Gesicht unter Menschen gezeigt, aber dieser Weg von der Bergfeste ins Dorf war in den vergangenen Jahren besonders bitter und schmerzvoll für ihn gewesen. Den schmalen Pfad von der Brücke zum Waldtor war Alexander immer mit tief ins Gesicht gezogener Kapuze und eisiger Einsamkeit im Herzen gegangen.

Die Bilder der verlassenen Straße und der verschlossenen Türen mit ängstlichem Gemurmel dahinter stiegen vor seinen Augen auf wie alte Geister und schnitten schmerzhaft in Alexanders Herz. Der Kapuzenmann. Ein eiskalter Stich fuhr in ihn hinein bei dem Gedanken an diesen Namen.

Das war jetzt vorbei. An dem Tag, als er den Weg zuletzt gegangen war, hatte er auf dem Rückweg zum ersten Mal die Flötenmelodie gehört. Er richtete sich auf und drückte Leahs Hand an seine Brust. Ihre Arme, die um seine Mitte geschlungen waren, und ihr warmer Körper an seinem Rücken gaben ihm so viel Zuversicht und Glück. Es war unfassbar, wie sehr sich sein Leben verändert hatte – wie sehr Leah sein Leben verändert hatte.

Giso ging forsch voran und bald waren sie am Waldtor angekommen. Die Straßen erschienen wie frisch gewaschen vom nächtlichen Regen und nur wenige Menschen waren im Dorf unterwegs. Jeder, der sie sah, blieb stehen und schaute zu dem Paar auf dem großen Pferd hinauf. Einige verbeugten sich und schon bald lief eine Schar Kinder hinter ihnen her. Auch wenn es ihm noch immer unangenehm war, wenn die Leute ihn anstarrten, so war diese Aufmerksamkeit bei seiner Rückkehr doch eine gute Sache. So konnte Otilia ihn und Leah nicht einfach wieder im Kerker verschwinden lassen, denn alle sahen, dass er wieder da war.

Als sie das Burgtor erreichten, war die Nachricht über ihr Kommen ihnen vorausgeeilt und einige der Wachen hatten sich eilig gesammelt, um am Tor Spalier zu stehen und zu grüßen.

„Fürst Alexander ist wieder da", schallte ein Ruf über den Innenhof und ein Stallbursche eilte herbei, um das Pferd zu nehmen.

Als sie abgestiegen waren, öffnete sich die Tür des Palais und sein Vater trat heraus. Alexander hielt inne. Vor

Freude über dessen erstaunliche Genesung begann sein Herz zu rasen. Dann eilte er die Treppen hinauf und beugte ein Knie vor seinem Vater.

„Nein, nein, knie nicht vor mir, mein Sohn. Endlich habe ich dich wieder!", rief der, zog Alexander hoch und umarmte ihn herzlich.

„Vater, ich bin ja so froh, dass du wieder gesund bist." Alexander war so erleichtert und glücklich über dieses Wiedersehen, dass er ihn gleich noch einmal umarmte.

Der Graf wandte sich nun auch Leah zu und winkte sie zu sich heran. „Werte Dame, ich bin Euch äußerst dankbar, dass Ihr mir meinen Sohn zurückgebracht habt."

Mit einem zärtlichen Lächeln sah Alexander Leah an und griff ihre Hand. „Ja, Vater, das hat sie tatsächlich. Ihr Anteil an meiner Rückkehr ist noch viel größer, als du dir vorstellen kannst."

„Ihr müsst mir alles genau erzählen. Kommt herein. Heute ist ein besonderer Tag, das wollen wir feiern. Es soll ein festliches Mittagsmahl geben."

Alexander warf Leah einen Seitenblick zu. „Nein, für mich nur Karotten und Kamillentee, bitte."

„Mit einem Stückchen Brot vielleicht", setzte Leah hinzu und beide mussten laut lachen.

Graf Ulrich nahm mit den beiden an der Feuerstelle in seinen Privatgemächern Platz. In ihrer Unterhaltung stellte sich heraus, dass Ulrich bereits von dem großen Feuer keine Erinnerung mehr hatte. Also musste Alexander ihm genau erzählen, was geschehen war.

Er berichtete über seine Entscheidung, das Dorf zu verlassen und wo er gelebt hatte. Weitere Ausführungen zu seiner einsamen und hoffnungslosen Existenz in der Bergfeste ließ er weg, um seinen Vater nicht zu grämen. Wie er Leah zum ersten Mal getroffen hatte, interessierte Ulrich ganz besonders, ebenso das Turnier und Wendels Verrat. Bei dem Teil über den Tod seines Kammerdieners und die Befreiung aus dem Kerker, sah er Leah mehrmals sehr erstaunt von der Seite an.

Schließlich wurde das Mittagessen aufgetragen. Obwohl Alexander sehr hungrig war, hielt er sich bei der Auswahl der Speisen zurück, nahm nur ein wenig Fleisch und Brot. Trotzdem begann sein Magen schon vor dem Ende der Mahlzeit, zu rebellieren. Er lehnte sich im Stuhl zurück und beobachtete Leah und seinen Vater, die sich unterhielten.

„Meine Dame, ich möchte mich zunächst entschuldigen für meine Missachtung Eures Wunsches, unerkannt zu bleiben. Trotzdem muss ich mit Euch noch einmal darüber sprechen."

Leahs Miene verschloss sich.

Rasch fuhr Ulrich fort. „Ich kannte Eure Mutter gut und bei ihren Verwandten hat Alexander seine Pagen- und Knappenjahre verbracht. Euer Vater ist im letzten Kreuzzug gefallen und Euer Bruder hat den Titel übernommen. Er hat vor einiger Zeit Boten herumgeschickt, um nach Euch zu suchen. Ich würde gern, mit Eurer Erlaubnis, die Nachricht senden, dass Ihr hier seid."

Leah saß stocksteif auf der Kante des Stuhls. Nach einiger Zeit sagte sie mit belegter Stimme: „Wie ich bereits gestern sagte, habe ich nicht ohne Grund meine Heimat verlassen."

Ulrich stand auf und ging energisch auf und ab. „Ja,

auch davon habe ich gehört." Er blieb stehen und sah Leah mit einem väterlichen Lächeln an. „Ihr könnt sicher sein, dass in meinem Hoheitsgebiet ein solcher Unfug nicht weiter verbreitet wird." Er setzte sich auf den Stuhl neben ihr und sah ihr eindringlich in die Augen. „Leah, ich habe Euch sehr viel zu verdanken. Ihr seid hier bei meiner Familie sicher vor allen Beschuldigungen und Angriffen."

Leah war immer noch steif wie eine Statue. „Philipp ist jetzt Graf?", murmelte sie ungläubig.

Alexander sah in ihrer Miene all die Emotionen, die sie mit ihrer Familie verband. Feuchtigkeit glitzerte in ihren Augen, doch dann straffte sie sich.

„Meinen Bruder habe ich als Einzigen aus der Familie wirklich vermisst. Er war mir sehr nahe, im Gegensatz zu meinem Vater. Ich sollte um Vater trauern, aber er war stets auf Reisen und für mich immer nur ein Name, wie der Name der Grafschaft." Sie sah auf und schaute Graf Ulrich an. „Mein Vater konnte mich nicht vor dem beschützen, was Ihr Unfug nennt. Oder es war ihm gleich." Sie sank in sich zusammen.

Alexander kniete sich vor ihren Stuhl und nahm ihre beiden Hände. „Leah, mit deiner Hilfe habe ich meine Vergangenheit überwunden. Vielleicht ist es jetzt auch für dich an der Zeit, mit dem Vergangenen Frieden zu schließen."

Fest schloss sie ihre Hände um seine, als ob sie sich daran festhalten müsse. Sie starrte auf ihre ineinander geflochtenen Finger und nickte schließlich.

„Gut, ich bin einverstanden, eine Nachricht zu schicken."

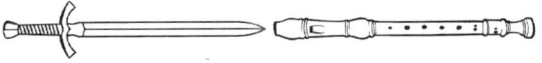

Als Sebastian in die Küche trat, war Bertha schon fast mit der Zubereitung des Frühstücks fertig. Sie drehte sich zu ihm um und fragte besorgt: „Ist Leah immer noch nicht zurück-gekommen?"

„Nein, gestern Abend war Giso aus dem Stall ver-schwunden, daher denke ich, sie ist zu Alexander geritten. Ich hoffe nur, dass sie in dem furchtbaren Unwetter sicher angekommen ist."

„Ja, das war ja wirklich ein heftiger Frühlingssturm. An der Scheune ist eine Ecke vom Dach beschädigt, sagte Georg vorhin." Bertha stellte den Topf auf den Tisch.

Sebastian sah verwundert auf. „Georg ist schon wieder auf den Beinen? Das ist ja erstaunlich."

„Na, auf den Beinen ist wohl übertrieben, aber er schlurft im Hof herum und hat auch schon nach Leah gefragt. Ich glaube, Elsas Fürsorge hat ihm ganz gut geholfen und Leahs Kräuter natürlich."

In dem Moment kamen Elsa und Georg herein.

„Hopp, an den Tisch, das Essen ist fertig", komman-dierte Bertha grinsend, ging vor die Tür und läutete die Glocke. Schnell kamen alle übrigen Arbeiter des Hofes zum Essen zusammen.

Als später wieder Ruhe einkehrte und die meisten Fuhr-werke schon auf die Felder heraus gefahren waren, nahm Sebastian Georg zur Seite. „Eigentlich gehörst du noch ins Bett. Du solltest dich vernünftig auskurieren."

Der junge Mann machte ein bekümmertes Gesicht. „Ich habe keine Ruhe, um im Bett zu liegen. Wer weiß, was Leah letzte Nacht passiert ist. Das war so ein schreckliches Unwetter. Ich habe sie von meinem Fenster aus mit Giso wegreiten sehen, da hat es schon furchtbar geschüttet. Wo kann sie nur hin sein?"

Sebastian lächelte. „Ich denke, sie besucht einen Freund. Sie wird schon unbeschadet zurückkommen."

Georg gab sich mit der Erklärung nicht zufrieden. „Ja, einen Freund, ich würde denken, du meinst Alexander. Aber der sollte in der Burg sein, dorthin braucht man kein Pferd."

Sebastian seufzte. Ebenso gut konnte er nun auch von allem berichten.

Als er geendet hatte, sah Georg ihn mit großen Augen an. „Und jetzt ist sie zur Bergfeste geritten, bei dem Unwetter? Das ist ja fast noch schlimmer." Nach einiger Überlegung setzte er kopfschüttelnd hinzu: „Aber wer Burgwachen überwältigt und in Kerker einbricht, kann wohl auch durch Unwetter reiten."

Die kleine Anna kam aufgeregt in die Küche gelaufen. „Der Prinz reitet das graue Pferd und die Flötenspielerin ist seine Prinzessin."

Sebastian und Bertha sahen sich an und mussten lachen. „Kind, jetzt erzähl der Reihe nach."

Das Mädchen holte tief Luft und begann noch einmal. „Der Prinz, der der silberne Ritter war, ist mit dem großen Pferd zur Burg geritten. Die Flötenspielerin sitzt hinter ihm. Und sie hat mir gewinkt! Ist sie jetzt seine Prinzessin?"

Sebastian musste wieder lachen, auch vor Erleichterung. „Ja, vielleicht ist sie das, wer weiß das schon." Mit einem verschwörerischen Grinsen flüsterte er: „Aber das bleibt natürlich unser Geheimnis."

Anna nickte mit großen Augen, dann hüpfte sie wieder nach draußen. „Ein Geheimnis, ein Geheimnis!"

Sebastian nickte Georg zu. „Siehst du, sie ist wieder da und du gehst jetzt wieder zu Bett. Ich schicke dir gleich Elsa mit einem Fencheltee vorbei."

Bertha warf Sebastian einen belustigten Blick zu und setzte das Teewasser auf. „Und wir beide trinken jetzt einen Melissentee zur Beruhigung."

ANGRIFF

Als Alexander am nächsten Morgen die Augen aufschlug und an die Holzdecke starrte, kam ihm der ganze Raum seltsam unwirklich vor. Seine Kammer hatten die Diener direkt nach dem Turnier wieder hergerichtet. Sie lag neben den beiden Räumen, die Graf Ullrich als Schlafgemach und Privatraum zum Speisen und für weniger formelle Treffen eingerichtet hatte. Das Bett mit den hohen Pfosten war mit frischen Laken und Decken belegt, davor lagen zwei neue Rehfelle, die er früher nicht besessen hatte. Neben der Tür hatten die Bediensteten seine Truhen für Kleider und Waffen aufgestellt. Der Waschtisch neben dem Bett war mit Kanne und Schüssel ausgestattet und es war bereits Wasser darin. Die Läden der beiden kleinen Fenster standen offen.

Alles wirkte, als sei er eben erst hinausgegangen, statt viele Jahre fort gewesen. Alexander hatte oft versucht, sich das Gefühl vorzustellen, wieder in seinem alten Bett zu schlafen. Es war nicht so, wie er gedacht hatte. Ein Teil von ihm war noch der junge Bursche, der aus dem Bett springen und im Nachtgewand in die Küche laufen würde, um schon vor dem Frühstück etwas zu stibitzen. Der andere Teil von ihm war daran gewöhnt, erst einmal das Feuer anzufachen, sich in Umhang und Decken gehüllt aufzuwärmen und zu überlegen, was er mit dem heutigen Tag anfangen wollte.

In der Nacht zwischen Turnier und Schwertleite hatte er

für solche Gedanken keine Zeit gehabt. Bis in den Morgen hatten sie gefeiert und als er nach viel zu kurzem Schlaf wieder aufstehen musste, war der Met noch nicht ganz aus seinem Kopf verschwunden.

Alexander atmete tief aus. Im Kamin brannte das Feuer schon und die erste Möglichkeit, den Morgen zu verbringen, entlockte ihm nur ein Lächeln. Er würde sich für etwas dazwischen entscheiden, sich ankleiden und dann in die Küche hinuntergehen, um sich dort zu wärmen. Sorgfältig trug er vor dem Spiegel die Creme auf. Hier in der Burg hatte ihn bisher noch niemand mit den dicken roten Narben gesehen und das sollte auch so bleiben.

Als er aus der Tür trat, begegnete er Dimarus, der gerade aus dem Zimmer seines Vaters kam.

Er verbeugte sich. „Herr, Ihr seid auch schon auf. Der Graf möchte unten mit Euch frühstücken."

„Danke, Dimarus." Alexander ging langsam die steile Treppe von den Wohngemächern zum Rittersaal und der daneben liegenden Küche hinunter. Hier auf dieser Treppe hatte Wendel seine Leah angegriffen. Bei der Erinnerung lief Alexander ein kalter Schauer über den Rücken und die Sehnsucht nach ihrer Nähe flammte wieder auf. Er wünschte sich so sehr, dass sie immer hier bei ihm sein könnte. Jetzt sofort musste er mit seinem Vater darüber sprechen, noch bevor der den Boten zu ihrem Bruder sandte.

Er bog nach links in die große Burgküche ab. Außerhalb besonderer Anlässe speiste die herzogliche Familie zuerst hier unten, danach aß das Gesinde am selben Tisch.

Der Raum war groß genug für eine Tafel mit fünfzehn Plätzen. Tisch und Stühle waren aus dunklem Holz gefertigt und man konnte am glattgeriebenen Holz der Lehnen gut erkennen, welche Stühle regelmäßig benutzt wurden. Meist waren nur die Plätze direkt neben dem Feuer besetzt. Rauch hatte mit der Zeit die hellen Wände verdunkelt und dem Raum je nach Entfernung zur Kochstelle viele verschiedene Töne von hell- bis dunkelbraun verliehen.

Das Feuer in dem gemauerten Herd brannte kräftig und der Kessel mit dem Frühstücksbrei hing tief darüber. Eine Küchenmagd legte Scheite in den Korb daneben. Als sie Alexander sah, wurde sie blass und verschwand eilig aus dem Raum. Sonst war niemand da, nur nebenan in der Vorratskammer hörte er jemanden rumpeln.

Alexander setze sich nachdenklich an das warme Küchenfeuer. Offensichtlich hatte auch sein Turniersieg noch nicht ganz gereicht, den Glauben an Otilias Fluch zum Verschwinden zu bringen.

„Guten Morgen, Herr. Ein kleines Vor - Frühstück, wie früher?" Lenne, die alte Köchin, tauchte mit einer Seite Speck aus der Vorratskammer auf und lächelte ihn an.

Alexander lachte. „Guten Morgen, Lenne. Früher hast du mich nicht ‚Herr' genannt, sondern ‚Lump' und ‚Spitzbube'."

„Ja und ‚Langfinger', aber da wart Ihr ja auch noch kein Herr", gab Lenne zurück.

„Gut, lass es uns mit Alexander als Namen versuchen, zumindest, solange ich kein Frühstück mehr stehle." Er grinste und stibitzte ein Stück Brot aus einer Schale.

„Jawohl, Herr Alexander", antwortete Lenne mit einem Zwinkern.

Ulrich kam die Treppe herunter, blieb in der Tür stehen

361

und sah Alexander an. „Guten Morgen, mein Sohn. Ach, es ist so gut, dass du wieder da bist." Dann setzte er sich zu ihm an den Tisch.

„Ja, Vater, das ist es. Es fühlt sich fremd an, aber auch gut. Ich bin sehr froh, dass es deiner Gesundheit besser geht."

Ulrich nahm das Brot und Dimarus schenkte beiden Kräutertee ein. Nachdem sie einige Zeit schweigend gegessen hatten, ergriff sein Vater das Wort. „Mein Sohn, jetzt sind nur noch wir beide übrig. Ich habe einen Entschluss gefasst."

Alexander sah zu seinem Vater hinüber. Die ernste Stimme und die bedächtige Ausdrucksweise überraschten ihn.

„Ich möchte mich aus meinen Amtsgeschäften zurückziehen und dir die Grafenwürde übergeben." Ulrich lehnte sich zurück und ließ seine Worte im Raum stehen.

Alexander sah ihn fassungslos an. „Geht das denn überhaupt? Und warum willst du das tun? Ich kann dich sehr gut in allen Angelegenheiten unterstützen, aber du bist der Graf, so lange du lebst."

„Nein, ich möchte, dass alle Ritter und Lehensleute nach den vergangenen Jahren ihren Eid erneuern. Wir müssen wissen, wer noch zu uns steht, und alle sollen selbst sehen, wer hier das Sagen hat. Die Übergabe an dich ist ein sehr guter Grund dafür. Ich werde auch dem Erzbischof eine Nachricht schicken, damit die Lehen der Kirche an dich übergehen."

Alexander war immer noch sprachlos, doch sein Vater fuhr schon fort: „Als Graf von Gehrenburg musst du natürlich daran denken, dir eine Gemahlin zu nehmen." Ulrich lächelte seinen Sohn erwartungsvoll an und nickte, als ob er eine ganz bestimmte Antwort erwartete.

Alexander setzte sich sehr gerade hin und holte tief Luft. Nun waren sie also zu dem Thema gekommen, dass er ohnehin mit seinem Vater besprechen wollte. „Vater, du weißt, wem mein Herz gehört. Bitte erzähle mir jetzt nichts von vorteilhaften Verbindungen zu irgendwelchen Adelshäusern."

Ulrich verzog den Mund zu einem Grinsen, dann lachte er laut. „Doch, natürlich ist das wichtig. Eine Verbindung mit den französischen Häusern Artio und Cour wäre sehr vorteilhaft. Ein starker Verbündeter in Frankreich, mit verwandtschaftlichen Beziehungen zum französischen König und zu Brabant, würde das Ansehen unseres Hauses bestimmt vergrößern."

Alexander sprang von seinem Stuhl auf. „Vater!" Sein Gesicht fühlte sich heiß an und er war sich sicher, dass er hochrot angelaufen war.

Ulrich lachte wieder. „Du verstehst es immer noch nicht? Ich schlage die Duchesse Leah d´Artio vor. Der Bote zu ihrem Bruder wartet, falls du noch eine eigene Nachricht mitschicken möchtest."

Alexander starrte seinen Vater mit offenem Mund an. Erst nach und nach sickerte der Sinn des Gesagten in seinen Verstand. „Gräfin Leah von Artio?" Die Worte schienen nicht zusammen zu gehören. Er schüttelte den Kopf. Seine Leah, die Pferdeheilerin, die er immer als Tochter von Sebastian angesehen hatte.

Er setzte sich wieder und seufzte erleichtert. Dann

huschte ein Lächeln über sein Gesicht bei dem Gedanken, um Leahs Hand anzuhalten. „Ja, natürlich Vater. Ich werde den Brief gleich schreiben. Ich hätte Leah so gern hier in der Burg. Wir haben genug Räume, dass sie ihre eigenen Zimmer bekommen könnte."

„Natürlich, mein Junge, das verstehe ich, aber es wäre nicht richtig. Wir müssen auf ihren Ruf Rücksicht nehmen und die Antwort ihres Bruders abwarten. Vielleicht können wir zusammen mit der Amtsübergabe eine Verlobung feiern. Danach kann sie natürlich hier wohnen."

Alexander nickte bedächtig, traurig und glücklich zugleich. Ja, er würde jetzt gleich einen Brief an Leahs Bruder schreiben, und um ihre Hand anhalten. War tatsächlich alles plötzlich so einfach? Es erschien ihm noch so unwirklich.

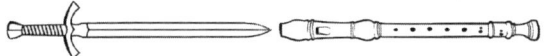

Im Schmiedehaus war Aribert von seinem Lager aufgestanden und hatte Kleidung und Rüstung angelegt.

„Dank Eurer Hilfe geht es mir viel besser und ich möchte Euch nicht mehr länger zur Last fallen." Er verbeugte sich höflich vor Hannah und Jakob. „Ich denke, ich sollte jetzt in mein Lager zurückkehren und bei passender Gelegenheit meine Lehenstreue zu Graf Ulrich erneuern."

Emmo stand vom Essen auf und sagte: „Euer Pferd habe ich in den Stallmeisterhof gebracht, das war der nächste Pferdestall von hier."

„Ich danke dir, mein Junge, und ich danke euch allen.

Ihr habt mich aufgenommen und mein Leben gerettet, obwohl ich zuvor eurem Feind gedient hatte. Das werde ich nie vergessen." Er verbeugte sich feierlich und trat aus der Schmiede.

Der Morgen hatte sonnig begonnen, doch inzwischen frischte der Wind auf. Eilige Wolkenfetzen, die über den Himmel gezogen waren, hatten sich gesammelt und zu einem unheilvollen, dunklen Gebirge aufgetürmt. Der Weg vom Schmiedehaus zum Stallmeisterhof war kurz und Aribert beeilte sich, das Pferd zu holen, um vor dem drohenden Regen sein Lager zu erreichen. Beim Stall angekommen, musste er sich zunächst auf eine Mauer setzen. Selbst der kurze Weg hatte ihn mehr angestrengt, als er zugeben wollte. Nach einer kurzen Pause ging er hinein, sattelte sein Pferd und führte es hinaus. Im Innenhof traf er auf Leah und Sebastian und er verbeugte sich vor beiden.

Noch ehe er ein Wort sagen konnte, stürzte ein Bursche in den Hof. „Der Graf von Eissenburg, mit vielen Rittern. Sie haben schon den Gutshof von Bruch überfallen und alle getötet." Der Junge war völlig außer Atem und zitterte am ganzen Körper.

Sebastian drehte sich zum nächsten Burschen um. „Du läufst zur Burg und bringst die Nachricht zum Grafen. Alle anderen: Schließt das Wiesentor. Georg, läute die Glocke."

Alle rannten los und Aribert fasste Leahs Arm. „Geht ins Haus und bleibt dort. Ich werde Euch und euren Hof beschützen." Er sprang auf sein Pferd und preschte zum Wiesentor.

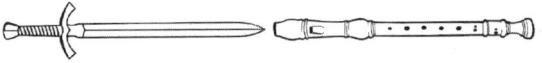

Der Bote war mit Ulrichs Brief und Alexanders Nachricht eine Stunde zuvor aus dem Burgtor geritten, als die Feuerglocke ertönte. Der Schreck fuhr Alexander durch Mark und Bein. Dieser Klang bedeutete das schlimmste Unheil seines ganzen Lebens.

Er stürzte zum Fenster.

Ein Brand?

Unten schrie ein Stallbursche: „Angriff, der Graf von Eissenburg greift an!"

Alexander rannte die Treppe hinunter und stürzte in den Hof. „Bursche, lauf sofort zum Ritterlager. Alle müssen sich bewaffnen und zum Wiesentor kommen."

Sein Herz raste und seine Gedanken flogen alle in eine Richtung: Leah war in höchster Gefahr. Das Wiesentor lag gleich hinter dem Stallmeisterhof und er musste es unbedingt vor den Angreifern erreichen.

In dem Moment erschien sein Vater hinter ihm. „Los, Alexander, in die Waffenkammer. Auch wir beide müssen die Rüstung anlegen, bevor wir uns dem Eissenburger stellen. Dimarus, unsere Schwerter aus dem Turm. Burschen, die Pferde!"

Alexander war froh, seinen Vater so energisch und voller Tatendrang zu sehen. Dies riss ihn aus der Angst um Leah. Er sah Ulrich an und schüttelte den Kopf. Trotz aller Dringlichkeit war ihm nicht wohl bei dem Gedanken, dass er nach der langen Krankheit sofort in eine Schlacht ritt. Neben seinem Vater lief Alexander zurück zum Gebäude, in die im untersten Stockwerk liegende Waffenkammer. „Vater, du solltest dich noch schonen. Ich werde die Ritter versammeln und uns verteidigen."

Ulrich ging weiter und ohne sich umzudrehen gab er zurück: „Du magst Recht haben, aber wir können nicht sicher sein, dass alle dir folgen. Ich werde dich begleiten, aber das Kämpfen muss ich vielleicht dir überlassen."

Alexander nickte. Ruther und sein Gehilfe hatten bereits ihrer beider Rüstungen bereitgestellt und halfen mit geübten Handgriffen beim Anlegen. Kaum waren die letzten Riemen verschnallt, erschien Dimarus mit den Schwertern. Die Stallburschen standen mit den ebenfalls gerüsteten Pferden bereits im Hof. Ulrich und Alexander saßen auf und ritten nebeneinander durch das Burgtor.

„Hinter uns schließen!", rief Ulrich über die Schulter, dann preschten sie in halsbrecherischem Tempo aus der Burg. Unterwegs schlossen sich ihnen die Ritter an, die aus dem Turnierlager noch nicht abgereist waren und als sie das Dorf durchquerten, stieg ihre Zahl auf fünfzehn Reiter an.

Das Tor war zwar geschlossen, aber die dünne Holzkonstruktion würde den angreifenden Reitern nicht lange standhalten, das war Aribert sofort klar. Die Männer aus dem Dorf hatten sich mit ihren Arbeitsgeräten bewaffnet und einige rammten zusätzliche Balken vor dem Tor in den Boden. Viele standen jedoch ängstlich hinter Aribert, der auf seinem Pferd direkt am Tor Stellung bezogen hatte.

„Sie kommen!", rief ein Junge, der an der Mauer hochgeklettert war. Das hätte er nicht sagen müssen. Wie ein herannahendes Gewitter donnerten die Pferdehufe der

Angreifer auf dem steinigen Weg.

Als sie vor dem Tor angekommen waren, ebbte der Lärm ab und nur unruhiges Scharren und ab und an ein Schnauben durchbrachen die drückende Stille. Einen Moment lang passierte gar nichts und die Spannung stieg mit jedem Atemzug.

Unvermittelt erschallte eine Stimme: „Hier steht Graf Diderich von Eissenburg. Wenn ihr euch ergebt, werden wir Gnade walten lassen. Euer Fürst ist dem Wahn verfallen und sein Sohn verflucht. Da Wendel nun tot ist, habt ihr keinen Regenten mehr. Ich werde nun diese Burg und die Grafschaft übernehmen. Blutvergießen ist nicht nötig. Öffnet das Tor!"

Alle Augen wanderten zu Aribert. Der presste die Lippen zusammen und schüttelte den Kopf. Er holte tief Luft. „Graf Ulrich ist unser Regent und wir werden uns verteidigen." Er setzte den Helm auf und zog sein Schwert. Die Männer fassten ihre Heugabeln und Dreschflegel fester und entschlossen starrten sie auf das Tor. Unter den wuchtigen Schlägen der Handramme zerbarst der Mittelbalken nach wenigen Augenblicken und eine Horde gepanzerter Reiter standen mit gezogenen Schwertern auf der anderen Seite, bereit zum Angriff. An Schild und Helmschmuck gut zu erkennen preschte Diderich als Erster durch das Tor und an Aribert und den Dorfbewohnern vorbei. Der Ritter direkt neben Diderich hielt auf Aribert zu und versuchte, ihn mit seinem Reiterhammer vom Pferd zu schlagen. Der duckte sich geschickt weg, doch die Waffe traf sein Pferd. Das Tier bäumte sich auf und Aribert konnte sich kaum im Sattel halten. Dann brach es zusammen. Aribert riss die Beine hoch und warf sich, so gut er konnte zur Seite, um nicht unter dem

Körper des Pferdes begraben zu werden. Er sah auf und sein Blick folgte dem Ritter, der weiter ins Dorf hinein galoppierte. Erst dann sah er mit Schrecken, dass der Graf keineswegs zur Burg ritt, sondern in den Stallmeisterhof einbog. Aribert kämpfte sich auf die Beine und verfluchte seine eigene Schwäche, dann lief er, so schnell er konnte zwischen den Gebäuden hindurch in den Innenhof.

Zwei Ritter hatten einige Bedienstete in einer Ecke zusammen getrieben und das Pferd des Grafen stand reiterlos an der Seite. Drei reglose Körper lagen in einer Blutlache und Diderich schritt geradewegs auf das Wohngebäude zu. Sein Schwert war gerötet und mit siegessicherem Grinsen trat er auf die kleine Gruppe zu, die sich vor dem Gebäude zusammendrängte.

Aribert keuchte, die Beine wollten unter ihm nachgeben und es kostete ihn unendlich viel Kraft, sein Schwert hochzuhalten. Schwankend hielt er auf das Haus zu, und währenddessen, lief das Drama vor seinen Augen ab.

Leah hatte ein Schwert und stand damit schützend vor den übrigen Frauen. Ihre angstgeweiteten Augen und ihre Körperhaltung zeugten davon, dass sie in Wahrheit nicht wusste, wie sie mit der Waffe umgehen musste.

„Wer von Euch ist die Pferdeheilerin?", herrschte Diderich die Frauen an.

„Ich, Herr", behauptete eine Küchenmagd und trat vor.

Diderich drehte sich zu ihr um. In dem Augenblick trat Leah einen Schritt vor und ließ das Schwert heruntersausen. Es prallte auf seine Schulter und glitt an der Rüstung entlang den Arm hinab. Sie hatte nicht genug Kraft gehabt, um den Grafen durch das Kettenhemd hindurch ernsthaft zu verletzen.

Mit einem markerschütternden Aufschrei fuhr Diderich herum, um sein Schwert mit einem seitlichen Hieb gegen Leah zu führen.

Aribert warf sich dazwischen und fing den Schlag ab, der sonst quer durch ihren Bauch gefahren wäre. Das Schwert traf seinen linken Arm, durchtrennte den Kettenpanzer oberhalb des Handschuhs und schnitt tief ins Fleisch. Den Schmerz ignorierend hob er mit der Rechten sein Schwert und schlug mit aller Kraft nach dem Hals des Grafen.

Diderich kippte nach hinten gegen die Wand und fasste sich an die Kehle. Einen Augenblick stand er schwer atmend und würgend da. Seine Rüstung hatte allerdings standgehalten.

Ariberts Blick verschwamm und er schloss benommen die Augen, dann riss er sie hektisch wieder auf, um nicht das Bewusstsein zu verlieren. Er starrte auf den Schnitt an seinem Unterarm, aus dem helles Blut pulsierend auf den Boden der Küche spritzte. Er spürte, wie seine letzte Kraft mit dem Blut aus seinem Arm hinaus floss. Noch einmal versuchte er, das Schwert hochzureißen, taumelte stattdessen haltlos nach hinten und stieß gegen Leah.

Plötzlich sprang Diderich mit einem Brüllen vor und stach einem Kurzdolch durch Ariberts Kettenhemd tief in seine Brust. Aribert zuckte zusammen und sank nach hinten. Leahs Arme umschlossen ihn von hinten und er sah sein Blut über ihre Hände laufen. Er spürte, wie sie unter der Last seines Körpers auf die Knie fiel und wie sich ihre Finger in sein Kettenhemd krallten, doch sie konnte ihn nicht halten und seine Schultern sanken zu Boden. Er drehte den Kopf zu ihr.

„Lauft weg!", keuchte er mit letzter Kraft.

„Du bist es also, nicht sie", sagte Diderich und hustete.

Ariberts Blick folgte Leah, als ein Ritter sie wegzerrte und ihr ein Seil um die Handgelenke band.

Hilflos starrte Aribert hinter Leah her, während der Graf sie an dem Seil nach draußen zerrte und auf sein Pferd stieg. *Es tut mir so leid, dass ich Euch nicht beschützen konnte*, schoss durch seine Gedanken, aber er brachte die Worte nicht mehr über seine Lippen. Sein Herzschlag wurde immer matter. Dann hüllte die ewige Dunkelheit ihn ein.

Alexander hatte mehrmals erfolglos versucht, durch die breite Front der eissenbugschen Ritter zu brechen, um zum Stallmeisterhof zu gelangen. Das braune Pferd, das der Bursche seines Vaters ihm gegeben hatte, wurde von einer Lanze schwer getroffen und brach im nächsten Moment unter ihm zusammen. Die schwere Rüstung machte ihn unbeweglich und steif, aber es gelang ihm trotzdem, auf den Füßen zu landen und nicht vom Körper des sterbenden Tieres zu Boden gerissen zu werden. Nun musste er versuchen, sich zu Fuß zum Stallmeisterhof durch zu kämpfen, denn Leah Sicherheit war ihm wichtiger als alles andere. Blut von Menschen und Pferden mischte sich in den Pfützen mit Regenwasser und das Kampfgebrüll mischte sich mit Schmerzschreien, während der Donner des Unwetters immer wieder alles übertönte.

Ein Ritter in den Farben der Eissenburger hatte ebenfalls

sein Pferd verloren und stand Alexander nun im Zweikampf gegenüber. Plötzlich ritt Diderich, hinter seinen Männern die Dorfstraße hinauf. Mit schreckgeweiteten Augen sah Alexander, dass Leah mit einem Seil an Diderichs Sattel gebunden war und neben seinem Pferd herstolperte. Ihre Haare klebten wirr im Gesicht und ihr sandfarbenes Kleid war vorn hellrot von mit Regen gemischtem Blut.

Alexanders Herzschlag stockte. Ulrich preschte auf seinem Pferd heran und fegte den Ritter mit einem Schwerthieb zur Seite. Im Sturz streifte der Ritter Alexander mit seiner Klinge, ließ ihn zurücktaumeln. Keuchend fasste er an seinen Hals und stürzte zu Boden. Schlamm spritzte auf. Während er verzweifelt nach Luft rang, suchte sein Blick Leah im Kampfgetümmel.

Jakob! Sein Freund stand plötzlich auf dem Brunnenrand und griff Diderich mit einem Dreschflegel an. Der holte aus, um sein Schwert in Jakobs Bauch zu rammen. Leah warf ihr ganzes Gewicht in das Seil und lenkte damit Diderichs Schlag ab. Das Pferd sprang erschrocken nach vorn, das Seil spannte sich und riss Leah zu Boden.

Alexander kniete neben dem Körper des Ritters, den Ulrich niedergestreckt hatte, und schaffte es endlich, sich zu erheben, während er seinen Blick nicht von Leah ließ. Da rammte ihn der Brustpanzer eines Pferdes von der Seite und er wurde von wirbelnden Hufen am Kopf getroffen. Alles wurde dunkel.

Leah fiel mit dem Gesicht in eine Pfütze und wurde einige Meter hinter dem Pferd her geschleift, bevor jemand sie von hinten packte. Er zog sie am Kragen ihres Umhangs hoch, sodass der Stoff tief in ihre Kehle schnitt und ihr die Luft abdrückte. Sie hustete und wand sich unter dem Griff. Plötzlich riss der Umhang und wieder fiel Leah mit dem Gesicht in blutigrotes Wasser. Hastig streckte sie die Hand nach Alexanders Fibel aus, die vor ihr im Schlamm lag, konnte sie aber nicht mehr erreichen, bevor der Ritter sie erneut hochriss und auf ein Pferd setzte.

Mit wilder Verzweiflung suchte ihr Blick Alexander in dem Gewühl aus schlammbespritzten Menschen und Pferden. Sie sah ihn gerade noch, als er sich erhob. Im nächsten Moment ritt ein gegnerischer Ritter ihn von hinten nieder. Ein Schrei entfuhr ihr.

Ihr Pferd wurde herumgerissen und galoppierte hinter Diederich her. Das Schlachtfeld verschwand aus ihrem Blickfeld.

Tränen liefen über ihre Wangen und ihr Herz wollte sich der Verzweiflung und dem Schmerz hingeben. Sie brauchte all ihre Konzentration, um sich mit den gebundenen Händen auf dem Pferd zu halten, und richtete ihren Blick starr auf die Mähne des Tieres. Sie versuchte mit aller Macht, daran zu glauben, dass Alexander den Kampf überlebt hatte. Anders durfte es nicht sein, konnte es nicht sein!

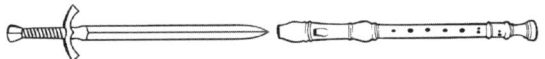

Diderichs Ritter waren inzwischen in der Unterzahl und er rief seine Männer zum Rückzug.

Hustend und würgend kämpfte Alexander sich hoch und rannte, ohne nachzudenken, hinter den Reitern her. „Leah!", schrie er voller Verzweiflung in den tosenden Regen, doch ihr Pferd war schon zwischen den feindlichen Rittern verschwunden.

Schnell zogen sich die Eissenburger zurück, ohne ihre Verletzten mitzunehmen. Dort lag Leahs Umhang, an der Stelle, wo der Mann sie auf das Pferd gehoben hatte. Mit zitternden Händen nahm Alexander den in Blut und Schlamm getränkten und zerrissenen Stoff hoch und schloss seine Faust um die Fibel. Er hatte geschworen, Leah für immer zu beschützen. Jetzt war sein Albtraum wahr geworden.

„Vater, ein Pferd, wir müssen sie verfolgen!", schrie er. Erst dann sah er sich suchend um und entdeckte Ulrich.

„Nein, Alexander", rief dieser zurück. Die übrigen Worte wurden durch den Donner übertönt. Ulrich ritt näher heran. „Wir müssen uns erst sammeln und weitere Unterstützung rufen. Dann können wir sie in den nächsten Tagen angreifen."

„Vater, die Eissenburg auf ihrem Berg ist so gut wie uneinnehmbar. Wir werden Leah dort nie wieder heraus bekommen. Es wird einen ewig andauernden Krieg mit vielen Toten geben. Leah wird verloren sein! Ich kann sie nicht aufgeben, Vater!"

Ulrich saß zusammengesunken auf seinem Pferd, und Alexander sah ihm an, dass der Kampf ihn die letzte Kraft gekostet hatte. Trotzdem raffte er sich wieder auf und nickte.

„Natürlich kannst du sie nicht aufgeben. Du hast recht, wir werden die Eissenburg nicht einnehmen können. Aber wir können sie auch nicht einfach auf der Straße verfolgen. Darauf werden sie vorbereitet sein und sie haben bereits einen Vorsprung. Wir gehen über den Bergkamm und erwarten sie vor ihren eigenen Toren."

Ergeben nickte Alexander, obwohl alles in ihm danach schrie, sich ein Pferd zu nehmen und Leah nachzureiten. Während sie sich auf den Rückweg zur Burg machten, um frische Pferde zu holen, wurde ihm wieder bewusst, warum sein Vater so eine große Grafschaft führen konnte.

Lange preschten sie durch den eisigen Regen, doch die Pferde wurden müde und so mussten ihre Entführer ein langsameres Tempo anlegen. Die Kleidung klebte an Leahs Körper und der Sattel war so nass, dass sie sich bald die Beine wund reiben würde, außerdem fror sie erbärmlich. Da waren die Ritter im Vorteil, denn unter den Kettenhemden trugen sie dicke wattierte Unterrüstungen.

Vor Leahs Augen stand noch immer Ariberts Blick, der sie um Verzeihung bat. Er hatte für sie Diederichs Schwerthieb abgefangen. Auch wenn er ihre Gefangennahme nicht hatte verhindern können, hatte er ihr Leben gerettet und dafür mit seinem bezahlt. Und Alexander ... Daran durfte sie überhaupt nicht denken. Er lebte noch, ganz sicher, sagte sie sich immer wieder.

Tränen liefen über ihre Wangen und mischten sich mit

dem Regen, ohne dass ein Schluchzen sie verraten hätte.

Graf Diederich sah sich nach ihr um und zügelte sein Pferd, um neben ihr zu reiten. Der Helm hing am Sattel und sein dunkles Haar klebte strähnig in dem hageren Gesicht mit dem struppigen Bart. Die kalten Augen sahen verächtlich auf sie herunter, und in seinen harten Zügen spielte ein bösartiges Grinsen.

„Für dich werden wir schon ein ordentliches Lösegeld bekommen. Wer weiß, vielleicht tauscht er sogar sein eigenes Leben für dich ein. Wie man hört, scheint er ja unglaublich verliebt zu sein, der hässliche Kapuzenmann."

Leahs Augen wurden schmal und der heiße Wunsch, den Mann zu erwürgen, stieg in ihr auf. Sie sagte kein Wort, starrte ihn nur an.

„Ha ha, kann noch nicht einmal sprechen, das Kätzchen, aber Blicke werfen wie ein Löwe, das freche Ding", dröhnte er und schlug sie mit der Rückseite des Rüstungshandschuhs.

Es war, als würde ihr halbes Gesicht weggerissen. Leah konnte nichts mehr sehen. Ihre Wange brannte und warme Tropfen rannen an ihrem Hals herunter. Die Fingerplättchen des Handschuhs hatten viele kleine Schnitte in ihre Wange gegraben.

„So, jetzt bist du auch nur noch halb so hübsch." Diederich lachte dröhnend und seine Männer fielen ein.

Leah widerstand dem Drang, an ihre Wange zu fassen, und starrte ihn wieder böse an.

„Nicht so leicht kleinzukriegen. Aber warte nur, bis wir in meiner Burg sind. Ich mag Wildkatzen, in meinem Bett wirst du schon gehorsam werden."

Sie hörte seine Drohungen kaum. Alexander! Ja, im Kerker hatte er Wendel sein Leben für ihres angeboten, Sie wusste, Alexander würde es, ohne zu zögern, wieder tun, wenn Diederich es verlangte. Das durfte niemals geschehen! Sie musste sich irgendwie befreien, bevor sie die Eissenburg erreichten, das war ihre einzige Chance.

Während sie dahin ritten, stellte sie fest, dass das Pferd, auf dem sie saß, offenbar sehr gut ausgebildet war. Ritter hatten im Kampf oft keine Hand für die Zügel frei und daher waren ihre Pferde daran gewöhnt, mit Körpergewicht und Beinen dirigiert zu werden. Immer mal wieder versuchte sie, das Tier auf diese Art zu lenken oder es zu verlangsamen, worauf es prompt und gehorsam reagierte, bis der Zügel in Diederichs Hand es weiter zog. Er musste nur loslassen, dann würde sie trotz ihrer gefesselten Hände fliehen können. Aber wie sollte sie ihn nur dazu bringen?

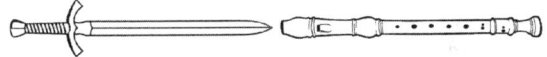

Nur zehn Ritter waren noch kampffähig, Ulrich und Alexander eingerechnet. Die Übrigen waren zu schwer verwundet. Alexander hatte Giso aus dem Stallmeisterhof holen lassen, denn für den steilen Weg auf dem Berg brauchte er dessen Trittsicherheit und Gehorsam. Hastig ritten sie zum Waldtor hinaus und folgten dem Bach bis zur Brücke. Die Erinnerungen entfachten heißen Schmerz in Alexanders Herz, als er an all die wunderbaren Stunden mit Leah denken musste. Was würde dieser furchtbare Diederich mit ihr anstellen, wenn er erst zur Eissenburg kam? Er wollte es sich nicht vorstellen und doch konnte er seine Gedanken nicht davon lösen.

Schneller, sie mussten schneller den Berg überqueren, um sich an der Furt zu verstecken, ehe Diederich dort ankam. Der Weg war allerdings so steil, dass die Pferde ihn nur im Schritt erklimmen konnten.

Sie überquerten den Pfad, der zur Bergfeste führte, und kurz danach ging es auf der anderen Seite wieder hinunter. Die Langsamkeit ihres Rittes machte Alexander fast wahnsinnig bei der Vorstellung, dass Leah in den Händen dieses Scheusals war. Immerhin hatte er den Vorteil, dass er sich hier auf seinem Bergkamm sehr gut auskannte und ohne Zögern den schnellsten und sichersten Weg ins gegenüberliegende Tal fand.

Endlich waren sie unten angekommen und nur ein kurzer scharfer Ritt trennte sie von der Furt. Alexander fand im weichen Boden des Ufers nur alte, vom Regen verwischte Hufspuren und keine frischen. Daher konnten sie davon ausgehen, dass sie früh genug gekommen waren. Erleichterung durchfuhr ihn und seine angespannte Haltung lockerte sich etwas. Aber er durfte jetzt nicht unaufmerksam werden, denn die Eissenburger konnten jeden Moment auftauchen.

Die dick wattierten Unterrüstungen hatten sich inzwischen mit Regenwasser vollgesogen und lagen mit dem Metall der Kettenhemden eiskalt und schwer wie Blei auf ihren Schultern. Schlotternd saßen alle Ritter auf ihren Pferden, ein kurzes Stück vom Weg entfernt im hohen Gebüsch, während sie auf Diederichs Trupp warteten. Auch Alexanders Vater war in sich zusammengefallen und es wirkte, als würde nur seine Rüstung ihn noch aufrecht halten. Dieses

Unternehmen war ganz sicher zu viel, nach einer so langen Krankheit und Alexander schämte sich dafür, dass er seinem Vater das aufbürdete. Andererseits hätte Ulrich nichts in der Burg gehalten, wenn seine Ritter gegen Eissenburg zogen.

Um seinen Vater von der Erschöpfung ein wenig abzulenken, unterhielt er sich mit ihm über die Burg, die auf der anderen Seite des Flusses aufragte.

Die breite Straße, die durch die Furt ging, war an anderen Tagen ein vielbefahrener Handelsweg zwischen mehreren großen Städten. Nicht zuletzt aus diesem Grund hatten Diederichs Vorfahren die Burg damals an diesem Punkt errichten lassen. Die Grafen von Eissenburg begnügten sich nicht mit den Einnahmen aus ihren Lehen und den Abgaben der ihnen zugehörigen Vogteien und Güter. Sie erhoben auch Wegezölle von den durchreisenden Händlern. Wenn ein Händler nicht sogleich bezahlte oder das Handelsgut besonders wertvoll erschien, bedienten sie sich darüber hinaus gern an allem, was diesen Weg passierte. Eigentlich war das verbotenes Raubrittertum, aber seit der Kaiser abgesetzt worden war, schien sich niemand mehr für die örtlichen Rechtsangelegenheiten zu interessieren. So waren die Grafen von Eissenburg schon seit Langem mit dieser zusätzlichen Einnahmequelle durchgekommen, ohne dass jemand etwas dagegen unternommen hätte.

Heute, bei diesem Wetter, war niemand freiwillig auf der Straße unterwegs. Plötzlich hörte Alexander Hufgetrappel aus der Ferne. Er spannte sich und sein Herz raste. Endlich! Das mussten Diederichs Ritter sein.

Die Gruppe trottete ohne besondere Vorsichtsmaßnahme auf der Straße entlang. Zusammengesunken hockten die

Männer auf ihren Pferden, offenbar von den Anstrengungen des Kampfes und der Kälte erschöpft.

Alexander sah seinen Vater an, der das Kommando führte. Auf dessen Nicken zog Alexander sein Schwert und hob es zum Zeichen des Angriffs wortlos in die Luft. Die Ritter stoben aus dem Gebüsch und offenbar hatten sie die ankommende Gruppe damit wie geplant überrumpelt. Keiner zeigte irgendwelche Gegenwehr oder zog auch nur das Schwert.

Keiner außer Diederich. Er ritt mit Leah im Schlepptau am Ende der Gruppe und erschien Alexander nicht ganz so lethargisch wie seine Untergebenen. Als er die Angreifer sah, zog er mit einem Wutschrei sein Schwert und legte es in Leahs Nacken.

„Wenn Ihr Euch nicht sofort ergebt, ist sie tot", schrie er Alexander entgegen.

Alexander parierte kurz vor Diederich scharf sein Pferd und senkte das Schwert. Leah hielt den Kopf gesenkt, ihr nasses Haar fiel nach vorn, aber er sah, dass ihr Gesicht blutverschmiert war. Brennende Wut mischte sich mit der Sorge um sie. Sein Blick fuhr zu Diederich und mit offenem Mund holte er Luft, ohne zu wissen, was er überhaupt sagen wollte.

Leah ließ sich so plötzlich nach vorn fallen, dass Alexander fürchtete, sie würde vom Pferd stürzen. Sie duckte sich allerdings unter Diedrichs Schwertklinge weg und trieb ihr Pferd an.

Es machte einen überraschten Satz nach vorn, stieg und wendete dann auf der Hinterhand. Fast wäre sie in dem Augenblick doch noch aus dem Sattel gestürzt und Alexander blieb ein Schrei im Halse stecken, aber sie konnte sich mit den zusammengebundenen Händen an der Mähne festhalten.

Als die Vorderhufe des Pferdes das Pflaster wieder berührten, richtete Leah sich auf und preschte wie der Wind in die Richtung, aus der sie gekommen waren.

Diederich wendete einen Augenblick später und raste ihr nach.

Alexander hob sein Schwert wieder und trieb Giso an, der mit mächtigen Sprüngen hinter den beiden her setzte. Den Blick starr auf Leah gerichtet, schickte Alexander ein Stoßgebet nach dem anderen zum Himmel, dass ihr Pferd nicht strauchelte und dass er Diederich erreichte, bevor der sie einholen würde. Schon viele Jahre hatte er nicht mehr gebetet, aber in diesem Augenblick dachte er darüber nicht weiter nach.

Leah hörte die beiden Verfolger hinter sich die Straße heraufdonnern und suchte panisch einen Ausweg. Wie konnte sie Diederich abschütteln? Er war kein guter Reiter, das war ihr gleich aufgefallen. Er beherrschte sein Pferd nur mit groben Händen und kräftigem Gebrauch der Sporen. Über die Wallhecke, durch die Felder neben der Straße könnte er vielleicht nicht folgen.

Mit schnellem Blick suchte sie eine geeignete Stelle, an der das Gebüsch am Wegrand nicht ganz so hoch stand, und trieb ihr Pferd energisch in diese Richtung. Der Braune machte gehorsam einen riesigen Satz über die Hecke und galoppierte weiter. Die Zügel schlugen wie wild, plötzlich blieb er mit einem Vorderbein darin hängen und stürzte in vollem Lauf.

Gleich einem Geschoss wurde Leah nach vorn durch die Luft geworfen und landete einige Schritte weiter in einem großen Ginsterstrauch. Das Gebüsch dämpfte den Aufprall, aber ihr geschundenes Gesicht brannte jetzt wie Feuer.

Nach Luft schnappend drehte sie den Kopf, um in Richtung der Straße zu sehen und zu erkennen, was dort geschah.

Diederichs Pferd hatte vor dem Gebüsch abgebremst. Während der Graf fluchend sein Pferd antrieb, setzten Giso und Alexander ein Stück vorher mit elegantem Schwung über das Gesträuch.

Leah war so erleichtert, dass ihr die Tränen in die Augen stiegen. Sie blinzelte und schluckte krampfhaft, als Alexander auf sie zukam und neben ihr vom Pferd sprang.

Er kniete sich neben sie. „Leah, sieh mich an, wo bist du verletzt?", fragte er und sein hektischer Blick fuhr suchend über ihren Körper.

Sie war auf dem Rücken gelandet und alle Luft war aus ihren Lungen entwichen. Sie brachte ein Keuchen zustande und starrte mit offenem Mund und weiten Augen an Alexander vorbei den herannahenden Diederich an.

Alexander wirbelte herum, doch es war zu spät.

Diederichs Schwert sauste auf ihn herunter und traf seine linke Schulter mit voller Wucht. Leah sah, dass der Kettenpanzer hielt, doch der Schmerz in der ohnehin verletzten Schulter musste grausam sein. Ihr Herz setzte einen Moment aus, als Alexander schneeweiß wurde und erstarrte, ehe er kraftlos zur Seite sackte und im Gras liegen blieb.

Diederich stand mit erhobenem Schwert über ihm.

„Nein!", keuchte sie, doch Diederich lachte sein grausames, überhebliches Lachen.

„Jetzt habe ich euch beide! So ist es doch noch ein erfolgreicher Tag geworden."

Leah rollte sich herum, richtete sich auf und griff mit beiden noch immer zusammengebundenen Händen nach Alexanders Schwert. Sie konnte es kaum heben, doch versuchte kniend, einen verzweifelten Schlag gegen Diederichs Beine zu führen.

Der Schnitt fuhr durch den Stoff tief in Diederichs Wade. Mit einem überraschten Schmerzensschrei torkelte er nach vorn. Alexander trat nach seinen Knien und Diederich fiel der Länge nach auf ihn.

Er zuckte nur noch einmal zusammen, gab ein klägliches Röcheln von sich und lag dann still.

Leah ließ das Schwert fallen und starrte einen Moment auf den reglosen Diederich, ohne zu begreifen, was geschehen war. Dann sah sie in Alexanders schmerzverzerrtes Gesicht, während er vergeblich versuchte, den toten Diederich von sich herunter zu schieben.

„Du musst mir helfen, ich kann den Arm nicht bewegen", stöhnte er. Leah rutschte näher heran und drückte mit beiden Händen den Körper zur Seite. Als er endlich wegkippte, verstand sie auch, was geschehen war: Mit der rechten Hand hatte Alexander seinen Kurzdolch gezogen und Diederich die Waffe direkt in sein Herz gerammt.

„Alexander, du hast mich gerettet", flüsterte sie und schloss für einen Moment die Augen. Tränen rollten an ihren Wangen hinunter, aber das war ihr jetzt ganz gleich.

Er setzte sich mühsam auf und strich mit den Fingerspitzen vorsichtig eine nasse Strähne von ihrer blutverkrusteten Wange. „Ich glaube, du hast mich gerettet."

Sie sahen sich an und trotz der Schmerzen und der Erschöpfung mussten sie beide ein wenig lächeln.

KOMMENDATION

Leah saß im Innenhof der Burg, den Rücken an die sonnenwarme Mauer gelegt, und sah Alexander und seinem Spar-
ringspartner beim Schwerttraining zu. Noch musste er den
linken Arm an den Körper gebunden tragen, aber seine
Rechte wurde trotz der alten Brandnarben immer kräftiger
und beweglicher.

Es waren inzwischen zwei Wochen vergangen seit dem
Überfall auf das Dorf. Otilia und Wendel waren zu Grabe
getragen worden und Graf Ullrich hatte bestimmt, das die
Beiden trotz allem in der Familiengruft ruhen sollten. Auch
Aribert hatte man mit allen Ehren bestattet und ein Bote
brachte die traurige Nachricht zu seinem Elternhaus. Die
übrigen Freunde hatten alle den Angriff des Grafen von Eissenburg überlebt und nach dem anfänglichen Schock begann
das Leben langsam wieder in normale Bahnen zurückzukehren.

Diederich von Eissenburg hatte keine Frau und keine
Kinder hinterlassen. Sein einziger Bruder war mit den
Kreuzfahrern gezogen, sodass niemand das Erbe von Burg
und Lehen derer von Eissenburg antreten konnte. So war die
Burg jetzt offiziell herrenlos und da Graf Ulrich mit seinen
Leuten die eissenburgschen Ritter besiegt hatte, erhob er
Anspruch auf die Ländereien und den Herrschaftssitz. Nie-
mand stellte sich dem entgegen und so sandte Ulrich seinen

Vogt mit einigen Bewaffneten dorthin, um die Burg und die Ländereien für ihn zu bewirtschaften.

Als großen Festtag der Übergabe der Grafschaft an Alexander hatte Ulrich den Himmelfahrtstag ausgesucht. Die Tradition, an diesem Tag die Grenzen abzugehen und die Lehen zu erneuern, passte sehr gut zu seinem Vorhaben. Alle Lehensmänner, Adeligen und Ritter aus seiner Grafschaft und den neuen, ehemals eissenburgischen Ländereien sollten kommen und Alexander ihre Treue schwören. Dass nun auch noch der neue Herrschaftsbereich dazu gekommen war, machte dieses Vorgehen besonders wichtig für die Stabilität und Sicherheit der Grafschaft.

Natürlich wartete Leah selbst noch aus einem anderen Grund sehnsüchtig auf diesen wichtigen Tag. Es sollte auch die Verlobung bekannt gegeben werden. Sie hoffte sehr, dass inzwischen noch eine Nachricht von Phillip eintreffen würde. Sie vermisste ihren Bruder schrecklich, vor allem, seit sie nun wusste, dass er nach ihr suchte. Was würde er zu ihrem plötzlichen Auftauchen und vor allem zu ihrem vorherigen Verschwinden sagen? Wäre er verärgert? Würde er sie wieder in die Familie aufnehmen? Sie konnte nicht mit ihm nach Arras zurückkehren, das würde er sicher verstehen.

Der Bote, den Ulrich kurz vor Diederichs Überfall losgeschickt hatte, war immer noch nicht zurückgekehrt. Hatte er vielleicht Arras nie erreicht? Seit der Absetzung Kaiser Friedrichs, waren die Straßen und Wege immer unsicherer geworden. Schon vorher hatten viele Fürsten nur nach eigenem Gutdünken regiert, da der Kaiser im fernen Sizilien sich nicht um die Angelegenheiten nördlich der Alpen zu kümmern schien. Boten und Händler waren stets der Gefahr von Überfällen durch die jeweiligen Landesherren ausgesetzt und zwischen Gehrenburg und Arras gab es derer viele.

Leah ging täglich zur abendlichen Mahlzeit in die Burg, speiste mit Alexander und Ulrich. Sie sprachen über die Politik und das Land, über Krankheit und Gesundheit und lachten und scherzten. Inzwischen hatte Leah bereits einige Kenntnisse im Lateinischen und gerne verbrachte sie Zeit mit den vielen Büchern, die es hier gab. Leider handelten nur wenige von der Heilkunst. Oft spielte sie abends am Kaminfeuer auf ihrer Flöte. Dann musste sie jedoch wieder in den Stallmeisterhof zurückkehren. Jeden Abend fiel der Abschied von Alexander ihr schwerer.

Schon vor dem großen Tag wurden die meisten Verträge ausgehandelt, die dann bei der Kommendation fest beeidet wurde. Viele Grafen und Lehensleute waren bereits anwesend und Alexander hatte schon mit einigen über ihre Lehen und die Abgaben gesprochen. Das ausführliche Lehensregister war überarbeitet und neu abgeschrieben worden und die größeren Güter hatten ihre Wimpelstangen vorbereitet, um sie dem Grafen bei der Kommendation zu übergeben. Viele von den langen Stangen, die am Ende den Wimpel mit dem Wappen des Vasallen trugen, hatten schon im Festsaal des Palas aufgereiht gestanden. Sie wurden jetzt zurückgenommen, um sie dann Alexander als neuem Lehensherrn feierlich zu übergeben.

Für einige seiner Untergebenen würde es größere Veränderungen geben. Leah bemerkte, dass Alexander alle, die ihm in der vergangenen Zeit beigestanden hatten, entsprechend bedachte. Die Familie des Dieners Lampert sollte aus dem Leibeigenenstand in den Stand der Freien erhoben werden. Das gab Lamperts Witwe die Möglichkeit nicht mehr nur für die Burg als Näherin zu arbeiten, sondern ihre Ware auch im Dorf anzubieten.

Sebastian sollte den Gutshof von Bruch als Lehen erhalten. Bei Diederichs Angriff war der dortige Lehensherr getötet worden. Da Sebastian aber weiterhin in Gehrenburg für die Pferde sorgen wollte, würde er Georg als Vogt für den Hof einsetzen.

Auch Georg hatte eine besondere Bitte an den Grafen, wie Leah gehört hatte. Er wünschte, Elsa zur Frau zu nehmen. Sie war eine Leibeigene, daher war das eigentlich nicht möglich. Zuerst musste er den Herrn bitten, sie in den Stand der Freiheit zu entlassen.

Sebastian hatte sich vorgenommen, am Tag der großen Kommendation um Berthas Hand anzuhalten und Alexander um den Segen für die Verbindung zu bitten. Da sie beide Freie waren, benötigten sie rechtlich nicht seine Erlaubnis, aber es hatte sich eingebürgert, den Lehensherren um den Segen für jede Hochzeit zu bitten.

Der Morgen des Himmelfahrtstages war frisch und kühl, der Himmel strahlte wolkenlos und es sah nach einem wirklich schönen Frühsommertag aus. Leah hatte ihr schönes helles Kleid mit der blauen Borte wieder hervorgeholt und für die Feier zurechtgelegt. Unruhig ging sie im Hof auf und ab und wartete darauf, dass es endlich Frühstück geben würde.

Georg kam aus dem Gemeinschaftshaus und sah Leah mit einem theatralisch gequälten Ausdruck an. Er hatte ihr gestern berichtet, dass er Elsa noch nicht um ihre Hand gebeten hatte, weil er nicht wusste, ob sein Vorhaben gelingen würde. Beide mussten lachen, weil sie gleichermaßen nervös waren. Mit einem Lächeln liefen sie gemeinsam im Hof hin und her.

Schließlich blieb Leah stehen. „Georg, das wird schon gutgehen. Ich habe doch mit Alexander gesprochen. Er ist einverstanden und freut sich mit euch."

Mit einem tiefen Seufzer starrte Georg zwischen seine Füße. „Ja und wenn sie gar nicht will, wenn sie nicht ja sagt?"

Leah musste grinsen. „Ja und wenn die Hölle zufriert", entgegnete sie.

Beide lachten.

„Georg, ich weiß es, sie liebt dich von ganzem Herzen. Sie glaubt immer noch, du könntest sie aufgrund ihres Standes nicht nehmen und ist darüber sehr unglücklich."

Georg sah Leah sehr ernst an. „Und was ist mit dir?"

Leah stockte. „Wie mit mir?"

„Na, mit dir und Alexander."

Sie setzte sich auf die Mauer und starrte zu Boden. „Ich denke, Alexander hat dem Boten an meinen Bruder eine Nachricht mitgegeben, aber sicher weiß ich es nicht. Er ist ja noch immer nicht zurückgekommen."

Mit einem Mal war Leah niedergeschlagen. Manchmal träumte sie sich zu dem wunderschönen Morgen in Alexanders Bergfeste zurück. Dort waren sie sich so nah und so vertraut gewesen. Hier im Dorf war alles ganz anders, als sie es sich vorgestellt hatte. Auch wenn sie einige Zeit zusammen verbrachten, waren sie nie allein. Sie aßen mit dem Grafen und selbst, wenn Ulrich nicht da war, wuselten immer irgendwelche Diener herum. Natürlich verstand Leah, warum das so sein musste, aber es machte sie traurig.

Bertha läutete die Glocke und aus allen Ecken kamen die Leute zum Frühstück. Still setzte sich Leah neben Elsa, ihrem Vater gegenüber. Seit dem Morgen des Turniers hatte Leah darauf bestanden, dass Bertha neben Sebastian saß.

Leah hatte keinen Appetit und kaute lustlos an einer Brotkante herum. Wie sollte sie die Zeit bis zum Beginn der Feier nur herumbekommen? Sie konnte jetzt noch nicht zur Burg gehen. Sie würde dort nur unnütz herumstehen und Alexander bei seinen Vorbereitungen stören. So sehr hatte sie sich auf diesen Tag gefreut und nun, da noch keine Nachricht von ihrem Bruder gekommen war, erschien ihr alles so bedeutungslos.

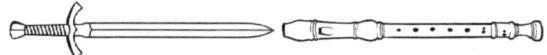

Alexander fieberte auf das große Fest hin, trotzdem hatte er sich in den vergangenen beiden Wochen immer öfter zurück-gezogen, um allein zu sein. Die Menge an Menschen, die mit ihm sprechen wollten, überwältigte ihn und dann sehnte er sich nach der Stille seiner Ruine in den Bergen.

In der Burg herrschte schon seit einiger Zeit eine ange-spannte Stimmung, und auch er konnte sich nicht von der Ruhelosigkeit befreien. Alle freuten sich auf den großen Tag, aber es gab natürlich auch mancherlei Befürchtungen. Ulrich war ein gerechter und strenger Herrscher gewesen. In seiner ganzen Herrschaftszeit hatte es keinen ernsthaften Kriegszug gegeben. Kleinere Grenzstreitigkeiten hatte er meist friedlich regeln können und er hatte auch den Zugewinn von Ländereien immer auf politischem Weg und nie mit Krieg erreicht. Außerdem hatte er immer darauf geachtet, dass die jeweiligen Abgaben den Möglichkeiten seiner Vasallen entsprachen, und bei schlechter Ernte oder schweren Unglücken war er stets großzügig gewesen. Gleiches hatte er auch von den Vögten und Lehensherren gegenüber deren Leibeigenen und Vasallen verlangt.

Alexander sah zu seinem Vater auf, und wünschte sich, in seine Fußstapfen treten zu können. Aber die Menschen fragten sich, wie Alexander selbst regieren würde, und das machte sie unruhig. Auch wegen seiner eigenen Zukunft war Alexander in einer zwiespältigen Stimmung. Die bevorstehende Übergabe erfüllte ihn mit großer Vorfreude und Stolz. Das Ausbleiben der Nachricht aus Arras dagegen stimmte ihn sehr traurig.

Am Morgen des Himmelfahrtstages stand er am Fenster seines Zimmers und sah auf das Dorf hinunter auf den Stallmeisterhof. In letzter Zeit hatte er sehr oft hier gestanden und sehnsüchtig herübergeschaut. Leah war ihm so nah und doch weiter weg als jemals zuvor. Jeden Abend trafen sie sich, aber nie hatten sie die warme vertraute Nähe wiedergefunden, die er an dem Morgen in der Bergfeste gespürt hatte. Manchmal hatte er das Gefühl, sie würde ihm langsam entgleiten und er könnte nichts dagegen tun. So konnte das nicht länger weiter gehen.

Entschlossen drehte er sich um und ging herunter in den Saal, um mit seinem Vater zu sprechen.

Ulrich saß auf dem Grafenthron und schaute in Gedanken versunken aus dem Fenster. Er wirkte noch immer schmal und ausgezehrt, vor allem auf dem wuchtigen und reich verzierten Stuhl, der auf der Empore des großen Saals stand.

Als er seinen Sohn kommen sah, lächelte er. „Einmal darf ich noch das Kissen für dich anwärmen. Ab heute Mittag wird das dein Platz sein, mein Sohn."

Alexander nickte nur und kam sofort zu seinem Anliegen. „Vater, wenn bis heute Abend kein Bote vom Duc d´Artois da ist, werde ich bei Sebastian um Leahs Hand anhalten."

Ulrich sah erschrocken auf und wollte sofort protestieren. Dann zögerte er jedoch. „Alexander, ich verstehe dich. Lass uns die Kommendation abwarten und dann mit ruhigem Kopf beschließen, was zu tun ist."

Alexander lächelte. „Ja, Vater, immer ein Schritt nach dem anderen. Genau das würde Leah jetzt auch sagen."

Ulrich nickte. „Nicht nur sehr schön ist deine Braut, auch sehr weise. Sie wird dir eine große Hilfe sein bei deinen Aufgaben, so wie deine Mutter es mir war. Höre öfter auf deine Frau, als ich es getan habe. Jetzt, wo sie nicht mehr da ist, würde ich gern auf sie hören, wenn sie mir noch raten könnte." Ulrichs Miene verschloss sich, als wäre er in eine andere Zeit zurückgereist.

Alexander schloss kurz die Augen und nickte, mehr für sich selbst, als seinen Vater. Er wünschte sich, Leah wäre da und er könnte mit ihr reden und lachen, bis endlich die Zeit zur Eröffnung des Festaktes gekommen wäre.

Entschlossen legte er seinen Umhang um und ging ins Dorf hinunter. In der Burg wurde er für die Vorbereitungen ohnehin nicht gebraucht.

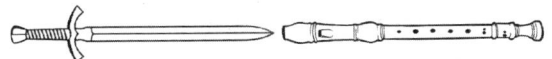

Hannah öffnete für Leah die Tür und fiel ihr sogleich in die Arme. Die Berührung der Schwangeren war Leah immer noch etwas unangenehm und sie stand stocksteif in der Tür.

„Ach, Leah, was für ein besonderer Tag heute, ich bin ja so aufgeregt. Komm herein, ich mach uns Melissentee."

Leah setzte sich an den Tisch und lächelte. „Ach, hast du auch schon die Melisse entdeckt?" Das Rezept gegen Aufregung und Herzschmerz aller Art schien sich ja recht schnell zu verbreiten.

Plötzlich fing Hannah an zu kichern und hielt ihre Hand auf den Bauch. „Leah, ich weiß, du willst nicht fühlen, aber er tritt wirklich schon recht ordentlich."

Leah sah sich den gerundeten Bauch an und beschloss, dass es Zeit wäre, Hannah ihr Problem mit ungeborenen Kindern zu erklären.

Als sie geendet hatte, sah Hannah sie eine Weile ernst an. „Himmel, das ist ja fürchterlich! Was du wegen dieses dummen Aberglaubens durchzustehen hattest, kann ich gar nicht fassen. Aber hier bei uns musst du nichts mehr befürchten. Wir wissen alle, dass du ein guter Mensch bist und niemandem ein Leid zufügen würdest." Sie lehnte sich herüber und nahm Leah gleich noch einmal in den Arm.

Leah nickte nur und bemühte sich um Fassung, denn das Verständnis und die Unterstützung von ihrer Freundin drohten ihr wieder Tränen in die Augen zu treiben.

Noch ehe sie etwas erwidern konnte, fuhr Hannah fort. „Gut, ich verstehe das jetzt, aber ich denke, vielleicht ist für dich die Zeit gekommen, dich nicht mehr von der Vergangenheit beherrschen zu lassen."

Leah nickte und nahm einen weiteren Schluck Tee. Schweigend sah sie auf Hannahs Bauch.

Da stand Hannah auf und stellte sich neben sie. „Gib mir deine Hand."

Zögerlich hob Leah ihre Rechte. Hannah nahm sie und sah ihr forschend in die Augen. Leah musste schlucken, nickte aber dann. Langsam, doch bestimmt legte Hannah Leahs Hand auf ihren Bauch. Zuerst fühlte Leah gar nichts. Dann plötzlich ein kleiner Stups, wie von einer Fingerspitze. Sofort wollte sie die Hand zurückziehen, doch Hannah hielt sie fest. Noch mehr kleine Bewegungen. Ohne dass sie irgendetwas dagegen tun konnte, rollten Leah Tränen über ihre Wangen.

Als Hannah ihre Hand losließ und sich wieder setzte, trank Leah hastig die ganze Tasse Melissentee aus. Sprachlos sah sie Hannah an. Dann trocknete sie die Tränen und goss sich nach.

„Danke, Hannah. Ich glaube, manchmal braucht man einfach einen kleinen Stoß, um die alten Geister hinter sich zu lassen."

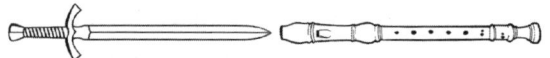

Alexanders Füße schlugen ganz von allein den Weg zum Stallmeisterhof ein. Zuerst hatte er nur vorgehabt, ein wenig über die Wiesen und Felder zu laufen, um sich zu beschäftigen. Aber in Wirklichkeit wollte er Leah sehen, wollte sie in seinen Armen halten, um sein aufgewühltes Herz zu beruhigen.

Auf dem Hof war sie nicht und Bertha hatte keine Ahnung, wohin sie gegangen war. Enttäuscht drehte Alexander um und ging zurück.

Als er am Brunnen ankam, erinnerte er sich an die Schlacht im Dorf, als Leah von Diederich entführt wurde. Auch der Moment im Kerker, als Wendel sie fortzerrte, stand ihm wieder vor Augen, als ob es gerade erst geschehen wäre. Die Sehnsucht und die Sorge um sie stachen wie Messer in seiner Brust. Er setzte sich für einen Augenblick auf den Rand des Brunnens und versuchte, seinen Herzschlag zu beruhigen.

Die Sonne gewann langsam an Kraft und ihm wurde warm in seinem dunklen Umhang. Als er aufstand, um ihn abzulegen, sah er Leah aus der Tür des Schmiedehauses treten und sich zum Stallmeisterhof wenden. „Leah!", rief er hinter ihr her, doch sie hörte ihn nicht, er war zu weit weg.

Eilig lief er hinter ihr her. Als sie schon fast den Hof erreicht hatte, hörte sie ihn offenbar, denn sie drehte sich endlich um. Wortlos fielen sie sich in die Arme. Alexanders Herz raste vom Laufen und vor Freude gleichermaßen, als ihr warmer Körper sich an seinen schmiegte. Er schloss die Augen und beugte seinen Kopf, um ihren Nacken zu küssen. Tief atmete er den Duft ihrer Haare und spürte ihre Hände auf seinem Rücken.

„Leah, ich brauche dich so sehr. Bitte komm mit mir zur Burg", flüsterte er atemlos in ihr Ohr. Sie hob ihr Gesicht und küsste ihn, dann nickte sie wortlos und sie gingen Hand in Hand durch das Dorf zur Burg hinauf.

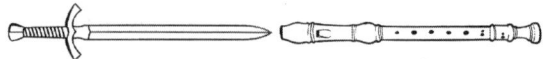

Als Alexander den Saal betrat, fiel sein Blick sofort auf seinen Vater. Graf Ulrich saß auf dem erhöhten Thron an der Mitte der Rückwand des großen Saals. Ritter und Lehensleute hatten sich rechts und links in Reihen aufgestellt, um nacheinander den Handgang auszuführen.

Der Tradition nach legte jeder Vasall, nachdem er den Lehenseid gesprochen hatte, seine gefalteten Hände in die Hände seines Herrn und durch diese Geste erneuerte er seine Zugehörigkeit zur Grafschaft. Im nächsten Schritt wurden die Wimpelstangen mit dem Wappen ihres Hauses oder andere, mit ihrem Lehen verbundene Gegenstände übergeben.

Zusätzlich zu den Vasallen, die ihre Lehenstreue erneuern oder erstmals ein Lehen erhalten sollten, waren zum heutigen Fest noch deren Angehörige geladen. Dahinter wiederum standen die Freien und Unfreien, die zur Feier des Tages ein Anliegen an den neuen Graf herantragen wollten. Die übrigen Dorfbewohner und alle, die sonst noch zu den Festlichkeiten angereist waren, mussten draußen warten, da der Saal bereits zum Bersten gefüllt war.

Alexander schritt mit erhobenem Haupt durch die Menge und spürte die Blicke aller Anwesenden auf sich. Natürlich hatte er auch heute Leahs Salbe aufgetragen und damit die Rötungen verdeckt, aber der Fluch war sicherlich noch nicht aus allen Köpfen verschwunden. Er wusste, dass er sich selbstsicher und stolz zeigen musste, auch wenn er innerlich Zweifel und Ungewissheit spürte. Sein Blick suchte

Leah in dem Gewühl. Er fand sie neben Sebastian, Jakob und Hannah und begrüßte seine Freunde, ehe er Leahs Hand nahm und sie mit sich nach vorn zog. Zur Rechten seines Vaters stand Alexanders Stuhl, mit edlem Stoff umkleidet und mit Kissen geschmückt. Daneben wiederum war ein weiterer Platz in gleicher Art hergerichtet. Dort sollte Leah später am Tage sitzen, wenn alles nach seiner Vorstellung verlief. Zunächst musste sie aber noch mit den übrigen Vasallen vor der Empore stehen.

Alexander schob sie neben Bruno von Hohenstein, der als einer der höchsten Lehensmänner ganz vorn stand. „Wirst du hier vorn stehen bleiben, auch wenn ich dich noch nicht nach oben führen kann?"

Verwundert schaute Leah ihn an, aber dann nickte sie, und Alexander nahm neben seinem Vater Platz.

Ulrich erhob sich und Schweigen legte sich über die dichtgedrängte Menge. Mit kräftiger Stimme hielt er eine Rede über die Größe und Schönheit der Grafschaft, über Sicherheit und Verteidigung und die Bedeutung von Treue und Zusammenhalt. Dann schloss er mit den Worten: „Doch nun möchte ich mich zurückziehen aus dem fortwährenden Kampf um Frieden und Gerechtigkeit für diese Grafschaft und diese Aufgabe meinem Sohn Alexander übergeben."

Die Menge jubelte und Ulrich trat zur Seite, um Alexander seinen Platz zu übergeben. Ulrich setzte sich nun zur Rechten des Throns, Alexander blieb jedoch noch stehen. Es wurde wieder ruhiger im Saal, da nun Alexanders Rede erwartet wurde. In dem Augenblick entstand ein kleiner Tumult bei den Wachen am Eingang. Der Vogt, der seitlich auf der Empore stand, trat vor und verlangte zu wissen, was los wäre. Eine Wache antwortete: „Der Junge hier behauptet, es käme eine Reitergruppe zum Dorf."

„Der Junge soll nach vorn kommen", bestimmte Alexander.

Schüchtern schob sich der Bursche zwischen den Reihen der hohen Herren zur Empore vor.

„Was hast du zu sagen?", wollte Alexander wissen.

Der Junge behielt den Blick am Boden, sagte aber mit klarer und kräftiger Stimme: „Der Wachmann vom Gutshof hat mich geschickt. Ich soll sagen, dass Reiter kommen, aber ich hab sie auch selber gesehen."

Alexander lächelte und nickte dem Jungen zu. Wenn ein feindlicher Reitertrupp käme, hätte die Wache kein Kind geschickt. „Soso, du hast sie gesehen. Und was denkst du, werden sie angreifen?"

Der Kopf des Jungen schoss hoch und er starrte Alexander mit offenem Mund an. „Angreifen, Herr? Nein, sie sahen aus wie Besucher zum Fest, aber dann kommen sie doch zu spät."

„Wie sahen sie denn aus?", fragte Alexander äußerlich ruhig, während er im Inneren vor Ungeduld zitterte. Er hatte bereits eine Ahnung, wer die späten Gäste wären.

„Es sind viele Reiter, Herr. Ich habe alle Finger gebraucht, um sie zu zählen, und Leute zu Fuß und mit zwei Wagen. Ohne Rüstungen, aber mit Schwertern. Sie sind festlich gekleidet und tragen ein Wappen, das ich noch nie gesehen habe", sprudelte aus dem Burschen heraus.

„Wie sieht das Wappen aus?"

„Blau, Herr, mit goldenen ... äh, sowas wie spitze Blumen und einem roten Balken oben."

Ein kleiner Schrei entfuhr Leah und sie starrte den Jungen an. „Philipp! Das ist das Wappen meines Bruders."

Alexander holte tief Luft und nickte. „Ja, er ist gekommen." Dann wandte er sich an die versammelte Menge. „Eine Gesandtschaft des Grafen von Artio beehrt uns an diesem besonderen Tag. Vogt und Herold, geht ihnen entgegen und unterrichtet sie über unser heutiges Fest. Wir werden sie im Burghof willkommen heißen und erst danach mit der Zeremonie fortfahren."

Alle begannen zugleich zu reden, und der Lärm wurde fast unerträglich, ehe die Menge nach draußen strömte, um der offiziellen Begrüßung beizuwohnen.

Leah fiel Alexander in die Arme und drückte sich fest an seine breite Brust. „Himmel, ich bin so aufgeregt. So lange habe ich meinen Bruder nicht gesehen", flüsterte sie in sein Ohr.

Er spürte, dass sie zitterte und ihm war bewusst, dass es nicht nur Wiedersehensfreude war. „Er wird sich freuen, dich zu sehen, alles wird gut werden", flüsterte er zurück, um ihre Angst etwas zu mildern. Dann schob er sie ein Stückchen zurück, um ihr in die Augen zu sehen. „Ich bin bei dir. Komm, wir wollen ihn nicht warten lassen."

Gemeinsam traten sie nach draußen in die warme Sonne. Die aufgeregten Stimmen der Menschen klangen wie das Summen vieler Bienenschwärme und es war so laut, dass man darüber kaum das Hufgetrappel der ankommenden Pferde hören konnte. Schon bald kamen fünf Reiter durch das Burgtor, das übrige Gefolge blieb im Vorhof zurück.

Der vorderste Reiter, der auf einem prächtigen Rappen saß, hatte tatsächlich eine verblüffende Ähnlichkeit mit

Leah. Die für einen Ritter schon fast zierliche Erscheinung, das ovale Gesicht, die dunklen Augen und das helle Haar zeigten deutlich, dass Graf Philipp von Artio selbst gekommen war, um seine Schwester zu sehen.

In der Mitte des Burghofes hielt er an und stieg ab.

Leah löste sich von Alexanders Arm, rannte die Treppe hinunter und fiel ihm in die Arme. In schnell gesprochenem Französisch begrüßten sie sich ausführlich. Dabei umarmten sie sich mehrmals und Philipp küsste Leahs Wangen. Schließlich nahm Leah seine Hand und führte ihn die Treppe hinauf.

Philipp verbeugte sich feierlich vor Ulrich und Alexander. Dann begrüßte er beide. „Graf Ulrich von Gehrenburg, Alexander von Gehrenburg, es ist mir eine Ehre, euch besuchen zu dürfen. Außerdem danke ich Euch dafür, dass Ihr mir meine Schwester zurückgegeben habt."

Alexander bemerkte, dass Philipp die gleiche warme Stimme und dem gleichen Akzent hatte, den er schon von Leah kannte.

Ulrich nickte Alexander zu, der daraufhin die offizielle Begrüßung aussprach. „Ich heiße Euch herzlich willkommen in der Grafschaft von Gehren und hier auf der Gehrenburg. Ich bin sehr glücklich, dass Ihr heute, zu unserem besonderen Festtag, angekommen seid."

Philipp lächelte. „Eigentlich wollten wir etwas früher ankommen, um Eure Feierlichkeiten nicht zu unterbrechen, aber leider wurden wir von schlechtem Wetter aufgehalten."

„Es tut mir leid, dass Ihr eine beschwerliche Reise hattet, aber zu guter Letzt seid Ihr ja noch rechtzeitig da", erwiderte Alexander. „Graf Philipp, ich muss Euch fragen, woher Ihr so gut und flüssig unsere Sprache sprecht." Er war sehr erleichtert, denn er hatte schon befürchtet, sich mit den verstaubten Resten seiner Kenntnisse des Französischen blamieren zu müssen.

Philipp lachte. „Ich habe hier ganz in der Nähe meine Knappenzeit verbracht, bei einem Bruder Eurer Mutter."

Alexander nickte. Er selbst hatte ja seine Knappenzeit in Frankreich verbracht, aber ihm war aus dieser Zeit von der Sprache nicht sehr viel geblieben.

„Ich hörte schon davon, dass unsere Mütter befreundet waren. Ich würde mich freuen, die Freundschaft unserer Häuser wieder zu beleben."

Philipp grinste verschwörerisch und nickte.

Alexander war erleichtert. Philipp musste den schriftlichen Antrag bereits erhalten haben und seiner Reaktion nach schien er der Verbindung offen gegenüber zu stehen.

Philipp d´Artio und seine Gefolgschaft wurden zunächst mit Wein und Met willkommen geheißen und erhielten dann Ehrenplätze ganz vorn vor der Empore. Der Graf nahm dabei natürlich neben seiner Schwester Platz.

Als alle wieder versammelt waren, konnte die Zeremonie fortgeführt werden. Alexander hielt eine kurze Rede über seinen Vater als Fürsten und seine eigene Rolle als Beschützer und Herrscher der Grafschaft. Er beschloss die Ansprache mit der Bitte um die Erneuerung der Lehenseide.

„Der Übergang der Grafenwürde zu Lebzeiten ist eine Besonderheit und eine große Ehre. Ich hoffe, dass ich mich dessen würdig erweisen werde. Daher bitte ich die anwesenden Ritter und Vasallen um den Handgang und die Erneuerung des Eids auf die Grafschaft. Meine erste Aufgabe als neuer Graf von Gehrenburg ist aber noch eine andere."

Alexander atmete tief durch, um sich zu sammeln, dann wandte er sich Graf Philipp zu. Er trat vor dessen Platz, kniete nieder, beugte sein Haupt und sagte laut und für alle hörbar: „Verehrter Graf Philipp von Artio, ich möchte heute bei Euch und vor allen Anwesenden um die Hand Eurer Schwester, Duchesse Leah von Artio anhalten, um sie zu ehelichen." Sein Herzschlag dröhnte in seinen Ohren und seine Hände waren feucht. Was sollte er nur tun, wenn Philipp nicht einverstanden war? Plötzlich war er sich noch nicht einmal sicher, ob Leah einverstanden sein würde. Das Gemurmel in der Menge wurde immer lauter, so dass er schon befürchtete, er würde die Antwort nicht hören.

Philip stand auf und lächelte. „Graf Alexander von Gehrenburg, bitte erhebt Euch. Da unsere Häuser bereits zuvor freundschaftlich verbunden waren, gehe ich davon aus das Ihr ein guter Ritter und ein gerechter Herrscher sein werdet. Auch wenn ich euch noch nicht persönlich kenne, vertraue ich auf das Urteil meiner lieben Schwester und darauf, dass Ihr auch ein guter Ehegatte sein werdet. Mit Freude gewähre ich Euch die Hand meiner Schwester Leah von Artio, sofern sie selbst denn auch zustimmt."

Das Gemurmel wurde lauter und Alexander konnte sich vorstellen, dass alle Augen sich nun auf Leah richteten, die neben ihrem Bruder gesessen hatte, und nun auch aufstand.

Alexander erhob sich und wandte sich zu ihr. Er konnte nicht atmen, sein Herz drohte, zu explodieren. Zitternd vor Aufregung fasste er ihre beiden Hände und neigte seinen Kopf. Er wusste, dass dies der Augenblick für gut überlegte und wohlgesetzte Worte war, aber sein Kopf war wieder leer.

All die schönen Sätze, die er sich zurechtgelegt hatte, waren verschwunden. Verkrampft schluckte er, dann fragte er so leise, dass wohl nur sie es hören konnte: „Leah, möchtest du alle zukünftigen Tage an meiner Seite verbringen?"

„Ja", hauchte Leah, schlang ihre Arme um seinen Nacken und küsste ihn.

Alexander schloss die Augen und hielt sie fest in seinen Armen. Jubel brandete auf und Alexander stand mit Leah einen Moment wie eingefroren da. Dann hob er sie hoch und trug sie zu seinem Thron. Er setzte sie auf den Platz zu seiner Linken, ließ ihre Hand aber nicht los.

Die Zeremonie nahm ihren Lauf und unzählige Lehenseide und Handgänge später trat Sebastian noch einmal vor Alexander. Verwundert sah er ihn an. Sein Lehen hatte er ja bereits erhalten. Welches Anliegen konnte er noch haben? Sebastian kniete nieder und fragte Alexander nach seinem Segen für die Verbindung mit Bertha. Alexander nickte mit einem fröhlichen Lächeln und sprach seinen Segen aus. Sebastian ging zu Bertha herüber, um sie nach vorn zu bitten. Bertha hatte, wie Alexander ahnte, nichts von Sebastians Vorhaben gewusst. Sie stand völlig sprachlos vor dem Thron.

Alexander sprach sie an. „Freie Frau Bertha Fuhrmann, ich nehme an, du bist auch mit der Verbindung einverstanden."

Sie starrte abwechselnd Sebastian und Alexander an.

Die kleine Anna huschte nach vorn und zupfte an ihrem Kleid. „Ja! Mama, sag ja!"

Wie aus einem Traum erwacht, sah Bertha Sebastian an. Tränen standen in ihren Augen und mit einem festen Nicken sagte sie schließlich: „Ja, ich bin einverstanden."

Sebastian küsste sie zärtlich auf die Wange. Dann gingen die beiden mit einem glücklichen Lächeln Hand in Hand zu ihrem Platz zurück.

Der Herold rief Lamperts Witwe und ihre drei Kinder nach vorn und Alexander verkündete, dass sie aufgrund der besonderen Verdienste ihres Ehemannes alle in den Stand der Freiheit erhoben wurden. Dann fragte der Herold in die Menge, ob noch jemand ein Anliegen an den neuen Grafen herantragen wollte. Es entstand eine kleine Pause, bis schließlich Georg mit Elsa nach vorn trat und beide vor Alexander niederknieten.

„Herr, ich möchte Euch bitten, Eure Leibeigene Elsa Mugen in den Stand einer Freien Frau zu erheben, damit ich sie ehelichen kann."

Elsa starrte Georg ungläubig an.

Alexander antwortete mit einem Lächeln: „Elsa, hiermit erhebe ich Euch heute in den Stand der Freiheit. Freie Frau Elsa Mugen, bitte erhebt Euch."

Georg seufzte hörbar erleichtert. „Herr, dann möchte ich Euch bitten, unserer Verbindung Euren Segen zu geben."

„Ja, ich gebe hiermit Eurer Verbindung meinen Segen."

Schluchzend fiel Elsa in Georgs Arme. „Georg, ich hatte ja gar nicht gewusst, dass so etwas möglich ist. Wie hast du das nur gemacht?"

Georg drückte Elsa noch einmal an sich und dann traten sie wieder zurück in die Reihe der Gäste.

Nachdem nun dieser Teil des Tages hinter ihnen lag, klopfte der Herold noch einmal mit seinem Stab auf den Boden. Als letzte offizielle Handlung des Tages musste Alexander die Feier eröffnen.

„Ich danke Euch allen für Euer Kommen. Die offiziellen Amtsangelegenheiten sind nun abgeschlossen und ich möchte Euch einladen, an diesem besonderen Tag mit uns zu feiern." Auf seinen Wink hin, machten die Anwesenden Platz und es wurden Tischböcke und Bänke hereingetragen, dann trugen die stärksten Männer die mit Speisen schwer beladenen Tischplatten herein, und die übrigen Bediensteten folgten mit Met, Gewürzwein und Bier. Schließlich setzte Alexander sich an die Tafel, die auf der Empore aufgebaut worden war, und alle Anwesenden nahmen ebenfalls an den reich gedeckten Tischen Platz. Graf Ulrich hatte darauf bestanden, dass Leah an Alexanders rechter Seite sitzen sollte. Rechts von ihr wiederum saß ihr Bruder und Leah sah ihn während des ganzen Essens immer wieder an.

„Philipp, du hast dich so sehr verändert. Du hast jetzt viel mehr Ähnlichkeit mit unserem Vater."

„Haha, Schwesterherz, ich bin nicht sicher, ob ich das als Kompliment auffassen soll. Wir haben uns viel zu lange nicht gesehen. Es tut mir sehr leid, was damals geschehen ist. Unser Vater hätte dergleichen verhindern müssen. Ich habe erst erfahren, was geschehen ist, als du schon fort warst, aber trotzdem habe ich mir viele Jahre lang Vorwürfe gemacht."

Leah schüttelte den Kopf. „Du warst auch noch ein Kind, genau wie ich. Du hättest nichts tun können. Aber ich hege auch unserem Vater gegenüber keinen Groll mehr, nach der langen Zeit. Ich habe gelernt, immer nach vorn zu schauen, nicht zurück. Auch wenn es schwer war, wenn es nicht so gekommen wäre, säßen wir heute nicht hier und ich hätte meinen Alexander nie gefunden."

Alexander seufzte. Ja, wenn Leah nicht unter der alten Brücke Flöte gespielt hätte, säße er wohl heute Abend allein und verzweifelt in seiner Bergfeste, während Wendel hier feiern würde. Bei der Erinnerung an die einsamen Jahre musste er schwer schlucken. Er beugte sich zu Leah hinüber und küsste sie auf die Wange. Mit einem Lächeln drehte sie sich zu ihm um und sah ihn wieder mit diesem liebevollen und warmen Blick an, der ihm schon beim ersten Mal unter der alten Brücke so tief ins Herz gedrungen war.

Als das Essen beendet war, wurden die Tafeln hinaus getragen und Spielleute kamen herein. Alexander und Leah eröffneten den Tanz und versanken beim Klang der Musik und den fließenden Bewegungen des Tanzes in den Augen des anderen. Nach dem Eröffnungstanz zogen sie sich von der Tanzfläche zurück und überließen den Festsaal dem feiernden Volk. Sie traten nach draußen, unter den klaren Sternenhimmel und wanderten schweigend Hand in Hand aus dem Burghof und dem Dorf hinaus zum Waldrand. Dort setzten sie sich in das hohe Gras und schauten über das Tal. Alexander sah tief in Leahs Augen.

„Leah, denkst du, du kannst hier wirklich glücklich sein, auch wenn es ein Tal in den Bergen ist?"

Sie lächelte, aber in ihren Augen sah er ein wenig Schmerz. „Das Tal ist wirklich schön und wenn ich es eng finde, kann ich ja mit dir zur Bergfeste hoch reiten und von oben auf die Welt schauen."

Alexander sah sie zweifelnd an. „Ich möchte so gern mit dir das Meer besuchen, aber ich habe Angst, dass du dann nicht mehr mit mir zurückkommen möchtest."

„Ach, Alexander, ich kann überhaupt nur da glücklich

sein, wo du bist." Sie legte ihre Arme um seinen Hals und küsste ihn so innig und gefühlvoll, dass sein Herz wieder zu rasen begann. Er hielt sie fest und küsste ihren Mund, ihre Augen, ihre Wangen, und das heiße Verlangen wuchs in ihm.

„Jetzt ist es endlich soweit, dass ich dich nie wieder loslassen muss."

Der Mond schob sich langsam über den Horizont und tauchte das Land in ein unwirkliches, silbernes Licht, während Leah und Alexander nebeneinander im Gras lagen.

ZUKUNFT

Der Schrei zerriss die Nacht und Alexander schoss von seinem Stuhl hoch. Verzweifelt rang er die Hände und begann, mit großen Schritten den Raum zu durchmessen.

„Ich halte das nicht aus. Wie kann das überhaupt irgendwer aushalten? Seit Stunden geht das jetzt und es scheint immer schlimmer zu werden."

Sein Vater legte beruhigend eine Hand auf seinen Arm. „Es dauert so lange, wie es eben dauert. Man kann es nicht beschleunigen. Setz dich und trink noch einen Met, du kannst ihr nicht helfen."

„Nein, keinen Met. Sie wird mich brauchen und ich kann ihr nicht beistehen, wenn ich betrunken bin." Rastlos setzte Alexander seine Wanderung fort. All die wunderbaren, gemeinsamen Tage rasten durch seine Erinnerung.

Nach der Kommendation hatten sie nicht lange gewartet bis zur Hochzeit und erst, als er sich mit Leah ein Schlafgemach teilen durfte, war ihr Glück vollkommen gewesen. Einige Monate hatten sie in ihrer Liebe und der gegenseitigen Nähe und Vertrautheit geschwelgt und all die Dinge des täglichen Lebens waren leicht und schön gewesen. Oft war Alexander dieses Glück unwirklich und unverdient erschienen. Eine kleine Ecke in seinem Herzen hatte all dem nicht getraut und stets eine Katastrophe vorhergesehen. Dann war Leah schwanger geworden und bereits einige Zeit vor dem errechneten Geburtszeitpunkt war klar geworden, dass sie Zwillinge erwartete.

Für Alexander war in dem Augenblick die ganze glückliche Welt zusammengebrochen. Leahs Mutter war bei der Geburt der Zwillinge gestorben. Wie besessen hatte Alexander nach Hoffnung gesucht, doch all seine Nachfragen in der Grafschaft ergaben, dass in der ganzen Gegend noch keine Frau eine Zwillingsgeburt überlebt hatte.

Leah hingegen war guter Dinge und versuchte stets, ihn zu überzeugen, dass alles gut gehen würde.

Nun lag sie in den Wehen und Alexander war am Ende seiner Kräfte. Er durfte das Glück seines Lebens nicht verlieren. Nur so kurze Zeit hatten sie ihre Gemeinsamkeit genießen dürfen, es durfte einfach nicht zu Ende sein.

Wieder hallte ein markerschütternder Schrei durch die Burg und dieses Mal hielt ihn nichts mehr. Blindlings stürmte Alexander den Flur entlang und riss die Tür zu ihrem gemeinsamen Schlafzimmer auf.

„Nein, nein, Herr, Ihr könnt jetzt noch nicht ...“

Mit einer wütenden Geste schnitt er den Satz der Wehfrau ab und kniete sich neben das Bett. „Leah, mein Leben. Sag mir, dass alles gut ist.“

Ihr verschwitztes Gesicht verzog sich zu einem verkrampften Lächeln und er schob mit einem Finger die feuchten Strähnen, die in ihrem Gesicht klebten, zur Seite. Gerade wollte sie antworten, als ihr Körper sich krampfhaft zusammenzog und sie stöhnend die Augen schloss.

„Ja, nur noch ein klein wenig, fest drücken, es ist gleich soweit.“ Die Worte der Wehfrau drangen von Fern in Alexanders Ohren. Er sah nur den im Schmerz verkrampften

Körper seiner geliebten Frau und hörte ihr Stöhnen. Leah schrie noch einmal auf, dann erschlaffte sie mit einem leisen Seufzer. Ihr Atem ging sehr flach und plötzlich war alle Farbe aus ihr gewichen.

Alexanders Herz blieb stehen. Er starrte in ihr blasses Gesicht, doch im nächsten Augenblick hörte er den kräftigen Schrei eines Babys.

„Es ist ein Junge, ein Sohn, hoher Herr. Wie wunderbar!"

Alexander hörte die Worte kaum, knetete abwesend Leahs Hand und starrte sie an, bis sie ihn wieder ansah. Tränen standen in seinen Augen, als sie plötzlich lächelte.

„Ein Sohn, Alexander, hast du gehört?"

Abwesend nickte er und erst, als die Wehfrau den in Stoff geschlagenen Säugling in seinen Arm legte, begann er, die Worte wirklich zu verstehen. Ungläubig schaute er zwischen dem runzligen Gesicht des Babys und seiner Leah hin und her.

„Ein Sohn, ja", flüsterte er, doch im nächsten Moment ergriff eine weitere Wehe Leahs Körper und ihr Schmerzschrei hallte von den Wänden des Raumes wieder.

Beinahe hätte er vor Schreck das Kind fallenlassen, doch eine der Dienerinnen stand schon bereit, um ihm seinen Erstgeborenen abzunehmen.

„Leah, bitte verlass mich nicht. Ich brauche dich. Du darfst nicht aufgeben!" Die Tränen, die an seinen Wangen hinunterliefen, waren ihm gleich. Die Angst um das Leben seiner Frau brannte in seinem Herzen, ohne für ein anderes Gefühl Platz zu lassen.

„Macht Euch keine Sorgen, Herr. Es ist gleich geschafft."

Abwesend nickte er.

Zwischen zwei Wehen brachte Leah ein mattes Lächeln zustande. „Halt meine Hand. Halt mich ganz fest", flüsterte sie.

Dann war es mit einem Mal tatsächlich vorbei.

„Noch ein Sohn, hoher Herr! Der Himmel sei gepriesen, zwei kräftige Knaben", schluchzte die Wehfrau, nun offenbar auch von Rührung erfasst.

Leahs Lächeln wurde endlich entspannter.

Alexander konnte es kaum fassen. Seine erstaunliche Leah hatte ihm zwei Söhne geboren. Und lebte!

Die Wehfrau drückte ihm den zweiten Säugling in den Arm, während der erste in ein weißes Tuch gehüllt bereits neben Leah auf dem Bett lag. Dann zogen die Frauen sich zurück.

„Alexander, du darfst auch lächeln, es ist geschafft." Leahs Stimme war kaum mehr als ein Flüstern.

Er nickte, konnte aber keine Worte finden. Unvermittelt kehrte eine Erinnerung zurück.

Langsam ging er den steilen Weg vom Dorf zur Bergfeste hinauf, als er plötzlich Töne vernahm, die durch die Abenddämmerung perlten.

Eine Familie. Eine geliebte Frau und zwei Söhne. Wie hätte er je mit so einer Fügung des Schicksals rechnen können, als er einsam und verzweifelt durch den Wald lief und zum ersten Mal die wunderbaren Töne ihrer Flöte hörte?

„Leah, ich liebe dich", flüsterte er und sein Blick versank in ihren dunklen Augen, während das Baby in seinem Arm zu strampeln begann und seinen Teil an Aufmerksamkeit einforderte.

Sie zog ihn nach vorn und küsste ihn. „Ich liebe dich Alexander", flüsterte sie in sein Ohr.

Inzwischen meldete sich auch der andere Sohn mit glucksenden Geräuschen. Mit einem entspannten Lächeln setzte Alexander sich auf und ließ den Blick über seine Familie gleiten.

Jetzt konnte er endlich wieder an das Glück glauben und daran, dass sie alle zusammen eine Zukunft haben würden.

Das Geschrei der beiden Kinder mischte sich mit seinem befreiten Lachen und er beugte sich vor, um Leah noch einmal zu küssen. Noch einmal und noch tausend Mal. Sie würden gemeinsam immer einen Schritt nach dem anderen tun.

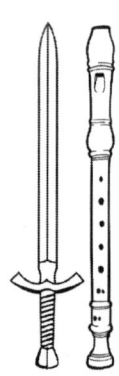

Lieber Leser, liebe Leserin,

wie hat dir „Die Flötenspielerin" gefallen?

Ich bin gespannt auf Feedback von dir! Besonders freue ich mich über eine Rezension auf deiner Lieblings - Online - Buchplatform. Du kanns mich auch direkt per Mail erreichen: info@hilgahoefkens.de.

Aktuelle Neuigkeiten über Veröffentlichungen gibt es hier:
    https://hilgahoefkens.de/
    oder hier:
    https://www.facebook.com/Hilga.Hoefkens.Autorin/

Möchtest du weiterlesen?

Hilga Höfkens und Helen Hero wohnen im selben Kopf. History oder Fantasy, geliebt wird immer und überall. Blättere weiter für eine Leseprobe.

Akhmal – Der Aufbruch

Ein Fantasyroman von **Helen Hero**

Ein Mensch, ein Bastard und ein Akhmal.
Können sie den Krieg zwischen den Arten aufhalten?

Malina muss gemeinsam mit ihrem Bruder Kalev regieren.
Der schürt jedoch den Krieg zwischen den Menschen und
den katzenhaften Akhmal, denn so will er zum größten Herrscher aller Zeit aufsteigen.

Der Gesandte der Akhmal kommt unerwartet in die
Hauptstadt. Er erhofft Hilfe gegen eine heimtückische
Krankheit seiner Art, doch Kalev hat andere Pläne. Malina
muss sich für eine Seite entscheiden. Sie rettet sein Leben
und stellt sich damit offen gegen ihren Bruder. Kalev nutzt
die Gelegenheit, sie in den Kerker werfen zu lassen.

Ein Akhmalbastard ist durch Malinas Schuld ebenfalls
dort gefangen, und ausgerechnet er ist ihre einzige Hoffnung
auf Rettung.

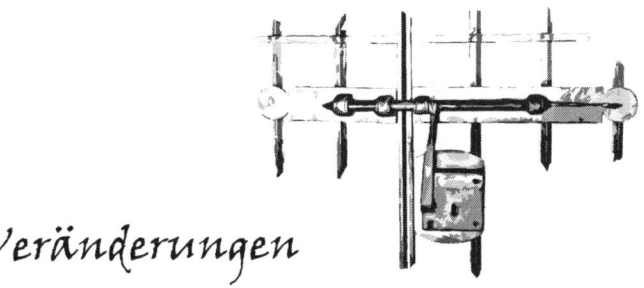

1 Veränderungen

Kälte und Feuchtigkeit wurden vom Wind durch die zahllosen Ritzen des Bretterverschlages getrieben und sein Fell wärmte ihn kaum. Auch wenn der heutige Tag wieder sehr warm gewesen war, so waren die Nächte noch immer eisig. Zitternd lag er in der hintersten Ecke des Verschlages und versuchte, sich so gut es ging, in seine einzige Decke zu wickeln. Wenn er doch nur dieses lose Brett noch etwas weiter zur Seite schieben könnte. Er drehte sich um und zerrte wieder daran, doch seine Muskeln waren steif vor Kälte und er hatte einfach keine Kraft mehr. Wenn er nach nebenan gelangen könnte, würde er sich zwischen die warmen Körper der Ziegen drängeln und müsste nicht so erbärmlich frieren. Vielleicht hätte auch eine der Ziegen noch ein wenig Milch, träumte er weiter, und sein leerer Magen rumorte schmerzhaft bei dem Gedanken.

Natürlich war das einer der Gründe, dass er immer nachts hier eingesperrt war. Die Ziegenmilch war nicht für ihn und beim Melken morgen würde auffallen, dass er sich davon genommen hatte. Hunger und Kälte waren schon immer Teil seines Lebens gewesen, aber als Bastard hatte er sicher auch nichts anderes zu erwarten.

Er ließ von dem Brett ab und richtete sich auf. Unruhe breitete sich in ihm aus, denn irgendetwas geschah draußen.

Er konnte es weder hören noch wittern, und doch war er völlig sicher, dass im nächsten Moment etwas Furchtbares geschehen würde. Seine Hände zitterten jetzt nicht mehr nur vor Kälte, sondern auch vor Anspannung, und ganz von selbst fuhr er die Krallen aus. Mit starr nach vorne gerichteten Schnurrhaaren kroch er zur Außenwand und spähte durch das Astloch. Seine Sinne waren schärfer als die der Menschen, aufgrund dessen, was er war.

Nicht so gut wie die seines Akhmalvaters, aber deutlich besser als die seiner Menschenmutter. Er hatte von fast allem die Hälfte bekommen und das machte ihn zu nichts. Er war weniger als nichts, denn er gehörte Sjardok, wie das Vieh nebenan. Im Gegensatz zu den Ziegen und Kühen hatte er aber nicht einmal einen richtigen Namen, mit dem man ihn rufen konnte. Kein stolzer Akhmal würde sich jemals mit einem wie ihm abgeben. Auch die Menschen hatten nie mehr in ihm gesehen als ein nützliches Tier, obwohl sie die Akhmal niemals als Tiere bezeichnen würden.

Natürlich hatte er nicht wirklich viele Erfahrungen mit Akhmal oder Menschen sammeln können, denn fast sein ganzes bisheriges Leben hatte er in diesem Verschlag im Stall verbracht. Er wusste nicht wirklich, was Akhmal waren. Er hatte nur von ihnen reden gehört. Was er kannte, waren Menschen. Sjardok, seine Mutter und die anderen Frauen, die hier lebten. Nur sehr selten ließ eine der Frauen sich dazu herab, das Wort an ihn zu richten. Aus dem, was er von ihren Gesprächen hörte, hatte er sich jedoch schon vieles über die Welt zusammengereimt.

Jetzt hörte er die Hufschläge mehrerer Pferde. Sie waren allerdings noch nicht auf dem Innenhof angekommen, als die

Geräusche plötzlich stoppten.

Er presste sein Gesicht gegen das Holz, um durch das Astloch besser sehen zu können, und tatsächlich erkannte er Schatten, die durch das Eingangstor huschten. Die schnell ziehenden Wolken schoben sich immer wieder vor die halbe Scheibe des Mondes, so dass ein Schattenspiel entstand, das den gesamten Innenhof in bewegtes Licht tauchte. Einen Moment lang war er nicht sicher, ob er tatsächlich etwas gesehen hatte, aber dann witterte er sie. Menschen. Sie rochen anders, fremd, und ein Schauer aus Aufregung und Angst richtete sein Rückenfell auf. Eine der Frauen schrie auf und dann drangen viele Schreie, Schluchzen und gemurmelte Flüche von Männern an sein Ohr.

Als nächstes sah er Sjardok, der mit wehendem Umhang aus seinem Wohnhaus stürzte und zu den Frauengemächern eilte. Von der anderen Seite des Hofes näherte sich ein Schatten und direkt vor seinem Verschlag trafen die beiden aufeinander.

„Seid Ihr Sjardok, der Magier, dem dies alles gehört?", fragte eine fremde Stimme.

„Jawohl, der bin ich. Gebt Euch zu erkennen. Warum dringt ihr mitten in der Nacht in meinen Hof ein. Ich verlange zu wissen, wer Ihr seid."

„Die Regentin schickt uns. Wir nehmen Euch hiermit fest", ertönte wieder die fremde Stimme. Er hörte, wie eine Klinge gezogen wurde, und plötzlich fiel helles Mondlicht auf Sjardok und den Angreifer. Der Mann hielt einen Dolch an Sjardoks Kehle, doch der versuchte, ihm die Waffe zu entwinden. Ein kurzes Gerangel folgte, dann schrie der Magier auf, sackte zu Boden und der andere Mann entfernte sich.

Mit rasendem Herzschlag saß er hinter der dünnen Holzwand und starrte auf die verzerrte Fratze seines Besitzers. Die starren, weit aufgerissenen Augen schienen den Himmel anzuklagen. Ein dünnes Rinnsal lief an seinem Hals hinab und mischte sich mit dem schmutzigen Wasser am Boden. Er roch das Blut und die Witterung des Menschen, der Sjardok ermordet hatte. Er wollte fliehen, aber natürlich konnte er nirgendwohin. Starr vor Angst hockte er also nur da und versuchte die weiteren Vorgänge im Hof zu erkennen.

Im Mondschein sah er, wie mehrere Männer die Frauen aus der Hütte holten und sie auf einen Wagen steigen ließen.

Einer der Kerle kam in seine Richtung. „Lass uns hier auch nachsehen. Wenn Vieh da ist, nehmen wir das am besten mit." Ein zweiter Mann löste sich aus der Gruppe und folgte dem Ersten. Die Stalltür knarrte in den Angeln. „Ah, Ziegen, sehr gut. Und was haben wir hier?" Am Riegel seines Verschlages wurde gerüttelt, der Mann fluchte. Dann splitterte das Holz und die Tür flog auf.

Entsetzt riss der Kerl die Augen auf und taumelte mehrere Schritte zurück. „Bei Akhim, was ist *das* denn?"

Vor Angst vollkommen erstarrt, presste er sich an die Wand des Verschlages und wagte kaum zu atmen. Er wusste ja, dass er furchtbar aussah. Sein Fell war verfilzt und was einmal Kleidung gewesen war, bestand nur noch aus Lumpen.

Ein anderer Mann spähte in den Verschlag und schüttelte fassungslos den Kopf. „Goldener Himmel, was haben die denn mit dem Akhmal gemacht? Der sieht ja aus wie ein … warte mal." Er trat näher. „Das ist gar kein Akhmal, das ist ein ... ein Bastard." Er spuckte auf den Boden und sein

Gesicht zeigte Abscheu und Ekel. „Bei Akhim, dass es das gibt. Unnatürlich sowas. Dieser Magier war wirklich irre. Was solls, schnapp ihn dir Ferno." Mit einer Handbewegung unterstrich er seine Anweisung und einer der Männer, die sich inzwischen vor der Tür versammelt hatten, trat näher.

Er erkannte den Kerl, der Sjardok getötet hatte, und ohne nachzudenken fuhr er die Krallen aus und zeigte die Zähne.

Der Mann zog blitzschnell das Messer. „Soll ich ihn nicht lieber gleich töten? Der macht doch nur Ärger."

„Nein, nimm ihn mit. Der geht in den Kerker, wird bestimmt ein guter Kämpfer. Oder kommst du mit dem etwa nicht klar?"

Der Mann vor ihm presste die Lippen zusammen und seine Augen wurden schmal. „Ein Angriff Bürschchen, und ich kann für nichts garantieren. Hände nach vorn."

Es kostete ihn ungeheure Willenskraft, die Krallen einzuziehen, aber er schaffte es und streckte beide Arme vor.

Mit einer schnellen Bewegung schnürte der Mann seine Hände zusammen und dann zerrte er unwirsch am Ende des Seils. „Hoch mit dir, aber keine hektische Bewegung, sonst … " Mit einer eindeutigen Geste zog er den Daumen über seine eigene Kehle.

Sehr langsam erhob er sich und nickte, dann riss der Mann so heftig am Seil, dass er wieder auf die Knie fiel. „Komm jetzt, du Biest."

Sie brachten ihn zum Wagen und verschnürten ihn mit mehreren Seilen, so dass er sich kaum noch bewegen konnte. Das Gesicht an die Wand gedrückt lag er zwischen den Frauen. Sie versuchten, so weit wie möglich von ihm wegzukommen, aber um Abstand zu halten gab es nicht genug Platz. Sofort begann eine darüber zu zetern, wie dreckig sein Fell war und wie abstoßend und unnatürlich er aussah. Müde schloss er die Augen und versuchte, auch seinen Geist vor den Beschimpfungen zu verschließen, während der Wagen sich polternd in Bewegung setzte. Dann spürte er plötzlich eine warme Hand und ein vorsichtiges Streichen an seinem Rücken. Überrascht riss er die Augen auf und holte tief Luft. Für einen Augenblick stoppte die Bewegung und er verfluchte sich dafür, dass er so unüberlegt reagiert hatte, aber dann streichelte die Hand weiter. Gebannt hielt er den Atem an, damit diese freundliche und sanfte Berührung nicht wieder verschwinden würde. Dann versuchte er, sehr vorsichtig und langsam, den Kopf zu drehen, um die Frau zu sehen, die hinter ihm saß. Sein Rücken berührte ihre angezogenen Beine und die Arme hatte sie um die Knie geschlungen. Wie die anderen trug sie ein dunkles Kleid. Mit gesenktem Kopf hockte sie da und schien von ihrer Umgebung keine Notiz zu nehmen. Die offenen Haare fielen nach vorn, sodass er ihr Gesicht nicht erkennen konnte. Sehr zaghaft bewegte er sich und versuchte, seinen Rücken ganz leicht gegen ihre Hand zu drücken.

Den ganzen Weg lang strich sie sanft über das Fell an seinem Rücken und er genoss dieses wunderbare Streicheln so sehr, dass er beinahe alles andere darüber vergaß. Erst als sie angekommen waren und alle Frauen vom Wagen stiegen, hob sie den Kopf. Ihre nussbraunen Haare fielen zurück und mit strahlend blauen Augen sah sie ihn an. Diese Augen erinnerten ihn sofort an seine Mutter, und auch ihre Gesichtszüge schienen ihr ähnlich zu sein.

„Wer bist du?", flüsterte er heiser.

Ein kleines Lächeln umspielte ihren Mund, dann antwortete sie ebenso leise „Familie", bevor sie sich abwandte und den anderen folgte. Er wollte etwas sagen, ihre Freundlichkeit erwidern, ihren Namen erfahren, aber sofort zerrte jemand an seinen Fesseln. Er spürte, wie er erst über die Bodenplanken rutschte und dann in den Dreck fiel. Der Aufprall presste die Luft aus seinen Lungen, und einen Moment lang rang er nach Atem. Jemand zerrte an den Stricken und schließlich konnte er die Beine wieder bewegen.

„Hoch mit dir, sonst helf ich nach." Eine Peitsche zog einen Striemen über seine Brust, noch ehe er auf den Befehl reagieren konnte. Erschrocken krümmte er sich zusammen, dann sprang er auf.

„Na geht doch. Ab ins Loch mit dir, da lang." Der Mann stieß ihn vor sich her durch eine große Tür, hinter der tiefe Finsternis herrschte. Dies war also der Kerker.

Malina erschrak, als ihr Bruder die Tür zum Speisesaal aufriss und in der üblichen selbstbewussten Art eines Herrschers in den Raum stolzierte. Mit einem Grinsen nahm er ihr gegenüber Platz und sie ahnte Schlimmes. Wenn er diesen Ausdruck trug, bedeutete es, dass die Dinge so liefen, wie er es sich vorgestellt hatte. Meist war dies das Gegenteil von dem, was sie selbst sich gewünscht hätte.

Sie zwang sich dazu, entspannt sitzen zu bleiben, und hob demonstrativ ihren Weinkelch zum Mund, als würde sein Auftritt sie nicht im Mindesten beeindrucken.

„Die Akhmal kommen", verkündete er.

Malina verschluckte sich an dem Wein und prustete ihn beinahe über den Tisch.

Kalev lachte laut. „Na das nenn ich mal Freude, meine liebe Schwester. Leider kommen nur wenige. Ein Gesandter des Reganto und sein Gefolge. Die Streitmacht haben sie noch zu Hause gelassen."

Erleichtert ließ Malina sich gegen die Lehne ihres Stuhles sinken. Ein Gesandter, na das ging ja noch. Sie hatte einen Moment lang befürchtet, die Kriegstreiberei ihres Bruders hätte nun endgültig dazu geführt, dass die Akhmal ein Heer gegen die Hauptstadt geschickt hätten. Seit Vater gestorben war und ihnen gemeinsam das Regierungsrecht übertragen hatte, waren die Spannungen zwischen ihr und ihrem Bruder ins Unerträgliche angewachsen. Fast in jeder Hinsicht waren sie verschiedener Meinung und Malina befürchtete inzwischen, dass Kalev die Macht endgültig an sich reißen und sie einfach absetzen würde.

„Du sagst gar nichts dazu. Freust du dich denn nicht? Sonst bist du doch immer auf der Seite der Akhmal, wenn sie mal wieder unsere Grenzen angreifen. Sie werden noch einen Krieg vom Zaun brechen. Ich bin sicher, dass der Gesandte nur zum spionieren kommen will, aber er wird schon sehen, was er davon hat. Ja ja, das wird er schon sehen."

„Nicht die Akhmal brechen einen Krieg vom Zaun, Kalev." In dem Moment, als sie es sagte, verfluchte sie ihre schnelle Zunge bereits. Er hatte sie provozieren wollen, und sie war bereitwillig in seine Falle getappt. Resigniert schloss sie einen Augenblick die Augen und atmete durch. Sie konnte in jeder Lage ruhig und diplomatisch sein, wie es ihrer Aufgabe als Regentin entsprach. Nur ihr Bruder schaffte es stets, sie mit wenigen Worten aus der Fassung zu bringen. „Wir werden die Gesandten gebührend empfangen, Kalev. Und wir werden ihnen nicht bereits Spionage unterstellen, noch ehe sie unsere Stadt betreten haben." Ihre Stimme hatte ruhig und bestimmt geklungen, obwohl sie sich keineswegs so fühlte.

Ihr Bruder hob seinen Weinkelch und prostete ihr zu. „Die Gesandten kommen erst übermorgen an, aber um das Volk darauf einzustimmen, werden wir am Vortag den Bastard noch einmal kämpfen lassen." Er grinste, als er ihren fragenden Gesichtsausdruck sah. „Nicht wahr, du wusstest, dass es Sjardok gelungen ist, einen Bastard zu züchten."

Malina schüttelte den Kopf. Sie verstand den Zusammenhang zwischen dem verrückten Magier, den Gesandten und den Käfigkämpfen nicht. „Es gibt ein Kind?", fragte sie.

„Nein, meine Liebe, einen erwachsenen Mann. Es muss direkt im ersten Jahr seiner Versuche geschehen sein. Meine Männer konnten es auch kaum glauben. Leider gibt es nur den Einen."

Malina musste sich zusammenreißen, um nicht aufzuspringen. Das durfte doch wohl nicht wahr sein, dass dieser Irre mit seinen furchtbaren Experimenten Erfolg gehabt hatte. „Ich will ihn sehen", brachte sie mühsam beherrscht hervor.

Kalev schüttelte energisch den Kopf. „Auf keinen Fall vor dem Kampf. Er ist widernatürlich. Es darf solche wie ihn nicht geben. Höchstens als Attraktion im Käfigkampf kann er eine Zeit lang herhalten, aber über kurz oder lang muss er sterben." Ihr Bruder schüttelte sich angeekelt, als sie über den Bastard sprachen.

„Nein Kalev, das kannst du nicht machen. Es ist doch nicht seine Schuld, was dieser Magier da getan hat. Er hat es sicher nicht verdient, wie ein gemeiner Verbrecher behandelt zu werden. Außerdem ist er als halber Akhmal sicher ziemlich kräftig. Er wird sich nicht so leicht von einem Menschen oder einer Raubkatze besiegen lassen."

„Da hast du völlig recht. Ich habe ihn gesehen, ein prächtiger Bursche. Nachtschwarzes Fell und ordentlich groß, wenn auch etwas mager. Er hat sogar schon mehrmals erfolgreich im Käfig gekämpft. Wir werden ihn also in Zukunft hungern lassen. Viel ist ja eh nicht an ihm dran, so dass er bald ausgezehrt genug sein wird, damit ein Krieger oder ein Löwe ihn töten kann." Kalev lachte auf. „Inzwischen wird er das Volk unterhalten und so ist diese Missgeburt immerhin noch zu etwas nütze. Er ist ja schließlich etwas Neues und Besonderes und die Massen lieben es." Wieder lachte er auf und ihr wurde übel bei dem Gedanken daran, dass er diese Käfigkämpfe tatsächlich genoss.

Verurteilte Schwerverbrecher von Raubkatzen töten zu lassen, hatte eine lange Tradition in ihrer Gesellschaft. Die Katzen waren Akhims heilige Tiere, denn auch der Gott selbst hatte die Gestalt einer schneeweißen Katze. So überließ man die Vollstreckung des Todesurteils quasi ihm persönlich. Früher hatte man die Verurteilten nackt und unbewaffnet in die Katzengrube gestoßen. Meist wurden sie bereits durch den Sturz so schwer verletzt, dass sie wehrlos waren und mehrere hungrige Katzen ihnen dann ein schnelles Ende machten. Aber ihr Bruder hatte mit den Käfigkämpfen ein sehr beliebtes Publikumsspektakel daraus gemacht, bei dem die Verurteilten bewaffnet waren und es ihnen manchmal sogar gelang, das Raubtier zu töten. Wenn das geschah, bekam der Kämpfer einen Monat Aufschub, ehe er wieder antreten musste. Häufig erkrankten die Verletzten jedoch an Wundfieber, und beim zweiten Kampf waren sie kaum noch imstande, sich zu wehren. Da die Zahl der in Gefangenschaft gehaltenen Katzen mit der Zeit zurückgegangen war, ließ Kalev neuerdings die Verurteilten auch gegeneinander antreten. Sie wurden gezwungen, so lange zu kämpfen, bis einer von ihnen tot war. Manchmal erlitt selbst der Sieger so schwere Verletzungen, dass er in den folgenden Tagen daran starb.

Diese Art, die Verurteilten zu quälen, war so viel grausamer als der schnelle Tod in der Grube. Die Sensation, die der Käfigkampf für das Publikum bedeutete, war ihrem Bruder Grund genug, und ein mitfühlendes Herz hatte er noch nie besessen.

Nahrungsmittelknappheit und hohe Steuern hatten das Volk unzufrieden gemacht. Es wurde immer schwerer, die Unruhen im Zaum zu halten, und der wöchentliche Kampf im Käfig brachte, zumindest den Bewohnern der Hauptstadt, Ablenkung von ihren eigenen Problemen. Jeder der es wagte, sich gegen das Herrscherhaus auszusprechen, wurde eingekerkert und zum Käfigkampf verurteilt. So diente der Käfig ihrem Bruder nicht nur dazu, das Volk zu unterhalten. Er führte ihnen auch drastisch vor, was mit denen geschah, die sich gegen ihn wandten.

Malina sprang von ihrem Stuhl auf und fuhr ihren Bruder an. „Bei Akhim! Du kannst ihn doch nicht auch noch wochenlang quälen, ehe du ihn tötest. Das darfst du nicht tun, er hat doch gar nichts verbrochen."

Ihr Bruder schüttelte den Kopf und sah missbilligend quer über den Tisch zu ihr hinüber. „Er existiert und ist allein dadurch eine genauso große Bedrohung für unsere Gesellschaft wie jeder dieser Mörder, Diebe und Unruhestifter. Es wird schon nicht allzu lange dauern. Auch ein halber Akhmal lebt nicht ewig."

Malina zitterte beinahe vor Wut und sie warf die Arme in die Luft, als ob sie ihrem Bruder an die Kehle gehen wollte. „Du bist ja verrückt. Er ist doch nur ein Geschöpf, das auch leben will. Bei Akhim, er ist doch ein halber Mensch und er hat gar nichts verbrochen. Wie kannst du das nur tun?"

Kalevs Augen funkelten, er trat zwei Schritte vor und stand wieder so dicht vor Malina, dass sie zu ihm hochschauen musste. Drohend beugte er sich vor. „Sehr einfach, liebe Schwester, weil ich die Macht habe, es zu tun."

„Nein Kalev, ich werde das nicht zulassen. Du überschreitest deine Befugnisse. Wir sollen gemeinsam die Geschicke des Landes lenken, das hat unser Vater nicht ohne Grund so bestimmt. Du kannst das nicht ohne meine Zustimmung tun."

Sie wich einen Schritt zurück, doch ihr Bruder baute sich wieder direkt vor ihr auf, und seine Stimme wurde plötzlich bedrohlich leise. „So langsam reicht es mir. Nichts, aber auch gar nichts kann ich ohne deine Zustimmung tun. Ich denke, unser Vater war bereits senil, als er das bestimmte. So kann man kein Land führen, schon gar nicht, wenn es auf einen Krieg zusteuert."

Malinas ganzer Körper bebte vor Wut, und sie ballte die Hände zu Fäusten. Aber sie wusste, wann sie sich geschlagen geben musste. Auch wenn es ihr widerstrebte, musste sie behutsam mit dem Temperament ihres Bruders umgehen, wenn sie keinen Bürgerkrieg auslösen wollte. Schon die wachsende Bedrohung durch einen Krieg gegen die Akhmal war gefährlich genug, ohne dass sich die Herrschergeschwister auch noch zerstritten.

Mit verächtlichem Schnauben wandte sie sich von ihrem selbstgefälligen Bruder ab und begann, über andere Möglichkeiten nachzudenken.

Schritte näherten sich aus dem dunklen Gang, der zu seinem Kerker führte. Wenige Augenblicke später konnte er auch den flackernden Lichtschein erkennen, den die Öllampe der Wachen aussandte. Schritte bedeuteten, dass sie Wasser und manchmal auch Essen brachten. Natürlich brachten sie auch die Peitsche, denn es schien ihnen eine gewisse Freude zu bereiten, wenn er brüllte und versuchte, sich von der Kette loszureißen.

Trotzdem war er jedes Mal erleichtert, wenn jemand kam. Auch wenn es nur für einen kurzen Augenblick war, so versprachen die Schritte Licht und damit Erlösung von der undurchdringlichen Dunkelheit.

Er konnte nichts sehen, gar nichts, so finster war es. Nur

fühlen konnte er. Den Boden aus festgetretener Erde, der bereits eine Kuhle gebildet hatte, an der Stelle, wo er immer lag. Die rauen Steinwände, die manchmal den Eindruck erweckten, sie würden näherkommen, obwohl er sie doch gar nicht sah.

Den Eisenring an seinem Handgelenk fühlte er auf besonders schmerzhafte Art. Die Kette, die ihn an die Mauer fesselte, war gerade lang genug, dass er zwei Schritte in jede Richtung gehen konnte. Zuerst hatte er daran gezerrt und versucht, die Fessel abzustreifen, aber inzwischen konnte er nur noch dasitzen und versuchen, den Arm mit dem Eisenring so wenig wie möglich zu bewegen. Beim ersten Mal, als der Wärter die Peitsche gebraucht hatte, war sein Fell aufgerissen als er so weit nach hinten gesprungen war, wie die Kette reichte. Seitdem wurde die Wunde immer größer, denn das Eisen saß fest um sein Handgelenk und rieb die Haut immer weiter auf. Seitdem jagte jede kleine Bewegung des Metalls auf seinem offenen Fleisch einen brennenden Schmerz durch den ganzen Arm.

Und riechen, das konnte er auch. Moderiger, stickiger Geruch war ihm schon entgegengeschlagen, als sie ihn zum ersten Mal in dieses Loch gestoßen hatten. Und es war nicht besser geworden durch seine eigenen Ausscheidungen, die er in dem festen Boden nur unzureichend vergraben konnte. Er konnte sich inzwischen kaum noch selbst ertragen, da er natürlich auch keine Möglichkeit hatte sich zu waschen, und sein empfindsamer Geruchssinn war in eine Art Stumpfheit geflohen. Auch Hunger war sein ständiger Begleiter, aber den hatte er sein ganzes bisheriges Leben auch schon gekannt.

Es war die tiefe Schwärze, die den Kerker zu einem wahren Albtraum machte. Sie erdrückte ihn und raubte ihm die Lebenskraft, daher war ihm alles recht, was diesen entsetzlichen Zustand für einen Augenblick vertrieb.

Es gab nichts, das ihm hier unten das Verstreichen der Zeit verraten hätte, es wurde nicht heller oder dunkler. Nur die gelegentlichen Schreie oder ein heiseres Stöhnen aus der Richtung des Ganges verrieten ihm, dass es irgendwo in der undurchdringlichen Finsternis noch andere Gefangene gab.

Stets kamen die gleichen beiden Männer und obwohl er die Peitsche fürchtete, sehnte er sich auch nach dem Licht, dem Wasser und dem Essen, das sie brachten.

Einige Male hatten sie ihn auch zu einem Kampf geholt und das bedeutete eine gewisse Zeit außerhalb des Kerkers, frische Luft und Licht. Sonne schien auf ihn herab, wenn er Glück hatte, doch auch Regen war ihm recht, denn der spülte immerhin den Gestank des Kerkers aus seinem Fell. Beim letzten Mal musste er lange draußen stehen und auf seinen Kampf warten. Die Sonne hatte auf ihn herabgebrannt, und die Hitze war unerträglich gewesen, aber Schatten oder Wasser waren anderen Kämpfern vorbehalten. Er hatte angekettet an der Wand zu stehen wie ein wildes Tier. Und trotzdem war er froh darüber, wenn er hier herausdurfte. Er sehnte sich geradezu nach dem Licht der Sonnenwärme und dem frischen Lufthauch, der ihn ab und an streifte, wenn er draußen war.

Die Kämpfe im Käfig waren bis jetzt glimpflich für ihn ausgegangen. Ganz gleich, ob er gegen Menschen oder Tiere kämpfte, er hatte sie alle besiegt. Besiegt und getötet natürlich, denn er brachte es nicht über sich, seine Gegner am

Leben zu lassen.

Eigentlich hätte er durch die Übung und die körperliche Anstrengung besser werden müssen. Da er aber nur sehr wenig Essen bekam, zehrte ihn der Mangel an Nahrung immer mehr aus und er wurde von Kampf zu Kampf kraftloser. Schwäche konnte er sich nicht leisten, denn wenn er schwach war, würde er sterben, so viel war sicher.

Die Schritte kamen näher und seine Augen saugten gierig das Licht der kleinen Lampe auf. Soweit die Eisenfessel es ihm gestattete, schob er sich nach vorn zum Gitter, um jeden Augenblick des wertvollen Lichts auszukosten. Er hatte vor kurzer Zeit bereits gekämpft. Obwohl nichts, außer der Erschöpfung seines Körpers, ihm verriet, wie viel Zeit inzwischen vergangen war, war er doch sicher, dass sie ihn nicht schon wieder holten. Warum sie gekommen waren, konnte er sich nicht vorstellen, aber es war nicht wichtig. Wichtig war nur, dass das Licht ihn für einige Augenblicke davon erlöste, in der Dunkelheit und Verzweiflung zu versinken.

Die beiden Wachen waren jetzt am Gitter angekommen und quietschend drehte sich der Schlüssel, dann wurde die Tür aufgestoßen und schlug mit einem Krachen gegen die Wand.

„Bastard!", brüllte der größere der beiden Wachen heiser zu ihm herüber. Das war der Name, den sie schon immer für ihn benutzt hatten. Es war der einzige Name, den er je gehabt hatte.

„Bastard, verzieh dich in deine Ecke, sonst schmeckst du die Peitsche."

Ein Zischen fuhr durch die Luft, als der Wächter den

dünnen Lederriemen auf ihn heruntersausen ließ, ohne ihm auch nur eine Möglichkeit zu geben, dem Befehl nachzu kommen. Ein scharfer Schmerz schoss quer über sein Gesicht und an seinem Arm hinab, dann hatte er plötzlich das Gefühl, seine Hand würde abgerissen. Das Ende der Peitsche hatte sich in der Kette verfangen. Als der Wärter daran zerrte, um sie zu lösen, schnitt sich die Eisenfessel tief in die entzündete Wunde seines Handgelenks. Ein schmerzvolles Brüllen drang aus seiner Kehle, noch bevor er richtig verstand, was geschehen war.

„Dir werd ich's zeigen, mich auch noch anzubrüllen!", schrie der Mann und er konnte das leichte Zittern in seiner Stimme hören.

Er wusste, dass der Kerl Angst vor ihm hatte und die Peitsche einsetzte, um ihn auf Abstand zu halten. Er ließ sie gleich noch dreimal herabzischen, doch obwohl die gerade erst verschorften Stellen auf seiner Brust sofort wieder aufrissen, drang jetzt kein Schmerzenslaut mehr über seine Lippen. Als beim dritten Schlag wieder das Leder in der Kette hängen blieb und wieder der Schmerz wie Feuer seinen Arm hinauffuhr, drang ein tiefes Stöhnen zwischen seinen zusammengebissenen Zähnen hindurch. Dann griff Dunkelheit nach seinem Bewusstsein und er spürte nichts mehr.

Malina saß vor ihrem Spiegel, sah aber nicht hinein, sondern starrte vor sich hin. Heute würde der Gesandte ankommen und sie schwankte zwischen Vorfreude und leichter Panik. Sie bewunderte die Akhmal für ihre Eleganz, die farbenreiche Sprache und bis vor Kurzem hatte sie auch die Politik ihres Herrschers gutgeheißen. Reganto war der korrekte Titel. Der alte Reganto hatte allerdings abgedankt, und was sie bisher von seinem Sohn gehört hatte, klang nicht besonders gut. Das wahre Problem in den Beziehungen zwischen Akhmal und Menschen saß allerdings hier im Palast und schürte die Feindschaft mit fingierten Überfällen.

Mit einem Seufzen erhob sie sich, um zum Frühstück ihrem Bruder Gesellschaft zu leisten. In dem Moment öffnete sich die Tür und ihre Zofe erschien.

„Herrin, ich muss Euch etwas mitteilen, das ich von meinem Bruder erfahren habe." Sie hielt dabei den Blick starr auf den Boden gerichtet und flüsterte so leise, dass Malina sie kaum verstand.

„Was denn? Sprich doch lauter", verlangte sie.

Mit zusammengepressten Lippen schüttelte das Mädchen den Kopf und zog ein Gesicht, als würde sie am liebsten im Erdboden verschwinden. „Das kann ich nicht. Mein Bruder darf es niemals erfahren", flüsterte sie. „Er ist dem Herrscher treu ergeben, und wenn er erfährt, was ich Euch sage, dann wird er mich, oh er wird …" Sie verstummte und schlug die Hände vor den Mund.

„Himmel, was hat mein Bruder nun wieder für abwegige Pläne?", fragte Malina genervt, aber leise. Dies war nicht das erste Mal, dass sie durch ihre Zofe, deren Bruder ein Leibdiener von Kalev war, von dessen Plänen erfuhr.

„Er wird ihn umbringen. Er wird sie alle umbringen. Oh Herrin, ihr müsst etwas tun", wimmerte Malinas Zofe und berichtete ihr dann alle Einzelheiten des perfiden Plans ihres Bruders.

Wenig später betrat sie den Speisesaal. Kalev blickte ihr entgegen und schien in bester Stimmung zu sein.

„Guten Morgen, liebe Schwester. Ist es nicht ein guter Morgen?"

„Ja Kalev, das ist es. Ich freue mich auf den Besuch, den wir heute bekommen." Sie zwang ein Lächeln auf ihr Gesicht, obwohl sie das Gefühl hatte, dass er ihre Miene durchschaute.

Sein Grinsen wurde breiter. „Bald werden wir die Berge von Monto Ceno zu unserem Gebiet zählen können. Ich weiß, dass du den Krieg verabscheust, aber es wird der hungernden Bevölkerung helfen. Du bist doch immer so weichherzig, eine Frau eben. Es muss dich doch freuen, dass die fruchtbaren Täler und fischreichen Gewässer bald uns gehören. Nicht wahr?"

Malina blieb neben dem Tisch stehen, denn auf diese Art musste sie endlich einmal nicht zu ihm aufsehen. „Nein, Krieg ist nie ein guter Weg. Das hat auch gar nichts mit Weichherzigkeit zu tun." Sie rang um Beherrschung. Schon wieder hatte er sie mit wenigen Worten in Rage gebracht. „Die Bevölkerung hungert, weil die Ernte nicht eingebracht wird. Die Männer sind in der Armee, statt auf den Feldern. Außerdem kostet der ganze Kriegsapparat zu viel. Die Bauern haben kaum Geld für Saatgut, und du presst sie seit Jahren immer weiter aus."

Kalev lachte. Fassungslos sah Malina ihn an.

Er schüttelte den Kopf. „Natürlich müssen auch meine Soldaten essen, aber das Volk versteht das. Sie werden mich feiern, und die Abgaben sollten natürlich nach unserem Sieg wieder geringer werden. Meine Gefolgsleute in den Provinzen werden mit Achtung nach Cefurbo schauen, denn ich werde der Herrscher mit dem größten Gebiet seit Menschengedenken sein. Jawohl, so wird es sein" Er nickte selbstgefällig und wandte sich seinem gut gefüllten Teller zu.

Malina begann, vor dem Tisch auf und ab zu laufen. All das hatte sie schon viel zu oft gehört, aber es wurde davon nicht wahrer. Sie wusste genau, dass die Berge von Monto Ceno nur der Anfang wären. Immer weiter würde er in Akhmalgebiet eindringen und das ganze Land mit Krieg überziehen. „Auch Handel und das Zusammenleben von Menschen und Akhmal würden Wohlstand bringen. Außerdem …"

Kalev unterbrach sie und wedelte unwirsch mit einer Hand, während er kaute und in der anderen Hand den Weinkelch hielt. „Handel, ja natürlich. Die Akhmal stopfen sich die Taschen voll, und wir können froh sein, nicht zu verhungern. So stellst du dir das vor? Wohlstand bringt das nur denen, nicht uns."

Malina wollte etwas sagen, aber angesichts seiner Arroganz schloss sie den Mund wieder. Er saß vor dem gefüllten Teller, dem reich gedeckten Tisch und all den vergoldeten Kelchen und Schalen, und dann sprach er von verhungern.

Er nippte an seinem Kelch und stach mit der Gabel in der Luft herum, während er weitersprach. „Diese überheblichen Katzen müssen dringend einmal eine Lektion erteilt bekommen. Wir werden sie bis zu ihrer goldenen Hauptstadt treiben. Dann wollen wir doch einmal sehen, welche Art die mächtigere ist. Jawohl, das werden wir dann sehen."

Woher kam nur all diese Arroganz? Malina wusste, dass es keinen Zweck mehr hatte, über diese Dinge weiter zu diskutieren, denn das hatten sie schon hundert Mal getan. Also nahm sie ohne ein weiteres Wort am anderen Ende des Tisches Platz und kaute lustlos auf einem Stück Brot herum. Ihr war der Appetit vergangen. Sie musste einen Weg finden, Kalev aufzuhalten. Leider war das Kräfteverhältnis zwischen ihnen ungleich verteilt, denn das Militär stand hinter ihrem Bruder. Sie konnte nicht viel ausrichten, aber sie weigerte sich, sich damit abzufinden.

2 Begegnungen

Am Nachmittag traf der Gesandte ein. Wie es dem Protokoll entsprach, wurden ihm und seinem Gefolge Räume im Gästeflügel zugewiesen. Dann bekamen sie zunächst die Gelegenheit, sich von den Strapazen der Reise zu erholen, ehe der erste Empfang am folgenden Tag stattfinden würde. Von den Bediensteten erfuhr Malina, dass es sich um Argon, einen Verwandten des Königshauses der Akhmal handelte, und dass er nur mit zwei Leibwächtern und einigen Trägern reiste. Ihre Sorgen um seine Sicherheit wuchsen angesichts der heimtückischen Pläne ihres Bruders. Ihre Zofe hatte sehr genau berichtet, was Kalev geplant hatte. Er wollte den

Gesandten und sein ganzes Gefolge in einen Hinterhalt locken und töten. Anschließend wollte er ihm eine Provokation unterstellen, die durch eine unglückliche Verkettung der Umstände zum Tod der Akhmal geführt hätte.

Malina wusste, dass schon am zweiten Tag des Besuches das Unheil seinen Lauf nehmen sollte. So sah sie sich gezwungen, noch heute Abend wie eine Verschwörerin, zu den Unterkünften der Gäste zu schleichen. Natürlich hatte Kalev Wachen vor dem Eingang zum nördlichen Gästeflügel postiert. Angeblich war er ja so sehr um die Sicherheit der Gäste besorgt. Doch Malina war klar, dass es eher darum ging, sie unter Kontrolle zu halten, damit sie nicht ungehindert im Palast herumspazierten. Also musste sie die Männer ihres Bruders unbedingt umgehen, damit er von ihrem Besuch nichts erfuhr. Mit Hilfe der Geheimgänge in diesem uralten Gemäuer war es für sie kein Problem, an jeder beliebigen Stelle des Palastes zu verschwinden, um dann in einem anderen Bereich wieder aufzutauchen.

Lauschend stand sie einen Augenblick hinter der Geheimtür, bis sie sicher war, dass niemand sie bemerken würde. Dann schlüpfte sie schnell hinaus, schlug den Wandteppich, der die Tür verbarg, zur Seite und trat in den Flur, von dem die zahlreichen Gästesuiten abgingen. Mit hoch erhobenem Kopf und selbstbewusst gestrafften Schultern trat sie vor die zweiflügelige Tür der Zimmerflucht, die speziell für die Akhmal umgestaltet worden war. Falls sie doch noch jemand hier sah, musste es wirken, als wäre sie ganz selbstverständlich und offiziell in diesem Bereich des Palastes.

Ein Diener der Akhmal, mit glänzend schwarzem Fell und aufmerksam nach vorn gerichteten Ohren, öffnete ihr.

Seine sparsame, doch bunte Kleidung war reich bestickt und lag eng an, sodass sie wirkte, als wäre sie eins mit dem Fell. Seine großen dunklen Augen sahen mit unverhohlener Überheblichkeit auf sie herunter. Obwohl sie für eine Frau recht groß war, reichte sie ihm nicht einmal bis zur Schulter, und unwillkürlich war sie einen Schritt zurückgetreten, um ihn überhaupt richtig ansehen zu können. Seine Schnurrhaare zuckten nach vorn, als sie ihm direkt ins Gesicht schaute. Die kleinen Ohren verrieten durch ihre hektischen Bewegungen, dass er seine Aufmerksamkeit zwischen ihr und dem Raum hinter ihm, zu teilen versuchte.

Sie schob die Schultern nach hinten, hob das Kinn und lächelte freundlich. „Guten Abend. Ich bin Malina, die Mitregentin und Schwester des Herrschers Kalev. Wäre es wohl möglich, dass ich den Gesandten Argon sprechen kann?" Sie gab sich Mühe, mit ihrem besten, gehobenem Akhmal. Schon als Kind hatte sie die Sprache als Teil ihres Politikunterrichts gelernt, aber nur selten Gelegenheit gehabt, sie anzuwenden. Daher hatte sie sich die Sätze zuvor gut zurechtgelegt, und vor dem Spiegel ein wenig geübt, bis sie meinte, das Gefühl für die eigenartige Sprachmelodie wieder ausreichend präsent zu haben.

Der Angesprochene strich mit einer Hand seine Schnurrhaare zurück und richtete sich noch ein wenig mehr auf, ehe er antwortete. „Wir wissen, wer Ihr seid, allerdings denken wir nicht, dass der Gesandte heute Abend noch Besuch empfängt. Ihr solltet morgen beim offiziellen Essen mit ihm sprechen können."

Malina schluckte. Noch nie hatte ein Bediensteter es gewagt, sie so rundheraus abzuweisen. Sie hatte auch seinen

Tonfall gut genug verstanden, um den überheblichen Unterton herauszuhören. Ärger wallte in ihr auf, trotzdem musste sie sich zusammenreißen, denn Unfreundlichkeit hätte sie ihrem Ziel nicht nähergebracht. Also setzte sie ein breites Lächeln auf, zeigte dabei wie unabsichtlich ein klein wenig die Zähne, und stellte noch einmal fest: „Es ist wirklich von äußerster Dringlichkeit und ich fürchte, diese Angelegenheit kann auf keinen Fall bis morgen warten."

Die Augen des Dieners wurden zu Schlitzen, als er sichtbar vor der Drohung, die das Zeigen der Zähne bedeutete, zurückzuckte. Dann wandte er den Blick ab und Malina glaubte für einen Moment, bereits gewonnen zu haben. Im nächsten Augenblick spannten sich Ohren und Gesichtszüge jedoch wieder und er widersprach entschieden. „Nichts kann so dringlich sein, dass der Gesandte deswegen heute Abend noch gestört werden dürfte. Das Protokoll sieht es auch gar nicht vor, dass der Gesandte sich mit einer Frau trifft." Sie konnte sehen, dass seine Nackenhaare sich ein wenig aufgestellt hatten und sein Schwanz nervös hin und her peitschte. Auch sein Tonfall war aggressiv und die knurrenden Zwischentöne zwischen den Worten waren überdeutlich. Es wäre gar nicht mehr nötig gewesen, aber er zog am Ende des Satzes noch ein klein wenig die Lippe hoch, sodass die Eckzähne kurz aufblitzten. Bei dem Wort ‚Frau' triefte seine Stimme förmlich vor Abscheu.

Hier kannst du weiterlesen:
https://www.amazon.de/dp/B084WND64Q/